人间烟火

朱铁军　主编

中国言实出版社

图书在版编目（CIP）数据

人间烟火 / 朱铁军主编 . -- 北京：中国言实出版
社，2017.1

（全民阅读精品文库）

ISBN 978-7-5171-2149-7

Ⅰ.①人… Ⅱ.①朱… Ⅲ.①中篇小说－小说集－中
国－当代②短篇小说－小说集－中国－当代 Ⅳ.
①I247.7

中国版本图书馆 CIP 数据核字（2017）第 003940 号

出 版 人：王昕朋
总 监 制：朱艳华
责任编辑：佟贵兆
封面设计：水岸风创意文化

出版发行　中国言实出版社
　　　　　　地　　址：北京市朝阳区北苑路 180 号加利大厦 5 号楼 105 室
　　　　　　邮　　编：100101
　　　　　　编辑部：北京市海淀区北太平庄路甲 1 号
　　　　　　邮　　编：100088
　　　　　　电　　话：64924853（总编室）　　64924716（发行部）
　　　　　　网　　址：www.zgyscbs.cn
　　　　　　E-mail：zgyscbs@263.net
经　　销　新华书店
印　　刷　北京温林源印刷有限公司
版　　次　2017 年 5 月第 1 版　　2017 年 5 月第 1 次印刷
规　　格　710 毫米 ×1000 毫米　1/16　17.75 印张
字　　数　220 千字
定　　价　40.00 元　ISBN　978-7-5171-2149-7

出版前言

　　《特文学》系列丛书所编选的作品，均为 2006 年至 2016 年间《特区文学》杂志所发表的中、短篇小说，按作品的题材分为《岁里春秋》《人间烟火》《仕说新语》《此去经年》《五行八作》，共五卷，包含 24 位国内知名作家的 33 篇纯文学力作，这些作品大部分都在发表后被多家选刊转载，其中有获得各类文学奖项的，有收入年度选本的，也有被改编为影视剧本搬上荧幕的。

　　作为深圳特区唯一公开出版的纯文学期刊，《特区文学》杂志在打造"新都市文学、文学新都市"的办刊理念下，多年来较为倾向于涉及城市题材的纯文学作品，其中"深度叙事"与"质感文本"两个固定栏目，发表了一大批城市文学范畴的小说精品。因此在本系列书编辑之初，我们也以"叙事性、可读性、文学性"为选题宗旨，侧重于城市题材进行了作品的选择。

　　现下的时代，高度的科技化与商业化无时无刻不在改变着我们所生活的场域，城市生活在我们的世界中变得空前的复杂、新颖、多样，同时传播方式的不断更新迭代，也将传统的阅读方式推向了碎片化的趋势。信息的爆炸带给文学艺术的影响与刷新，也在悄然裂变。几乎每一天，我们都能接收到与素常认知更为不同的新事物发生。

　　传统文学随之也进入了新的时代。因此在当下的阅读环境与文学生态中，进行怎样的文本书写、怎样的艺术传达，不仅仅是作家与读者，同时也是编辑们所面临的选择课题。在本书编辑的过程中，我们着意选取了叙事角度特别、题材新颖特殊、文学性与艺术性具有较高水准，并保持着传统的纯文学作品优良基因与特别的阅读价值的若干作品。

　　因此，我们将本套丛书命名为《特文学》。我们希望通过这三十余篇异彩纷呈的中、短篇小说，为您开启一条重温与新识、质感与深度并存的、独特的阅读之旅。

编　者

目录

好为人师 /崔敏

一

印象中，学数学的人是很闷的。陈景润大伙儿都知道，出门打酱油，不小心就与电线杆子来个亲密接触，结果还埋怨电线杆，戳得不是地方。相传数理逻辑学家哥德尔在上第一堂课时，面向黑板，写啊写，说啊说，将后脑勺对着学生。他害怕，准确地讲，是恐惧，不敢正视莘莘学子的眼睛。到了晚年，干脆闹起绝食，疑神疑鬼，总以为有人要在饭馔里下毒，加害于他。就这样，两千五百年来，在数理逻辑领域，唯一能与亚里士多德媲美的人，抑郁而亡。

蔺骥途是学数学的，没那么些毛病，当然，成就也有限，硕士毕业后去了师大附中。本来有一家研究所想要他，结果不了了之，没"跑"进去。同门师兄宽慰道，现今的科研机构，谁在"摇铃"？海归。动辄斯坦福、普林斯顿、麻省理工，咱这资质，也就老、少、边、穷，进去了，无非一碟菜，有个毬意思。蔺骥途扑挈一下脑袋，笑了，没脾气。

师大附中也不简单，省市两级重点，可谓卧虎藏龙，问题是父亲总犯病。按母亲的说法，你爸退休后，就换了个人，娇气得很。稍稍有些腹泻，赶紧吃药，两三种药同时吃，腹泻是止住了，又开始便秘，更难受，哼呀咳呀地喊，一喊，心脏不得劲了，早搏，蔺骥途得立马往家赶。师大附中位于南郊，父母住在西郊，红旗厂的福利区，跑一趟，光是耗在路上的时间，少说两个钟头。蔺骥途还有个姐姐，姐姐离家近，但父亲有父亲的主意，养儿干嘛？不就是防老么。因此，一有风吹草动，就吩咐母亲打电话，速归。蔺骥途苦不堪言，三年后，转到了家门口的红旗中学。

红旗中学是红旗厂子弟学校，蔺骥途本人生于兹长于兹，对这里的一草一木，一砖一瓦都是有感情的。有感情就舍得卖力气，孜孜矻矻，领导很器重。更何况，师大附中过来的，直接就带高一，好钢要用在刀刃上。儿子扬眉吐气，父亲安逸多了，连个喷嚏都很少打，海晏河清。

日子久了，颠过来倒过去，重复教材上那点内容，蔺骥途不大满意。都说教师好比蜡烛，燃烧自己照亮他人，蔺骥途想让自己这根"蜡烛"，烧得更旺一些，势头更猛一些，话就多了。按理讲，做教师的，话多够不上毛病。但蔺骥途不一样，他是岔开来，跟烟花似的，烂漫了。讲几何就几何呗，能扯到庞加莱猜想、佩雷尔曼，甚至法国人帕斯卡尔。帕斯卡尔不仅研究水银气压计、概率论，还说人是一根有思想的芦苇……同学们笑了，活活泼泼，气氛很热烈。但考试成绩并不理想，倒也没下滑，仅仅比预期的"上一个台阶，跨一大步"有距离。家长们议论纷纷，教导主任不干了。

红旗中学是所普通学校，高中部每年有四个班毕业，考上一二本的，也就两个班，差强人意。校长是新来的，有抱负，光有抱负能行吗？不行，办教育还得有钱。进入新世纪，红旗厂改为红旗集团了，蒸蒸日上，计划在不远的将来，再建一栋教学楼，扩大规模，使高中应届毕业生考上一二本的占到百分之八十，进入市级重点中学的行列。而教导主任兼着校长助理呢，啥角色？上传下达的角色。

他找蔺骥途谈工作，可谓是苦口婆心，说得自己眼都红了：蔺老师，你的任务是提高升学率，不是课堂上的笑声。升学率上来了，达标了，我将召集全校师生大会，请你坐在主席台上，让你痛痛快快地笑，美美地笑，笑上十分钟……蔺骥途搔了搔头皮，说，感觉有点傻。

"你说什么？"

"我说有点傻。"

就因为这一句话，蔺骥途直接从高中部到了初中部，教数学。其实呢，就是一种警告，让你明白，喇叭是铜锅是铁，不能乱来。上课就好好上，有教学大纲呢，没边的事，无关的闲话、废话，少扯。初中的担子也不轻，那都是基础、根底，但收入要差一些，蔺骥途不在乎，无非换了间教研室，面对新的、更加稚气的面孔。当然，课堂上有所收敛，领导的意图，不就是让你收敛吗？

两个学期过去了，方方面面的关系理顺了，老毛病开始抬头。忍不住，就像一粒草籽落在地里，经过雨露阳光的滋润，嫩芽拱着拱着，破土而出，一点办法都没有。蔺骥途讲完勾股定理，还剩余些时间，孩子们左顾右盼，等着下课。他笑眯眯，说公元前五世纪，有位数学家叫芝诺，他提出了一个悖论，很有意思。孩子们的眼睛瞪圆了，水汪汪，一眨不眨，蔺骥途来劲了。譬如你们从家到学校，有五百米的，有一千米的，是不是？是，孩子们异口同声。对，不管多少米，必须先走完一半的路程，再走完一半的一半，没错吧？没错，孩子们都有些雀跃了，小脸通红，不知蔺老师的葫芦里到底卖的是什么药。蔺骥途洋洋得意，而任何一个分数，都可以被2来除，哪怕你站在学校门前，就差一步了，不行，还得拿2来除，一直往下除……从理论上讲，你永远也迈不进学校的大门。

下课的铃声骤然响起，蔺骥途拍了拍手上的粉笔末子，同学们，下课。同学们鼓掌跺脚，像疯了一样。太好玩了，比勾三股四弦五有意思多了，眼巴巴盼着下一堂数学课，蔺老师最好能讲些更有趣的故事来。小孩子心里搁不住事，加醋添油，回去显摆，第二天就有家长闯进学校，呜嗷乱喊，情绪很激动。意思就是：还进不了学校的门，我不来了吗，我们不仅来了，还楼上楼下跑了个遍。除以2？我看他是二百五，脑袋被挤了！姓蔺的不滚蛋，我们娃娃可转学呀！

事情闹大了，不得不开会研究，并最终做出决定：蔺老师暂时离开教学第一线，去总务上报到，以观后效。教导主任指着蔺骥途的鼻子，就你能？马上就有一个博士、三个硕士进来，全是学数学的。咱现在要钱有钱，要人有人，离了你，红旗中学会垮掉吗？！

这真是一个问题，大问题。蔺骥途歪着脑壳，一缕阳光恰好打在他的脸上，嘴角努了努，陷入了沉思：根据热力学第二定律，人变老，建筑坍塌，山脉跟海岸线受侵蚀，是无法避免的事。教导主任的头发，一根根奓起来，半边脸开始抽搐，抖个不停。蔺骥途害怕了，悄没声，回到教研室，归拢归拢，同事们不说话，目光却充满了关切。蔺骥途抱起一堆教案文具，走到门口了，眼睛睒了睒，我敢肯定，地球还在转动。紧张的空气和缓下来，有位老教师，端起茶缸，在桌上磕了磕说："你不能抬屁股就走，得请我们聚一聚。"

"已经安排好了，晚上六点半，春来和大酒楼，不见不散。"

"哄"的一下，整个教研室语笑喧阗，蔺骥途要的就是这效果。他颔首示意，你们忙你们忙，不送不送。老教师呷了口茶说："你可真能啰嗦，晚上我是不弄白的呀，尽闹笑话。"

"干红干红，张裕解百纳怎么样？"

学校里的总务，无非后勤保障这一块。开车有司机，线路维护有电工，桌椅板凳坏了，从校外请木工师傅统一处理，看起来，没蔺骥途什么事儿。等等，不是还有保洁员么，冲洗个厕所，清除垃圾，四五位呢。总务处主任过去教语文，因椎间盘突出站不住，干起了行政，还是爱惜人才的。蔺骥途脑筋活，肯读书，来总务待几天无非权宜之计，避避风头，弄不好，人家就撂了挑子。如今最吃香的，一是英语老师，接下来，就是数学老师，身怀利器，走到哪儿都不怕。因此，他多少有些犯难，用委婉、近乎商量的口吻说，蔺老师，你就给咱负责环境卫生，花草树木，咋样？蔺骥途给主任一支烟，点上，没说行，也没说不行，样子憨憨的。主任拍了拍他的肩，放心，不用你亲自干，就监督监督，有不听话的，找我。

没啥不放心的，蔺骥途干一行爱一行，精神饱满得很，根本闲不住，从工具间操起一把树剪，在操场边的灌木旁，站了很久。上体育课的学生十分好奇，说蔺老师，你怎么不动手？蔺骥途蹙了蹙眉，我在考虑修剪方案，是平整呢，还是带一些弧线？调皮捣蛋的孩子免不了出馊主意，弧线好，跟波浪似的，有层次感……结果那排豆瓣黄杨，在阳光下开始起伏、跌宕。修剪完毕蔺骥途灰头土脸一身臭汗，累点倒没啥，关键是脏。你想啊，灌木的犄角旮旯、缝隙间，积攒了多少蛛网、虫豸、粉尘以及来历不明的颗粒。他双手叉腰，瞅了眼阳光下亮晃晃的操场、教学楼，喃喃自语道，恪尽职守的保洁员，不比仰望星空的霍金来得更容易。心生感慨的蔺骥途疲疲沓沓，踱进"大众"浴池，搓了个澡。出来，买了瓶绿茶，还没喝呢，电话响，是总务处主任。主任嗓音嘎哑，带着哭腔，蔺老师啊蔺老师，校长把手机都摔了，限咱明天天亮前，将豆瓣黄杨的疤癞头恢复成平头，赶紧吧！信号就断了，那一年，蔺骥途三十七岁。

二

蔺骥途中等身材，脑袋圆滚滚，板寸。出门前，总要在镜子里照一照，头发、领口、唇髭，看看有无瑕疵。再忙，衬衫是天天换的，皮鞋锃亮，遇见同事、学生，还没说话呢，自个儿先笑了。惟独一点，老大不小了，形影相吊，这要怨他自己。蔺骥途谈朋友有两个先决条件：身高一米七三以上，另外，不戴眼镜。一竿子下去，树上的青枣，大半不见了。

蔺骥途本人一米七三，他说从优生优育的角度讲，对方不能再矮了。孩子的身高大都随父母，社会日新月异，将来无论生男娃还是生女娃，个头摆在那儿，起码，排排场场的，工作、生活，相对要容易些。这话听上去，还算靠谱。至于眼镜，则显得牵强，不伦不类了。蔺骥途是个近视眼，读书的时候就戴眼镜了，按他的说法，两个眼镜在一起亲热，肌肤未接触呢，镜片先挨上了，磕磕碰碰，影响情绪。哪有不透风的墙？学校戴眼镜的女教师，再遇见蔺骥途，鼻子不是鼻子，脸不是脸，脾气大一些的，走个照面，啊呸，有痰没痰，都吐一口，清清嗓子。身材高挑不戴眼镜的姑娘多着呢，人家还嫌你瓜眉饧眼，见人就笑，肯定差窍。

也曾与"世纪金花"的一名营业员见了两面，彼此都还满意。恰逢女孩要过生日，蔺老师想表示一下，在"左岸"西餐厅订了座位。怎奈学校事多，走不脱，当他紧赶慢赶手捧鲜花跑过去，迟到了半个钟头。十分颜色的姑娘哪有省油的灯？再打电话，根本不接，发来一条短信，去死吧！蔺骥途的婚事，就给耽搁了。

来到红旗中学不久，学校给厂里打了报告，说是引进的特殊人才，照顾他，分了一单间。过了两年，那爿小区棚户改造，家里赞助十万，买了套回迁房，比市场价便宜不少。一天，有位英语老师兴冲冲跟他直招手。原来，英语老师也买了套房，期房，听说蔺骥途刚搞完装修，大方别致，花钱还不多，想参观一下，心中也有个底。约好时间，来了。本来挺顺利，该看的看了，该问的也问了，材料、价格、是否装地暖，请哪家公司设计的，可以说其乐融融。

英语老师水都没喝一口，准备走了，可蔺骥途多了个嘴。说你真不容易，一个人，带着儿子，在"紫薇"买房，那可是高档社区啊，比这贵多了……英语老师垂下眼睑，嘴角扯了扯，眼泪就下来了。蔺骥途心软，见不得女人的眼泪，拽出一沓纸巾，递过去。英语老师将眼镜摘了，胸脯一起一伏，啜泣。人就怕触到软肋，一直以来，英语老师爱说爱笑，性情活泼，很久没哭过了。动静越搞越大，蔺骥途慌了手脚，又是端茶，又是拧热毛巾（纸巾哪里管用，脸都花了）。这番闹腾，难免有肢体接触，情感正脆弱着，心理防线一触即溃，半推半就，上了床。事毕，英语老师嗔怪道，你不是说，戴眼镜的，谢绝入内吗？蔺骥途抹了把额上的汗，那都是浑话，当什么真。

"你呀，就不是个好东西。"

时候不早了，英语老师起身穿衣，乳房颤颤巍巍，蔺骥途紧紧握住，两人又做了第二道。

从此就有了来往。毕竟当教师的，课业繁重，也就寒暑假，能腾出点空闲。这期间，谁都没提结婚的事。英语老师旁敲侧击过几回，蔺骥途支支吾吾，跟个傻子似的，英语老师明白了，紧锣密鼓，又搭上一公交公司的调度员。调度员也是离异，带着女儿，英语老师踌躇了，爱情的天平，在蔺骥途与调度员之间，摇来摆去。抛开别的因素，论男女私情，当然更喜欢老蔺。老蔺有耐心，床第之欢，一双手上下游走，都舍不得唤她的名字，咕咕哝哝，一口一个"乖"。英语老师紧紧搂住老蔺，满脸潮红，险些晕厥过去——她是感动的。

感动归感动，爱情却不能当饭吃，蔺骥途离开教学第一线，收入明显下降，英语老师郁郁寡欢，鼻翼两侧的雀斑愈发的夺目，连话都懒得说了。

其实，蔺骥途对英语老师没啥意见，带个孩子也不是问题，而一旦结婚，两口子都在中学任教，他受不了。忙，不是一般的忙，昏天黑地屁滚尿流得忙。层层加码，比学赶帮超，校园里的横幅无时无刻不在提醒你，争上游，争第一，再铸辉煌。每天清晨六点半起床，回到家，往往晚上七点以后了，披星戴月啊。到了周末总算能喘口气，有些老师还要带家教，连轴转。

蔺骥途不带，钱这个东西，挣得完吗？尤其最近几年，各种津贴、补助，一直见涨。稀里糊涂的，他发现手机里多出了五百块钱。当天夜里有家长打进电话，说蔺老师，我帮你存的，你们太辛苦，今后手机费用这类小事就不要管了，孩子的学习还请多操心……哪有无缘无故的爱？你好意思关机吗？正洗着澡，电话响，那孩子有道题卡了壳，蔺骥途光着屁股讲解，窗帘都没拉，顾不上拉。钱都替你交了，无非图个方便，授业解惑，那就赶紧讲吧。逢年过节，家长有送购物卡的，烟酒的，名目繁杂。最夸张的，是去年，一位面目黧黑的汉子扛了两袋大米爬上三楼，说蔺老师，我也没啥送的，在市场卖大米，黑龙江五常大米……蔺骥途哭笑不得，学给英语老师听。

"这有啥吗？"英语老师撇着嘴，"有送我化妆品的，包包的，鞋子的，都可以开杂货铺了。"

"可是"，蔺骥途点燃一支烟，"咱的工作就是讲课，没讲好家长应该骂娘才对，怎么送起礼来了？"

"那是心意"，英语老师捋了捋发梢，幽幽道。"咱累死累活，又没干伤天害理的事。"

蔺骥途摇了摇头，不对，你知道外人喊咱啥？眼镜蛇，这是好话吗？！

英语老师转身就要走，明显不爱听。蔺骥途哎哎哎喊住她，晚上有空吗？

"干嘛？"

"请你吃饭，我新发现了一家馆子，烧鸡公那叫一绝。"

"辣兮兮，有啥吃头？"

"那就苏浙汇？"

"油腻腻，一点胃口都没有。"

英语老师走远了，蔺骥途抬头望了望天，怅然若失。揣摩女人的心思，不亚于解一道数学难题，譬如黎曼假设，都不敢想，一脑门子的汗。

因此，除了在感情上有些落寞，不再教书了，备课讲课，蔺骥途反倒觉得轻松。前几年，他在股市投了些钱，没怎么买卖，一直顾不上。现在好了，成了保洁员的头儿，坐在操场的一隅，摆弄起手机，半年下来，竟"骑"上两匹黑马，是真"黑"，一家伙就赚了将近三万。想不到，简直太意外了，失之东隅，收之桑榆，蔺骥途晃晃悠悠，去了"领地"咖啡屋。

自打将豆瓣黄杨给"糟践"了之后，总务处主任近乎央求了，你千万别动手，想逛就逛去，回家睡觉也行，有事给你电话。蔺骥途明白了，这叫眼不见心不烦，也好。"领地"位于二环边，闹中取静，午后这段时光，客人稀少。蔺骥途坐在角落里，要一支雪花啤酒，翻阅随身带来的报纸杂志，多半与股票有关，圈圈点点。吸口烟，扫一眼窗外，招呼服务员，小妹，再来一支。蔺骥途一般情况下喝完两支雪花就撤了，去学校露个脸，回家。学校、咖啡屋、家，刚好组成一个等边三角形。对这个发现，他很满意，稳定。一来二去，靠窗的座位，成了老蔺的专属，用不着吩咐，晶莹剔透的雪花就上来了。蔺骥途欠一欠身，字正腔圆，还是个男中音，谢谢。小妹斟着酒，瞄一眼报纸杂志，说你炒股呀。

"对。"

"怎么样？"

"还行吧。"

小妹的语气变了，起码上飚了两个声线：我也炒股，怎么赔得一塌糊涂？

有意思。蔺骥途饶有兴致看了看姑娘，眉眼纤细，头发漂染过，斑斑驳驳，有那么点栗色的痕迹。这里面水深着呢，蔺骥途靠在椅背上，像个长者似的，侃侃而谈。约翰·纳什知道吗？博弈论、均衡论……

小妹手背后，稍微侧了侧身，带着几分俏皮。您贵姓？免贵姓蔺，喊我老蔺好了。说着话，拿过笔来，工工整整，写下蔺骥途三个字。骥就是马，良驹，骥途，锦绣前途。

"蔺老师，你就叫我小珂吧，王字旁，可以的可。"

"美玉呀——"

小珂走了，去招呼别的客人，蔺骥途灌下一口啤酒，压了压，感觉有些失态，甚至是佻挞了，不像话。他三天没去"领地"，脑子里却溢满了姑娘窈窕的身影，尤其那股俏皮劲儿，宛如一只毛茸茸的小兽，憨态可掬。第四天午夜时分，"领地"咖啡屋光影烁烁，一桌客人在玩纸牌，还有一对情侣模样的年轻人相向而坐，絮语喁喁。蔺骥途拾阶而上，小珂抿了抿嘴唇，这么晚了，才过来？

"睡不着"，他揉了揉太阳穴，仿佛在自言自语，"你们也快下班了吧？"

"如果都像你这样睡不着，我们老板最高兴了……"

前边我们说过，红旗厂位于西郊，又是军工企业，当初规划的时候就远离市区。从生产的角度，安全的角度，规划是合理的、适宜的。随着城市化的扩张，近些年大兴土木，二环、绕城高速贯通，城中村拆迁改造，酒肆商厦林立，但底气差远了。夜里十点过后，车辆行人偃息下来，仅仅在路边，卖烤肉烤鱼的摊点，烟雾缭绕，传来酒瓶的叮当声。蔺骥途坐稳了，双手放在桌案上，轻轻的，打出一组节拍。我请你喝一杯，好吗？小珂扮了个鬼脸，一耸肩膀，长长的睫毛直忽扇。蔺骥途明白了，径直来到吧台，跟老板耳语几句，工夫不大，老板端来一份炸春卷，两支啤酒，都有些蔼然了。小珂，你就陪表哥聊会儿，没事。

小珂的眼睛瞪得多大，看着蔺骥途，你跟她说啥了？

没啥，蔺骥途呷了口啤酒，我说是你表哥，看看你，给了她两百块钱。

"你疯了？"

"没疯。"

"还没疯？"小珂的面颊霎时变得绯红。

蔺骥途哆哆嗦嗦，一把攥住小珂的手，再也不愿松开。许多天过去了，还在感慨，我是不是色胆包天啊？如果你拒绝了怎么办？或者，给我一巴掌，哭着喊着抓流氓怎么办？

你呀，小珂在蔺骥途的额头戳了一指头，悄声问，猪是怎么死的？

三

小珂跟蔺骥途好了。小珂是汉中人，在外事学院读工商管理，一家民办院校。毕业后工作没着落，又不愿回去，就在"领地"咖啡屋，当了一名服务员。也是先谋生存，再图发展的意思。读书期间，家里给了些钱，她非要炒股，说是钱生钱，将来出国留学，或是个人创业，就有了保障。结果正如老蔺所言，股市的水深着呢，几年下来，赔的赔，花的花，所剩寥寥。总不能两手空空回去吧，跟家里没法交代，小珂也是个好胜要脸的人。

跟老蔺好，小珂没觉得吃亏。老蔺的父母都退了，唯一的姐姐在红旗厂物业办当书记，兼工会主席。他新买的这套房算是小户型，两室一厅，阳台上摆满了花草。除了岁数大一些，别的，似乎没啥。小珂略显羞赧，那，我就搬来了？蔺骥途搓着手，搬，叫辆车吧。

不用不用，简单得很，你陪我一块过去，来回也就十分钟。

还真不远，就在马路对面的李家楼。衣物塞进拉杆箱，老蔺抱起铺盖，准备走了，同室的女友打了句咳声，你是找到下家了，我咋办？小珂看了看蔺骥途，学校还有单身汉吗？帅气点的，操个心。老蔺唯唯。路上，小珂进一步解释，室友是她同学，在一家保险公司跑单，腿都跑细了……蔺骥途很是讶异，你们学工商管理的，工作不好找吗？

一个三本，有几个认真读书的，小珂吐了吐舌头，倒是带动了校园周边的经济，餐馆、网吧、歌厅，去晚了都捞不着地儿。

蔺骥途站下，倒吸口凉气，仿佛害着牙疼。你，英语四级过了吗？当然过了，小珂噘着嘴，别小瞧人。老蔺皱了皱眉，我是想，家里供你们念书，不容易，在咖啡屋用不上吧？

谁说的？小珂站在斑马线上，准备横穿马路。有天晚上进来一老外，膀阔腰圆，头发都白了。可逮住机会了，迎上去，还没开口呢，老外说话了。姑娘，来两瓶啤酒，有烤肉没？陕西话，比我说得还顺，险些给晕过去……

老蔺苦笑着，摇了摇头，说啥好么，啥都不用说了。

距离是不远，却足足走了三十分钟。因为，打招呼的人太多，当然，是跟蔺骥途蔺老师打招呼。要么寒暄两句，要么拉住了，长篇大套，很热烈，蔺骥途的脸上，始终挂着微笑。一个穿套裙的女人奔着赶着撵过来，将一兜苹果死活要他留下，说什么都不行，跟打架似的。蔺骥途无可奈何，发出一声喟叹，哎，可怜天下父母心呐。小珂讪讪的，进了楼道，就开始抱怨，你的人缘也忒好了……不是我人缘好，蔺骥途放下苹果，将钥匙交给小珂，人们尊重的，是知识。

啸，说你胖就喘，小珂捅开门，似乎并不解气，在老蔺的腰腹掐了一把，全是囊膪，你可得减肥呀。

归拢清爽，小珂看了看表，上班的时间到了。她拉住蔺骥途的手，别去咖啡屋喝啤酒了，比超市贵不少，想喝，在家喝多好，晚上回来我陪你喝。蔺骥途是真听话，就说了一个字，好。不再去咖啡屋，心里，却有了牵挂。等啊等，等到夜里十一点半，遛遛达达，去接小珂。在家里他可没闲着，洗澡水都烧好了，用粳米、花生、黑豆、葡萄干煮的粥在锅里煨着，留一盏台灯，橘红色的光影洒开来，他吹了声口哨，竟然是舒伯特的“小夜曲”。

到了“领地”门前并不进去，现在身份变了，不再是消费者，进去了，别别扭扭的，显得贫气。就在甬道徘徊，偶尔，透过玻璃幕墙张望。这一等可没个准，蔺骥途有备而来，捧一本书，立在路灯下，读得津津有味。

一次有辆110的巡逻车泊在附近，警察百无聊赖，从车上出来活动一下腿脚。看什么书呢？警察问。蔺骥途把书一阖——《上帝与新物理学》。警察笑了，拿大盖帽扇着风，天哪，我儿子要有你这一半的精神……蔺骥途也笑了，现在的孩子负担重，作业都写不过来，哪有工夫看这些闲书？是啊是啊，警察给老蔺一支烟，客客气气，点上火。作业没完没了，看着就头晕，刚上初一，夜里十点以前就没睡过觉。写着写着，打起了盹儿，我媳妇心疼得直哭，你说说看，这样下去怎么得了？老师有病啊？

蔺骥途埋着头，沉吟片刻。老师没病，题海战术，无非进行强化，加深印象。初中每个年级少说有七八个班，这还是不咋样的学校，好一点的，就上了两位数。月考、季度考、期中期末考。表面上，考的是学生，背后，是老师。排名下滑了，绩效工资泡了汤，弄不好，年终奖比旁人要少一大截。再者说，老师也叫先生，知识分子，好脸的人，你带的班总在末尾徘徊，颜面尽失，跳楼的心都有。而老师的背后，又是主任、校长，他们更急，仕途经济，都火烧屁股了……

警察退后两步，你，学校老师？蔺骥途呵咻呵咻，乐得什么似的，眼睛够毒，以前是，现今靠边了。

"为啥？"

"不务正业呗，老讲些没用的东西。"

啥叫有用？啥叫没用？警察兴致盎然，往上提了提腰带。

蔺骥途望天，黑咕隆咚的，没有星星，也没有月亮。他举起《上帝与新物理学》，譬如这本书，有用吗？没用，玄奥、漫无边际。从奇点到宇宙大爆炸，从黑洞到暗物质，对普通人来讲，真没用。但许多未知的东西、领域，就由此而孕育，脱颖而出，并将深刻影响我们的未来。不不不，不是影响，是决定我们的未来，没用吗？No，用处大得很。什么叫有用？立马兑现就是有用？忒势利了吧？简直匪夷所思。莫扎特的音乐、达芬奇的绘画、托尔斯泰的文字、庄子的哲学，有用吗？

蔺骥途眼里闪动着泪花，越说越激动，仿佛长久以来聚集的委屈、愤懑，来了个总爆发。警察脸色突变，啧啧啧，不知说啥好了。110巡逻车上还有位警察，探出头，老孟，有情况，赶紧走了。老孟一溜烟，钻进了车里。蔺骥途摸出烟，点上，踱来踱去。胳膊哪里拧得过大腿，拿鸡蛋往石头上碰，尽说些没用的。切记切记，再不可胡言乱语，把警察都吓跑了。这事闹的。

小珂拎着包出来，亲亲热热，挽住老蔺的胳膊，一路走，嘴就不带闲的。玩纸牌的客人输红了眼，吵得不可开交；一个老男人领着姑娘聊啊聊，喝了两壶咖啡，姑娘将鲜花砸在了男人的脸上……小珂冲了澡，一小口一小口喝完粥，话还没完。我站了十个钟头，腰酸背疼，刚刚在椅子上挨个边，老板那张脸，呱嗒一下，吊得两尺长，真的，不骗你。我站着站着，都快睡着了……蔺骥途给小珂按摩着肩背，锁骨历历在目，他看不下去了。别干了，在家歇着吧。你养我呀？小珂撒娇了，一双腿在空中直扑腾。

老蔺摘下眼镜，怎么能这样说呢？不是谁养谁的问题，而是应该的。

股市行情看涨，蔺骥途腰杆子硬得很，小珂就歇下了。真是放松了，足足睡了两天，眼泡都肿了，跟老蔺嘟囔，我呆着难受，咋办？老蔺呵呵一笑，似乎早有预感，你呀，真是个苦孩子，会打麻将吗？

小珂的眼前，就是一亮。不过，她有些不放心，缓缓的，用绵软的胳膊，箍住老蔺的颈项。你该不会埋怨我，就知道玩，一点正经都没有吧？

"麻将，也叫麻雀，古称博戏，大众文化之一种。"

小珂摩挲着蔺骥途硕大的头颅，这里面可全是知识，我的蔺老师。

一个风和日丽的午后，蔺骥途领着小珂，悠悠荡荡，踅进大毛的麻将馆。蔺骥途认识大毛，算是朋友的朋友。麻将馆甫一开张，学校正放寒假，去过几次，怎奈始终提不起兴趣，便很少光顾了。他跟大毛解释，不是我不照顾你生意，打麻将，靠的是运气，技术含量太低。

"那是，像你这种高智商的人才，最适合修剪灌木了。"

做生意的，最怕这类风凉话，言语之间，免不了刻薄。蔺骥途哈哈大笑，不跟他一般见识。

大毛身材颀长，双睑，走道轻飘飘的。原先是红旗厂销售部的业务员，后来与人合伙搞餐饮，赔了，不得已，开了家麻将馆，"打锅"。蔺骥途郑重其事，将大毛叫到一旁，都有些诚恳了。是这样，小珂赢了钱她自己拿走，输了，记我账上。大毛咧着嘴，笑，他是不好意思，毕竟，拿话噎过人家，感觉对不住蔺老师。小珂不明就里，也笑。她是没想到，玩就玩呗，却立了个只进不出的规矩，也太那个啥了，都有些过分了。她娇羞带喘，拽着老蔺的胳膊，放心，我争取给咱多赢点，好不好？

"好。"那一刻，蔺骥途神清气爽，双手抱在胸前，晃，他是美的。

"锅"是两百块钱的"锅"，比小麻将要大一些，里外两间屋，三张台，大都同学叫同学，朋友喊朋友，知根知底的。娱乐归娱乐，秉性、脾气，也得搭界，相互好有个谦让，小珂就上去了。大毛送蔺骧途到门口，没事你也过来玩呗，蔺哥。蔺骧途摆了摆手，不行啊，我还得照看花草树木呢，他们最近给我起了个雅号，花匠。说完，踆悠踆悠，走了，多少还有些外八字。

　　大毛吸了口烟，想老蔺这人，看着呆头呆脑，尽咥实活。在学校嘚不嘚，将女教师哄上了床，去咖啡屋喝两瓶啤酒，把个风姿绰约的服务员勾搭跑了，跟没事人似的，上哪儿讲理去？想自己做餐饮那会儿，小姑娘围前围后，撵都撵不赢。一旦赔了，雨打风吹，哪还有靓丽的身影？现实，太现实了，挣钱才是硬道理，别的，纯属扯淡。正思忖着，有一"锅"漏了，喊老板结账，大毛转身往里跑，来了来了。漏一"锅"，就收一"锅"的台费，对大毛而言，漏得越快越好。如果遇上很"肉"的"锅"，半天不漏，把人活活能急死。

四

　　小珂觉得自己不算太背，第一个月老蔺付了两千九，第二个月是三千八，到了第三个月，破了纪录，六千三。而股市一路走低，连续十三个交易日不见红色。蔺骧途研究走势、曲线图，从基金到行业板块，不灵了，买啥啥跌，敢抄底就套，简直活见鬼。他有些扛不住了，不知是否该跟小珂商量一下，别玩了。话还没说呢，英语老师来了。

　　学校放了暑假，有些日子没见老蔺了。听说在股市挖了些钱，还玩起金屋藏娇，英语老师坐不住了，她要来看看，一探虚实。没想怎么样，更谈不上兴师问罪，总觉得一桩事情未了，心里头疙疙瘩瘩的。

　　英语老师是黄昏时分到的，在路边买了半个西瓜。本来按常理该打个电话，先联系一下，但没有。英语老师还是个犟脾气，要么不去，去了，就大大方方排闼直入，有啥吗。两位教师之间，相互走动，那叫情谊，再正常不过了。因此，上楼的时候，施施然，裙裾摇曳着，有暗香浮动。天气燠热，蔺骧途就穿了条大裤衩子，在电脑上看电影。他真没想到，涎着脸，接过西瓜，都不会说话了。英语老师撇了撇嘴，蛮清闲么，就你一个？

　　"一个一个。"

蔺骥途抓起一件圆领衫，套上，英语老师趿着高跟凉拖，轻车熟路，去厨房将西瓜切开，拿白底蓝花瓷盘盛上，拈起一块，递到老蔺的手上。蔺骥途嗓子眼直冒烟，大口大口吞咽着，空气中，溢满了草本植物特有的清香。

"好吃吗？"

"好吃。"

一口气干掉两块，蔺骥途洗把脸，英语老师坐在床沿，好一会儿，没吱声。因为，她看见梳妆台上，摆满了瓶瓶罐罐，门后的衣架，悬挂着女人妍丽的薄衫。

"你，有人了？"

英语老师的眼泪，扑簌簌，就下来了，也不擦，顺着圆润的下颏，滴滴答答，泛滥成灾了。蔺骥途忙不迭道，一个小朋友，家在外地，孤苦伶仃的，暂时住几天。

说着话，小心翼翼，凑到跟前，揽住英语老师肉乎乎的肩膀，像是给烫着了，心里咯噔一下。英语老师想后思前，百感交集，歪在蔺骥途的怀里，就说了一句话，帮我把裙子脱了吧。

小珂回来了。麻将馆在团结中路，市场斜对面，小区突然停电，说是负荷过重，将变压器烧坏了，摊子也就散了。小珂现在是铁腿子，下午两点报到，管餐饭，回来，都夜里十点以后了。她想给老蔺一个惊喜。另外，今天没输，连续两天都没输，小珂准备叫上老蔺，去烧烤摊坐坐。吃喝并不重要，玩了三个多月，落了些钱，但一翻大毛的账本，吓了一跳，老蔺付出的，更多。她想借这个机会，跟老蔺谈谈，还是干点啥吧，总泡麻将馆，不是个事。老蔺是没说啥，自己也不能装憨，日子长着呢，天底下，哪有这个理？因此，她蹑手蹑脚打开防盗门，跟躲猫猫似的，往卧室一探头，蔺骥途和英语老师，刚做完"功课"，裹着浴巾，坐在床上吃西瓜。空调开得很足，场面是温馨的场面，电脑里深情款款，传出男女声二重唱，《广岛之恋》。

见到小珂，英语老师笑了，动都未动，脸颊红扑扑的。蔺骥途迟么二愣，脱口问了一句，这么早就回来了？

小珂懵掉了，嘴张得多大，你、你们……一摔门，脚步踉跄，跑了。英语老师不慌不忙，穿好衣裙，拢了拢头发，冲着老蔺说，去找找她吧。对了，这姑娘还没我高呢，灰突突，小鼻子小眼，你喜欢她哪一点？

蔺骥途戴上眼镜，一脸无辜的样子。叫你来你也不来，我总闲着，好人也憋出毛病了……

英语老师放下木梳，转过身，直勾勾盯着他，恨不能盯出一窟窿。姓蔺的，你真是太无耻了。

还没完，将剩下的西瓜，一古脑，掼到地上，稀烂，白底蓝花瓷盘也碎了。都走了，蔺骥途点着一支烟，拿起电话，犹疑片刻，又给放下。似乎在哪本书里读到过，是你的，跑不了，不是你的，再怎么折腾也白搭。他收拾了残局，推开窗牖，拎了瓶啤酒，饮着。三角形，在几何里，是超级稳定的形态。而生活中，三角关系，却如此撕肝扯肺，险象环生。喝着喝着，睡着了，跌入沉沉的梦乡。恍惚间，步入一片泥淖，暑热蒸腾，愈陷愈深……蔺骥途大骇，瞪着一双眼睛醒来，浑身上下，全是汗。

树上的蝉，叫疯了，小珂踽踽独行。走几步，回头瞄一眼，哪里有老蔺的影子？再看手机，鸦雀无声，连条短信都不见。这头猪，王八蛋……鬼使神差一般，又回到了麻将馆。她没处去，总不能回李家楼吧？前几天接同学电话，也掉进温柔乡了，国旅的导游。这就是身在异乡的难处了，真遇上事儿，哭都没地哭去，哭给谁听吗？依旧黑黢黢，间或，谁家的碎娃，拿着手电筒，四下里乱射。大毛跟几个牌友，正坐在路边喝酒，桌案上，摆放着烤肉、鸡翅、一碟泡菜。你怎么又回来了？老蔺呢？小珂也顾不得那么些了，一面抹眼泪，一面说，大伙儿面面相觑，沉默了。有人给小珂搬出一把椅子，递上啤酒，大毛笑出了声。他想起了那个雅号，花匠。这个老蔺，哪里是花匠么，整个一花花肠子。

"我不理他了，再也不理他了。"

谁也没当一回事儿。牌友们喝着喝着，陆续撤了，月光如洗，只有小珂还在抱怨，絮絮叨叨，显然是喝多了。

电话响，不是小珂的，是大毛，老蔺打进来的，到底没忍住。问小珂在吗？在呢，大毛说，哭得稀里哗啦，那我让她接电话。大毛多少有些殷勤了，将手机递过去，这时的小珂，不可能接，接不成么，连生气带窝火，况且又过了一道手——大毛的手，真是猪脑子。不接归不接，态度总得有，小珂从牙缝里挤出五个字，让他见鬼去！大毛抿着嘴，问，听见了？听见了，蔺骥途开始笑，之后，"哎"了一声，隔了几秒，又是一声"哎"。大毛给糊涂了，老蔺却念了句楹联，身后有余忘缩手，眼前无路想回头……大毛收起电话，面色凝重，这他妈什么鸟意思？

五

第二天，大毛过来了，中午来的，蔺骥途正在吃面，油泼面。主要是省事，洗几棵青菜，切点蒜、葱花，拿油一泼，得了。扒拉完，去厨房漱了口，大毛说话了。从进门到现在，大毛始终笑呵呵的，眼睑更重了，穿了件熔岩红的T恤衫。蔺哥，这事怪你吧？

怪我，真没想到……蔺骥途递过去一支烟，都有些巴结了，小珂的意思？

"让我来取她的皮箱和用品。"

是吗？蔺骥途的身子，晃了晃。

要不你过去谈谈？大毛看出来了，老蔺很不自然，一只手放在膝盖上，敲，似笑非笑，跟哭似的。

事已至此，蔺骥途咽了口唾沫，算了吧，我怎么就怕跟女人谈。大毛乐了，你不挺能说的吗？天文地理，上下五千年，强项啊。蔺骥途掸了掸烟灰。我现在慌得慌，搞不好，成了仇人，反倒没意思，你说呢？问题又抛给了大毛。大毛站起身，你们的事我管不了，我就负责传个话跑个腿，一杂役。衣物、瓶瓶罐罐，重新装箱，大毛接过去。别多想蔺哥，我这人好赌，不好色，跟小珂合伙弄麻将馆，有空过来玩。

说完，一手拎着拉杆箱，一手夹着铺盖，走了。瘦归瘦，筋骨肉，脚下生着风呢。行囊虽说有限，一旦腾空了，感觉不一样，是行囊背后的人，消失了。哐当一下，岑寂下来，连午后的阳光，也蔫头耷脑，黄不愣登的。蔺骥途这里站站，那里靠靠，转起了圈儿。一只马蜂，在厨房乱撞，啥时辰钻进来的？

蔺骥途是三天以后去的麻将馆，本来不打算去了，又一想，多大个事情，哪怕坐一坐，露个脸，姿态很重要，表明一下胸襟，能否撑船是一码事，也绝非鸡鸣狗盗之徒。果然新添了台机子，热热闹闹的，所有认识他的人，怔了一下，随即招呼道，蔺老师来了？来了来了。蔺骥途塌着肩，笑，简直不成个样子。大毛欢欢喜喜泡了杯茶，小珂正在操练，似乎瞟了他一眼，嘴里唱着牌。蔺骥途的心，揪了一下，就一下，好了。

吸完两支烟，人手凑齐，老蔺上了牌桌，但心思，明显没在牌上。以为放下了，轻装上阵了，理智与情感，却呈胶着的状态，左突右冲，没有方向。扫一眼旁边的单人床，铺盖，拉杆箱，耳朵支楞着，小珂在那里说说笑笑，就坏了事。他都没考虑，顺手，将刚揭的五万打了出去，不就是一张麻将么，有机塑料么。身后的看客捅了他一下，蔺骥途扶了扶镜框，直唬气。瞧我这脑子，不是进了水，整个短路了，神经坏死。他听夹五万，活生生，将"炸弹"扔进了锅里。

这牌就没法打了，如坐针毡一般，去过两次，就不大露面了。小珂偶尔来电话，三缺一，他说对不起，身体不太舒服。咋了？也没啥，他们说我缺心眼儿。小珂沉默着，过了十几秒，挂了，蔺骥途似乎听到了对方微弱的喘息声。他本想说点什么的，话到嘴边了，嘟、嘟、嘟，传来阵阵的忙音。这就不是短路的问题了，把线给掐了。阳台上的一盆非洲茉莉从支架上跌落在地，发出"砰"的一声，山响。蔺骥途热汗淋漓，腿发软，肠胃撕撕拉拉拽着疼。他看了看枝形吊灯，又瞅了眼对面的高层，心里不踏实，给英语老师电话，劈头就是一句，地震了？！

英语老师顿了顿，你喝多了还是发烧了？

"没有啊。"

噢，没有？英语老师明白了，语重心长地说，那你去第十人民医院挂个急诊，打120也可以。

蔺骥途还是不放心，揿响了邻居的门铃，一位老太太透过花镜死死盯着他。阿姨，你知道第十人民医院在哪儿？老太太亢奋得很，满脸的褶子舒展开，白发皤然。在电视塔那边，也叫精神病医院，谁不得劲了？

好着呢，都好着呢，我就是问问。蔺骥途点头哈腰，老人家厚重的眼皮一耷拉，神经。

这个英语老师啊，有意思吗？老蔺摸出烟，点上，一股子焦糊味。他奶奶的，把过滤嘴给点着了。

开学了，一切照旧，仍在总务处赋闲，都没人搭理他，晾着，蔺骥途快快不乐。想这样下去，也不是长久之策。正熬煎呢，有人敲门，认识，就是那位送大米的鳖黑汉子。蔺骥途刚要解释，那人说知道，你下岗了……老蔺站在那儿，真像个傻子，茫然不知所措。来人倒不见外，坐，坐下谈。是这样，孩子明年中考，如果高中考不上，咋整？蔺骥途龇牙咧嘴，可是……

我们家孩子叫闻声，他爷爷给取的名，一点都不听话。汉子哭丧着脸，给蔺骥途一支烟。但怪毯了，他对你印象蛮好，我的意思，下午放学后，让他来你这儿做作业，你晚上吃啥，随便给他一点，闻声对吃不讲究，嘴不刁。我们是大老粗，根本辅导不了，你也知道，市场乱糟糟的，哪有安静的时候……我每个月给你六百块钱，咋样？

蔺骥途低下头，想不到是这么档事，正迟疑着，来人又说话了。蔺老师，其实，学习好坏我都认了，可闻声……蔺骥途觑了对方一眼，咋？

"他弄了顶头盔戴着，我跟他妈都快疯了……"

"头盔？"

黧黑汉子咳声连连，鼻子齉齉的，双手绞在一起，骨节喀喀直响。跟街面上常见的头盔不一样，常见的头盔都是红色的，鲜艳的。我们家闻声缺大德了，不知从哪儿弄的，蓝灰色，应该是钢盔，就电影里，德国鬼子戴的那种。现在他一露面，我们两口子就想往地底下钻，没脸见人呐……

"还有这事？让他来，我倒想见识见识。"

蔺骥途的表现令汉子大吃一惊，喜出望外了，小眼睛眯成一道缝，颠了颠屁股，脖梗伸得老长。汉子沉吟片刻，咬着牙，鼓着劲，蔺老师，如果闻声把头盔摘了，今后你家的米面油，我全包。

蔺骥途欣欣然，活动了一下手腕，不谈米面油，好吗？

就来了。虽说是子弟学校，近些年，也敞开大门，收了不少进城务工人员的孩子，要交借读费的，实事求是地讲，不算太离谱。像师大附中那类顶尖名校，你就是拿钱砸，也不一定能进去。有钱人太多了，而优质资源有限，怎么办？考试，差一分都不行，分数就是硬道理，死杠杠。社会上的奥数班屡禁不绝，遍地开花，症结就在这里。同门师兄多年前就离职办了家奥数班，叫"智晟"，小有名气。师兄早就喊他过去，来么来么，我们"智晟"教育培训中心覆盖面广，数理化英语都需要人，不是说大话，两年后，让你玩四个轱辘子……

"谢谢，我有辆电动车，蛮好。"

喊他加盟办班的不止师兄，大都填鸭似的强化教学，更何况寄人篱下，还不如在学校修剪灌木呢。师兄骂他惰怠，暮气沉沉，没救了，蔺骥途不以为然。干啥不重要，关键是找到兴奋点，价值之所在。因此，他慢条斯理，跟师兄坦言，真没饭吃了，再去投靠，抱歉抱歉。师兄哼了一声，你以为你是谁？莱布尼茨？也弄个枢密顾问干干？

"不敢不敢。"

"知道就好，你小子不见棺材不落泪。"

"那是那是。"

再一琢磨不对味儿，想解释一下，信号已经断了。

在蔺骥途的脑海里，对闻声没什么印象，应该是中不溜的孩子。拔尖的，或者太差的，能记住，中不溜的就难说了。他接手初中三个班，一百六十多个或方或圆的小脑袋，只教了不到三个学期，哪里记得住。果然戴着钢盔，很单薄，瘦高，行为举止，丝毫也不拘泥。坐在沙发上，蔺骥途泡了杯茶，望着闻声，笑。你是几班的？八班。怎么想起来戴钢盔？

闻声将钢盔抱在胸前，带着些许的诡谲，你先说说，这是什么型号？

"仿制品，M35，像是喷漆的。"

"行啊，蔺老师。"

蔺骥途接过钢盔，扣在了自个儿头上。行啥，听你爸说了，在网上查了查，不打无准备之战。

我就是喜欢，也没啥，有人爱踢球，有人爱养鸟，我就不能喜欢钢盔？

当然可以，喜欢你就戴着，对了，学校没说啥？

说了，闻声喝了口茶，将杯子捧在手上。我第一天戴钢盔进校门，让教导主任逮了个正着，他眼睛瞪得跟铃铛似的。我跟他讲道理，学生手册里没说不让戴帽子，哪有这一条？他绷不住，笑了。你那是帽子？咋不是帽子？材料不同而已。主任挺逗的，可能没缓过来，摆了摆手，我就进去了。不过，上课的时候我不戴，听不清楚，也容易分散老师的注意力。

你呀，蔺骥途忍俊不禁，突然感到词穷，敲了敲钢盔，生疼。

闻声很乖的，打开书包，写作业，蔺骥途出门买菜。临行前，问了一句，喜欢吃啥？豆腐，就买王三婆家，王三婆的豆腐好。闻声的眼睛清亮极了，唇髭稀稀疏疏，若隐若现。以后你买鱼，上芳欣水产，买肉，上春梅家，买调料，上大门口兴业家，待会儿我帮你写在纸上，起码，他们卖的东西不糊弄人，真。蔺骥途张大了嘴，仿佛牙床给粘住了，闻声接着说。对了，我们家的大米根本不是五常的，但有一点，足斤足两。

"知道了。"

蔺骥途在市场走了一圈，两手空空，不知道干嘛来了。脑子里，全是闻声那番话，一路走，一路咂摸，脸上笑眯眯的。有人喊蔺老师，闻声他爹穿了件蓝大褂，站在稻梁秫麦堆里，说你买豆腐是吧？王三婆家的豆腐好，往里走，拐弯就是，让你费心了蔺老师。蔺骥途莞尔，嘴里嘟嘟囔囔，买完豆腐，又买了把小葱，一根得利斯火腿。要学着烧豆腐，嫩豆腐老豆腐，豆腐皮、素鸡、腐竹，应该都爱吃吧？

一天晚上，闻声写了篇作文，叫"我爱钢盔"，说蔺老师，你看看。文章先描述了现代钢盔的起源，一战、炒菜锅、法国将军亚德里安。再到小时候被父亲打，进城后，总有人胡撸他的脑袋，人的脑袋是随便胡撸的吗？戴上钢盔后很踏实，暖暖和和的。尽管有人笑，指指戳戳，我不在乎。结论出来了，戴自己的钢盔，让他们裸露去吧。

蔺骥途从桌上拿了支烟，很好，夹叙夹议，真的很好。闻声的脸，微微有些红。但是，蔺骥途话音未落，闻声将鞋脱了，盘腿坐在沙发上。我就等着你的"但是"呢，就知道你有但是，说吧。你很敏感，蔺骥途吸了口烟，问题可能就出在这里。没有人是一帆风顺的，等你长大了，遇到的麻烦会更多，这是必然的。但是，我还得说但是，人不能纠结，什么是纠结，缠住不放，往里绕，绕着绕着，出不来了，这叫麻烦，很不爽，甚至是无趣了。

蔺骥途起身从书架上拎出一本书，你学过历史吧？在宋朝，有位伊川先生，伊川是别号，他的全名叫程颐，理学家，厉害。一次有个朋友说我有件奇事，你来解一解。啥奇事呢？夜间燕坐，室中有光。燕坐，就是打坐，古人讲究坐禅，说我晚上刚进入静虑的状态，光彩熠熠，咋回事么？你不是厉害吗？高人吗？来吧。打坐都要静的，灯盏肯定是不点的，怕走神，但坐着坐着，有光了，还不是一般的光，异彩。奇了怪了，稍有不慎，就跌入对方的圈套。伊川先生那叫一个高，说我也有一件奇事，每食必饱。明白了没？给挡回去了，少来那一套。发点光见个亮，影影绰绰，你那还叫奇事？我可是实实在在，一点虚的没有，每食必饱。

闻声坐不住了，笑啊笑，嘎嘎的，前俯后仰，去拍沙发的扶手，太狠了，每食必饱！

笑得泪花都出来了，巴掌都拍红了，闻声去厨房洗了把脸，背上书包，要走。蔺骥途说，你的钢盔没戴。先放这吧，闻声将食指放在唇边，嘘，每食必饱。

钢盔少年不戴钢盔了，有连锁反应，又有两位家长将孩子送了来，都是明年要参加中考的。两位家长，一个是开网吧的，一个是开餐馆的。说蔺老师，我们相信你，能不能考上是一码事，放在你这，他不会乱来，拜托了。而咨询的家长源源不断，蔺骥途信心满满，干脆递交了辞职报告，一门心思做家教。学校正盖新楼，几位领导忙得团团转，说知道了，我们抽空研究一下，你等通知吧。

蔺骥途不敢跟家里讲，吭吭哧哧，在电话里，与姐姐透了点风。姐姐是个暴脾气，来了，兜头盖脸，将他臭骂一顿。蔺骥途蜷在角落，蔫了巴唧，不说话。训完了，姐姐喝口水，歇了歇，说我们单位有两个同志的孩子正读高一，数学不太好，想让你抓一抓。也就礼拜天下午有空，算两节课吧，你尽点心，别给我丢脸……

"那家里？"

"家里你别管，过些日子我去说。"

物业物业，就一个字，杂。杂有杂的好处，接触面广，姐姐不知从哪儿淘来七八套桌椅板凳，说有啥困难，直接告诉我。蔺骥途嘿嘿嘿，笑，老姐狠狠的，剜了他一眼。笑个屁，还有脸笑？放着好好的工作不干，那可是旱涝保收，你将来咋办么？道不同不相为谋，我就是喜欢搞怪的孩子，不循规蹈矩的孩子，有挑战性。但这话岂能跟老姐讲，惹急眼了，没他好果子吃。蔺骥途思忖着，欲言又止，愁肠百结，形容难免愁苦。老姐一甩袖子，瞧你那副德行，整个一头蠢驴！

赔着小心，送姐姐出了门，蔺骥途在镜前站稳了，挤眉弄眼，扯着耳朵。跟驴不挨么，老姐真是的，出口就伤人，也不知咋当的领导？重新泡了茶，上网搜索家教收费的情况，一对一，每节课一百都没人干，心中有了底。高一的学生两节课收一百五，初中的孩子连辅导带晚餐，每月收五百，并且先试三天，分文不取，孩子、家长满意了，再来。闻声的眼睛瞪圆了，蔺老师，你怎么搞双重标准？蔺骥途一笑，跟你爸说，也是五百，多收的部分，退还。

初中的孩子，渐渐就有六个，有的是父母做生意，无暇照顾，有的是贪玩，荒疏了学业。不管是谁，头一天，蔺骥途跟孩子看纪录片《含泪活着》。《含泪活着》讲一个父亲"洋插队"的故事，为了家庭跟女儿，十五年茹苦含辛，只身在日本打"黑工"，头发掉了，牙齿也掉了，箪食瓢饮，居陋巷，不失其志……片子在富士电视台播出后，喜欢自杀的日本人受不了了，反响强烈，不少落魄者重新拾起了生活的勇气。每看一次，蔺骥途就哭一次，控制不住，当然，孩子也哭。哭完，松快多了，心跟洗了似的。安安静静，写作业。

六

家里重新布置了，腾出一间房，做教室，还整了块小黑板，一盒粉笔，像模像样。又添了碗筷碟盘，大口径高压锅，小家伙饭量美得很，吃好不敢说，怎么也得吃饱呀。从网上下载菜谱，荤素搭配，换着花样来。晚上九点，有家长陆续上门接孩子；没人接的，蔺骥途挨个往家送，怕孩子贪玩，磕了碰了，家里不放心。

一次刚过马路，闻声说没事的，你回吧。蔺骥途去兜里摸烟。他现在吸烟少多了，尤其当着孩子们的面，一口都不动，不敢动。还是姐姐说得好，你这算公共场所了，凡事检点些，不可由着性子。蔺骥途记下了。每两个星期，喷一次灭害灵，以杜绝蚊蝇蟑螂的骚扰。菜蔬水果，反复洗濯，连马桶都擦得锃亮，还购置了"美的"饮水机。闻声走出几步，突然转身，蔺老师，世界上最大的淡水湖叫什么？蔺骥途憋屈了好一会儿，不知道。

"苏必利尔湖。"

闻声开心死了，展开双臂，做飞翔状。蔺骥途挠了挠头。看起来，明天得上书店逛逛了，买两幅地图。一幅中国的，一幅世界的，放眼望去，格局就不一样了。

孩子们进进出出，左邻右舍是最先觉察到的。那位戴花镜的老太太实在忍不住了，一个阴霾的午后将他堵在楼梯口，蔺骥途拎着一袋垃圾，正准备出门。蔺老师，你办起小饭桌了？

"是啊。"

"犯啥错误了，让学校给开除了？！"

哪里，蔺骥途满脸堆笑，哈着腰。小饭桌是小饭桌，也讲讲课，我有教师证的。

老太太一缩脖梗，好么，两手抓，两手都要硬，你可真行……

蔺骥途抬起腿，想溜，老太太挡住了去路，拿拳头揩了揩眼角上的眵目糊。让兔崽子们安静点，他们一嚷嚷，我脑子可就开了锅，高压一百八，怎么得了哎？！

蔺骥途倒完垃圾，心里七上八下的，觉得不是个事，在门口的超市买了箱牛奶、两袋米旗面包送给老太太。说阿姨，对不起，影响你休息了，我一定教育孩子小点声，真的怪我，疏忽了……老太太扁了扁嘴，混浊的泪水潸然而下。你比我儿子强啊，那个混蛋半年都不回来一趟，我这有刚出锅的红薯，给你拿两个……

谢谢阿姨，以后有啥事你就喊我，快进屋吧，外面冷。蔺骥途说着，噔噔噔，一路小跑，上了市场。

很累的，除了烧菜煮饭涮锅洗碗（小家伙们不喜面食，就爱吃米饭），理化史地英语，都得温习。地图挂在了墙上，有事没事，都会在跟前站一会儿，仔仔细细端详。山川沙漠草原海洋河流湖泊，大千世界林林总总，体味到自身的藐小，对周遭的一切，又倍感珍惜。夜里翻着书，迷迷糊糊就睡着了。漫山遍野，开满黄灿灿的油菜花，孩子们三三两两，嬉戏。上课的铃声一阵紧似一阵，执拗得很，没完没了……惊醒来，是电话，在枕边叫，小珂带着哭腔喊，老蔺，快来救我。

麻将馆出事了。麻将馆出事不奇怪，再没脾气，关系再好的人，在麻将馆泡久了，也难免心浮气躁，嫌隙顿生。赊账的，愿赌而不服输的，话痨惹人嫌的，叽叽歪歪，哪天不嚷嚷几句？因此，麻将馆的老板不好当，看似简单，一般人真还干不了。今天这事跟打麻将没关系，但有牵扯，算是衍生品。

最近一个时期，不知谁先闹火着，麻将馆兴起了推"对子"。就是拿出三十六张饼牌，有人做庄家，规矩是两个九饼最大；杂牌里，九点最大，超过十点，减去十，再比剩下的点数，依此类推。开始五块十块一把，后来起步就是二十，这比打麻将刺激多了，关键是快，几分钟一把，好赌的人趋之若鹜。大毛也是手痒痒，以为自己不含糊，结果越陷越深，输了四万多，急眼了。人一急眼就容易出昏招，从小珂手上拿了些钱出门学"艺"，再推"对子"，就有些所向披靡的劲头。偶尔也放放水，那是撒饵料，给你个甜枣吃。

小珂挺烦的。本来麻将打得好好的，天天有进账，多少而已。常泡麻将馆的都知道，打来打去，最终的赢家，就一个，麻将馆老板。谁承想，半路杀出个新花活，拦又拦不住，尤其到了晚上，打麻将的没两桌，一屋子人，挤挤挨挨，推"对子"，比大小。小珂的不悦就挂在了脸上。大毛当然明白，私下里，跟小珂拍了胸脯。放心，这东西来钱快，等咱一人买辆别克，立马收摊。搭档这种关系，不好说狠了，更何况，麻将馆是大毛撺起来的，小珂来得晚，也就笼络个人心，帮衬。

今天晚上玩着玩着，被大虎看出来了，有猫腻，也就是俗称的"出老千"。还不是大虎，是他带来的朋友。大虎输了三万，总感觉怪怪的，就拉了位道上的朋友，说你帮我看看。一看，破绽出来了，大毛那点把戏，也就小玩闹。众人不干了，有输三四万的，有输七八千的。大毛起初不认账，拍着桌子喊，筋脉暴凸。后来没辙了，说你们坐着，喝茶，我取钱去，今后谁再推"对子"，出门就让车给轧死，我输钱的时候，咋没人吭声呢？这话说了等于白说，你又没抓住他人的把柄。两个小时过去了，大毛音讯皆无，手机也关了，群情激愤。虽说来的都是朋友、熟人，但别忘了，赌场无父子，遑论朋友？有人把酒瓶砸了，说咋办吧？小珂就哭了，吓着了，没见过这阵势。说是没关系，撇得清吗？哪个信呀？！小珂懊悔不迭。她绞尽脑汁，想了又想，在这八百多万人口的城市，唯一能找的，也肯帮她的，就剩下老蔺了。

蔺骥途听明白了，要钱，好像是七万，小珂哭哭啼啼，听不真切。他笑了一下，有预感，手机全天都开着，就等这个电话。泡麻将馆的是些什么人？三教九流，各路货色。玩一玩，放松放松，倒也罢了。真就当个营生，左右逢源，见人说人话，见鬼说鬼话，不人不鬼说胡话，小珂还嫩了点。唯一没料到的，这才几天，就干不下去了。起身穿衣，想了想，将闻声的钢盔扣在了头上。他骑着电动车，跑了两家银行，从柜员机里取出四万五千块钱，能取的，全在这儿。

来到麻将馆，门敞着，乱得不能再乱，嗡嗡嘤嘤，跟蜂巢似的。很快，静下来，因为那顶钢盔。推"对子"这伙人，大都不认识蔺骥途，以为特警呢。但看着又不像，是便服，枪械也没有，神态怡然，全无戾气。蔺骥途径直走到小珂面前，掏出钱，说，就这些了，你看够不够？众人的神经松弛下来，他娘的，原来是送银子的。小珂连碰都没碰，一沓子钞票，就撂在麻将桌的中央。大虎犹豫了一下，去抓钱，好么，无数只手，伸过来，有人维护秩序，说别忙别忙，也有瞧热闹的，在旁边起哄，打劫啦！椅子撞翻了，水壶也倒了，发出一声闷响。谁带来的贵宾犬受了惊吓，汪，汪汪汪，夺门而逃。

蔺骥途笑了笑，往外走，小珂拎起拉杆箱跟出来，已经是十二月底了，天寒地坼，两人站在路边，你看我，我看你，僵持住。小珂哑着嗓子，问老蔺，你还喜欢我吗？蔺骥途摘下钢盔，喜欢，我从未说过不喜欢你……小珂哭得呜呜的，那，我上次走的时候，你也没拦，求求我。你要说两句软话，我就不走了，哪有这事……

外面的空气，真好。清清冽冽，涤荡着，月色撩人。蔺骥途鼻子酸酸的，你还不知道我？脸皮薄，不好意思求人……说着，把钢盔递过去，风大，当心感冒了。小珂戴上钢盔，坐好，一把搂住老蔺的腰。你真是神道，从哪儿弄了顶这万货，简直太雷人了，刚才猛的进来，吓我一跳。

现在，此时此刻，是蔺骥途有满肚子话，要对小珂说了。钢盔的来龙去脉，闻声；王三婆家的豆腐……你的英语还行吗？

"你说啥？我听不见。"

蔺骥途靠路边停住车，转身，将钢盔往上一抬，想吃点东西不？这有家麻辣烫……小珂的鼻翼动了动，我都快饿死了。说完，咬住上嘴唇，抽抽噎噎，又要哭。蔺骥途笑了，走，进去暖和暖和，我给你讲个"每食必饱"的故事，可好玩了。

一辆警车斜刺里插过来，紧急制动，发出"嘎"的一声。有个警察冲下车，急火火喊，我可逮到你了。蔺骥途吓了一跳，手足冰凉。警察气喘吁吁，说别怕别怕，我姓孟，还记得一天夜里，在"领地"咖啡屋的门前……蔺骥途想起来了，对，有事吗？警察跺着脚，直拍大腿。是我那儿子，迷上了游戏，没把人气死，皮带抽断了两根，让我把电脑给砸了，班主任都放弃了，说没啥指望，基本上算是废了……

"哪个学校的？"

"十五中。"

"找我干嘛？"

是这样，警察带着哭腔，那天听你聊，觉得挺有意思。想请你帮个忙，开导开导我儿子，死马当活马医吧……

蔺骥途上前一步，血往上涌。你也糊涂，哪有什么死马？活蹦乱跳爱玩游戏的孩子是死马？混账逻辑，那我们就是白痴、蠢货！还有，砸电脑干嘛？电脑招谁惹谁了？好比美国的校园枪击案，禁枪有用吗？杀人的不是枪，是人，是人在杀人。电脑有什么错？跟电脑一点关系都没有。蔺骥途歇了歇，怕自己情绪失控，掏出纸笔，写着。这是我的电话和地址，你让他来，没事的，我再重复一遍，孩子都是好孩子，没事的。孟警官攥住纸条，已泣不成声。好了好了，蔺骥途拍了拍对方的肩，放心，我明天等他。

蔺骥途直戳戳走在前面，小珂尾随其后，小声咕哝着，你有脾气了。是吗？蔺骥途抹了把脸，将眼角的泪水，抹去。那我得改改，吃完了赶紧回去，上网练练游戏。游戏？小珂就是一愣。蔺骥途拉着小珂进了餐馆，拿起塑料筐，去拣菜。

美国大学的经费，十之八九，源于捐赠，老蔺边拣菜边说。一天，有位捐赠者走进纽约大学校长的办公室，有趣的是，这人赤着脚，大大咧咧就进来了。校长见状，赶忙脱去鞋袜，以示平等。谈话结束，捐赠者掏出支票，在一的后面，填了八个零，一亿美金。

我明白了，小珂说。哎，你还有一个故事没讲呢，每食必饱。

不急，蔺骥途伸出手，再来些鱼腥草吧？这东西清热解毒，咱边吃边聊。

作者简介：

崔敏，一九六三年出生，西安市人。迄今已发表小说近百万字。代表作有《本命年》《一天到晚游泳的鱼》等。有多篇小说被选刊转载。

新娘来到白杨镇 /丁燕

一

一九六六年秋，李小荷诞生在甘肃李家庄一户农家小院的土炕上。

五岁那年，父亲硬塞给她一把二胡，让她拜村里一位在戏班演奏过几年的大爷为师。十岁，她搬着凳子坐在村口的老柳树下已经能拉得有点模样。她穿着母亲裉下来的蓝色大褂，脚上是双黑条绒布面千层底鞋。

她面对的观众大多姓李。这个村子的人住在这里已有几百年了，每家每户间都能拐弯抹角扯上点亲戚。听到二胡响起，大家都聚拢在村口，可那磕磕绊绊的调子却像牲口被打时发出的干涩叫唤，怎么听，都扎耳朵。准备下地的大伯子小叔子，用右臂压住肩头的锄把子，腾出两只手掌，学着电视里的模样鼓起了掌，小媳妇和老大娘则笑成一团，几乎岔气。师父坚持着听完演奏，走过来，摸了一下她的脑袋，叹口气，走了。李小荷搬着凳子回家后，抬高嗓门高声对父母喊："这是我最后一次拉二胡！"

父亲气恼过后，送她去一位堂兄家学写大字。拿着毛笔往报纸上写，她写得衣服和手指上都是墨迹。晚上，用块碎红砖在指头上搓，再把洗干净的手指塞入盆子中，捞起泡出一滩黑水的衣服开始搓。洗净搭在院子里的麻绳上，一夜风干后，第二天再穿上，害母亲说她浪费了太多的洗衣粉。即便这样，小姑娘对书法的热情依旧不改。但是，青春期过后，整个村子里的人都发现她写的大字总是没睡醒，怎么看都不精神，连白送给人家红底黑字的

"福"，都不往大门上贴，最多往灶房的黑墙上用锅巴一粘，没几天掉了下来，正好用来引火。

李小荷当不了音乐家，也成不了书法家，功课一般，初中毕业就回家做饭，走上了一条平平常常的生活之路。

二十岁这年，她遇见了男人王土生。

王土生是李家庄人口较少的那一族，在这里也住了上百年。闹饥荒那年，他父亲王大水挑着两个扁担筐走了西口，很久都没有回来，说是在新疆扎了根，有了女人，还养了儿子。王土生到李家庄时已二十八岁，一身蓝色中山装黑皮鞋。跟大伯大爷握手时说你好，还躬身递上纸烟卷；见了娃娃媳妇，从口袋里抓出花花绿绿的糖果一撒；见了婶子大娘，从人造革黑皮包里掏出尼龙袜子来，一人一双，哪个也没落下。

和李家庄那些眉清目秀的男子相比，这个姓王的人家不知在遗传过程中发生了什么变异，身材矮小，骨骼结实，挺着个小圆肚子，脸像牛头，厚嘴唇，细长眼，秃顶。也许是成天劳作在蛮荒之地，他皮肤黝黑，眼角堆满皱纹，看起来像三四十岁。王土生豁达乐观，时常爆发出强劲的大笑声，喜吃油水大、肉多的饭食，不讲虚礼，夜里听村人聚在一起唱秦腔，自己也跟着乱吼两句，欢喜得搓手跺脚。

说是回来认祖，可这么个大活人，至今还没个老婆，怎么能不让李家庄的父老乡亲着急冒火。一个个未婚待嫁的大姑娘都被数落了出来，按村里的老规矩，挨着个去请暂住堂兄家的王土生来吃饭。饭食是精心准备的：油饼子、炒鸡蛋、浆水面；再好一点的人家，用大碗盛出的回锅肉上还放着点绿色的芫荽沫。饭食几乎家家都差不多，所不同的，是每一家的姑娘，或高或矮，或胖或瘦。

看多了，吃腻了，王土生绝望中生出厌倦，预备打道回府。待李小荷的母亲来唤他吃饭时，他以为这家人不过是还个礼，并无女儿要嫁。

这户人家并无特别，土坯围起个矮矮的院墙，几间不大的平房连缀在一起，其中的一间很特别，空荡的屋内置张落了漆的长条木桌，放着先人的牌位。另外三间住人，还有一间小仓库，没有窗户，墙上高处钉着根木棍，其上挂着大小锄头和耙子，地上堆着化肥袋、包谷杆。厨房临近大门，和这排房子正对面，低矮狭窄，从挑起的门帘内冒出滚滚浓烟，听得见炒菜的女人在不停地咳嗽。

参观完这表面殷实的农家小院后，王土生被迎进里屋，脱鞋上炕，坐在红色小炕桌旁，端起杯滚烫的茶送到嘴边，啜了一点，发觉里面有焦红枣混合着蜂蜜的味道，显然是专门熬出来的，就多喝了两口。

土炕的下半截子挂着颜色泛白的炕围子，透出背后青色的墙。房顶上裱糊的白纸受潮后，裸露出里面的报纸，超粗黑的大小标题无言地拥挤在头顶。屋子正中，一张大红方桌上，摆放着闹钟、茶杯、几盒药。墙上挂着幅传统的山水画，看不出是哪里的山哪里的水。一个镜框中镶嵌着全家福：年老的父母，生猛的两兄弟，最外面站着一个身影模糊的女儿，落落寡欢。

这女人马上从相片中走了下来，挑开门帘进来，低头将一个大瓷碗放在炕桌上。女人穿着碎花衬衫，身材颀长，肤色白皙，一转身，无言地出了屋子。碗内的肉菜切得硕大，明晃晃的，像从油里炸出来一样。

待第二碗菜上来时，王土生看到一双指甲白净的手指，有些吃惊。阳光让这些珍珠般的手指散发出亮晶晶的光泽。指甲的尖头细细的，剪成杏仁样式。其实这双手并不美，关节瘦了点，手指长了点，周围的线条也欠缺柔和。但这双贵妇手出现在古旧的李家庄，令王土生莫名心动。

父亲忙随口说，小荷，叫哥。

王土生局促地点头，认下了这个妹子，并不住赞菜好吃。

父亲说，好吃就再来。

王土生果然再来。

手中不是拎着茶叶就是鸡蛋，或者一条刚割下来的五花肉。

因这个男人的再三造访，令李家突然在村里显赫起来。人人见了李小荷的父母和两个至今未娶的哥哥，都挤眉弄眼，说快了吧。全家人都乐得合不拢嘴，对外却一直宣称：八字还没一撇呢。

李小荷的父母并不和王土生谈论女儿，而是谈天气、严寒、夜晚在院子东跑西跑的老鼠。王土生听得模样认真。这时，李小荷并不上桌吃饭，总是一个人炒菜，一个人坐在厨房吃碗中剩食，再一个人洗碗。见王土生要走，也会从厨房走出来，不说话，只默默注视着他的背影。

王土生并不细想他为什么喜欢去李小荷家。

他总是很早就起床，先去镇上转悠一圈，看看有没有新鲜玩意可买，待中午时分回到村里，直接去李小荷家。看到自己来到院子，觉得那两扇褐色的木板门都随着肩膀在转动，公鸡跳上院墙啼叫，两个小伙子快步跑出来迎他，他就欢喜。

他爱这低矮的土屋、黑仓库、小厨房，他爱那拍打在肩头的老人的手掌，他爱听那老妇人说他父亲心肠如何之好，而他们王家终究有了好报，他爱李小荷亲手烹饪的饭菜，以及亲手捧来的大陶碗。她的碎花衬衣在屋里旋转了一下，就飞走了，留下一股女人特有的香味。

李小荷的父母哥哥通过各种途径打听王土生的底细，说王大水已葬在新疆，留下一笔不菲的遗产；王土生开垦了上百亩荒地，年收入过万。那个地方种地不靠天下雨，引天山上的雪水到水库，再分流到田里。还有一种暗渠，叫坎儿井，可将雪水通过地下挖掘出的渠道引入田中，简直是个神话！总之，那里听着荒凉，其实富庶。只要有水，土里就能发出绿芽。人又少，一个人只要吃苦肯干，几年就成地主。

听到"地主"这个词，李小荷的父母在相互凝望的瞬间，都倒吸一口凉气。王大水就因为父亲是地主才发狠走了西口，如今看来，龙生龙，凤生凤，老鼠的儿子会打洞。

关于新疆的神话，完全抵消了王土生长相上的缺陷，甚至正因为他如此粗犷，才能使出蛮力，打出一片天地。母亲在厨房中劝慰着女儿，说一句抹一把泪，整个厨房都下起了淅淅沥沥的"小雨"。这个家就是一个天，这破了洞的天，只能靠李小荷远嫁新疆来缝补。一来，她可腾出房给哥哥们；二来，父母可将这笔不菲的彩礼一分为二，送到另外两个姑娘家去。

父母并非不爱她，单从那学二胡、练书法，又送她去念书，都可看得出，父母对这个唯一的女儿寄予厚望。可这偏僻的一隅，怎么能让田鸡变成凤凰呢。

虽说李家庄曾是伏羲故里，可过去的恩泽几乎像是贴在墙上的门神，看着威风，没一点实在的好处，却反倒让这里的人们滋生了一股不切实际的幻想。多少代轮回往返，李小荷一家注定是农民，要在几亩有限的薄地上侍弄出吃食来，还要企望老天赏脸，到了下雨的时候不旱，到了麦收的时候不涝。战战兢兢地过了一年又一年，日子紧紧巴巴，仅能果腹。眼瞅着两个儿子墙头一样高，到了讨媳妇的时候，却困难重重。

李小荷对父母是有怨气的。他们对王土生越殷勤，越说明自己掉价。可是四乡五邻，哪样的男人才能与她相配？即便有可心之人，人家首先也会看女方的年龄，其次看女方的陪嫁，而这两个条件都是李小荷心中的痛。

她虽识文断字，贤淑能干，却最终要草草远嫁，过一种不可预知的生活，这令她又气恼又兴奋，常常是哭一阵子笑一阵子，将自己折磨得消瘦下去，两只眼睛越发楚楚动人。

有一天，两点钟上下，他来了，全家男人都下地去了，母亲去别家串门，院落里静悄悄的，他走进厨房，起初没有看见李小荷。外面的阳光透过夹缝，落在泥地上，变成一道道又长又亮的细线，碰到碗柜和锅台，一折为二，在没有糊报纸的房顶上颤抖着。

桌子上放着刚洗净的大碗，炉灶中的火才灭了，却依旧散发出一股包谷杆子的味道。李小荷坐在窗户和灶台之间，正在缝一双鞋，见他终于看到了自己，扑哧一下笑了出来。

她心里定下了主意，反倒自如了起来。她端出碗柜里的饭食，要点火在笼屉上热给他吃，他挡住了，说已经在镇上吃过了。不仅吃过了，还喝了酒。仿佛只有浑身的肠子火辣辣起来，才能说出火辣辣的话。可是一见到李小荷，他到了嘴边的话语却怎么都无法冲出来。

她闻到一股陌生的味道，关切地问：喝酒了？

王土生嗯了一声，不多言。

李小荷拽过把靠背小椅子，放在他身后，他就跌坐在里面。她自己端端正正地坐在一只小板凳上，拾起鞋底，纳了起来。针脚扎下去，再用力拉出来，搓得很细的麻绳穿过一层层用糨糊粘牢的布时，发出凝滞的挣扎声。

突然，她放下鞋底，欢快地打破沉默说，再喝点？

王土生睁开眼睛，被这个不按照常规出牌的女子吓了一跳。

女人抿嘴一笑说，是我做的……醪糟。

女人揭开瓦罐，舀出一碗，浓重的香味喷鼻，王土生抿了一口后，一仰脖子，咕嘟咕嘟全都灌了下去。到喝第二碗时，慢了许多。

李小荷详细地说着醪糟的制作过程：需要用新麦，在石头臼中用铁锤砸下麦子的皮，煮熟后用曲子发酵，放置土炕上用棉被子闷上三四天，才慢慢变得有了酒味。当她听说新疆人很少喝这种新麦制成的饮料，反而常喝用马奶子发酵后的东西时，奇怪极了。

那马奶酒，有醪糟好喝吗？

她郑重的模样仿佛在对比着甘肃和新疆，口里和口外的差别。

王土生嘿嘿地笑着，用手挠挠头发稀少的顶部，说都好喝。

李小荷谈起她上学时写作文，记一件难忘的事，就是第一次听到火车鸣叫；而王土生所写的，是第一次吃到红烧肉的感觉。自然，他们两个都没有写捡到钱包交给警察叔叔或帮孤寡老人打扫房间；他们都不上不下，不好不坏，很少得到老师表扬，也不用费大人们太多心思。

一时间，他们有了太多的话题。她邀请他来到自己的房间，让他看她保留下来的笔记本，掉了漆的铁皮铅笔盒，夹在书中的糖纸和黄色菊花瓣。她还说起她小时候很喜欢吃糖，母亲为了防她，就将春节买来的糖放在一个饼干筒子里到处藏，最终，她从折叠的被子中找到了，也不过才倒出了两颗水果糖而已。很少有牛奶糖。据说，四颗大白兔奶糖就能泡出一杯牛奶，可她从来没有同时拥有过四颗大白兔，也没有喝过一杯牛奶。

她的声音一时清楚，一时尖锐，一时又懒洋洋，最后差不多变成了自言自语时的呢喃。转眼之间，她兴高采烈，睁开天真的眼睛，马上却又眼皮半闭，视线里充满了厌烦，不知道思绪跑到什么地方去了。

王土生不仅喝过马奶子酒，还喝过牛奶和羊奶，令李小荷更加目瞪口呆的是，他还喝过骆驼奶，说很多哈萨克老人能活到一百岁，全靠新鲜的骆驼奶滋养。王土生还列举了他吃过的古怪食物：熏马肠、面肺子、风干肉、油塔子、糖火烧、帕尔木丁之类。

他用色香味俱全的饭食填补了新疆大地的空旷，那些绿洲上的人家，围坐在葡萄架下，弹着热瓦普唱歌跳舞，秋天有上百种甘甜水果任意选择，冬季相互串门玩耍，日子简单明快，富足美丽，宛如一支悠扬的塞外曲；而这曾经是中华文明发源地的甘肃李家庄，这孕育了伏羲的黄天厚土，却早已被风沙吹得憔悴衰落，再也养不出富足的种子来。

李小荷和王土生越来越坚定地确认了这样一件事情——离开这里，到新疆去，开始新生活。

但他们到底才认识不久，这样的决定不好轻易出口。但不出口，不等于心里没有。

暮色降临之际，这两个突然心有灵犀的人匆忙别过。李小荷不想让家人看到她和王土生单独在一起，她想要维持一种神秘，一种惊诧，她要在事情有了绝对的把握之后，再亮出谜底；而王土生已无心与李小荷的家人纠缠，现在，那纯粹是件多余的事了。

这之后，他们开始偷偷约会。

二

很多年之后，李小荷的梦里都会出现关于这段生活的片断回忆。

她极其爱做梦，且在村里注意收集了很多解梦的说法：梦到掉了一颗牙，则会死一个老人；梦到地里长出青草，家里要来亲戚；梦到臭屎，则说明有财运，如果能两脚踩上，财就已经到了自己家里；梦到小孩是有小人咒你；梦到一蹬腿就掉下去，那是在长个子。

那段偷偷约会的日子，对李小荷的一生来说，像一场美梦。可解梦的人总是说：梦是反的。这么美好的日子，如果反过来，又该怎么解释？李小荷自己也糊涂了：哪里是真的生活，哪里是假的梦幻。也许在李家庄，梦就是真的，生活有时反而是假的。

村中心是棵老柳树，而镇中心则是一个十字路口。前后左右的村民常汇聚于此，在市场上交易，在商店里购物，在饭馆里吃饭，外地人还能在有大通铺的旅社里打尖歇脚。

两个心里有了约定的男女前后脚来到镇上，一起逛市场转商店，看人群的穿戴，感受热闹的气氛，走累了，坐在饭馆里，点了菜等着。先上来的是一盘包子，里面的馅不像新疆人那样豪放地将羊肉剁碎了放上皮芽子（洋葱）或胡萝卜，芹菜或韭菜，吃起来一包肉一嘴油，却居然是一包粘牙的黑糖，气得王土生要摔筷子。炒土豆片和白菜粉条肉都不甚可口，土豆硬，肉膻，粉条黏，白菜老。

李小荷耐心地咀嚼着，听王土生畅谈新疆，仿佛嘴里吃到的，已是美味佳肴。她越来越明确了，新疆虽偏远，但戈壁深处有人家，沙漠腹地有羊群。新疆人可顿顿吃上鲜美羊肉。那些天山脚下的绵羊，"吃的是中草药，喝的矿泉水，拉的是六味地黄丸"。新疆人还吃拉条子、揪片子、抓饭、烤包子，嘴上泛着油光时，就开始唱歌跳舞。

夕阳西下，两个人慢慢地往村里走。逼仄的土路上只有他们两个，一边做着计划，一边看远处繁星逐渐明亮起来。她觉得某些地点应当出产幸福，就像一棵因地而异的植物一样，换个地方，也许就长好了。她怎么能长在这片贫瘠单调的土地上呢，远方那充满无限魅力的异地，才该是她的家园。如果她是一株葡萄树，应该将她移栽在绿洲的果园中，让天山上流淌下来的雪水滋润，让戈壁打磨过的风沙吹拂，让新开垦的处女地埋没根部，让成群的牛羊拥挤在周围。

虽然王土生的谈吐和这回村的小路一样平板，见解也谈不上高深，并不能激发起她对于男人的梦想。可正因为如此，李小荷却越发感觉自己和他是般配的。怎么能要求一个男子无所不知无所不能呢？这个男人坚如磐石，有着心平气和的迟钝，像牛那么辛劳熊那么迟钝，不正好可以给她带来幸福？有时候，她看着王土生，会生出很多奇怪的幻想：她并不喜欢他的脸，索性微闭着眼，只支起耳朵听他说话；她听到那些不喜欢的话题时，往往自己可以发出一种语言，仿佛通过他的嘴只是发出了声音，而那声音却是自己内心的表白与期望。

多年后的回忆次次都停留在这些场景中。

一定是什么地方搞错了，李小荷反复回放着这一截，渴望从过去的蛛丝马迹中发现征兆；因为她的一生是在这之后发生的改变。在翻来覆去品咂后，李小荷迷迷糊糊发现了一个机关：那就是远方的新疆。在这个男人背后，并不是某个临近的村子，也不是稍远一点的县城，而是穿越过河西走廊，一直向西的新疆。如果没有新疆这个巨大的背景，那么王土生是多么丑陋、简单、粗糙的一个老男人。她——风华正茂的大姑娘——怎么就委身于这样的男人了呢？

但这一天还是如期到来了。

王土生约李小荷去打谷场。躺在新脱了麦粒的麦草垛上，像坐在母亲摇晃而温暖的子宫。遥远的天空，遥远的星辰，遥远的新疆，遥远的新生活。

李小荷和男人贴得如此之近，却发现他眼里喷射出一股原始的火焰。他喘着粗气将黑而短的五指坚定地按在了女人的胸脯之上，她忸怩作态地推搡着这头牛，这只熊，妄想让这场早晚要来的大戏上演在雕花木床和软缎锦被中。但这时男人早已痴狂，像一片铧犁要刺入泥土的深处。女人终于软了下去，松开了挣扎的手，透过男人的脑袋，看遥远的星辰一明一暗。

第二天，异乎寻常，他仿佛成了另一个人；而女人却若无其事，讳莫如深，连最狡猾的人也猜不透她的心思。她依旧在厨房里做饭洗碗，但家里人打量着她，却万分紧张。可王土生却什么也不掩饰，一大早就跑来，和李小荷的哥哥们上炕喝茶，称呼亲热，一转眼看不到她，就四处询问，还时常走进厨房，并不避讳他人。

水到渠成，他们领了结婚证。

按李小荷的意思，只在村里摆了几桌简单的酒席，便踏上了西行的旅程。

李小荷不想在家乡搞太夸张的婚礼，更不想让乡亲们闹洞房，她要的是这样的结果：在简单随意中与众不同。她不能把什么彩头都占了，总要给别人留下点念想。吃七个碟子八个碗怎么了，披金戴银怎么了，有本事跳出这穷窝窝，到外面打天下。李小荷即将进行的是漫长而神秘的旅行，要去探索的新天地和李家庄有着太大不同。

她感觉自己其实是去出门旅行！

可她还从来没有出过远门，不久，她就会千里迢迢，在广袤的戈壁和起伏的沙漠上跋涉，游历于西部的山水之间，看到魔鬼城、毡房、成群的牛羊和汗血马、大片的葡萄园，经历种种冒险，过一种前所未有的愉快生活；还有可能看到淘金人和土匪，被劫持到山洞或围困在孤村之中。

她会给家人写信讲述这一切，成为他们心中的英雄，还会看到银浪般的棉花和金浪般的小麦，她站在田埂边注目属于自己的土地，满意地点头微笑。当她逐渐富有，并最终腰缠万贯，再次回到家乡，心平气和地讲起她所经历的那些事情时，说那些不过是区区小事。

父亲叹气，母亲哭泣，两个哥哥面如土灰，沉默不语。

当李小荷背起双肩包拽着箱子提起塑料兜时，虽然内心有种"风萧萧兮易水寒，壮士一去兮不复还"的悲怆，但只是睁着她天真的眼睛看着亲人，在村口的老柳树下没有感情地挥着手。

突然，她想起十岁那年失败的演出，不觉认为自己这次婚礼也是一场演出，向自己寒伧而憋屈的青春时代做了一次告别演出。

她就这样挣脱了世代祖宗布置好的命运，开始了新生活。

三

他们先搭辆小四轮拖拉机到镇，在镇上坐班车到市，从市里到兰州，在这里找了家招待所住了两天，买到了去新疆的车票后，登上了那列西行的"铁龙"。到达新疆东部之时，已过了八天，多么沉闷乏味，昏昏欲睡的行程。多年后，当李小荷闲来无事，会在偶然的一抬头，看到自己坐在火车上的模样。

关于那次旅行，她似乎已经没有什么印象了，所记的就只是窗外那些形状丑恶、漫无边际的青石滩和土黄色的戈壁滩。正是一场山洪暴发之后，那干旱的戈壁越发显得皲裂，如一只泥碗被摔碎了，翘起的泥土边缘不规则，一片连接着另一片；可以看出，如果它们组合在一起，将是多么完美的一个整体。火车开到这里，变得小心翼翼，异常缓慢，说是风区，有时候会刮十三级以上的大风，别说将一个人吹到天上去，就是将一棵树连根拔起，将一辆车推入涝坝，甚至一使劲，把整列火车掀出铁轨之外，都不在话下。

王土生说，火车如果遇到这种情况，要把两边车厢的窗户都打开，让大风对流才行。邻座插话肯定道，几个月前的翻车就因为没有及时开窗户，死了不少人。这些对话在他们看来，随意平常，可在李小荷心中，却刮起了狂风暴雨。她紧紧抱着自己随身斜挎的小包，咬着嘴唇，异常沉默。为了平息内心的绝望，她凝视着车窗，听火车轮子发出"咔喳喳，咔喳喳"的声音。

突然，整个车厢从明晃晃的中午猛然陷入黑乎乎的午夜，李小荷几乎要跳了起来，却被王土生抓住胳膊按在了座位上。

——钻山洞了。

王土生还说，不止一个洞。这里的洞连着洞。穿过这些洞，就快到新疆了。李小荷的头脑中浮现出一副古怪的画面：巨大的山，被凿出一条黑洞，火车蛇一样钻在洞里，而她，则钻在蛇的肚子里。突然之间，李小荷发现窗外的自然有一种巨大的蛮力，是李家庄几百年全部村民都无法想象的。人在这样的天地间，简直就是个小玩意、小物件。第一次，李小荷意识到了人的渺小。

实际上，这列火车行驶得非常缓慢，因为大部分时间它都在"走"。成天耐心而吃力地越过大山洞，爬过戈壁滩。王土生说，其实它是一列"出色"的火车，它需要的只不过是往炉子里添更多的煤和换上一些更大的轮子。

越接近新疆，王土生越幽默智慧，李小荷越沉默寡言。

早晨八点，火车停在了新疆东部的伊州市。

李小荷紧跟着王土生跳下火车，浑身一抖。这个夏天的早晨非常冰凉，风坚硬而寒冷，小刀一样切割得她脸蛋生疼。王土生数了数放在地上的大小包，确定没少后，挥舞着胳膊大叫一声，回家喽。

开往白杨镇的班车急驰向前，把河西走廊丢在脑后，把嘉峪关丢在脑后，把整个口内丢在脑后。在王土生看来，这是个景色壮丽的夏日清晨，四周的景物都沐浴在阳光中，一片辉煌。微风习习，凉爽宜人。一种解脱了各种麻烦和责任的喜悦油然而生，使王土生觉得，那些耽误在贫寒单调的小村相亲的日子，那些拥挤在喧嚣小镇吃土豆丝的日子，都已被置于脑后，抛到九霄云外。

三个半小时后，他们来到了东天山脚下的白杨镇。

在这里，大地伸展开去，极目远眺，地势起落有致，十分壮观——就像暴风雨过后，大海的胸膛那样庄重起伏。到处都是玉米地、棉花地、小麦地、葵花地，呈现出一方方一块块颜色不同的织锦模样。

小镇因蜿蜒而过的白杨河而得名。这条从天山脚下延伸出来的雪水河，仿佛一只汩汩流淌液体的乳房，滋养着河两边的人与地。站在高处山坡，可望见银色河流龙飞凤舞盘旋而来，到了冬季枯水季，只剩下老树枝般的河床裸露出底部的细沙和卵石。

远处的天山父亲般有着钢蓝色的脸庞，终年戴着顶"白绒帽"，一刻也不摘下来。那汩汩的白杨河就是从他的帽子下延伸出来的千百条河流中的一条。天山巨大而绵延的身躯像书脊，将新疆分为对称的南北两疆，伊州市所处的位置，则在这座大山的末梢。到了这里，一切起伏跌宕都显得浑圆和善，一切雄伟壮阔都显得清丽舒缓。这片土地，称为东疆。

到达白杨镇时，正是午后。

一座桥搭在河上岌岌可危，之后是两条交织成十字路口的柏油路；延伸出来的黄土路，细细地蜿蜒着，钻进小巷深处。路旁皆栽种有白杨树，树干挺直，叶片阔大，手掌般哗啦啦随风摆动。十字路口的四面，依次排开，是饭馆、药店、邮局、铁匠铺、旅馆、新华书店、学校等，菜市场占了广场一半的地方，其实也就是二十根木头柱子撑起来的一个长棚罢了，木架上铺着些牛皮纸壳子。

明晃晃的阳光坠落到这个镇子的上空，中间毫无障碍，垂直跌落在地面，又反射出强烈的白光，刺得李小荷简直睁不开眼。她十分诧异这阔大的镇中心如此空空荡荡。街道宽得可以并排行驶四五辆大卡车，门面房都装着明亮的大玻璃，偶尔可见一辆毛驴车踩着碎步"哒哒"走过，其上躺着穿黑条绒罩衣，下巴卷曲着胡须，长筒靴外又穿了套鞋的维吾尔族老人。他并不赶车，任毛驴将他拉到任何地方。

王土生的家位于镇子北部靠近白杨河渠首的地方。他掏出挂在腰间的钥匙，熟练地捡出一把大的，咔嚓一声，捅开黑乎乎的锁子，推开两扇关闭已久的木门，一排五间高大宽敞的平房显露出来。

除了一间专放农具的屋子外，四间屋子开两个门，里套外两间屋子由内门连接。地上漫着水泥，雪白高大的墙壁，一间内屋盘了个大炕，另一间内则是张双人床。王土生说，冬天睡炕舒服，夏天睡床不阴。

家具是天山上的松木打制而成，无论是大衣柜、五斗橱，还是床头柜，皆容量巨大；沙发宽大舒适，铺着印有老虎图案的盖单；无论炕上还是床上，都折叠着一摞整齐的棉被、毛毯、毛巾被；床单是粉色大花太平洋单子，其下是深红色的厚绒毯，再下是两层羊毛捻成的毡子，最下面是层席子。院子极其宽大，其内用矮墙包裹了一个小菜园，地旱得泛出了白碱，似乎正等着女主人来关爱呵护。

李小荷放下包，简单地吃了两口开水泡馍，倒在床上，开始昏睡。她断断续续地醒来，吃点饭，再接着睡。她确实累极了；塞进她头脑中的信息多得要爆炸，而这巨大的转折需要她在梦中调整梳理一番。

三天三夜之后，她简直变了一个人，仿佛流水重新回到土地上，越发滋润起来。她梳洗打扮，走出院门，在格外明亮的阳光下睁开了眼睛。第一次，她如此清晰地看见了蓝天，蓝天下的雪峰，闪动着银亮光芒的白杨树。

王土生已选定了镇上最好的伊州饭馆，遍请了他认识的三教九流共计两百多人来参加婚礼，万事俱备，只等新娘出场。

镇上的人多为男性移民，女人本来就是稀罕物，更何况来了个漂亮新娘。很多年后，白杨镇的男人一直都忘不掉那个女人的模样，说那才叫新娘！虽然那漂亮的新娘像是扎向他们心尖的锥子，可他们这些年纪一大把的光棍汉或娶了丑妻的男人，依旧兴高采烈地喝酒吃肉，仿佛自己就是那最幸运的新郎。

新娘一张银盘圆脸上，红嘴唇、黑眉毛、紫葡萄眼睛，上身穿红底缎面绣金凤翻荷叶领的大襟衣，黑色的盘扣一点点约束着隆起的胸脯，显山露水，凸凹有致，紧凑美妙，蓬勃欲出；下身是一袭红纱裙，淡粉里子朦胧恍惚，越发让目光迷离；一双深红色中跟尖头皮鞋，精致妙曼。这身行头若扮在别人身上，一定俗艳；到了她身上，却欢喜热闹，仿佛蛮荒天地里撒下一缕温暖的霞光，令每个人都沐浴在新嫁衣的华彩中，漾起一股揪心的舒畅。

新郎穿件黑西装，内着白底红细道衬衫，皮鞋油光发亮，胸前红花妖娆灼目。他高声招呼着客人，嘴里吐着不同民族的语言，和长相各异的男人们称兄道弟，拥抱、握手、贴脸。二十张大圆桌上摆满了食物，那大白瓷盆中的清炖羊肉、红白相间的抓饭、穿在铁钳子上撒了咸盐、孜然、辣椒面的大块烤肉，皆豪放无比，那些绿白相间的葱爆羊肉、被一片红椒覆盖的大盘鸡、流淌着粘稠汁液的胡辣羊蹄等，个个分量足实，油水充分，味道鲜美。

对于新疆人来说，吃，只是婚礼的一半内容，还要唱和跳，才能让一个婚礼达到真正的圆满。那饭馆里有个半月状的高台子，已经有乐手在演奏了。手鼓打了起来，热瓦甫弹了起来，艾捷克和弹拨尔响了起来，人们按捺不住激情，开始男女相约，上台旋转扭动起来。

男人们风趣幽默，扮演着求爱的角色，半跪着，围着女人团团旋转；女人们手里拿着玫瑰，扭动着灵活的脖子，眼角眉梢透着风情，一转身，从男人的怀抱中溜走了。男子懊丧痛苦，跺脚叹息，非但没有博得众人同情，反而引发出阵阵捧腹大笑。

歌舞声中，新娘尾随着新郎，给每个桌上的客人们敬酒感谢。但新娘的灵魂，却突然抽身而出，坐在角落的一把空椅上，审视这一切。在她看来，这种喧闹的婚礼，简直是一场闹剧和游戏：在李家庄的婚礼，虽然免不了吃喝，却一直笼罩着一种神圣的氛围。那种气场中的新娘，会感觉自己是勇士去了战场，决不能回头；而这场属于自己的婚礼，却大大出乎意料：人们似乎明确地强调着男女在一起的快活，而很少用各种暗示告戒新娘，要孝顺、勤快、忍辱负重，否则打回娘家没人要。

对白杨镇的人来说，婚礼只是一个让自己快活的借口。那些吃了肉喝了酒的男女，上到台子上，举起手臂扭动臀部时，自己就变成了新郎和新娘。他们自娱自乐，根本不管这场聚会的真正主人。甚至有胆大的，直接跑下来，抓起新娘的手，将她拖拽上台，举起她的胳膊一起舞起来，根本不管新娘多么手足无措。新娘在被动旋转的瞬间瞅了一眼台下的新郎，他非但不生气，反而豪爽地大笑着。

李小荷感觉到一种前所未有的体验：一方面，她发现人们能如此坦荡地享受着自由的快活，另一方面，她又像一个外人，一个玩具，被放置在那里，无法真正投入其中。她和他们之间，其实阻隔着千山万水，而这，并不是坐上火车、汽车、毛驴车之后，就能缩小的距离。

人们说话的时候，汉语、维吾尔语、哈萨克语杂交在一起，一会儿"干"，一会儿"亚克西"，一会儿"夹克斯"。男人多留黑密胡须，女人多戴粉红、纯白、墨绿头巾，喜在连衣裙外，套上坎肩，跳舞时，腰肢收得很紧，而裙摆转得硕大。

到了婚礼的下半场时，新郎跳上台子开始舞蹈起来，肥硕的肚子一点也不累赘，反而有种国王般的安泰。随着热瓦甫和手鼓的伴奏，他举起双臂，扭动腰肢，摆动双腿，欢快地舞动起来。他陶醉于音乐之海中，仿佛其中的一朵浪花，一艘小船。他颠簸着颠簸着，顺水推舟，挥发自如。

音乐声突然转入欢快，是"纳孜库姆"开始了。只见新郎半蹲着大腿，右手掌心向下，平放在下颚处，左手掌心向上，放在臀部之后，随着音乐的节奏，两只手掌模拟着鸭子走动时的样子，一前一后耸动着，全场哗然。

婚礼的高潮在最后。所有的人都站了起来，台上的人和台下的人，共同舞蹈着，欢笑尖叫，久久不愿回家。

当晚，新郎鼾声震天，新娘彻夜未眠。当他们融合在一起时，整个白杨镇都笼罩在清晨静谧的肃穆之中。

开头的日子，她盘算着改动家里的布置，按照自己的喜好，将沙发上的老虎盖单换成了粉色碎花的，将圆桌上放上一块透明的塑料布，又在院子外面的凉棚处放两把椅子，将被子、褥子、毯子、毛巾被归整到柜子里，将冬天夏天的衣服分别放在不同的箱子里。

王土生白天下地干活。地离屋子很远，中午就坐在埂子上喝水吃馕，傍晚太阳落下时才收拾起坎头墁，背起空了的褡裢往回走。遥远的烟囱已开始冒白烟，每次望见自己的屋顶，王土生就产生出一种蓬勃的激情，强烈的欲望。

一进家门，就能闻到一股特殊的香味，有从女人身体中生发出来的脂粉味、有煮熟的羊肉味，有孜然和茴香等调料的味道。他的女人已逐渐适应了白杨镇人的饮食，甚至学会习搓拉条子。于是他快乐，无忧无虑。两个人面对面用饭后，月色下去地头散步，她用手整理头发的姿势，她的嘴角携带着的微笑，都是他连绵不断的幸福的组成部分。

他躺在床上，紧紧地拥抱住她，似乎刚从一个巨大的深渊走过来，要好好弥补一下再次相见的弥足珍贵。他轻轻解开她的衣衫，看到那每次相见都如第一次那般新鲜的肉体，他将自己的脑袋埋藏进女人怀间，久久吸吮。

四

其实，王土生对李小荷莫名的强烈感情中，还隐藏着一丝羞愧。

他根本不是什么李家庄的后人，他也根本不知道自己是哪里来的人，当父亲临死前告诉他这个秘密时，他突然感觉到一种空空荡荡的悲凉。就连孙悟空，也要有个花果山可以回，可是他却风一样，被命运裹挟到了新疆，无根基，无亲人，独自生，独自死，死后连个真心哭丧的人都没有。

他怎么能不珍爱这个怀中的年轻女子！

她给了他温暖的肉体，同时带给他来自祖籍的安慰，让他确立了在这个世界的存在方式。从此，他所做的一切，都是为了"荣归故里"。多少次，他给怀中的女人勾画出这样一幅场面：他们两个阔绰地回到了李家庄，他们有自己的车，自己的孩子，自己的别墅，人人见了他们都浮现出尊敬的微笑。

和这副美好画面相反的一幕，却常常浮现了出来。

仿佛正午阳光下的人，必须携带着一条浓黑的影子般，王土生时常回想起那最艰难惨烈的一幕。也许正是因为惨烈的开始，才能印证出结果的辉煌。故而他一遍遍回忆、补充、添加，就是为了激励自己，早日实现那辉煌的一幕。

据说王土生的爷爷是个手脚利索头脑灵光的农民，靠着侍弄田地、贩卖牲口，积攒了点钱，舍不得花，又购成了地。说地多，不过是些薄地，在半山坡上，全靠老天下雨浇地。土改时，这个小村子的农民实在太穷，几乎找不出个像样的地主，就让他来顶。他当了几天，夜夜睡不着，眼见着形势越来越紧张，索性找了根自己捻的粗麻绳，往房梁上一挂。

父亲王大水不敢哭，硬是将泪流在了心里。一九五七年早春，村里闹饥荒，很多人都拿着村里开的证明走上了乞讨这条路。那些从外面游荡回来的人常提到新疆，说那个地方大，几百个李家庄的人都能装得下。他就计划着走西口。到了当年年底，他揣着一张盖有红色公章的纸，上了路。他是挑着担筐出发的，担筐里是锅碗和被褥，一路上走走停停，一个月之后才到了兰州。

一九五八年的春天非常寒冷，人们都挤在火车站候车室里取暖。王大水实在是走累了，半倚着墙上睡着了。一觉醒来，脑子还迷糊着，看到一个戴粉红头巾的女人飘过来，往他怀里塞了个包袱，说帮个忙，买上票就回来。他就抱住了那包袱，掌心热热的，揭开三角形单子的一角，里面是张婴儿酣睡的脸。他有些尿急，但不敢走动，怕粉红头巾回来找不到他。他就这么憋着，憋着。

半个小时，一个小时。酣睡中的婴儿醒来，饿得放声大哭，王大水慌了神，往那包袱里一摸，掏出张皱巴巴纸：谢谢好心人。他一下子打了个激灵，浑身抖了起来。再细细看那嚎哭的婴儿，满脸通红，像只剥了皮的猿猴。他想把这包袱放在地上走掉，可又怕引得众人侧目，心中怨恨着那粉红头巾，想告诉她送孩子应该挑个女人，咋送到我这么个大男人怀里。

顾不得多想，他抱着孩子，拖着行李，四处窥探哪里有带着婴儿的妇女，他红着脸求人家给这小东西喂口奶。吃饱了，睡着了，嘴角还挂着一弯微笑的月牙，王大水心里一酸：他和这小东西，都是被抛弃的可怜人啊。

他抱着孩子一起上了火车，来到新疆，成了白杨镇新到的两个男人。

王大水和王土生完全不同，生得浓眉大眼，小时候还学了点拳脚功夫，又在私塾中混了几年，成了白杨镇的小神仙。看风水识地气，少不了他；种田放羊，也是一手好把式。更难得，他与人攀谈交往，礼数周全，不卑不亢，无论富贵贫穷，一视同仁。老天总算有眼，令这父子俩最终过起了几天安稳日子。

王大水是看中了这条白杨河才停下脚步的。人走运气马走膘，背时鬼走的黑旮旯。没水的地方哪能长庄稼，没庄稼哪能养得住人。那时的白杨镇，稀稀落落几十户人家，不单有维吾尔族、哈萨克族、回族、蒙古族，还有乌兹别克和俄罗斯族。汉族人中有犯屯（犯人之后代）、兵屯（军人之后代）、民屯（自发移民之人）等不同来历，虽语言不通，习俗各异，但也相安无事。

王大水很快就落上了户口，成为社员，和大伙一起种地放牧。先照着别人那样，在高坡处依照地势往下掏出个洞，人像兽一样穴居在其中，顶部搭上些红柳枝，晚上睡在窄小的土台上可以看到缝隙中的星星月亮；一刮风，被子、褥子、鼻孔、耳朵里，全都是细沙；半夜，耳旁常听到野猪野狼奔跑的脚步声和喘息声。

王大水心疼娃娃，地窝子潮湿阴冷，娃娃成天拖着两道清亮的长鼻涕。每天收工后，他发狠打土坯，积攒了一年，求街坊四邻的壮年小伙子，一起盖起了五间平房，围了个院墙，又垦出个菜园，种上了瓜果蔬菜，把个破破烂烂的日子拾掇得有模有样。

镇上的人眼瞅着王土生杨树苗子一样蹿了起来。不知道是吃羊肉和胡萝卜，还是喝了天山雪水的缘故，王土生越发长得像"新疆人"（就是那种混合了汉族人、维吾尔人、哈萨克人的综合长相）。有时候，站在路边玩耍的半大小子会被一位满面银色胡须，戴着黑底红花小帽，穿长黑条绒袷袢的维吾尔族老人拉住，向他打听路怎么走。

听到王土生用流利的维语回答问题，且拉着老人的手，送至十字路口时，王大水心里一动。他全部的学识和经验都来自李家庄，而他也自认为已经足够应付新生活中所出现的新困难。当他的维语还停留在"喝茶了吗你"、"到哪里去啊你"、"谢谢帮助啊我"的水平线上时，儿子已能流利地说出一长串复杂的句式了。

白杨镇的汉族人口本来就不多，口里来的移民到了这里后，生育率奇低，好几户人家的媳妇几年都没能怀上个娃娃。医生说是男人的身体和这里的水土不服。后来，有的人服了，有了娃娃；有的人一直不服，就成了绝户头。

王大水知道的水土不服仅仅限于北方人到了南方，会在手脚上长出些疙瘩、疖子之类的，很痒，待回到北方后，会不治自愈，没想到还能影响生娃娃。他常感谢老天爷先给了他一个娃娃，省得别人在背后嚼舌头。他严密地隐瞒下王土生的身世，只说自己穷，讨不起好看的女人，丑老婆生了孩子后就病死了。镇上人皆单纯，常求王大水写信看风水，也就无人纠缠这两父子的是非了。

王土生很快就混入了娃娃堆中，看不出太大差别。他跟在他们后面，先骂人，后打架，再交朋友，之后成为哥们。他将自己的生活圈子扩大到了整个镇子的每一户有孩子的人家，并逐渐将那些陌生的维吾尔、哈萨克词汇打磨光滑顺溜。之后，几乎没费什么力气，他就把一根舌头变成了两根，三根，甚至四根。

白天，王土生出门玩耍，海阔天空地厮打混战，说着各种语言；晚上踏进家门，和父亲说话时，反而结结巴巴，以至于父亲总怀疑他的智商，感叹他不如自己聪明能干，并为他的未来担忧。

王大水无比热爱新疆莫合烟，将报纸折叠成条，撕扯下来，裁成一个个长方形，倒入绿金相间的颗粒，对折卷起来，用舌头在端口一舔，就粘了起来，再将纸筒的一头撮起来一拧，就着炉灶点燃，长长吸一口，在胸腔里转几个圈后，再缓缓吐出来，几个白色圆圈慢慢飘向空中。

王大水在一片浓雾中，总是不自觉地又回到了故乡，回到了李家庄，回到了那个土炕之上。那条弯曲绵长的河西走廊，是他心中的痛。几乎夜夜，他都会梦回故乡，坐在自家院子里的石凳上，等待天明。

而王土生却没心没肺，格外喜欢自己的命运。

看到人家的孩子将脑袋顶在母亲胸脯前撒娇时，他抡着小斧头在菜园子的空地上劈柴。园子外扎着篱笆墙，里外通透。目睹了这幅甜腻腻的母子拥抱图后，他反而觉得自己活得自由自在，什么都能干，也少了管束。他逐渐熟悉了戈壁滩上的全部奥秘，既高高兴兴地扯着毛驴去拉柴，也高高兴兴地和大人们一起割麦子、拣棉花、摘瓜菜，天生一个种地的好把式。

有时候，当王大水在烟雾腾腾的夜晚说起李家庄，说起爷爷曾辛苦挣来的那些薄地时，流露出无限惋惜的神情。可王土生却沉默无语。他透过父亲喷吐的烟雾，似乎看到了另一种朦朦胧胧的富足生活。也许，他的内心正巴不得过上这种生活，然而，打死他都不会在嘴上承认。

虽然父亲描绘了这样一个传奇故事，让他和那个遥远的李家庄有了某种隐秘的关系，但他浑身喷涌着的血脉，却让他对那个话语中的村庄毫无热情之感。相反，他那么陶醉于白杨镇的生活，逐渐成了这一带孩子们的头。

没有女人的家庭，是被悬空了的，也更纯粹简单。夏夜，父子两赤裸着身体睡觉。看到父亲毛茸茸的下体时，儿子似乎熟视无睹，却又生出了几分好奇。他已经到了知道女人和男人不一样的年龄。

王大水是有过女人的，但都是些靠不住的女人——她们未曾想到，这个虽面色俊朗识文断字，但却不过是个普通农民的外乡人，在新疆的戈壁滩上，居然还有股子说不清楚的孤傲。那是渗透在骨头中的东西，一抬眼皮，一低下巴，都能显出来，谁能受得了；再看那胡杨树般黑粗的半大小子拖在身后，心也就凉了一半。

十几年中，那些曾经以不同方式热衷为这个男人之家帮忙的女人们就像冬天的鸟儿一样，扑棱一下子，全都飞得无影无踪了。

王土生对自己童年往事的追忆停留在了四五岁时。他跟在父亲高大的背影后，来到镇上有着土坯柜台的土杂门市部。父亲为了蜡烛、煤油、盐、茶、麻绳、袜子之类来这里进行交易时，总会带上这个毛头小子。

父亲渴望那柜台深处肥硕的中年妇女在卖完货后，将这个长相蠢笨的娃娃揽在怀中，摸弄一下他毛茸茸的脑袋，赞美他又长高了。父亲知道，这个被母亲抛弃的孩子，渴望闻到女人身上的奶香味，而男人的身上除了干燥的汗味外，就剩下臭乎乎的烟酒味。

这个没吃上几口奶的小娃娃，站在暗处，和柜台一般高，会从那个搭着木板的小洞中钻过去，伸出两只粗短的胳膊，展开五指，抓一把顶部为小圆盘的把把糖。柜台里的女人就拉扯住他，怕他多拿，索性紧紧地搂住他，让他的脸贴在广阔如打谷场的胸脯之上。

父亲和这个售货员之间有着怎样的交易？王土生丝毫没有记忆。总之，父子两个都无比热爱这个浑身充满了雌性激素的女人。她，站在黑暗中，让这半截土台子显得熠熠发光，让土台子之后放置在木头货架上的零碎珍贵稀罕，让整个小平房都透露出华贵温馨。

从什么时候开始，父亲不再带儿子来买货？

或者儿子很快就长大了，有了自己的同伴，不屑于当父亲的跟屁虫。

王土生七岁那年背着一个黄色军用书包上了学，八岁时，已经是小学二年级的学生了。

一天夜晚，他一边削铅笔，一边盯作业本发愁。他错字连篇，老师罚他将所写错字抄一百遍。他正试着将两只铅笔同时握在右手中，一笔写出两个字来。这样想着，又害怕父亲拿裤腰上的皮带打他的手掌。自打上学后，他就没少吃这种"皮带面"。

稀罕，有人敲门，他刚跳起来要去开门，被父亲呵斥住，又坐在凳子上。进来一位女人，求王大水到她家去拾掇一下收音机。女人手里提着个塑料袋子，里面装着几个金黄的苞谷馕，放在桌子上。一股粮食的香味弥漫了出来，王大水狠狠瞪了一眼鬼头鬼脑的儿子，跟着女人出了门。那一眼，王土生懂得：不许偷吃馕！好好写作业！仔细皮痒痒！

王土生在一手两只铅笔的创意下，很快完成了作业，倒在自己的床上睡去。临睡前，打开那袋子，闻了一下苞谷馕，让那香味一直储存在脑海中，才满足地闭上眼皮。父亲何时回来，王土生一点儿也不知道。

王大水常去女人家修理东西。女人总是穿着干净的衣裳裤子，帮他递扳手、剪刀、榔头之类的工具。时间久了，女人留王大水在家里吃饭，饭桌上一遍遍讲述她的丈夫如何好端端走在路上，如何被一匹受惊马撞上，如何被板车上滚圆的大松木将身体顶在了墙上，如何在临死前都拽着她的手不松开。

她说的时候流出细细的眼泪，再从口袋中掏出一个折叠成方块的白底碎花手帕擦拭脸颊。那手帕干净整洁，像是早有预谋眼泪会恰巧滴落下来似的。说毕，她的情绪马上变得好了起来。

她让王大水猜她每天早起第一件要干的事情。王大水吭哧了半天，揶揄地说，上茅房？女人伸出指头往他脑门子上一戳，呆瓜，开收音机啊。收音机里又说相声又唱歌还播送新闻与报纸摘要，热闹得像过年。

王大水许久没被女人的指头触摸过，浑身抖了一下，突然充满智慧地开动脑筋，设想了这样一个场景：如果她用手指指了自己的脑袋，就说明她不介意他们之间有肉体接触；如果她不介意，那是不是表示她渴望他主动？如果他主动，她会拒绝吗？如果他不主动，她会仇恨吗？

时间过去了一分一秒，王大水皱着眉头，突然一拍大腿说，娃娃还没吃饭呢，推门就走了。

王大水依旧非常感激那主动伸向自己的手指头。他灵巧地在女人家里爬高上低，凡有插头的地方都拧上了螺丝，凡有灯泡的地方都换上了节能灯，他还用电线缠出几个衣服架子，用塑料板做了一个防潮垫子……女人亲自下厨，不是烧一锅疙瘩汤，就是下一锅面条犒劳男人。

可这个男人吃了饭后，嘴一抹，就出了门。

不久，这个女人嫁给了不远处的一位老光棍，没有两年，怀里抱着个长相水灵的大胖小子回到了白杨镇，到处展览，让人参观。

王土生十二岁那年，刚小学毕业，暑假没有作业，整天在外面疯玩。

这一天回家，看到院子里的小房子中多了一位面容苍老的女人。父亲告诉他，这是去阿勒泰山里找淘金丈夫的女人，丈夫没找到，暂时到家里帮忙做饭，挣点回老家的路费。

这个女人一点儿也不如先前的那些女人好看，脸色乌黑，眼睛细长，鼻梁处散布着点点雀斑。她沉默不语，手脚利索，自住进这个院子后，就接管了这两个大小野男人。

三顿饭不重样，冬夏衣服洗洗晒晒，院子内外整洁干净。女人还爬上屋顶，用白杨树杆和红柳枝条搭起个凉棚，在阴凉下用土坯垒起个台子，又搭上块木板，铺上毡子褥子，做成一个凉床，午饭后躺着睡一觉，又通风，又凉快，比闷在屋里强多了。

成了中学生的王土生一下子繁忙起来，功课陡然紧张起来，早出晚归，比父亲还忙碌。女人晚上烙好饼子，用纸包好后，塞进他的书包。到星期天中午，女人给他们做拉条子，炒葱爆羊肉，白菜粉条肉，吃完后再喝碗白面汤，说原汤化原食。晚上把中午下好的面在锅里一炒，放上绿芹菜和红辣椒，看着诱人，吃着出一头汗。

女人从没把王土生当个大人看，常一把拽过浑身是土的他，强按住他的脑袋，给他洗头，蓝色的海鸥牌洗头膏在女人的手指间飞出许多泡沫，再提起一把壶，让里面的温水从男孩头顶淋下来。

女人纳鞋底的时候常会发呆，拽着麻绳的手会突然迟钝下来，眼睛望在虚空中，凝固不动。这个时候，她像灵魂出窍，浑身裹着肃穆。

终于，冬天第一场大雪之后，女人不辞而别。

每次王土生都想问问父亲，她什么时候回来，但父亲铁青的脸色总是让他张不开嘴。父亲越发沉默，他渐渐体会出，父亲和他一样难受。

熬过了这个冬天之后，一切都冰雪消融，春天和父亲一起下地播种时，父亲摸着他的脑袋说，新疆这个地方，啥人都能来，啥人都能走。想走的，留不住；想留的，打不走。

已经十三岁的王土生，还不能完全理解父亲的话，但从他的语气中却已经得出了这样一个结论：新疆这个地方……是个……不一般的地方。

初中一毕业，王土生就和父亲一起下地劳动，每天到了收工结算时，他的工分总是父亲一半，但这已让父亲心满意足。

王土生上学足够用功，但他显然不是学习的料，远不如学维吾尔语那么灵光。他认真地背着书包去，背着书包来，为了怕父亲伤心。而王大水越来越认清了这一点：读书是没有出路的。这么偏僻的地方，好老师不会停留一天，咋能强求娃娃呢。索性早点帮他种地，也减轻了家里的负担。

日子流水一般过去了。可王大水的心里，却越发荒凉。他常能回忆起属于他一个人的秘密。那个夏日午后，他突然有些倦怠，想靠在田埂边的白杨树上打个盹，突然想到女人搭好的凉床，就快步走了回来。推门进来，院子里静极了，一丝起伏的鼾声让他呆住了。女人躺在凉床上睡着了。看到起伏如白杨河水的胸脯时，王大水渴极了，扑向那河水，就啜饮起来。女人年龄不小，也不漂亮，身上还有种如男人般的汗腥味，可这一切，越发让王大水滋润快活。

王大水曾琢磨着过了冬天，给这个女人一个名分，让她长久地和他们生活在一起。可是，当又一队前往阿尔泰山采矿的人路过此地时，女人毫不犹豫地跟着他们走了。她一直都不信自己的丈夫已经死了。

之后很久，这个家里都没有来过女人。

开始，王大水觉得这样轻闲也不错，可是眼见着王土生过了二十到二十五，他开始有些着急。他没有女人也就罢了，至少还有儿子。可儿子不能没有女人。这个镇，骂人最狠的话就是"绝户头"——这点，全国，全世界都一样。拿科学的解释是：让你家传承了百年千年的生物链在你这里断掉！

正当王大水为儿子的婚事担忧之时，二十世纪八十年代的春风，已经吹到了这个偏僻小镇。据说包产到户就是每个人都可以分得一片土地，自己决定种包谷还是小麦。这些传说不亚于晴天霹雳，当它真的炸响在白杨镇的树梢时，连东天山都震惊了。

来了些穿四个兜的人，拿着尺子丈量完土地，在本子上写写画画，最后抓阄，终于将大片土地划成小块，让它们有了新的主人。王家父子分得了一片离屋子较远的土地，不多不少，二十亩。年轻的王土生和父亲暂时忘记了女人，开始发狠开荒。几年后，居然垦荒上百亩。地多收成多，父子俩很快就脱了贫。

好景不长，由于长期操劳辛苦，王大水在遗憾中闭上了眼睛，临死还念念不忘地叮嘱王土生，要寻根问祖，虽然他已将那个秘密告诉了儿子。但他却说，甘肃女人是喜欢戴那种厚厚的粉红围巾的，那个女人，一定是甘肃人，那么他也一定是甘肃人的后代，那么回趟李家庄认祖，也并不委曲他。

王大水还特别强调了一点：那里女人多。

王土生饱尝抛弃的滋味，先是被生母抛弃（他最终得知母亲的全部信息就是厚厚的粉红色围巾），后来眼见着父亲被多个女人抛弃，因此他很信不过别人，尤其信不过女人。幸好他从养父那里继承了一副悲天悯人的好心肠，繁重的体力劳动锻造了他的耐力，让他没有在烟酒的熏陶下成为浪荡子。他像学习维语那样，在某些方面有着超常的敏感。譬如种地。譬如做点小生意。他梦想成为富人，天真地以为靠金钱可以买来安全。

他为父亲守孝一年后，决定回甘肃李家庄看看。一来，他多年劳作，也想休息；二来，他突然在某一天临睡前想到父亲说的那句话：那里女人多。

五

天亮的时候，王土生醒来，看到绣花枕头上蓬松着长发的李小荷。

他已经多次这样全神贯注地盯着熟睡的妻子看，他甚至希望自己能变成一阵风，随着她的呼吸进入到她的大脑，看看她到底做了什么梦。假如这个时候李小荷正睁开了眼睛，他会在那眸清泉的照耀下增添出无限的勇气和活力。

他热情似火地去搂抱新娘，可是新娘却用衣服遮挡住自己的躯体，忸怩作态地说，天都亮了。——在李家庄似乎有这么个规矩：天黑了，干啥都行；天亮了，就要变成人。即便是夫妻，走在路上也要一前一后，既不能并排，更不能拉手。

白杨镇可没这么多规矩，男女之间的交往如同红柳开花、母羊下崽一样自然，看到一对脸色红扑扑的青年男女从草滩或胡杨树林里出来时，人们总是用目光赞许着。

王土生压抑着自己的烈火，将积攒太久的能量转而消耗到广阔的田野之中。站在泥土之上，仿佛面对李小荷的另一个化身，要深入，再深入。

当白杨镇的其他人家还在大面积种植传统而保险的小麦时，王土生已在灯下细细算过一笔账，他做出了一个大胆的决定：在自己这百亩土地上改种棉花。

种棉花虽然费工、费力、费时，但销路一直很旺，不愁卖。有人说，干吗不都改种哈密瓜？他嘿嘿一笑，棉花放上半年一年没问题，瓜可是鲜货，找不到出疆的车皮，哭都来不及。

打定主意就开始干。王土生的行动是雷厉风行，果敢勇猛的。他雇了些帮工，带着他们上了地，先将大片粗放的大块条田改成小块田，将每一块凸起不平之处都用爬犁修整得平平展展，引来白杨河的水漫灌，洗去地面上一层盐碱。那不出一根苗的地方就是碱大。他雇来一辆棉花铺膜机，将一层薄而透明的塑料膜铺在地上，那苗怎么出啊？只见那机器伸出一个嘴，一点头，戳破地膜，将几粒棉籽下到土中，再随后覆盖上一层薄土，神极了。

秋天，棉花摘完后，不烧棉秆，也不放羊，而是用机器将棉秆翻入地中，经过一冬天的腐烂，变成肥料，第二年再种起棉花来，就如结婚第二年的妻子般，不那么生涩，新鲜感犹存，套路也都熟了，还可以探索更新鲜的方式。

第三年秋收后，王土生大兴土木，在白杨镇建造起了一幢二层小楼，皇宫般挺立于一片土屋之上。透过那高大的红砖围墙，可以看到小楼的外部用雪白的瓷砖包裹，飞起的廊檐仿若过去的庙宇，大扇的玻璃窗不是透明的，而是茶色的。白杨镇上的人从此知道这世界是不公平的：人家可以从玻璃中看到外面，而外面的人想看进去，没门！

李小荷成了这皇宫的女王，快活地使用着太阳能热水器，用毛巾擦拭下大粒水滴，走过装有音响的客厅，躺进席梦思软床之上，将包裹着躯体的浴袍褪下，钻入丈夫怀中，也不管这个时候天是亮着，还是黑着。

后来，见王土生一面就不那么容易了。他拉起了一个建筑队，到处承揽工程。不仅接镇上的活，还接伊州市里的活，间或着还要去其他乡镇。他有股拼命三郎的狠劲，吃在工地睡在工地，监督质量监督工人。那些工人，都是白杨镇上闲散的农民，毫无时间观念，迟到早退不说，一不高兴，就拍屁股走人；临了，还顺走些木料水泥铁钉。农民日子穷，见啥东西都稀罕，都想拿到自己家里。可是面对阎王一样的包工头，这群乌合之众马上变得秩序井然，条理清晰。

全是属核桃的，不砸不行。王土生一回家，就骂骂咧咧。李小荷笑说，人家都像你这么聪明，不都成头啦。王土生真是累啊，甚至连他最喜欢的性事，似乎都变得淡然。久不回家，自己也觉得愧疚，就买些首饰带回来。王土生并不懂这些东西的精妙，有时索性就买根金条，说保值。他匆匆来，匆匆走，吃饭的时间都没有，更把和妻子睡觉都省略了。

后来，李小荷一直在想，如果他们没有钱，不过是个普通农家，丈夫早出晚归地下地劳动，妻子忙碌着洗衣、做饭、管孩子、喂牛羊，夜里搂在土炕上睡觉，那么一切都会变得更简单一点。

偏偏有了钱！

李小荷是那么爱钱，否则她怎么能嫁给如此相貌的一个男人，离家千里，到这种前不着村后不着店的戈壁滩上生活。当她有了很多黄金首饰，甚至几根散发着黝黝光芒的金条时，她突然变得空落落起来。

结婚之时，她甚至觉得自己已经有了爱情，可是应当从这种爱情得到的幸福总不见来，她想，一定是自己弄错了。欢愉、热情、迷恋、舒适这些字眼，从前她在书上读到时，她觉得那样美，那么在生活中，到底该怎么正确理解呢，李小荷极想知道答案。

五岁那年，她跟着师父学拉二胡。师父一直认为她很有灵性，有前程，几年后发现她似乎辜负了他的爱护。他已经在她身上尽过心，一再要求她早起练功，还谆谆劝诫她专心致志，可是她就像马一样，你拉紧缰绳，以为不会出事，岂知马猛然站住，马衔却滑出嘴来。

她学二胡是狂热而又实际的，她爱二胡为了与众不同，她爱二胡为了逃避劳动，她爱二胡为了满足虚荣。其实，拉二胡这样的苦差事与她的性情格格不入。她学得苦，学得累，并未获得太多快乐，也就越发怨恨起她的师父来。当她坐在老柳树下之发狠演奏时，不仅令师父颜面无光，也同时释放着一种小孩子的狠毒。不过师父念她年纪小，不与她计较罢了。师父不住摇头，认定她的苦日子在后头。

而现在，似乎是她最甜蜜的生活。苦就是这么一种东西，往往藏在最甜之中。这个时候，李小荷的嘴里，有了一丝苦涩之味。她料理着家，定期去银行存款，熨烫着丈夫的衣裤，参加镇上人的婚丧嫁娶，打发着一天又一天的日子。白天是不会感觉孤单的，有太阳，有灰尘，有阴影；到了夜晚，宽阔的大床上，她翻来覆去，仿佛一条上岸的鱼。

有时候，男人半夜回家，找东西吃，她乐得侍候他，让他脱掉沾满泥点的外套，拿出冰箱中的肉块，下面炒菜，都哼着小曲。他吃得燥热，倦意袭来，可女人还不让他睡，让他一个一个说那些他见过的人，遇到的事情，到过的村庄城镇，干过的工程。

他说着说着，就打起了鼾。

仿佛火刀敲打石头，她这样敲了一阵子自己的心，不见冒出一颗火星来，而且经历不到的东西，她也没有能力了解，轻易就认定了王土生已经对她有了厌倦之感。

那些属于他的情感流露，在他，不过是例行公事：他吻她，抱她，爱抚她，都有一定的时间。这是许多习惯之中的一个习惯，就像晚饭单调乏味，吃过以后，再上点水果一样。

她常常在午睡后走出小楼，来到周围的田野间漫步。穿过两边栽种着芬芳沙枣树的一条土路，就能看到白杨河两岸的田地。阳光穿过沙枣树的叶片，将些许细碎的光斑撒在她的脸庞之上。白杨河边树木更加茂密，微风吹过之后，金色的杨树叶片手鼓一样哗啦啦做响。

有一个瞬间，李小荷不知道自己的躯体到了哪里，就像不存在一样。她虽然深处于自然之中，然而离她越近的东西，她越回避。其实，她根本不喜欢这乡村景致，她认为这些都是一种例外，一种偶然，如果她能离开这里，离开现实，便是幸福和热情的广大地域。

在她的灵魂深处，她一直期待着意外发生。

她睁大一双绝望的眼睛，观看她生活的寂寞，好像一个迷路在雪地中的猎人，既看不清楚眼前的道路，也看不清猎物。随便一阵什么风来，把她带到什么山洞里，她都会感觉到一种刺激中的幸福。但是每天早晨，她醒来，纳闷怎么还不见奇迹降落。于是夕阳西下，她又把希望寄托在了明天。

李小荷不再像以前那样盼望着王土生回家。

再说，她越看他，越觉得有气。

年纪一大，他的举止越发粗俗不堪：吃拌面时总要吃一头生蒜，打的饱嗝中充满腥味；酒量越发大起来，咽下去一口，响亮地咂吧着嘴巴；越发富态，肚子滚得像球，眼睛变得更小，脸蛋虚胖，像煮熟的鸡蛋剥了壳。

妻子的落落寡欢在王土生看来，并不惊讶。她远离家乡和亲人，心中有些酸涩很正常，如果他们好好谈谈，就可以变得亲密无间起来。可在李小荷看来，他们之间根本不存在真正的亲密无间。

长时间以来，他们各忙各的，偶然同床的夜晚，躺在羽绒枕头之上，李小荷直觉得透不过气来，因为她已习惯了一个人睡眠。有时候，他们匆忙做爱，李小荷一动不动，身体绷得紧紧的，王土生很快就睡着了，剩下李小荷在昏暗中睁着两眼，想嚷嚷两声，又憋在喉咙里。

李小荷想出各种办法尽力克服对丈夫的反感，硬逼着自己不爱也得爱，这一招显然不灵。她又想出一个办法，让自己脑海一片空白，什么都不想，进入一种虚空状态。

李小荷突然一门心思地想要拥有一把二胡，就在方圆几十公里的商店里搜索，怎么都买不到后，只好买了盒二泉映月的磁带，宏亮地奏响在小楼之内。

即使打死王土生，他也不会承认他欣赏不了妻子的品位，这不单单是因为害怕暴露自己文化修养不足，主要还是想表现尊重妻子的文艺爱好，并以此也可显示出自己与白杨镇其他男人之不同。

按说，他是个豁达乐观的人，颇具有信心，对于土地和生意，人际交往和语言，都极其具有天赋，但面对新娘李小荷时而嘻嘻笑笑，时而哭哭啼啼的做派，却产生出一股难以自控的柔情蜜意：他决心要保护这个弱女子，哪怕把自己裂成两半。

李小荷终于腻烦了二泉映月，她端张小方桌在院中，挽起袖子开始练大字。一张接着一张写，满地都是汁墨横飞的纸。手指上也沾满了黑污。时间长了，将那些纸收拾起来，卖给拣破烂的人。现在已经用不着引火了，家里早改用了煤气灶。如果不是她晕倒在方桌前，没人知道这种刻苦要继续到何时。

原来，她已经有了身孕。

虽然王土生是高兴的，可是高兴的准父亲并没有留在家陪妻子。他更要出门打拼，为即将出生的孩子挣更多的钱。在他看来，女人生娃，仿佛母鸡下蛋。到肚子疼的时候，送去卫生所就行了。

他振振有词的声音让孕妇绝望。

晚上，她依旧是独守空床，频繁的呕吐、排泄、吃饭、喝水，让她变得敏感暴躁。暖洋洋的身子使她呼吸逐渐困难。百无聊赖，她躺在床上不愿意起床，不愿意洗脸梳头，只是惯性地继续着日复一日的生活，仿佛剪不断的线头，永远一模一样，数又数不清，却什么也带不来。

孕妇李小荷乖戾任性。她不再做饭，到饭馆里点明要几样菜，送到家里后，却动也不动地摆在桌上；有时候想喝骆驼奶，有时候又要喝酸奶；常常赌气不出门，却又嫌气闷，打开窗户，只穿着单薄的睡衣，毫不顾及让别人看到滚圆的肚子。

她如愿以偿地感冒了，躺在卫生所的床上咳嗽着，庞大的腹部波浪般晃动着，慌得医生都听不到胎心音。

她喜欢看到王土生急切切推门进来，半跪在窗前，鼻孔中喷着粗气地问这问那，但她又着急地赶他走，说别耽误了生意。他若真走了，她又发狠地想下床，和他一起走，吃在工地睡在工地，给那些黑塔般的壮汉们洗衣服做饭。

她常常给那些听命于丈夫，给家里搬来大小箱子的小伙子口袋里塞钱，十块二十块，她根本不在乎，有时候会把自己兜里的零钱全都掏出来，一个子儿也不剩。虽然她并不心软，也不那么容易被别人感动，正如大多数农村出身的人，灵魂之中，她还一直保留着同情的底色。

她原本想做点针线活，买了把鹅黄色的开司米毛线，缠成团，让两根钳子在手指间左右交叉地晃动着。可丈夫却从她手中拿走那团毛活，说到时候缺啥买啥，这样一来，引起母爱的准备工作的乐趣，她就体会不到了。也许是由于这个原因吧，她对孩子的感情，从一开始，就欠深厚。

王土生不断地购物，突然间涌入的被子、褥子、斗篷、连裤衣、浴盆、粉盒……让卧室成了一个婴儿用品小商店。开始，李小荷还拆开精美包装，拿出商品，左右摸索着看看；后来，索性就堆在了角落。

不断的购物点燃了王土生花钱的快感。此前，他很少如此慷慨，但突然也懂得了消费的快乐。他变得讲究起来。买了一身高级毛料西装，只是衣服过于闪闪发光，领带打得有些随便，翘起的无名指上，戴了个金黄的大戒指，粗短的脖子上挂了个拴狗的粗链子。

每次回家，他都左右手拎得满满当当。他这么勃发的购物欲对身材变形、脸部浮肿的孕妇来说，实在是一种讽刺。李小荷怄气，越发蔑视那些商品，也蔑视丈夫只关注于自己腹中的人。得意的准父亲却毫无察觉，不过是按一般妇女的反应来揣测她。他理所当然地认为，当女人看到这些东西时，会和他一样快乐，它们，多么精美，多么高级。而他们小的时候，想都不敢想，有一天，会一下子拥有这么多东西。

之后，他将自己疲倦的身体放在床上，开始打呼噜。

有时候，李小荷刁难他，不吃饭。王土生就腆着脸，曲着身子，搂那侧卧着的庞大得骇人的躯体：你不吃，我儿子也要吃啊。

谁说是儿子？！准妈妈从鼻腔中哼了一声。

女儿也好。准爸爸沉浸在幻想中。

要是六根指头怎么办？

男人胳膊一挥，七根指头也是我儿子！

分娩期越近，他越疼她。另外一种血肉联系在建立，像是不断提醒着一种更为复杂的结合。他扶着她去镇子上吃饭。初期的不适过去后，现在她饭量惊人，一天吃六七顿还感觉肚里空空荡荡。半夜时常抽筋，疼得想去摸脚后跟，但手指越过隆起的高地后却触不到想去的地方，只能由王土生帮着挠。医生说缺钙，让多晒太阳，王土生终于从工地撤回了家。

白杨镇的男人们几乎难以相信，这就是那个曾经让他们彻夜难眠的新娘吗？他们看着她，惋惜地摇着头。

李小荷穿着特大号胸罩的乳房下，是一个浑圆的大锅，里面漾着满满当当的水，几乎一碰，就要流出来。她走路时用手扶着腰，缓慢地溜着墙角将身子安置在椅子上，低头看自己发面馒头一样肿胀的脚背，一心等着吃抓饭烤肉，对往来妇女关切的问话心不在焉地回答。

王土生坐在门口吸烟，大声和熟人打招呼，热烈地探讨着性别问题，手指上的烟灰已经长得弯曲了，还顾不上弹。他心花怒放。现在，他什么都不缺了。他经历到了全部人生，于是他坐在人生的一旁，悠然自得，尽情享受。

星期六早晨十点半，孕妇被推进了手术室，十二点二十五分，生下了一男孩，体重三公斤半，身长五十厘米，模样长得像母亲，皮肤白净，嘴巴润红；只是偶尔一皱眉头，一噘嘴，又像父亲。

李小荷的家人寄来一个包裹，打开来，是用洗旧的被面子裁小后装上旧棉絮做的两条小被褥，两双手工缝制的软底布鞋。

被褥打开后，散发出一股浆水的味道。这是李小荷熟悉得几乎快要忘记的味道。甘肃人家家户户都做浆水，将芹菜倒入面汤中发酵，再倒入煮熟的面条中调味，以代蔬菜。这扑面而来的味道让李小荷下了决心，拒绝了母亲千里迢迢来照看她的好意。她不愿意让白杨镇人知道她家原来穷成那样。她自己做主，请镇上一位大嫂来家里帮忙，王土生自然点头同意。

李小荷让王土生搬到旁边屋子睡，在卧室里撑起张折叠钢丝床，让大嫂睡。三个月后，李小荷已恢复如初，但却拒绝与王土生同床，王土生倒没太着急，以为产妇都是这样。而这时，他的公司正要扩大规模，有一大堆事需要考虑。

因她出手阔绰，大嫂照看得也精心，孩子长得白白胖胖，转眼就能坐，会爬，晃晃悠悠地站起来。一周岁之后，索性被大嫂带到自己家里去养，就住在镇子的另一头。

转眼就是夏天，家家户户都取下了护窗板，碧空烈日，远处的天山显得清淡幽静，躲进了天空中。阵阵热风吹来，人困马乏。李小荷突然动了想看儿子的心思，就出门往外走。一阵热风吹来，夹带着戈壁上生涩的味道。久居卧室的女人突然打了个喷嚏，在镇中心的十字路口站住了。

一切依旧是那样。

她突然想到也是这么一个夏天，也是午后，她第一次来到这里的情景。突然，她甚至产生了恍惚之感，仿佛她现在转头到汽车站，买了票，就可以到任何一个地方去，就可以和这个白杨镇没有任何关系。然而，她舍得下那二层小楼，却放不下孩子。说不疼，怎么也是自己身上掉下来的肉。再说，如果要走，也没地方可去啊。

定了定神，她又朝前走去。

过镇中心柏油路，朝左转，穿过一片窄小的房屋和院落，拐上一条土路。路旁两排沙枣树，正开着花，浓郁的香味。李小荷体内的馋虫已经苏醒，蛰伏了太久的欲望几乎要破堤而出。她低头看那麦地旁的野草，感觉处处陌生新鲜。肥厚的马齿苋是猪和鸡都喜欢吃的；而羊更喜欢吃细长藤蔓叶片如柳的扯扯秧；那种奶子草，折断后手掌上都是黏液；还有灰灰条、艾蒿、苜蓿，杂生在一起，一片混乱，却生机盎然。

推开木门望进去，大嫂家的三间平房低矮，羊圈臊烘烘的味道弥漫了整个院子，一群苍蝇在头顶飞来飞去，土屋的门帘旁，挂着一串金黄的玉米，另一边是一串红辣椒皮。一根铁丝上，搭着反穿衣、小袜子、尿布、围嘴等小玩意。

听见门响，大嫂出来一看，回头说，瞧，妈妈来了。

李小荷一惊。她已经是"妈妈"了。孩子还不太会说话，家里也没有亲戚朋友，很少有人用这个称呼来对她的身份进行肯定，生完孩子后，她感觉完成了一件任务，从来都不曾想过妈妈这个词的具体含义。现在，钱似乎可以将一切抽空，甚至抽空了妈妈的繁琐劳动。妈妈成了一个称呼。她心里虽然也爱着孩子，却总觉得隔着一层。

孩子已经一岁两个月了，摇摇晃晃地走出来，身子像个小醉汉，模样儿突然变得像父亲了，开裆裤中的"小鸡"，明显地晃荡着。看见来了陌生人，孩子快走了几步，腿脚到底不利落，骨头是软的，扑腾一下，就在院子里摔了个大马趴，鼻尖和手掌，衣服和裤子，都沾上了土。

母亲跑过去拽起儿子，弯腰用手掌拍打着他膝盖上的土，又拿手背擦他的鼻尖。又蹲下来，眼睛看着眼睛，一伸手，紧紧地搂住小人儿，箍得他几乎喘不上来气，不得不用手掌去推。

母亲想着干脆把孩子接回去，自己养。可她却又生出一丝奇怪的胆怯。她早已不是当年的她了。她的身体已经懒惰了下来，再去操劳那些琐事，已不能适应。她会蓬头垢面，她会饭都吃不到嘴里，她会腾不出一点时间来干别的，她会被这个小醉汉给全毁了。

孩子在院子里摸着墙根走来走去，倒很熟悉，被抱进大嫂怀中，玩顶头游戏时，笑声格外宏亮。到了吃午饭的时间，母亲将这月工钱塞进大嫂手中，拒绝一起吃饭的邀请，走上了回家之路。走的时候，她对大嫂使了个眼色说，啊呀，桃桃在那里！一颗桃树上结着些指头肚子大小的桃子，如果不凑近，很难看得清楚。孩子就乖乖地被大嫂抱着，去找桃子了。

回到家，凑合着吃了两口饭后，李小荷就睡了。到晚饭后，她再次躺在床上，还将门从内插了起来。听到王土生敲门，她不出声。五分钟后，敲门声变得大了起来，她推说自己不舒服。王土生有些恼火，开始砸门，并警告妻子说，你最好改变态度，不然的话，就要破门而入了。

李小荷从来没有发现丈夫如此暴躁，一句话没说，就服从了。

在后来的两年里，两个人的关系越来越紧张，越来越心口不一。

但他们已经成了富人，成了传奇，成了这个镇上所有人瞩目的对象。他们很有涵养，在外人面前客客气气，只有那三岁的孩子才知道父母之间的敌对情绪。他时常半夜哭醒来，连枕头和床单都哭湿了。

李小荷给自己罩上了一层沉默的盔甲，不到万不得已，绝不开口说话；相反，王土生越来越放纵，嗜酒如命，常喝得烂醉，回家又抱着妻子痛苦忏悔，希望能重回旧好。他一句句说着，我戒，我戒，还不行吗。

妻子越发苍白的脸上，不哭也不笑，等他闹够了，将他推搡进另一间房子的床上，随便地扯上被子，关上门出来。孩子在小屋子中整夜抽泣，渴望母亲能进来，揽自己的脑袋入怀。

六

灾难来自于一个到镇上推销保险的年轻人。

也是一个夏天，在一辆由白杨镇开往伊州市的班车上，坐着位身材瘦削、面色苍白的年轻人。他和她共同乘坐的那趟班车上，恰巧放了一首《二泉映月》。随着车身的晃动，他的嘴里哼着那起伏如水的调子，李小荷感觉中午的阳光不仅映照在她的双颊上，还让她内心滚烫，一股热汗浸透了胸罩。她也情不自禁地哼了起来。

就这样，浪漫故事在二胡跳跃的节拍上开演了。

年轻人名叫刘家生，和李小荷一样，练过几天二胡，写过几天大字，从陕西宝鸡乡村辗转来到新疆，成了一名普通的保险推销员。

十九岁的刘家生面对二十七岁的李小荷说话时，总是习惯把左手插在裤子口袋里，白净的面孔上泛着几颗红色的青春痘，彰显着体内澎湃的荷尔蒙无处派遣。他顶着一头压得不甚平伏的头发，总是一开口就脸红，一双眼睛冒牌一般地黑而亮，因为他的内心和智力绝配不上他眸子的深沉、灵活。李小荷极中意这个少年，像小孩得了新玩具般喜悦。

在以后的几个月里，年轻人一次次和李小荷谈论瞎子阿炳、黄帝炎帝、书法包公、白蛇青蛇，指望着说完这些话题后可以推销出去一单业务，他的全部希望就寄托在那丰厚的提成中。可是每当他话锋一转，要说到正题上去时，他都那么无力，对面的富有女人瞟了几眼那几张写着阶梯式数字的纸，对未来何时生病何时故去并无太大兴致。但他又实在无法轻易放手。他太清楚这样一件事情，不出两年，到白杨镇推销保险的人会比秋天的蚂蚱还多。

他曾雄心勃勃考大学，落榜后无颜面对家中父老，下地干活还比不上嫂子力气大，自然遭人鄙视，晚上一家人围着饭桌吃饭时，他不敢多盛第二碗。第二天越发没有力气，很快就病倒了。花了一笔医药费后，嫂子的白眼让他更加难堪，索性背起双肩包踏上西行的列车。

李小荷自从和刘家生畅谈了几次后，越发感觉自己很会说话。这一生简直就没有碰到任何人这么让她不断发言，不断说出她压抑在心底深处的、极其富有见地的话语。对面的年轻人那样严肃地、耐心地、兴奋地听她讲，她滔滔不绝，自尊心像冬天里往火炉子添了一铲煤般，腾腾直热了起来，她这才领略到年轻人的好处，志同道合的好处。

有了这样懂得风雅的同伴，会让人觉得自己也被放大了好几倍，抬高了好几层。她果断地拿出家里的存款，购买了几种价格不低的险种，还许诺对其他类型的保险也有兴趣，但却总吊着，不再放血。

经过几个月的较量，刘家生对富婆李小荷的敬畏之心消失干净。他看到李小荷的无聊、虚荣和理智上的贫乏，却忽略了李小荷为人和待人的好处。他应该感激李小荷因怜悯自己的身世和处境，花相当高的价钱替他解决了迫切的生计困顿，但他年轻人的偏激使得他对这个他眼里的中年女人毫不留情地鄙视起来。

他恨李小荷依仗着有钱，让他牺牲了时间和精力来探讨一些无意义的东西。他已经想着如何逃离的时候，李小荷却如那添了煤，又用火钩子捅顺畅的火炉子，呼呼地兀自燃烧了起来。

王土生为了生活安定富足，成天忙于奔波，要不是一位邻居说镇上的男人都在流传他老婆乘班车去市区会见年轻的相好，兴许他永远都不会察觉发生在自己背后的事情。王土生对白杨河水如果泛滥、如何对付工地上的雇工偷奸耍滑、如果儿子得了猩红热等灾难都有思想准备，可是他从来没有想到过一个奶油小生般的学生娃会在他眼皮子底子抢他的老婆。

一听说有这么件事情，他差点哈哈大笑起来。在他看来，在所有的不幸之中，这件事情最容易处理。当夜，他痛喝半瓶伊犁特后，一股无名怒火让他的肝功能全都紊乱起来。

他跟踪李小荷来到伊州市，在一家偏僻的装饰有粉红色小灯泡的咖啡屋，看到了她在和情人一起喝黑水。李小荷拿着银汤勺的右手还翘着兰花指，而她对面的那个人，简直就是个没长大的娃娃。他不容分说，推门进去，径直走到他们的桌前，一伸手抓起情敌的衣服，把他悬空提起，又猛地一下扔到墙上，只听得一阵瓶瓶罐罐的破碎声和顾客的尖叫声。

随后，他拉起妻子的一只胳膊，把她扔进了汽车中。那是一辆红色桑塔纳，他为了跑生意方便买的。这个时候，他已成立了一个房地产开发公司，成为董事长兼总经理。

他把妻子关在宫殿，派两个泥瓦匠把守住门口。李小荷躺在软乎乎的大床上，不吃不喝不说话。两天后，王土生终于像头牛拉累了车，停歇了疯狂地向前运动。他倒在沙发上，前思后想，满腔怒火逐渐化为无声的失望。他回想到自己一出生就被母亲抛弃，青年时生活贫困饥饿，在养父去世之后，一直过着孤独的生活，这种没人疼没人爱的日子像总也刮不完的秋风，恨不能干脆下上一场冻雪了解了痛快。可是他终于找到了李小荷，他认为的最合适的新娘，最完美的仙女，他供着她，宠着她，让她逐渐变得不像原来的她。

终于，他承认，在这件事情上，他也是有责任的。

他那么忙于成为一个富人，妄图用金钱抹平一切，时常忽视妻子。女人有血有肉，并不单是送她存款和首饰就能让她得到全部满足。越想越焦躁，他再也不能忍受下去，他要对妻子李小荷讲述心里的话。他还要坦白承认，他根本不是甘肃李家庄的人，他自己也不知道自己的籍贯。他要让他的新娘明白，他这么一个被大风吹到戈壁滩上的种子，能种出一片庄稼地多么不易。

他还要拿出杀手锏："看在咱儿子的份上，你不能再胡闹了。"

她全部的回答就是转过身面对着墙壁无语。

"我知道你嫌弃我，以后我改，还不成吗？"

王土生收到的依旧是沉默。他甚至听到了妻子李小荷从胸腔中发出的声音"你这个大老粗"。看着妻子蓬松的头发，他将原本打算抚摸的手指收了回来，也将原本要长篇倾诉的话语收了回来。

绝食三天后，李小荷被送进了白杨镇医务所。

黄昏时分，她拔下吊针，换了身衣服，拿起事先准备好的小包，乘着夜色朦胧，坐上了最后一班开往城里的班车。

李小荷来到情人租住的楼门前，才知道他两天前就离开了这里。她给保险公司打电话，得知他去了南疆塔克拉玛干边缘的玛雅县开展新业务去了。那是个炎热的地方，提起这个地名，人们就会想到风沙、干馕和死亡。

她不相信刘家生会不辞而别，她认为这全都是丈夫的错，他在咖啡馆里像野人一般动武，而刘家生却表现得像诗人般彬彬有礼。

她决定去塔克拉玛干沙漠南缘，找他！现在有的是火车和班车，都可以通向那里。她要跟他在一起，直到死亡将他们分离。她再也不愿意过这种

"寄人篱下"的生活。从她来到新疆，住进白杨镇，她就注定是男人王土生的新娘，作为她自己，她是看不见摸不着的。现在，她满怀悲凄，却充满斗志，她要为自己活一次！

那趟旅行非常辛苦，先坐火车，后换班车。李小荷时常想起上一次离开家的远行，虽然路途也非常遥远，可王土生仿佛路上的明灯，将一切都照耀得坦荡顺畅。

自她来到白杨镇后，还没有一个人离家走过如此遥远的路途。但是，无论是空旷的自然风光还是无法估量的遥远路途，都没有吓住她。即便她乘坐的班车上散发着浓重的体味，几乎所有的人都说着她根本听不懂的话时，她依旧没有退缩。

一路上，她紧紧抓住手中的那个小包，里面是她未来生活的全部保证。经过漫长的旅途，她的花衬衫上沾满灰尘，裤角鞋面上缀着泥巴，头发蓬乱结成块。

她终于看到了黄沙弥漫的玛雅县。在县招待所中，她坐在前台往保险公司打电话，定位着情人的行踪。她等待着对方回答的空白时间，几乎要涌出热泪。她按捺着自己起伏的心绪，不断呼唤着情人的名字，期待他能在偏远的乡村听到自己炽热的呼唤。

在一纸之上，她记录下一个长长的名字，坐上辆毛驴车，两条腿晃动在半空，不知道前方等待她的是凶险还是惊喜。

赶车的老人一路沉默。在听懂那个地名之后，他们之间再也无法交流其他。这是一条颠簸的小道，尘土飞扬，路旁的植物稀疏高大，叶片上都落满了灰尘；甚至连田野中的那些作物，也蒙着一层雾。李小荷从未曾想到，在这偏僻的一角，黄沙和灰尘才是真正的主人，人是被灰尘粉刷过后的木偶。道路两旁的孩子，只穿件汗衫，下体裸露，坐在浮土中；带白纱巾的妇女，依靠着笆子墙；老人从低矮的院墙中探出脑袋。几乎所有的人，皆不穿鞋，赤裸双足。她想到她可怜的情人刘家生。此时此刻，他是否也两脚灰尘？

在一片黄昏的玫瑰花丛中，刘家生正从田埂上走了过来。

妇女们鬓上斜插着艳丽花朵，孩子们嘴里衔着手里拿着花朵；往来的毛驴车上，也用玫瑰花装点；在一个巨大的簸箕中，不仅是一片细碎花瓣，花丛中，还躺着一个婴儿，小鸡鸡上一片嫣红。

刘家生一身西装皮鞋，手里拿着朵玫瑰花缓步走来，他怎么都无法想到，田埂边站立的那个女人，居然是李小荷。

无论如何，这漫长的旅途和这偏僻的乡村，这晚霞中的玫瑰和这刻骨的孤独，都注定了他热泪盈眶。他原谅了她全部的虚荣和霸道，张开怀抱，将投奔他的女人拥入怀中，并将指间的那朵花插在了她蓬乱的鬓角上。

他终于长成了一个大人。

七

他们终于生活在了一起。

在他们租住的小院里，有里套外两间平房，内屋有土炕，外屋有火炉，院外靠着木板门有个大馕坑，李小荷跃跃欲试，在第一次打馕失败后，这个馕坑便闲置了起来。

直到有一天，刘家生晚归后敲不开门，又忘带钥匙，就从不高的院墙上翻过来，跳在馕坑上，再落地，推开虚掩的小门，进入房中后，他们才觉出这个馕坑堪称伟大。

李小荷面对这些陌生的人群和炎热的天气，决不屈服，她要过属于自己的生活，而且差不多已经如愿以偿了。她把刘家生想像成自己的落魄音乐家、失意的书法家、无人赏识的诗人，赋予他各种凭空想像出来的美德，如痴如醉地提高他们之间的爱情品位，根本不考虑她的恋人如何反应，不管他在这场爱情的旅途中是否能够跟得上趟。每当刘家生表示甘愿落后，她就认为这是上次"咖啡馆事件"的后遗症。

为了给刘家生壮胆，她拿出了自己的杀手锏：她的小包。

里面不仅有她积攒下来的首饰，还有一包金条。

但她认为这笔钱要到不能不花的时候再拿出来。而他们，还如此年轻，可以靠自己的双手和智慧挣钱。

刘家生在这些明晃晃东西的鼓舞下，预见到未来生活的辉煌，以至于在很短的时间内签下几笔单子，给这个新家庭笼罩上一股幸福的气息。然而好景不长，这炎热的天气和弥漫在空中的细沙，让刘家生突然跌倒在客户面前，待李小荷将他扶起时，发现他瘦弱得像枯枝败叶。

李小荷突然一下子坚强了起来，丢掉了那些好幻想的老毛病，全心全意地开始服侍起她的心上人来。她陪刘家生去简陋得几乎要倒塌的医务所打吊针，坐在风扇下拿起针来缝缝补补，甚至还学会了很多护士的活计。

她拎着水桶去涝坝里提水，到了院门前的桑树下大力地喘气，木柴烧得手指发黑，时常靠着一捧桑葚或一块干馕就当一顿饭食。她把自己想像成一个女英雄，或七仙女，她就是为了挽救这个世界上最高尚最纯洁的男人而来。她所做的一切，都是有所回报的。

她无论如何都不能承认生活在不断地恶化，她和他玩一种亲密的呼唤游戏：你一句我一句，心肝宝贝地呼唤着，他们是不同凡响的爱情中的主角。她称呼病中的他为阿炳，而他则唤她姐。

刘家生终于在她近乎疯狂的热情中逐渐恢复了健康。

虽然他们所面对的，依旧是满目蛮荒；虽然沙尘暴曾猛烈地掀翻了他们的凉棚，玻璃窗外黄一阵黑一阵；虽然这里白天炎热得像火炉，晚上沉闷得像大铁罐，她依旧不承认她贸然离开白杨镇是个错误。李小荷说，这里的景色多么开阔自然。这里的人们多么热情自由。

有时候，在躺在土炕上的一瞬间，她会回想起自己宫殿般的小二楼，柔软的被褥和留在立柜中的那些花花绿绿的衣裙时，她会认为这是自己的软弱在作怪。她不能不狠狠地批评自己，掐着自己的手腕说，那都是别人恩赐给你的。你不过是他的新娘。你依附于他，永远都不属于自己。

她也加入了保险业，并开始四处走访，业绩甚至做得比男人还出色。因为她总是那么善于倾听，在适当的时候落下眼泪，又能机智地为对方设计出一个辉煌未来。

她投入这个行当后，蓦然发现自己的心爱之人原来那么痴呆愚笨，就连最差的人，也能做得比他更好一些。不过，几乎无人愿意来这么偏远的地方开拓市场，故而他，刘家生，也能在夹缝中讨得一口饭食吃。

她一面被自己的能力所惊骇，一面被自己当初的选择是否正确所折磨，居然爆发出了种种古怪的激情。她越发珍惜爱护这个平庸的男人，甚至将自己的大部分客户都转移到他的名下。他们的日子眼看着欣欣向荣，两个人的性事也有了些花样。

在这个偏僻的一角，平静地生活，平静地相爱，已经成了女人和男人共同的默契。不过，只有一件事情令女人无法找到任何理由，那就是每当她想到自己的儿子时，就感觉一阵阵撕心裂肺的疼痛袭来。她火烧火燎，在梦中听到孩子在哭喊"妈妈"，她挣扎着醒来，却不敢对躺在身旁的男人吐露任何一点蛛丝马迹。因此，她索性不再提起他，那个她的儿子。

有一天的巴扎（维吾尔语：集市）上，人们事先在一个土台子上搭起了凉棚，还铺上了鲜红的化纤地毯，说是有歌舞表演，是内地的一个演出队。这在大部分居民为维吾尔族的南疆来说，是个新鲜事。

四周的农民赶着毛驴车踩着鹅卵石和黄沙铺成的道路闻讯赶来，在歌舞表演未开始之前，吃一杯铁盆中如冰山一角上凿出的冰激凌，或一碗放着青红萝卜丝和姜黄鹰嘴豆的凉粉就是过年。县城里的人坐在拥有墨绿色丝绒垫子的三轮摩托车上呼啸而来，令毛驴车上戴花帽和头巾的农民艳羡吃惊。

李小荷和刘家生像游客般出现在人群中。

刘家生多年来维持标准照的装扮：一身黑或蓝的西装，深色领带，黑皮鞋。李小荷着一身桃红西装裙，戴一顶白色宽边凉帽。

小县城的居民历来殷勤好客，十里八村的人，几乎都认识这个"卖保险的"和他的"洋岗子"（维吾尔语：老婆）。人们口口相传着一个爱情故事：这个女人千里迢迢来到这里，就是为了和她最心爱的男人生活在一起。这个脸上涂抹了白粉的女人，嘴巴显得格外血红。他们像飞入蜜蜂丛中的蝴蝶，虽然穿梭着，但尽量让自己独特的舞蹈，不染上一点别处的气息。无奈这天上地下都漂浮着金色浮尘，很快，这对蝴蝶的翅膀就变得沉重起来，裸露出疲乏之相。

演出开始了。一曲曲，一首首，都铿锵有力，激情投入。当李小荷看到一个瘦男人提着把二胡走上台来时，呼吸突然困难起来。刘家生轻轻拍了拍她的肩头，发现这个女人在发抖。

果然，二泉映月！

如泣如诉，似鬼如神。这抽空了一切的旋律，像鞭子从空中抽打下来，那么无形，却那么有力。它并不为自己制造的麻烦负责，它自顾自地戏耍着听众，怀着洞穿一切的冰凉与世故。

李小荷的眼泪止不住地往下淌。开始是无声的，后来发出嘤嘤声。当刘家生将她从人群中拖拽出来，往家走时，她居然嚎啕大哭起来。

在他们身后，欢快的麦西来甫已经开始，所有的人都扭动腰肢，投入进他们的欢乐之中。没有人会留意这个哭泣的女人。生命如此短暂，要抓紧时间唱歌跳舞才对。这是新疆人的生活理念。他们跳起来唱起来，浑圆流畅。而李小荷却一点也没有投入进这欢乐之中。她心底里的苦积攒着，积攒着，只等到那苦兮兮的二泉映月一奏响，就澎湃地涌出了身体。

苦啊苦。

苦啊苦。

当晚，在抽泣声中，这个瘫软的女人梦到了儿子。她不知道他现在多高多重，吃什么穿什么，她忍耐着思念之苦，心尖上布满了千万个血淋淋的钉子。

刘家生一夜无眠，突然找不到合适的话语安慰女人。他时常发烧，在李小荷四十岁生日之后的一天，他撒手人寰，与世长辞了。大家都害怕他的妻子会寻短见，可是两个月后，只见女人穿着一套黑衣开始上街走动，悲伤的影子拖在她的身后，让她步履艰难。

她的脸色像被灰尘蒙住了般，嘴角和眼角的皱纹刀刻般深邃。可是，她并不想死。也许当她一个人躺在大炕上时，会感到一种莫大的轻松。她不想再拉那辆梦幻马车，也不必继续掩盖恋人的虚弱，她以极大的耐心让自己走到了生活舞台的最前端，如今，帷幕渐渐落下，她虽悲凉，但并不悲伤，倒反而生出了一股奇怪的轻松。

八

二〇〇八年，玛雅县城里铺出了一条笔直的柏油马路，连通了这里和整个新疆乃至全国。

开始时，县城几乎所有的人都反对这项工程，说外面的人来了，会让这里物价大涨，一块钱的东西要用十块钱才能买回来，但公路就这么在唾骂和猜忌中修成了。那些头戴桔黄色头盔身穿夜光背心的工人们日夜劳作，终于将一条黑色的长龙摆放进了人们的视野。

之后，来了很多商人，推销玻璃、钢管、水龙头、桌椅、板凳、茶叶、糖果……其中，尤为引人瞩目的，是推销房子。这些房地产开发商带来的巨大挖掘机发出轰隆隆的响声，吵得市民睡不着觉，但也不是很生气。他们怀着古怪而好奇的心理，一遍遍到工地参观。

李小荷也很兴奋，新楼房会带来两个好处：她可以动用一直以来保留的私货来购置一套不大的房间；而随着玛雅县城的住房增多，定居的人口也将增多，买保险的人自然也多，她的订单也将会源源不断潮水般涌来。

四十二岁的李小荷穿套灰色西装裙，已经有了一个水桶般结实的腰肢，这是多年羊肉、皮芽子和胡萝卜喂养的成果。炎热和风沙再加上平时努力装出幸福的样子，让她变得十分苍老。不过，她那清高孤傲的特征依旧未变。她还拿出了一串珍珠项链，挂在了脖子上，挎上自己从白杨镇医务所拿走的唯一东西：一个白色的长带皮包，包的正面，以同色的皮子拧出了一朵绽放的花朵。这漫长的十五年，如果她没有这东西作为支撑，不知自杀了多少次。如今，好日子终于来临。她要赶着住进第一批楼房中！

在从家到银行的路途中，她突然转变了主意，决定应该先去看看房子再说。

房子还没有盖起来，但在一个个巨大的土坑边，已经盖起了一间简易的小房间。推门进去后，李小荷下意识地闭了闭眼睛，屋内的光线昏暗。似乎过了许久，她才看到靠墙的桌旁，坐着一个年轻的男子，长头发搭在额前。就在他随手将头发扶到顶部去时，露出了整个脸庞。

李小荷浑身冰凉僵硬，继而一股火辣辣的灼痛像辣子面水喝到了肠胃中。她认出来那个人，是她的儿子！

当初，医生将那个肉团团抱过来让她看时，她以母亲的天性一秒钟就确定下来：这是我的儿子，没错！就像现在，穿过南疆的阳光和灰尘，攒动的人头和粗重的呼吸，她依旧在一秒钟就确定了下来：这是我的儿子，没错！

儿子个头颀长，皮肤细嫩，眼角眉梢都更像母亲，表情却像父亲。他笑得很开心，像一个信心十足的年轻人，随时准备投入战斗。而她曾经的丈夫正站在一张画满了房子的平面图前，为拥挤的人群做解释。他似乎看起来变化不大，头发几乎秃光了，五官还是那么笨拙，肚子还是那么浑圆，情绪显然不错。

李小荷用新的眼光瞅了瞅王土生，第一次发现他具有男子汉的坚强品格。

他那么适应这块土地，简直就是这块大地最天然的主人。而她的根却从没有扎进这片土壤的最深处。虽然，她来到了塔克拉玛干腹地，过了十五年穷困潦倒的底层生活，但她却一天都没有真正开心过。她并不爱这生活，就像她一天也没有爱过刘家生一样。

她激动地朝前迈了两步，胸部却如玻璃挤碎般生疼。她看到自己的脚步停止了下来，她想呼唤丈夫和儿子，希望他们能原谅自己抛弃他们多年。就在这几秒钟，她看到了自己痴迷十五年的梦的开关。

她终于明白了，她所期望的那个伟岸的有所作为的人，正是王土生。她巴不得这些年他还在怀念她，等着她。他的爱曾经那么热忱执着，而刘家生从来不会给她这种爱，因为他不是那种人。

这个时候，她再迈出一步，就会走出阴影，重见光明。突然，有人在外面喊着"老板"，这一老一少都答应着，快步走出屋子。当他们从她身旁走过时，她甚至能闻到丈夫身上那熟悉的汗味。但她自觉地退避着，陷入更黑暗的墙角。

许久，她都在颤抖。

她徘徊在现实和梦幻的交界处，不知道该前进还是后退。

终于，她鼓起勇气透过小小的玻璃窗向外张望，正看到高出一头的儿子在拍打着父亲的肩头，那股男人般的亲密劲儿，那种牢不可破的信任，能把这世间所有的人都排除在外。

李小荷的泪一下子就滚了下来。

她在暗中擦拭干眼泪，走出屋子，回家去了。

作者简介：

丁燕，女，有诗歌入选 1999 年、2002 年、2005 年《中国最佳诗歌年选》及国内外多种杂志、选刊，并被翻译介绍到美国、加拿大等国，被誉为"葡萄诗人"。已出版有长篇小说《木兰》，诗歌集《午夜葡萄园》，随笔集《饥饿是一块飞翔的石头》等十余部。

我们都是"天上人" / 裴蓓

一

这个年代，一切的一切，都在瞬息间变迁。这一切的变迁中，最无常的，莫过于财富。这个年代的很多人，都在财富最无常的变迁中折腾，很轻易地就把自己折腾成了巨富，很轻易地又把自己折腾得一无所有。如果，一个人，有幸在巨富和一无所有之间折腾几个来回，基本上，他就不再是正常人了。

都市只是折腾了一个来回，就很有些不正常了。当然，这种不正常和精神错乱到底有些区别，至少程度不同，够不上精神科医生用电棒电极来对付。都市的这种不正常，只是让人觉得有些各色，有些不可理喻，让人啼笑皆非。

都市原来其实很正常的。假如他安守本分地在大学当一个教师，他会一直正常下去。可是，他鬼使神差地到南方沿海晃了一圈，鬼使神差地赚了一大把钱，又鬼使神差地变回"赤条条来去无牵挂"。于是，都市就不再是那个很有些学者风范的都市了，都市成了"天上人"。

"天上人"，是指那些让人感觉他天上知道一半、地上全部晓得，而且天上的事他能一半、地上的事他全能的那种人。"天上人"也有另一层意思，寓指有些人心悬在半空，上不着天下不着地。或者，不按常人的思维出牌，离经叛道，标新立异，特立独行。

无论哪种解释，都市似乎都套得上。

都市倾家荡产后，在南方挣扎了几年，回了北京。北京是他的根据地，就像南方沿海城市新海是他的根据地一样。尽管都市的家乡既不在北京，也不在新海，而在浙江一个偏远的小城里，在那个小城，都市的家族很有些来历。都市带着永远也改不了的乡音，一南一北两地跑，好多年没有回过家乡。家乡的人对他的印象，定格在他率领一大车队浩浩荡荡回家建希望小学的辉煌里。

　　熟悉都市的人，都不知道他回到北京是什么样的光景。大学教书是回不去了，他靠什么生存？但是，每次都市回到新海，都是热热闹闹的，都会有爆炸性新闻把大家的神经搅得混乱不堪，云里雾里。都市第一次回来，是买地。那年，他挥舞着手臂在本市地图上画了一个大圈，语惊四座，他要把这个城市的一小半全都买下，还包括几个没有命名的小岛。这件事着实沸沸扬扬好一阵。可是，都市回去后，此事再没下文。那些翘首期待的朋友说，人家说虎头蛇尾，他却一点尾巴也没有，屁股光溜干净儿。

　　都市第二次回来，是收购一个上市公司。那是一个股票单价曾飙升到九十元的上市公司。不知怎么他就知道了那公司几个大董事意见不合，便游说了一个让董事们既能抽身退步、又能大获回报的可行方案，他的方案真的打动了这些人。只是，他满心以为稳赚的几亿人民币最后一分也没有进他的账户。后来，就是卖银行，一家外资银行。再后来，还有很多。

　　都市真不是坑蒙拐骗的主儿，他正儿八经地筹划每一个项目，而且他的正儿八经还常常能让那些起初不相信他的人也正儿八经地相信他，有的还豪情万丈地和他一起忙碌折腾。这些年里，都市就这样从北方到南方，又从南方到北方，来回惊天动地地折腾，至今，依然居无定所，颠沛流离。

　　这一次，都市又来南方了。

二

　　李子蕾接到都市的电话后，神经紧张了好一会儿，她不知道这个"天上人"这次又会给她添什么乱，她的生活已够烦了。

　　倒是对一切都怀着极大好奇的表妹心心听说都市来了，兴奋得不得了，满脸坏笑地嚷嚷要见这个声名卓著的人物。心心还自作聪明地猜测这一回都市又会爆什么惊天大冷门。

李子蕾当初能在新海落下脚来，多少与都市有关。如今，李子蕾没法说服自己不接待这个"贵人"，又没法说服自己安然地接待这个贵人，和都市相处的每一分钟她都别扭，都累。

李子蕾在都市钦点的假日餐厅为都市接风洗尘。都市说他喜欢假日餐厅巨大的落地玻璃窗外那蓬勃无际的大海，还有海边那几栋极尽气派别致的建筑。只有李子蕾明白，都市在意的不是大海，也不是那几栋建筑，而是那几栋建筑后面的一块地。都市曾是那块地的主人，他至今无法释怀。

这顿饭局，李子蕾通知了都市原来所有的朋友，却一个都没来。表妹心心有招聘单位要面试，想来也来不了。于是，李子蕾只好孤零零地接待都市，又怕都市面子过不去，只是说没有通知其他人。

越发精瘦的都市和李子蕾隔着桌子坐着。都市的头发更长了，发尾已经齐到肩部，挡住了部分细长细长的脖子，这反倒使那原本就突出的喉结显得更加突兀，在脖颈上那薄薄的皮肤里蠕动着，让人担心那层皮肤什么时候会绷裂开来。李子蕾有些紧张地等着都市发话，担心都市爆出的新闻再次超出她的承受能力。

都市常感叹曲高和寡。他本来是一只凤凰，却不得不在麻雀堆里行走，更可恨的是，麻雀因为凤凰和他们不一样，反倒认为凤凰丑陋。

都市说，这次，他来推销一艘航空母舰，美国的航空母舰。李子蕾稍稍松了一口气，仅仅是一艘退役的航空母舰。之前，心心猜测，他可能这次会来推销金星火星。"这项目不难的，附近海上就有一艘。"李子蕾说。都市立即表示异议，伸出细长的手在空中比划，声调很高节奏很快地说："那不一样，大不一样。那太落后了，太落后了。那叫航母吗？充其量就是一艘大军舰。我这艘，那可不一样。"

都市神情激越地说他的航母如何的不一样。从长宽高，到装备，到布局，到航速，数字精确到小数点后面好几位。都市一口气将那艘航空母舰描述完，又一口气喝了一碗汤，说："你认识的那些老板要不要？唉！算了，那些老板土得掉渣，有几个买得起航母的？我还是直接和你们市长书记谈。"

李子蕾点点头，不置可否。都市也不再说话，只是眼神迷离地看着窗外，看着海天交接的苍穹处，遐想着太平洋另一端的航母。都市的脸有些黄，有些黄中带白，是病态的，都市的眼神也呈一种病态。李子蕾看着都市，记起青春时的那份萌动，那份萌动一直隐藏着，几年前才消耗殆尽。

李子蕾拿出一串钥匙，说："这是我那套小屋的钥匙，你住吧。"

都市使劲摆手，摆得很利落很急切，一边摆一边说："不用，不用，我已经在大海湾酒店订了房。"

"那就把酒店的房退了吧，反正我那房也是空着，我已经让人打扫好了。"李子蕾很清楚，大海湾酒店的订房客人里不会有都市的名字。

可是，都市依然说："真的不用，真的不用，我习惯住酒店。我喜欢大海湾酒店夜床上的玫瑰，那玫瑰最新鲜最漂亮。"都市一边说一边摇头赞叹，长长的头发在长脖子上来回甩着。

"你住几号房？"

"唔，我想想，1120。那房间，海景无敌！"

李子蕾沉默。1120房是双号，大海湾酒店的双号房是朝北的，只能看山，不能看海。而且，大海湾酒店的夜床上从来不插玫瑰，只插百合，或者郁金香。

都市细细的眼睛放着光，好像他就在大海湾酒店的1120房里，欣赏着窗外的无敌海景，还有那最新鲜最漂亮的玫瑰。

李子蕾想了想，把钥匙收回来，准备放回包里。可是，都市立马把发散的眼神收了回来，看着李子蕾手中的钥匙，说："你那屋子空着啊？要不，我先拿着钥匙，等住酒店住烦了，就住那屋儿去。"

都市的口音是江浙一带的，用词吐字却是京味，听起来，如同唱戏般荒腔走板。

李子蕾没再说什么，把钥匙递给他，起身去洗手。趁着洗手，把饭单给买了。她要是当着都市的面买单，他一定又会把单抢走，等单抢到手上，又会在兜里掏半天。等把掏出的钱给了服务员，那放光的眼睛一定会黯淡下去，因为那很可能就是他下一顿的饭钱。

李子蕾和都市走出餐厅，李子蕾说，先看看小屋，再决定住不住酒店吧，你钱再多也是钱呐，那小屋虽然简单一些，倒也舒适。都市这才期期艾艾地上了李子蕾的车。

车在迷离的夜色中游着车河。多年前，都市最喜欢开着奔驰游车河。有时奔驰上也会坐着一两位美女，那种感觉很爽，很爽很爽。都市拍拍李子蕾的本田车，一边拍一边摇头，说："这小日本的车，就是不如德国的，我那奔驰，里面的配置，哪会这样？每一个部位，哪怕是一个很微小的零件都是和车体严丝合缝，珠联璧合。"

李子蕾把车停在斑马线上让行人过去，转过头说："又买大奔了？"都市刚刚还眉飞色舞的脸色就暗淡下去，像蒙上一层灰。"是，又买了，大奔。"都市声音很小，忽地，声音又高亢起来，"在北京那边，没大奔，怎么办事呀？北京那是什么地方，那水多深龙多少？！"

都市突然提高了声音是有理由的。李子蕾又不在北京，就是偶尔去一去，他要么找借口说他不在北京，要么，他把什么人的车弄来开开，对付对付。他会用那车载着李子蕾，一边说，这车，我不喜欢了，得换了它，再好的车，开个两三年就该淘汰。等到她再下一次去北京，那车一定就不在了。

两人一进到那小房子，都市就嚷嚷，这屋真小！连一百平米都没到，还没我那别墅的十分之一！那个连小学都没念完的暴发户凭什么买我的别墅？他配吗？那别墅的外形可是西班牙式的，装修可是意大利式的。那家伙连说话都结巴，他住在里面算什么事儿？！

都市很生气地往沙发上一坐，沙发的弹簧一阵震颤。都市意识到这动作很不雅，于是，赶紧站起来，说着对不起，然后慢慢地坐下去。都市一直以自己的贵族血统为傲，而且，他又曾在没有贵族的年代打拼成现代新贵。

李子蕾把都市的箱子推进卧室，真沉，似乎装着全部家当。李子蕾把很沉的箱子推到房间的一角，尽量不经意地说，这房没人住，你住多久都行。

都市看着那只箱子，不再说话。

他要住多久？

前天，北京那间筒子楼的房东把他和这个箱子一起推了出来。现在，他只剩下两样东西，几近随风飘荡的身体，再就是，这个几近推不动的箱子。

李子蕾帮都市安顿着，都市看着李子蕾，有些手足无措。李子蕾走出门的一霎那，都市觉得这小房子其实挺大，空荡荡的。都市跟了出来。李子蕾说，进去早点休息吧。都市不说话，只是站在走廊上，看着李子蕾的车走远。小区的灯光很昏暗，身后的房子里很空。都市曾经有很多朋友，很多很多的朋友，有钱的，没钱的，男的，女的，老的，少的，漂亮的，不漂亮的，个个看到都市都屁颠屁颠的。都市当时是可以娶李子蕾的，如果他坚持，可那时太多的漂亮女人，总在都市面前眼花缭乱地晃。

三

李子蕾送完都市，丈夫周京的电话打进来。周京说，加班，晚些回家。周京的语气很温和，很歉疚。

李子蕾替周京累。每天这个时候，周京都打这个电话，都很温和，很歉疚。但周京从来不加班，却从来都晚回家。

李子蕾把车停进自家别墅的车库时，看到心心站在门口。心心表情怪异地告诉李子蕾，她在周京女秘书住的小区里看见了周京的车。李子蕾只是很淡地"哦"了一声，眼睛看着草丛里的一只蚂蚱，那只蚂蚱好像受了伤，跳起来很不利索。

"姐，和他大闹一次吧！干嘛要这样憋着？你要憋到什么时候啊？"

"有用吗？"李子蕾想抓住那只蚂蚱，看看它伤在哪里。

"那你就这么耗下去？"心心很急。

李子蕾没回答，那只蚂蚱跳进了草丛，她不敢伸手进去，有刺。

心心说："我找人揍他！"

"有用吗？"那只蚂蚱不见了，李子蕾的眼神空空的。

心心耸耸肩，说："你那样子我看着难受。我还是不住你这里的好。"

"你不住这你住哪？"李子蕾站起身，看着心心。

心心立即兴奋起来，眉飞色舞地说："我住都市那小房子去，我拿了那房的钥匙了，我太想看看这位天上人了。"

见李子蕾不吭声，心心又说："你怕我们孤男寡女？你就放心啦，我有数啦。"一辆出租车经过，心心拦下，把李子蕾撂在那里。

心心是直接开门进那房子的，把都市吓了一大跳。

此前的一秒钟，都市还在计算着那艘航空母舰给他带来的利润，至少有三千万吧？！他把三千万作了一个大致的规划，发现根本就预算不过来，这个数字最多也只够用作近期的一些安排。三千万太少！当初他卖一块地就赚了五千万，他炒一次外汇就是七千万！

这时，心心袅袅婷婷地站在都市面前。都市先是被心心的出现吓一跳，紧接着就是被心心的漂亮吓一跳。心心嚼着香口胶，歪着爆炸发型的脑袋，杏目含嗔，粉面带笑，朱唇微启，一翕一合间流香溢彩。都市有些呆，说，你是谁？

心心说："我是心心呀，我姐没和你说过？我姐倒是和我说过，有一个北京来的大款住在这里。我听了立马赶来见识见识，我这人有些心血来潮。"

都市乐了："你姐真这么介绍我的？"

心心奇怪地："这还有假？我姐还说，你可是这里的风云人物。"

都市连忙说："那是，那是。你知道我最富有的时候有多少家产？"

心心瞪大眼睛说："多少？不会有一千万吧？"

都市把头扭向一边，说："一千万算什么？我问你，你父母是做什么的？"

心心说："普通职员呀。"

"难怪，难怪！"

"难怪什么？"

"你说难怪什么，就难怪什么。人的出身很重要。你知道我祖爷爷是谁？算了，不告诉你了，黄毛丫头！你要懂我，还得摸爬滚打很多年。"都市坐到沙发上，敲打着扶手，随后说："你晚上住这儿？"

"当然。"心心说着就往主卧室走，看见都市的行李在里面，便想推出来，一推，太沉，便嚷嚷道，"你来帮忙呀，怎么一点绅士风度都没有？还说出身贵族！"

都市很不情愿地走过去帮着推箱子，都市低着头，头发披到前面，挡住了脸，心心看不见都市的表情，只看见他整个脑袋全被包在头发里，心心想笑，但使劲忍着。两人把箱子推到隔壁的客房，心心说："本小姐住主卧室，天经地义，是吧？"

还没等都市发话，心心已经走着猫步进了主卧室，一边关门一边说："大人物，我睡了，我用房间里的洗手间，你用外面的。你忙你的吧。"

心心一关上门就靠在门上，使劲捂着嘴笑，真是个天上人！

都市看着主卧室的门，闻着空气里的香水味。这香水浓了一点，俗了一点，到底是普通人家的女孩子！都市叹了一口气。

都市在客厅怔怔忡忡地磨蹭了一会，发现十一点了。第二天一早还要见市长，都市赶紧从包里找出一瓶舒乐安定。这些年，都市一直依赖舒乐安定。不吃就睡不了，吃了，睡了比没睡好不了多少，整天昏昏沉沉头重脚轻的。可他每天都得吃，每天吃毒药般地吃！都市手中的安定，如同一个符咒，他是中了邪，中了魔了。

都市一不小心把药瓶掉到地上，药瓶滚到沙发底下，发出药片翻滚的沙沙声。都市重重地叹了一口气。见鬼去吧，安定！他疲惫地躺到沙发上，今天就这样，澡不洗药不吃，睡一觉。

都市看了看主卧室的门，想了想里面的心心在干什么，随后便闭上眼想他的航空母舰。那艘巨大的航空母舰，此时在没有边际的海洋上微微起伏着，海是银色的，他躺在足以容纳四十架飞机的甲板上，数着天上的星星。都市在心里数着星星，相信数着数着，就会睡着。数到一百五十一的时候，他睁开了眼睛。天花板上的吊灯亮着，这灯太刺眼。他起身按了开关，屋子里骤然漆黑。他摸索着回到沙发上，重新回到航空母舰的甲板上，在微微起伏的海洋上，数着天上的星星。

都市的手臂有些痒，慢慢地，全身都痒。他应该洗个澡才对。在和李子蕾吃饭之前，他已经在一家廉价的旅馆里洗了澡，他说他是乘飞机来的，他不能让李子蕾看到他坐长途火车后的狼狈。那种小旅馆什么样的人都住过，淋浴室一定有很多细菌，他用带来的药水消了毒，但细菌多多少少还是会沾到身上。他决定洗个澡。

洗澡之前，他犹豫了一会，敲心心的门。心心故意小心翼翼地把门开成一条缝，故意很警惕地说："有事吗？"都市说："有一点事。我想问你，你还出来吗？"心心说："哦，我还说什么事呢！放心吧，我保证不越过这门一步。你在外面爱干嘛干嘛，裸奔，跳脱衣舞，都没关系。你尽兴吧。"说完，关了门。

都市从行李箱里拿出一套折叠得一丝不苟的真丝睡衣走进洗手间，停在那里半天。洗手间看上去很干净，但他还是决定消消毒。都市又折回来，想把睡衣放下，却踌躇着不知该把睡衣搁在哪儿。他摸摸搁物架，没有灰尘，但还是小心地抽出几张纸巾垫在搁物架上，然后小心地把睡衣放好。他回到客厅，从包里拿出消毒液，把所有洁具一遍一遍地擦洗了几次。随后才放水洗澡。

南方人把洗澡叫冲凉。他不喜欢冲凉，他喜欢在浴缸里泡澡。冲凉是底层人的事，泡浴才是上档次的，才是贵族式的。他原来的别墅里就有一套极高级的浴缸，而且，他躺在浴缸里，可以欣赏窗外的山色海景。这时候，李子蕾打电话来，说："我忘了告诉你，我已经叫人把屋子全部消了毒，那清洁工很专业，你可以放心使用。不用折腾了。"

都市懒懒地泡在浴缸里，挂上电话，心想，清洁工再专业，他也得重新弄一遍。李子蕾看上的清洁工最多也就是一个中等水平。不说别的，她家的消毒碗柜就是三天开两天不开的。李子蕾还说："在中国生活，不能过于讲究，不然更要得病。"

这叫什么话？不讲究才得病呢？！如果她是贵族出身，就肯定不会说这话。每个人身上都有阶级烙印，工人阶级的烙印在她那里无处不在。虽然她爸爸当过厂长，但那能说明什么呢？他和李子蕾没有姻缘是对的，门当户对，在任何年代任何时期都是适用的，是放之四海而皆准的，是绝对真理。真理是相对的，也是绝对的。

都市穿着皱褶齐整的睡衣出来时，已接近凌晨。想到明天还要在市长面前精彩演讲一番，便心急地往卧室走。都市经过沙发边时，想起了沙发底下的药瓶，但都市坚定地进了卧室。这一回，都市真的睡着了。睡着的都市嘴角带着微笑，他梦见了航空母舰，还有那三千万的利润。都市发出轻微的鼾声，和着远处的海涛声，夜很寂静安宁。都市的世界难得这么安宁。

二十分钟后，都市突然醒了，没有任何声响，都市自己醒了。都市想到了吃药。这些年，吃药已经成了雷打不动的习惯。这是什么狗屁习惯？！吃药本来是为了催眠，现在却把他从梦中唤醒。都市只好走到客厅，找他的药。

他在沙发边蹲下，用手到沙发底下去探。沙发离地面只有一个不大缝，尽管都市的手臂很细，但沙发和地面依然把他的手臂挤压得有些痛。他摸索半天也没摸索到，只好把两脚叉开，趴到地上，头挨着地，往里瞅，他看到那药瓶，伸手够了很多次才抓住了药瓶。那种感觉真是奇怪！都市在抓到了药瓶的刹那，心里骤然踏实了，就像在水里挣扎的人抓住了浮板，魂飞魄散的人抓住了"符咒"，或者是，欲火中烧的男人抓住了心仪的女人。女人是毒药！真的。

就在都市撅起屁股从地上爬起来的时候，心心开门出来。心心一眼就看到了都市撅得很高骨头突出的屁股，大笑。这一笑，把都市吓得差点重新跌到地上。

心心笑得捂住肚子，说："你太有意思！太有意思了！"

都市狼狈地站起来，说："你不是不出来的吗？"

心心说："你这么折腾，还让不让人睡啊？"

都市说："嘿，你不是说我跳脱衣舞、裸奔都没关系的吗？我现在总比跳脱衣舞裸奔更安静吧？"

"你从地上捡什么？让我看看是什么东西。"心心嚷着，就要从都市手中抢那个药瓶。都市一边躲闪一边把药瓶抓得紧紧的。心心说："我知道，那是白粉。对不对？"

都市很受辱，生气地说："你才吃白粉呢！"

"那，不是白粉，你藏掖什么？"心心一把夺过药瓶，看了看，摇了摇，"哦，不就安眠药么？这剂量绝对没有生命危险。我又没怀疑你自杀，你紧张什么？不就睡不着，抑郁症么？"

心心说"抑郁症"三个字轻描淡写的，可这三个字却像尖刀插在都市的心口上。都市几乎是狂怒地伸手就要抽心心两个嘴巴子。可手刚伸到一半，又停住了。心心那红口白牙灿烂的青春笑脸让都市实在抽不下去。

心心躲闪着都市的手臂，很无辜很害怕地说："你干嘛？你手伸那么高干嘛？这深更半夜、孤男寡女的，你什么意思呀？"

都市放下手臂，哭笑不得地说："你还知道孤男寡女啊？知道就赶快进去，锁好门。"

心心便迈着猫步进了门，一关上门，就立即打李子蕾的电话，小声说："姐，这人有意思极了。好玩，真好玩！"还没等李子蕾回答，心心就挂了电话，一个人蒙着嘴笑，笑得腰都弯下了。

吃了药，折腾到半夜两点钟，都市才昏然睡去。

四

都市不知道，他折腾的大半夜里，李子蕾根本就没睡。

心心走后，李子蕾没进家门，一直坐在别墅区湖边的石凳上。对面是李子蕾的家。这栋北欧风格的别墅，安静地矗立在昏黄的夜里，窗户里没有一丝灯光，只是路灯有气无力地照着。小时候，老家那一排排职工宿舍，每家每户都挂着灯泡，夏天，大家把竹床放到过道上乘凉，家家都很多孩子，真是热闹！厂长爸爸整天穿着有破洞的背心和大家谈天说地，妈妈不怎么说话，只是忙着在灯泡下缝补洗衣。那时，灯泡光秃秃地吊在半空，灯光毫无遮挡地向四周散射。不像现在，连路灯都被有机玻璃包装得奇形怪状的，灯光从奇形怪状的玻璃里发出来，使得树木花草的阴影都显得隐晦暧昧。

丈夫周京回来的时候，差不多十二点。他每天都这样，挺准时。那辆超豪华奔驰开着刺眼的大灯驶进了车库，李子蕾没有起身。不一会，家里的窗户上有了灯光，那款从意大利空运来的吊灯一直很让周京得意。周京的电话打过来，问她在哪儿。李子蕾说，和心心在一起，没开车。周京说，那你早点回来啊，要不要接你？李子蕾说，不用。周京的声音体贴温柔，周京在她面前从来都体贴温柔，不明底细的人会认为她找了世界上最好的丈夫。

吊灯柔和的灯光照在窗户上半个小时，又黑了。别墅区里，时不时有车进出，却没有一点人声。这个时候，心心打电话过来，一个劲地说都市好玩。李子蕾本想说不要作弄他，他也不容易。可心心很快就挂了电话。心心时时刻刻都是快快乐乐的，李子蕾在那个年龄也是快快乐乐的。那个年龄以为世界都是你的，以为世上的人永远都那么快乐。

李子蕾记得第一次见到都市时，都市就是她现在这个年龄。都市那时火得不得了，被很多的人捧着追着附庸着，都市很享用那种感觉，快乐得每个细胞都绽着笑意。那时的都市以为世界永远被他这么主宰着，那种深入骨髓的笑意永远都从从容容地传达出来，阳光雨露般地撒向附庸者。那时都市的笑声，听得人很舒心，会让听的人和他一样快乐。现在的都市也笑，还很亢奋地放声大笑，只是这种虚浮的笑声，从夸张放大的肢体语言中发出来，让人怎么听怎么别扭，好像那皮包骨的身体上，皮和骨相互游离。

那夜，都市和心心各自为政睡得很熟。要是没有那场意外，都市会一觉睡到天明。可是，都市最怕"可是"这个词，"可是"通常意味着变故，意味着天堂地狱般的变迁。凌晨三点半，卧室上方突然发出撞击声，"咚！咚！"都市迷蒙地睁开眼，声音是楼上发出的。什么声音？打架？不对，好像是打架般地做着亲密的事情。

都市很愤怒！愤怒中的都市真想冲到楼上敲那家的门，真想将门里的男女揍一顿，真想指着他们的鼻子吼，不要以为就你们俩会做那事！谁都会做！你们犯不着做谁都会做的事来影响别人休息。你们知不知道，影响别人休息和杀人没区别！可突然，楼上的声音停了。随后再无声响，好像一切都没发生。都市彻底清醒了，再也睡不着。那该死的声音，撩起了他身体里的某种欲念——他的男性特征有了反应。他想到了女人，和毒药一般的女人。

他记不得自己到底有多久没有碰过女人了。自从他的巨额财富灰飞湮灭，就再没有一个值得他碰的女人主动让他去碰，以他的贵族气质，他也不会死乞白赖地去碰不主动让他碰的女人。性行为的文明含量他一点不肯马虎。当然，在生理煎熬的日子，都市也动过流莺的念头。一次，一个女孩走向他，一个看上去很清纯的女孩。他把她带到房间。可最后，他还是不愿碰那女孩的身体，只借用了她的手。而且事前他让她用洗手液将手洗了 N 遍，还进行了消毒。那女孩走后，只要是她用过，或者碰过的一应物品，能洗的洗能扔的扔。此后，都市再也不会看一眼这类女人。

可是，此时此刻，都市又开始了生理的煎熬。都市不自禁地爬起来，走到主卧室的门口，想敲门，手伸出半天，又缩了回来。他把耳朵贴在门上听了一会，里面没声没息的。于是，都市在门外转了一圈，便吹起了口哨。口哨演绎的是那句"假如你要嫁人不要嫁给别人一定要嫁给我"，都市吹得非常卖力，非常煽情。可是，这么煽情的曲子只是把都市自己的情欲煽动得如火如荼，主卧室里面始终无声无息。都市叹了一口气，回到自己的房间。回房间时，他故意没关好门，留了一条缝。这条缝当然是留给心心看的，是告诉心心，这扇门对她畅通无阻。

都市躺在床上一直看着那门缝，如果那门缝一点一点地扩大，他就赶紧闭上眼，发出轻微的鼾声，然后一个骨碌坐起来，好像很受惊吓，这就让心心觉得她完全是愿者上钩。可是，那门缝一直动也不动。到六点钟，都市一直盯着门缝的眼睛实在太累了，便有了些迷糊。

五

六点半，都市突然被警车的鸣笛声惊醒。

都市扑棱起身，跑到窗前，天！楼下好多辆警车！再仔细看，那些穿警服的人也只是拉拉警戒线什么的，不像是发生大案要案的架势，大概也就盗窃抢劫什么的，都市绷紧的神经这才松弛下来。突然，楼下的警察忙碌起来，都市惊讶瞪大眼睛，看见警察两人一组地抬着尸体从门里出来，一具，两具，三具。天哪！大命案！

都市紧张地小心翼翼地打开门出去。楼道站了很多人，命案发生在701房，他的楼上，他住601。都市的脸煞白，天哪！几小时前那楼板上发出的声音居然是杀人！他昨天还想上楼去敲门。要是真敲了门，他可能今天也被放进黑色的尸袋抬出去了。

"咚！咚！咚！"都市一惊。再听，是敲门声。敲得很响，还有喊话。开门，几个警察赫然站在门口，都市又是一惊。这房真不能住了，再住，非得弄出精神病不可。一个胖墩墩的片警领着两个刑警走进了屋子，了解情况。都市很热情地把警察让进来，忙不迭地告诉警察，他昨夜听到声音是怎么样的，持续的时间大概多长，声音发出的位置在哪里。警察记录了他的话，并一再要求他重复叙述所有的过程。都市很配合地一再重复刚才的话，很认真地搜索每一个可能会对破案有帮助的细节。

可是，接下来发生的事，让本来很热心的都市很不高兴。那个胖墩墩的片警在刑警问话的时候，眼睛一直瞧着主卧室的门。这时，他发话了："那房间住了人吗？"都市说："是的。"片警走过去敲主卧室的门，敲得和刚才一样响。

心心揉着眼睛打开门，不满地嘟哝着："干嘛，干嘛？大清早的。昨晚折腾了大半夜还不够，还——"心心突然发现站在面前的是警察，愣住了，半天才说："发生什么事了？"

都市说："还什么事？昨晚楼上发生凶杀案了。"

心心说："哦！My God！"

心心对刑警的所有问题都回答不知道。因为她睡得很死，根本没听见任何声响。

刑警很失望，片警却来了兴致，问："你和这位先生是什么关系？"

"没什么关系呀？刚认识。"

"刚认识？你刚才说，昨天折腾了大半夜是什么意思？"

出事了！都市根本说不出心心的姓名，心心是小名。而心心只说都市名叫都市。其实,都市身份证上名字叫都梅林。而且,两人都不是本地户口,又没有暂住证。更麻烦的是,李子蕾和周京的电话又打不通。于是,两人越辩解越可疑,片警只好请两人去警务区。这下,都市急了,嚷嚷着和市长约好了上午见面,如果耽误了事,要他们吃不了兜着走。片警说,你不要说见市长,你就是要见省长,也得把事情弄清楚再说。

两人足足在警务区折腾了两个半小时,才联系上周京,澄清了这两人并非卖淫嫖娼之流。都市冲出警务区的第一件事就是给市长打电话。可市长的电话关机。这下,都市冲着正对他龇牙咧嘴的心心发火了:"你千日万日不住那屋,昨天跑来捣什么乱?!"

心心的声音更大:"我还没说你呢!我到这来,什么事都顺顺溜溜的,怎么碰上你这个丧门星!"

都市说:"你要不是子蕾的妹妹,我早揍你了!"

心心扁着嘴说:"你没搞错哇?你是寄宿在我姐家耶!"

都市一下蔫了,半天才说:"你以为我是流离失所吗?我在大海湾酒店订了房,是你姐不让我去住。"

心心还想反唇相讥,看都市那强打精神的样子,便说:"就是,就是,都是我的错!我自认倒霉还不成吗?!"

两人一前一后回到房子里。都市蔫蔫地坐在沙发上,一直拨着市长的手机。心心进房睡回笼觉。

两小时后,都市终于和市长联系上了。市长很和蔼地表示,下午在办公室等他。都市重重地吐了一口气,整个人靠在沙发上。

这时,心心起床了,走到客厅拿包里的化妆品。都市看着心心。

心心说:"看什么看?色狼似的。"

都市笑着说:"你不化妆更好看。你很像你姐,你们真有血缘关系?"

"是啊,她是我姨娘的女儿。"

"难怪,难怪!十年前,你姐就你这样。不过——"

"不过什么?"

"她更清纯。"

"你干脆说我俗,不就得了?"心心看都不看都市一眼,拿了东西就往里走。

"那可不是。那可不是。你更艳丽。"都市笑着站起身，说："不和你啰嗦了。我要准备准备见市长的东西。"

心心进了房间就给李子蕾打电话，窃笑着说："这天上人还蛮可爱的。"

六

心心收拾成摩登女郎，袅袅婷婷出去应聘了。房子里安静了很多。都市松了一口气，闲时和这小妮子逗逗还行，要是整天沾着，烦都烦死！

都市冲了凉，坐在梳妆镜前开始精心打扮。他用定型发胶很仔细地把每一缕头发都归顺到他认为应该在的位置，最终他的发型便有些像当前女孩时兴的碎发，头顶中分，发尾垂在肩膀上。这样，都市就比昨天看起来精神了很多。他甩甩头，照照镜子，还算满意。唯一不满意的，是眼圈有些黑。

都市在镜子前一件一件地试衣服。他穿了一套白色的唐装式的绸缎夏装，配上他的瘦高身型和长发，便有些仙风道骨。都市欣赏了半天，最后还是脱下。这装束可能更适合和广东老板谈生意，广东人对命相大师有着与生俱来的膜拜。而他要见的是政府官员，官员在场面上对算命看相之流是忌讳的。他换了一套西服，有些燕尾服样子的西服。西方人造的航空母舰，和这燕尾服多少能扯上一些关系，多少有些匹配。

都市腰杆笔直地走出小区的门。昨天心心说他走路像是戴着为小学生矫正驼背的"背背佳"。到底是没见过世面的孩子，有佝偻着腰的贵族么？他站在小区门口等的士，一辆出租车在都市旁边停下。他朝窗户里看了看，示意车开走。又一辆的士停下来。他又看了看，又示意车开走。那个操北方口音的司机探出头，竖起两道浓眉说："什么意思？"都市说："对不起，没什么意思，我不想坐你的车。"司机不动，看着他。都市说："车要打理得整洁才叫服务上乘。你这么乱糟糟的样子让人怎么坐？你知道我的奔驰当初是怎么打理的吗？我每天擦洗，打蜡……""当初？那干嘛不坐你当初的奔驰去？"都市的五官立即有些变形，随后便摇头撇嘴地说："道不同不相为谋。"那浓眉下的眼睛狠狠地瞪了他一眼，车开走了。

接下来，都市拦了几辆的士，总算拦到一辆打理得还算干净的，这才上车。车在海边行驶。一辆辆光洁得发亮的名车飞驰而过，窗外是磅礴无际的大海，海边是随风摇曳的棕榈，棕榈边是让人赏心悦目的奇花异卉，远处，青山连绵，山的绿色把高低错落的建筑衬托得格外别致格外风韵。这个城市真的很美，越来越美，让人叫绝。这个城市曾经记录了一个风云人物：都市，风云人物都市曾经在这个城市呼风唤雨。如今，除了都市自己保留的几张报纸，在可以查阅的公共资料中，他的名字难寻蛛丝马迹。

都市以美国 SIMJ 公司驻华代表的身份坐在于副市长面前。SIMJ 公司的来头很大，于副市长的态度很客气。都市仪态万方。因为有着驻华代表的"洋皮"，他时不时地耸耸肩，都市的肩倒是耸得很有韵致，既洋派，又很中国化的儒雅。

"市长，这艘航空母舰如果真的落户新海，轰动效应那可不一般，绝对国际性。因为，到目前为止，这绝对是走向民间的最先进最完整最高规格的航空母舰。在它面前，邻市那艘供人游览的航母，简直就是一个小舢板，太小儿科了。"都市把一大叠资料摆放在市长面前，"您看看这图，这个巨大的甲板，这上面能停多少飞机？四十架。四十架飞机是什么概念？市长，您是学机械的，一定比我清楚很多。"

于副市长点头。于副市长的头点得有些勉强，有些居高临下。都市的笑变得有些别扭，有些谦卑，指着图纸的手指很不自在地弯了弯。不过，都市很快就恢复了刚才的状态。不就是一个副市长吗？连"常务"都不是！这样的官要放在北京找都找不见！

都市清清嗓子，继续说："这艘航空母舰一旦开进我们的海域，那仅仅是一艘船吗？当然不是，那是一个海岛，一个可以流动的海岛！岛上可以建一个游乐场，一个巨大的极具诱惑的游乐场，一个飞机可以自由起落、大型游艇随意接驳、娱乐项目应有尽有、超现代化、豪华无比、世界上独一无二的游乐场。市长，您想想，如果我们市有了这样一个游乐场，我们作为一个旅游城市，那就不仅是合格，那是绝对的 NO.1 ！"

于副市长看了看图纸，那是一叠非常详尽的图纸，不仅有目前这艘航空母舰的结构图，还有非常周密的规划改造图。图纸上，每项娱乐设施的布局很合理地排列着，就连配套酒店的房间以及防火通道都一一标出。于副市长又点头。这次，头点得干脆有力很多。都市笑得很舒坦，眼角往上吊了起来。

和于副市长告别，都市能感觉到市长的手握得很有劲。下次，当他看完都市写的可行性报告，那手劲还会更大。为准备那些材料，都市真的是呕心沥血，那创意、实践性、文笔逻辑以及煽动性绝对一流。他学过心理学，学过社会学，学过音乐，学过美术，他有足够的能力打动一个人，说服一个人，甚至，游刃有余。副市长算什么？是他命好！要是他都市运气好一点，还不早就是控制着全市经济命脉的大鳄，今天还轮得上他恭身登门？区区副市长还不整天忙不迭地上他巨大的办公室，谦卑地向他求助？人哪，有些事，就那么一瞬间的工夫！

都市走到市政府门口，很多名车飞驰而过。都市笑笑，奔驰算什么呢？悍马又算什么？等他那三千万到手，我要开本特利，一千二百万的本特利。让那些破牌子都见鬼去吧！

七

"子蕾，我请你吃饭。说，想吃什么？鲍参肚翅，什么都行。"都市这话一说，就后悔了。他忘了，那三千万现在还没到账。当然，很快就会到的。"老朋友了，随便点，还是吃湖南菜吧。湖南菜实惠。"李子蕾在电话里说。都市松了一口气，要吃了鲍参肚翅，真出不了餐厅的门了。但都市皱了好一会眉头才同意吃湖南菜。近来他的胃变得很脆弱，冷的热的，酸的咸的，都不行，就更别提那辣了。可这总比被拦着出不了门好。

心心听到李子蕾接都市的电话，死乞白赖地跟着来到湘江餐厅。都市见到心心，紧张地摸摸钱包。打开餐厅的菜牌，都市蒙了。这家湖南菜一点也不便宜，菜点得好一些，他照样出不了这个门。这下，他更紧张了。点菜时，他的眼睛看着菜，眼睛的余光看着菜价。心心悄悄地用手碰李子蕾的背，李子蕾用手指戳了戳她的腿，示意她正经一点。心心诡秘地笑了笑。

都市说："子蕾喜欢吃秘制酱板鸭，我找找，对，在这儿。"

可都市的眼睛停住了。酱板鸭五十元，秘制酱板鸭八十元。

都市说："其实，秘制的不好，有一股怪怪的味道。"

心心发话了："我就喜欢那怪怪的味道，姐，你也喜欢的，是不是？服务员，写上吧。"

心心说着，夺过都市手中的菜牌，"这样，我来点菜，你不是请我们吃吗？你这么富有，总得让我们吃得开心一点是不是？"

刹那间，都市的脸就有了一层红红的颜色。心心当作没看见，叫服务小姐再拿一本菜单过来给都市，两人都看着菜牌，但表情极其不同。心心专门挑最贵的点，而且，一边点，一边在都市那本菜牌上指指菜，再指指价格，还一边说："这个菜不错，价格也不贵，是不是？"都市低头看着菜单，头一个劲地点着，刚刚那层红色越来越深，到后来就成了猪肝色。

心心漫不经心地看着菜单，漫不经心地对服务员报着菜名，漫不经心地在都市那本菜牌上指着。李子蕾使劲戳了几次心心的大腿，心心只是皱了皱眉，摸摸大腿，说："还有蚊子哪。"李子蕾憋不住笑出声来。

心心还要点菜，服务小姐打断了她："小姐，你们是不是还有人没到？三个人吃不完这么多的。"心心像是刚刚醒悟一样："哦，对不起，你们这里好吃的太多了，我都忘了我们只有三个人。那，都老板，你看呢？我们去掉哪个？"

都市不敢抬起那猪肝红的脸，低头翻着菜单说："没关系，只要你爱吃就吃，干嘛不吃？"都市为了礼貌，抬头笑笑，比哭好看不了多少。心心诧异地说，都市大哥你笑得真可爱，像漫画人物。李子蕾说："去掉这三个菜吧。"都市耷拉的眼角刚刚有一点往上抬，心心又发话了："那就一人加一盅燕窝。"都市脱口而出："在这里吃燕窝啊？这里哪能做什么好燕窝啊？哦，对，对，只要燕窝做得好，在哪吃都一样，干嘛非得去粤菜馆，是不是？"

心心笑笑："这才是行话，这里的燕窝我吃过了，不比那些专业的店差。"都市的头又一个劲地点着，点的频率更快了。心心说："你平时点头都这么快吗？和机器人似的。都市大哥，你真可爱。你看啊，你又英俊，又有钱，一定是女人中的抢手货吧？"都市的脸色好了一些，看看李子蕾，想说什么，又咽回去了。李子蕾只是笑笑。

菜一个一个上来了。每上一个菜，心心就点头称是，太棒了，真谢谢你，大哥，老板，今天让我大饱口福。你吃啊，干嘛不吃？不吃我可都吃了啊？李子蕾对都市说："我家心心从小被宠坏了，你别介意。""哪里。哪里。"都市依然笑得嘴角眼角往下拉，眼部线条似乎要把眼泪都挤出来。

心心满不在乎地一口一口地把燕窝吃完。其实，那燕窝确实炖得不怎么样。这时，李子蕾说："哦，我忘了告诉你们，这家餐馆新装修开业，发了很多优惠券，我有一些，今天这餐免单。"这话一出，都市脸上的猪肝色慢慢褪了。都市的精神气来了，使劲摆着手说："这样不好，这样不好，优惠券你留着下次用，不是说好我请你们的吗？一餐饭，弄得这么复杂。不好的，不好的。"李子蕾笑着，说："安心吃吧。不吃白不吃。"

心心很不满地说："那这次不是太便宜大哥了？那么大的老板，下次，我宰你没商量。"都市笑着，嘴角开始往上吊，眉飞色舞地说开了："今天我和市长谈得好极了。我生生地就把他给说动了，说服了。我的口才，子蕾知道的，有谁说不动的？"李子蕾笑："是，三寸不烂之舌。"心心说："就是，就是，你那嘴能把死人说活，能在水上点灯哪！"

都市的眼睛放出了光："一年后，这个城市的品位会往上跳几个台阶，几个台阶！因为这艘航空母舰，这艘无与伦比的航空母舰！有这样的旅游设施才称得上旅游城市，真正的旅游城市！"都市很快把一口汤喝进嘴里，因为太兴奋，发出很大的响声。心心说："这可不是贵——"心心想说：贵族的举止。但李子蕾用话岔开了。如果心心真说了那话，都市一定会重新变了脸色，会伸长脖子申辩：人嘛，偶然出出格也没有什么不可，贵族也有叛逆的时候，也需要自我超越，我们不是陈腐的贵族，是新贵！"我真的希望你那几千万能到手。"李子蕾说的是真心话。都市就更当真了，几乎是手舞足蹈地说："快了，你瞧着，三千万！"

从餐厅出来，心心忙着见她那帮朋友去了，李子蕾送都市回那小屋。刚坐下，就有人敲门。又是那几个警察。都市立即板着脸，挡在门口说："上次折腾我们还嫌不够是不是？"警察说了声对不起，便走进屋子。他们要都市重复那天晚上听到的每一个细节。都市说："我已经说了 N 遍了。三点半，几声咚咚的声音。我已经第 N 遍地告诉你们，我没有起床，我没有朝窗外看，我也没有冲到楼上去敲门。我要去了，你们现在还能这样烦我吗？早被你们装进黑色尸袋抬走了。"

警察不理会都市的不耐烦，耐心地询问一个又一个问题。都市只得耐着性子回答。他看着那胖墩墩的片警，真想去拧他的脸。警察好不容易走了。都市先前的兴致全没了，他疲倦地坐到沙发上，今天睡觉又成问题了。

八

都市焦急地等着市政府的消息，每天都要看无数遍手机。手机每响一次他就激动一次。可是，他的手机很少响，而且大多是李子蕾的礼节性问候。晚上，他老是在房间里踱着，主卧室老是空着，心心不常来。心心偶尔来一来，也都是口没遮拦地胡说八道，常常弄得都市很不高兴。都市不高兴的时候就会说，你还是住你姐的大房子吧，让我耳根也清静一些。可心心真的不来了，都市又空落落的，有个活宝在这里还是热闹一些，时间打发得也快一些。

都市把心心看成活宝，心心也把都市看成活宝。都市说心心是天上人，心心说都市是天上人。两个活宝，两个天上人，把这个小屋里弄得火药四起，乌烟瘴气。每次，都市气得不得了，就想一拳把心心揍翻，这小妮子也太没教养了！可心心杏眼一瞪，都市就蔫了，不仅蔫了，还有了想抱一抱亲一亲以及更深一层次的念头。可心心和猎犬一样灵敏，一旦嗅到可疑气息，便脚板搽油，往主卧室一溜，门一关，任心怀不轨的都市在外头自个儿地为非作歹。于是，都市整天就像一只没头的苍蝇，在小屋里打转乱飞。

终于，都市在第五天接到了市政府通知，旅游局的头要见他。都市一个人在房里快速地踱了半天，才用比较平静的语气告知了李子蕾。都市还想把消息告诉更多的人，可是他拿着手机半天不知该往哪拨。都市只好一个劲地对李子蕾反复说那个刚刚上任的于副市长是如何有慧眼，如何前程远大。都市还说，人活着就应该这样，即使不能如夏日般绚烂，也该像流星般惊鸿一瞥。那些表现得什么都无所谓的人，要么就是平庸乏才，要么就是虚伪！放浪形骸、行为乖张，是张扬，可所谓的超脱出世，更是张扬，那种标新立异的张扬，更隐晦更阴险。

旅游局长为都市设的宴席在大海湾酒店，就是都市动辄说他下榻的酒店。宴席的隆重连都市都咋舌，酒菜是自不必说的，只说赴席的人，除了旅游局的几个头头脑脑，其余是清一色的本地暴发大款。这些人是真正的囊中鼓胀、随时出击的主儿。

局长亲自给都市斟酒夹菜。局长说，钱没问题，这些人你都该在电视报纸上见过，对你那项目都感兴趣，现在关键是安排一个机会和那边接洽，看看实物。都市说，这没问题，太没问题了。局长还准备了一份合作意向书。

那天，都市喝得很醉，他很久没有这么醉过了。他的运气，十年前的运气再次降临了。在酒意的朦胧中，他看到了上帝，宽厚仁慈的上帝。他哭了。幸好他没有当局长的面哭，他是在洗手间里吐的时候哭的。他一边吐，一边哭。

那晚，都市坚持不要人送。他一上了的士，泪水再次涌出来。"医院，人民医院。"都市声音含混地对司机说。司机回头看都市，看到流动光影下那张满是泪水的脸，很同情地想说什么，没说，只是把车开得飞快。到了人民医院门口，都市掏出一百块钱给司机，说："你在这儿等我！"都市掏钱的动作很迅速很干脆，好久好久了，他没有这么干脆利落地掏过钱。他把钱往司机手上一塞，下了车。

他走进住院部的脑科病房。脑科今天没有病危者，也没有病亡者，医生狐疑地看着泪水汹涌的都市，问："你找谁？"

"201。"

医生说："201现在没人。"

都市点头，哽咽地说："那就更好。"

医生皱着眉头示意身边的护士，护士点头，紧张地跟在后面，随时准备打电话给精神科，让他们过来抓人。

都市径直走到201，门没锁。都市进去也不开灯，只是借着走廊的灯光，抚摩着床单枕头，痛哭。

护士站在门口说："这房是工作人员的休息室，那张床是我们医生睡的。"

都市说："六年前，这是不是病房？"

护士说："那我不清楚。"

都市说："那就请你什么也别说！"

都市哭了一回，起身离开病房。出租车等着他。司机指指病房，同情地问："什么人啦？"

都市说："妈，母亲。"

车行驶在闪烁迷离的灯光里。要不是那该死的破产通知书，母亲一定活到现在。都市用红肿的眼睛看着外面，霓虹灯晃着闪着，颜色红得像血。

九

市旅游局很快就收到了美国SIMJ公司的邀请函，请他们去参观那艘航空母舰。只是有一个条件，预付订金一百万人民币。旅游局在证实了这艘航空母舰和美国SIMJ公司的存在以后，通知了某个大老板。一百万对一个大项目的确不算什么，何况是市领导牵头的项目，那款项很快就如数汇出。第三天，都市的账上就有了二十万的活动经费。这是他唯一的账户，这笔款到账前，上面只有八百块钱，而之前，曾有多次透支的记录。

都市从银行出来就给李子蕾打电话："假日餐厅，十二点，不见不散。"还没等李子蕾回答，都市就挂了电话。都市坐在假日餐厅巨大的落地玻璃前等着李子蕾。都市看着那几栋建筑，更确切地说，看着那几栋建筑后面的那块地。李子蕾到了以后，他一句话也不说，只是用细长的手指敲打着桌面，楠木桌子发出特别的响声。

李子蕾惊讶地说："成了？"

都市说："成了。"

都市很淡定很从容。李子蕾疑惑，这么多年了，都市要的不就是一个"成了"么？要成了，他该是"欢欣鼓舞锣鼓喧天"的呀。李子蕾又问："真成了？"

都市说："成了。"

都市更加淡定了。李子蕾更疑惑了，要么是三千万全部到手，要么就是都市有点问题了。

李子蕾说："你没什么事吧？"

都市把玩着手中的杯子："在你看来，我成了，就是有事了。我就不应该成，是不是？"

李子蕾摇头。

都市说："我想去一个地方。一个很遥远很遥远的地方。那里很美丽很美丽。我要去那里待一段时间。我要在那里画一幅画。一幅很美丽很抽象的画。画上是两个性交的人，他们巨大的生殖器与背景里雄浑的山峰映衬，他们的激情和原始的土色匹配。你知道吗？我为什么要画性交，因为只有激越的男女才是真正的天人合一的。"

李子蕾说："在那很遥远很美丽的地方，你打算呆多久？"

"那幅画完了，我就离开。你知道，我有三千万，我在那遥远的地方十一辈子也花不完。我一定回来，到南方来，我要用这三千万去赚更多的钱，更多更多的钱。"

"然后呢？"

"然后，然后还有太多的事，你不懂。算了，告诉你吧。我要把我经历的都写成一本书，当然不是小说。小说算是什么玩意？我要写思想，写这些年的历史，用思想去写历史，用哲学去写历史。那书一定会轰动全世界。当然，我现在最想做的一件事，我要回一趟老家。"

都市一直想回老家给母亲买一个墓地，做一个最精致的墓碑。

这时，燕窝上来了，鱼翅上来了，鲍鱼上来了。都市说："吃吧，我买单。"

都市看着李子蕾，觉得她今天特别漂亮，又像少女时期。李子蕾少女时那种清纯呀，真是！都市说："听说你老公越做越好了。"

李子蕾搅动鱼翅的手停了一下，说："是，做得很好。"

都市点点头，他都市会做得更好。

这一夜，都市睡得特别沉，直到早晨有人敲门。还是那几个警察。

这回都市满脸堆笑，说："请进来坐。你们是不是还想问，那天晚上我到底听见了什么，看见了什么。我可以无数次地重复给你们听。请坐，你们还想问什么？"警察多次遭遇了都市的不满，都市这态度，他们反倒不适应了。都市笑容可掬地说："是不是还想我再重复一遍？那我就再重复一遍吧。那天，我听到楼上……"

警察打断了他说："不用了，案子已经结了，我们顺便来给你道歉，这么多天打扰你了。"

都市说："结了？抓住了？"

警察说："看几天后的报纸吧。"

都市看着几个警察，觉得他们今天的样子比任何一次都更顺眼，连片警那傻傻的样子都很可爱。都市非常客气地把警察送走，然后欢快地在屋里奔跑忙碌着，洗脸，穿衣，哼着歌。今天他要见一些人，那些曾经整日对他极尽夸奖和依附、在他这里捞得盆满钵满、后来碰面绕道走、三个电话接一个、还一个劲地说忙啊忙啊的那些朋友。

小胖接到都市的电话，半天也没反应过来对方是谁。那个曾经把"大哥"叫得像唱歌一样的小胖，现在拖着音调说："是你呀？"

都市赶紧说："我请你吃饭。"

小胖现在是很吃香的一个部门的科长了，每天饭局排都排不过来，说："改天吧，改天吧。"

都市说："我已经在大海湾酒店中餐厅订了房。"

小胖把音调拖得更长了："你老兄想宰人也别这样狠呀。"

"谁宰你？我说让你请客了？"

"发达了？"小胖的音调顿时短了很多，想想，又说，"我说你就不要这样破费了。说吧，有什么事要我做？"

"这饭你就别吃了吧，再见！"

都市很不快地在屋里踱了踱，又重新拿起了电话。宴席照开，只是客人变成了各媒体的记者。

都市第二天就成了这个城市的热门人物。

日报的头版上，都市站在旅游局长和几个大老板中间很矜持地笑着。晚报更是用了几乎两个版来写都市的奋斗史。写这长篇报道的记者是作家出身，他用新闻的严谨和文学的煽动组合成了一个生动感人的都市。都市遭人嘲笑诟病的言行被冠之以个性，天马行空的思想被美名为天才般的创意，而当初一次一次的挫折失败，如今，就不再是失败，而是悲壮，伟人成大业的悲壮。

都市看完了报纸上的自己，再看电视上的自己。都市把瘦长的腿搁在茶几上，觉得自己在镜头前还真像那么回事。他站在几个所谓的名人中间，他们全都土得掉渣，整个的感觉，就是下里巴人陪同着贵族，或者是随从附庸着主人。当初，他要是当演员，准会是一个明星，大明星。

都市看着电视迷迷糊糊地睡着了，直到节目结束，电视机突然发出很大的电流声。他居然没洗澡，一身脏兮兮的，就睡着了。睡觉是多么简单的事，这么多年，怎么就这么难呢？

都市那天设的宴席很热闹。原来那些在身边转圈的人大多来了，小胖也来。当然，这次没有请小胖，是他自己听说了，跟着来的。都市看到小胖时，很客气地让座让茶。小胖一来就说："大哥，有种，连航空母舰都卖了。再下去，别是卖银河系了吧？"

"就是，就是，大哥再下去，要卖克隆人。大哥永远是大哥！"有人附和着。

都市心里说，我卖你妈！当然，都市嘴上却是笑笑，笑得很高深，很有贵族气质，说："什么卖不卖的，喝酒！今天谁不喝，我和谁急。你看，我们兄弟多久没在一起聚过了？"

"就是，就是。你来了这里，也不打个招呼。"

都市心里说，王八蛋没打招呼。都市嘴上说："就是，我失礼了。"

都市示意服务员把马爹利给大家斟上。菜是极为的丰盛，山里的奇珍，海中的异鱼，全上了桌。都市还把每个人原来最爱吃的小吃小炒一个不落地点上了。都市看到，有那么几个人，脸上有了一些比叫大哥的声音更真实的东西，笑得也不像先前那么灿烂了，嘴角还动了动。当然，大部分人还是乐呵呵地笑着："还是大哥心细，大哥心细。"

那天，都市绝口不提他的三千万，他的银行，他的巨大的地皮。只是一个劲劝酒："你喝不喝？你心里真有大哥你就喝！你不喝？你嫌我这个大哥丢了你的脸是不是？"

马爹利一连上了六瓶，都市还说，上！直到有人钻到了桌子底，有人当着众人从食道喷泻黄浆，都市才买单。都市知道那单的数额大得吓人，但他签字的时候看都没看单，随手就把卡给了服务员。这宴席不要说几万，几十万他也照样。

接下来的一个星期，都市关门睡觉。每天睡十五六个小时，醒了就一个人到假日餐厅去看海。看完了接着回去睡。都市要把十年欠的觉全睡回来。上帝是公平的，不会亏欠谁。都市还想到一句话，血债要用血来还！

十

都市收拾好行李准备回一趟老家，时间尚早。

都市在客厅里悠闲地踱着，老是看主卧室的门。心心一直没过来，这小妮子也不知道疯哪儿去了。都市纳闷，惦记那疯丫头干嘛？有了三千万，什么样的女人找不到？都市这样想，心便定了，坐下来看当天的早报。

天哪！那起凶杀案嫌疑犯的照片占了几乎大半个头版。嫌疑犯本来是入室劫财的，却惊动了户主，慌乱中，把户主杀了，最后干脆灭门。三尸命案，仅仅劫得三千块钱。三千块钱，三条人命！老天！

都市一边诅咒着，一边看着嫌疑犯的眼睛。都市突然像触电一样，那是什么样的眼神！杀气！全是杀气！再看，又不全是，除了杀气，还有很多别的东西。

报道说，嫌犯劫财是为了给母亲治病。

都市再也不敢看那双眼睛。在他最落魄的日子，到处是债主。一个债主搜走了他身上唯一的钱包，钱包里除了几张透支的银行卡外，只有二十块钱。那是他全部的财产，而那天，他已经两天没有吃饭了。

那个债主夺都市钱包的时候，都市有一股强烈的冲动，他想杀了那人，他想杀了那人后，再杀了自己，如果他手上有刀！

幸好，当时他手上没刀！

杀人有时是瞬间的事！就像发财有时是瞬间的事！

李子蕾进门时，惊异地发现都市年轻了很多。

都市听了很兴奋，走到镜子前，摆出几个姿势，正面的，侧面的，背面的，头却一直正对镜子，细长的脖子给了脑袋很大的转动空间。都市一边转动着身子，一边笑得很灿烂地说："我睡得好极了。你看，多年轻英俊，连笑纹都浅了。"

李子蕾被逗笑了，想说："你真可爱。"又觉得不是很妥，便只是笑。

都市最后一个姿势是照自己的背影，头和身子保持着180的角度。随后，他转过头来说："我回老家一趟。那些老板已经看了实物，同意投资了。"

李子蕾一个劲地点头："功夫不负有心人，祝贺你，祝贺你。"

都市离开镜子，走到吧台边，倒了两杯牛奶，递了一杯给李子蕾，说："我不喜欢喝酒，可我喜欢劝酒。我喜欢劝别人喝酒，然后我买单。"

李子蕾点头。

都市拿起杯子，和李子蕾碰杯："在这个世界上，除了我妈妈，你是我唯一要感谢的人。你一直关照我。"

"你不需要我关照，你一直都说你过得很好。"

"我一直过得很不好，非常不好，我是强撑面子。"

李子蕾惊得大笑，你也会承认自己是强撑面子啊？都市也笑，都市笑的时候看着李子蕾。李子蕾笑得真好看，好久没看她这样笑了，以往一看她笑，他就动心。

李子蕾一边笑一边说："人要成功了，过去所有的落魄失意都成了炫耀的资本。"

"那些日子太暗无天日了！"

"你不是守得云开日出了吗？"

都市手舞足蹈起来，笑纹如花瓣似的绽放："哈！哈！何止云开日出，我还要如日中天呢！三千万算什么？三千万到底算什么？！"

李子蕾听了，慢慢止了笑，淡淡地应了一声："哦！"

这态度对都市刺激不小，都市刚才还在挥舞的长臂停在了半空，花瓣似的笑脸尴尬地凝结在那里。

李子蕾意识到自己走神，赶紧说："哦，对，对，三千万不算什么。三千万算什么呢？"

这话明显是应付。都市放下手臂，转身走到窗前，用手指神经质似地敲着窗台。楼下的马路上车流不息。"叭！"一辆货柜车经过时，居然违规按响了喇叭。声音很刺耳。

都市回过头来，满脸是掩饰不住的愤怒，说："世上有一种鸟，叫做鸿鹄。还有一种鸟……"

李子蕾低头不语，只是礼貌笑笑。

都市本来想克制自己不再说下去，但李子蕾的笑再次刺激了他，都市快速地说："还有一种鸟叫燕雀。"

李子蕾走到都市面前，说："你干脆直接说我燕雀不知鸿鹄志啦。你再怎么变换了语法方式，还是陈胜的话呀，你又申请不了专利的。"

李子蕾说这话时歪着头笑，她想调侃调侃，舒缓一下都市的情绪，可都市听来却是更大的嘲讽。

都市狠狠地说："你难道不认为你就是一只燕雀？！"

李子蕾怔怔地站了一会儿，说："我先走了，我的车昨天刮碰了一下，在修理厂。我只能这样送送你了。这房的钥匙我拿走，下次你也不需要了。"

李子蕾转身往门口走。都市敲着窗台的手就更快了，更神经质了。

李子蕾开门说再见的时候，都市猛转身，脚不点地地跑到李子蕾面前，说："对不起，你不是燕雀。"

李子蕾开门的手停住了，转头看都市，都市很内疚很认真地看着她。李子蕾想笑，又有些不忍，说："我就是燕雀。"

"不是，不是，你只是平庸了一些。"都市说完，又后悔了。

"有一句话不知道该不该说？"李子蕾说。

"你说，你说。"都市看着李子蕾闪闪的细牙。

"人，不是为别人活的，我说的是别人的眼光。"

李子蕾开门出去的时候，都市站在原地。李子蕾的背影比以往更丰腴更诱人，可他站在原地没动。都市站在那里好久，墙上有一只小蜘蛛在结网。他好像在看蜘蛛，又好像什么都没看。

又一声刺耳的喇叭声传来。都市转身走到窗口，发现马路上的车堵了长长的一溜，一个交警正向一辆货柜车走去，喇叭声大概就是那车发出的。都市手敲着窗台，罚！罚那个司机！这个社会就是这些没档次的人给弄糟的。

李子蕾居然说教起来，居然对我都市说教！她李子蕾有什么本事？不就是仗着漂亮嫁了一个有钱的老公吗？还好为人师！不为别人活？不为别人活，干嘛不甘心在内地上班，跑到这水深火热的南方来？人就是为掌声活的！掌声不要别人给吗？难道自己给自己鼓掌？人不为别人活，可要为自己的心活！心需要什么？不就是恩惠众人、收获感戴的感觉吗？这个李子蕾越来越虚伪。超脱？叫你吃了上餐愁下餐，你去超脱！

这时，心心开门进来。都市没回头。

心心走到窗边说："怎么了？这么深沉？"

都市不吭声，也不看心心一眼。

心心疑惑地说："你没事吧？"

都市还是不动。心心便摇头笑笑，哼着很劲的歌，摇着猫步进了房间。都市这才回过神来，他跟着心心进了主卧室。心心说，这闺房重地，异性免进。

都市说："能和你谈谈吗？"

心心说："我一个黄毛丫头，值得你谈吗？坐吧，谈什么？"

都市坐到床边的沙发上。都市幽幽地说着一个女人，周娜，那个媚得像狐狸一般的女人。那是多乖巧的女人呀！总是噘着红嘟嘟的小嘴说话，听得人心摇神荡，那眼睛细细吊吊的，闪着光，闪着对都市顶礼膜拜的光。

都市曾带周娜上豪华游艇，周娜在头等舱里很依着都市，噘着红嘟嘟的小嘴说，亲爱的，今生我是不会离开你了，我从来没有见过你这样出色的男人，把书生的睿智和商人的机警，把学者的儒雅和俊杰的干练，融合得如此严丝合缝精致完美。天哪！搂着我的是一个何等卓越的男人呀！

都市说这些的时候，很深情地看着心心，好像站在眼前的不是心心，而是周娜。

都市为周娜在加拿大买了房，花了六百万。周娜去加拿大的时候，眼睛哭得像胡桃，周娜说，我会在那里等你，永远！

"后来呢？"心心追问下文。

都市倾家荡产后去了加拿大，敲那房的门，一个白人开门，周娜？哦，搬走了，房子我买下了。都市还以为周娜会闪着细细吊吊的眼睛说，你终于是我一个人的了。

都市说完，便往沙发上靠了靠，眼圈有些红，随后便站起身，往自己的房里走。

心心跟了过来。心心说，我姐说，你这次的项目还真的快成了？连钱都入账了？

都市点头。

心心说，你可以去找那个周娜呀！

都市摇头。

心心这回一点没笑，很认真地看着都市，看得都市很不自在。都市说，女孩子这样看人是很没教养的。

心心说，你半夜三更地在别人门前吹口哨，就有教养？

都市红了脸，说，你都听见了？

心心说，听力残疾才听不见。

都市这一脸红，触动了心心。心心挨着都市说，你再吹一支曲子给我听。

浓郁的香水味刺激着都市，都市下意识地往沙发的另一边挪。这些日子，都市无数次想过和心心发生点什么，可真的要发生了，都市却把身子蜷缩起来。

都市这一挪一蜷缩，心心更觉刺激了，便挨都市更近了。都市又挪着，都缩到沙发的一角了。心心本来是逗都市玩玩的，这一来，心心就干脆一不做二不休了。这么腐朽的男人真难得，真值得尝试一下。

都市在退得无路可退时，心心也进得无路可进了。心心先是用一只手穿过沙发和都市身体的缝隙，搂住都市细细的脖子，随后，另一只手也环绕上去，抱住了都市。都市有些慌乱，有些不知所措。如果说上次他给心心留门缝是守株待兔的话，那这次，他是被兔子逮了个正着，他心甘情愿地束手就擒。

都市的衣服是心心帮着脱完的，都市灵巧的手指此时僵硬得不听使唤。直到心心把她自己的衣服也脱完，玲珑剔透的胴体晃得都市眼睛发痛，都市僵硬的身体才开始发软，发抖。都市发抖的手在心心皮肤上滑动，都市先是想到什么是凝脂，随后，思维便腾空飞起，他想到了雄鹰，振臂展翅的雄鹰。好多好多年，都市的世界没有蓝天，那可以让雄鹰翱翔的蓝天！都市还想到了烽火狼烟的沙场，想到了金戈铁马、浩荡旌旗、战鼓雷鸣。都市开始回应心心，迫不及待地回应心心。都市是湛蓝天空的雄鹰，是烽烟沙场的壮士，他要挥鞭策马驰骋一番，他要酣畅淋漓地搏击一回。

可是，都市刚刚扬鞭挥茅，就偃旗息鼓，鸣锣收兵。

都市从心心腻腻的身体上滑下，脸埋在枕头里不敢看心心。壮志未酬身先死，原来不是悲壮，是羞愧！

心心本来有些期待有些迷离的眼神，重新变得无所谓。心心从床的另一边跳下地，若无其事又若有其事地穿好衣服，然后，一脸不以为然地走了出去。

都市蜷缩在床角，看着心心走，喘息着。

突然，一股腥味涌上都市的喉咙。都市飞速地跑到洗手间，"哇"的一口。马桶里的水立即弥漫成一片红。都市脸色煞白。

十一

都市在人民医院的各个科室穿梭了几天。内科医生郑重其事地问："你家属来了吗？"

"我没有家属，和鳏寡老人属于同一类型。"都市说。

"那我就只能告诉你了，你患了胃癌，可能是晚期。"

都市抓住诊断书的手在颤抖，说："这不可能，这怎么可能，我瘦，可身体很好，只是胃有点不舒服，你们一定是搞错了，搞错了。"

"我也希望错了。你准备住院动手术吧。"

都市往外走，身子轻飘飘的。白色的瘦长的绸缎套装，衬着白色的瘦长的脸，远远望去，如同半人半仙的大侠。都市就这样轻飘飘地出了医院的大门，都市扶着门边的墙，拨通了李子蕾的电话。

李子蕾说："这可不是如日中天的声音呀。"

"我活不了几天了，我要死了。"

都市说完，泪水涌出来，扶着墙，慢慢地蹲下去。随后，就休克了。

李子蕾赶到医院时，都市躺在床上，眼神和形容一样枯槁。都市枯槁的眼神落在李子蕾的脸上，声音微弱地说："三千万可以买命吗？你去问问医生。"

李子蕾说："现在说这话早了一点。"

"片子我看过了，没救了。"都市枯槁的眼神投向窗外，"子蕾，麻烦你一件事，帮我联系美国的医院，最好的医院，我有三千万，有三千万，都不能买命吗？"

同室的那位直肠癌病人慢悠悠地说："如果情况好，一万就够，你那三千万还能留着两千九百九十九万。要是情况不好，一个亿都没用。"

都市的脸色由白转成了黄。

李子蕾看了看那位病人。那病人笑笑："都有个这样的过程，他得首先接受这个现实。"

都市愤怒地回头看那同室："轮不着你来说教！我接不接受关你鸟事！"

都市这次一点都没不在乎贵族风范，他恨不得跑过去揪住那人的衣襟，抽他，只是他现在连抬腿的力气都没有。

那病人笑笑："你以为三千万就很多吗？在这病房里你还得和我挤一间套房。为什么？都满了。那个程海一人就占了四间，没见外面有彪形大汉在转悠着？程海你不会不知道吧？身家该有几百亿吧？就这几天工夫了。"

同室说完就坐起来，站到地上。李子蕾觉得这人挺眼熟。对了，美梅电子集团总裁，市电子企业协会副会长，有一阵子很爱腆着肥肥的大肚子在电视屏幕上晃悠，如今看那体重最多不过百斤。会长笑笑，慢悠悠地走出去。都市也认出了会长，脸色更黄了。

李子蕾给都市倒了一杯水，都市摇头不接。李子蕾说："我有个朋友，当初诊断是晚期肺癌，后来手术一看，根本没那么严重。现在活得好好的，都十年了。"

"哼！我有那运气吗？我有那运气还会破产？我有那运气，三千万唾手可得的时候得这个病？"都市捶着床沿，"他妈的，我招谁惹谁了？我前世作孽了？那些匪徒流氓不得病，那些贪官污吏不得病，为什么偏偏我得绝症？"

李子蕾站在一边静静地看着他。

都市停住手，掩面痛哭，泪水从指缝里流出来。影视作品经常这样表现弱女子的悲伤。

李子蕾递了一条毛巾给他。他接过毛巾擦着，说："三千万，三千万，人都要死了，我要那钱有什么用？"

"要是，三千万真能换你的命，你换不换？"

"那还用问？我早说了。"

"那些钱要真没了，你就得过回苦日子，可能过得还惨，你还过不过？"

"那……"

都市没说下去。他安静下来，看着窗外。还过吗？这些年他过得很累，非常累。

窗外，天很蓝，新海的天总是这样蓝。但那蓝天是身外的，都市的心空，没有蓝天。

十二

李子蕾从医院出来，犹豫了一会，把车开向富豪俱乐部，她去找丈夫周京。周京接到李子蕾的电话很意外，说："什么事不能回家说呀？晚上我早点回家，好吗？"李子蕾说："不用了，你等我一会吧。我马上就到了。"

周京在富豪俱乐部的酒吧等李子蕾。这家专门为亿万富豪开设的俱乐部凭两点在全国一时无两，其一，极尽奢华；其二，包括游艇俱乐部、高尔夫球场在内的所有娱乐休闲设施一应俱全。俱乐部不定期举行的服装表演，清一色的国际大师作品，清一色的国际超级名模。俱乐部定期举行的派对，云集了国际国内、政商娱乐各界大腕名流。这里，酒店套间全有暗门暗道，保安的前身全是特种兵。这样的俱乐部，不是仅仅有钱就可以加入的。周京是在不久前、在等了四年后才取得了俱乐部会员的资格。

李子蕾到达俱乐部，一时分不清东西南北。她把车钥匙交给门童后，一位非常漂亮的服务先生引领着她上上下下地乘了几次抽象派形状的电梯，进了一道又一道要按隐蔽开关开启的玻璃钢门，才进到了造型很离奇古怪的酒吧。周京从一个半封闭的包间站起身，过来迎接李子蕾。

周京轻搂李子蕾，说："这地方不错吧？几次说了带你来，你都不愿意。"

李子蕾笑笑说："我真是连门都摸不着，像走进科幻电影似的。"

周京很温情地看着李子蕾，说"很急吗？连晚上都等不到？什么事？"

李子蕾沉默了一会才说："我们离婚吧。"

周京半天没反应过来。

李子蕾又说："离婚吧。别演戏了。"

周京满脸惊愕，说："子蕾，你这是什么意思？我们可是大家眼里的模范夫妻，我们是连吵架都没有过啊。"

李子蕾看着窗外，窗外是高尔夫球场，一个球童不停地跳到人工湖里捞出落水的球。李子蕾把眼光收回，看着手中精致到光怪陆离的咖啡杯，说："大概，真正的模范夫妻都是要吵架的吧。"

周京说："是你有外遇了吗？"

李子蕾笑笑。

周京站起身说："我和那帮朋友打声招呼，我们一起回家。"

李子蕾说："不用了，就这样吧。我们还是协议吧，不要弄到法院去。"

李子蕾说完便站起身往外走。这次引领李子蕾的是一位服务小姐。这位长相极其妩媚妖娆的服务小姐行止极其温柔得体，一路引领着李子蕾曲曲折折走出了梦幻一般的建筑群。已有门童把李子蕾的车开到门口。门童小心地伺候李子蕾上车，为她关上车门。李子蕾在说谢谢的时候，发现这个门童长着影星一般的身材和面孔。在这短短的一个多小时里，她见到的所有工作人员全都可以和偶像级的影视明星媲美。甚至，有过之而无不及。

车开出一段距离后，李子蕾回望。从外观上，谁都想象不出，这个俱乐部里面是一个怎样的世界。

就是这短短的一个小时，李子蕾对周京不再那么怨恨抵触了，她甚至理解和同情周京，甚至为自己一直深埋着怨气而歉疚。要一个身处如此迷幻世界的男人清清白白，实在太苛刻，太残忍了！李子蕾庆幸自己走了这么一趟，使她能够坦然地面对婚姻的破灭，使她能在离婚后不至于活得很怨怼。

当晚，李子蕾来到小屋那边。心心兴高采烈地说："姐，你怎么来啦？"

李子蕾说帮都市取一些东西，他住院了。

心心说，难怪不见他，没他还怪冷清的。心心没太在意都市住院，都市早该住院了，住精神病科。

李子蕾给自己铺床，今晚她住这里了。心心在一边帮忙，说，早该给周京一点颜色了。李子蕾说，都市得的是胃癌。

心心愣了愣，随后不以为然地说："不会吧？他得癌症？我还以为他看心理专科。"

李子蕾说："可能是晚期。"

心心又愣了愣，说："那，他要真赚了三千万，还有什么用？"

两人忙碌完，李子蕾说："房子还是小一点好，温馨。住在那别墅里，楼上楼下，都是空空的。"

心心的眼里泪光闪闪的，叫了一声姐。

那晚，李子蕾看天花板看了一整夜。心心睡得无声无息的。第二天一早，李子蕾叫醒心心，两人一起去医院。

医院草坪上的花草开得千姿百态，只是空气里没有花香，只有药水味。草坪的南端是精神科病房，被一道很高的铁栅栏隔开。铁栅栏里，病人晃悠着，有郁郁的，有傻傻的，有笑嘻嘻的。一个病人不停地重复一个奇怪的动作，嘴还不停地嘟哝着什么。

心心饶有兴致地说："姐，他们到底在想什么呀？"

李子蕾摇头，说："谁知道呢。在想得不到的东西吧。"

两人进了住院部，走进很宽很长的电梯。李子蕾每次走进这种电梯，心里都有些发怵。心心拉住李子蕾的手，捏紧了。

李子蕾笑着说："你也知道害怕呀？"

心心说："到底在几层呀？"

李子蕾说："顶层。"

心心说："天哪！"

好不容易上到顶层，两人稍稍松一口气，可电梯门一开，撕心裂肺的哭声便灌进来。哭声发自走廊东边的尽头。那是最高级的病房，那个拥有几百亿家产的程海包下那四个房间。哭声从那里传来。心心捏李子蕾的手更紧了。

都市的同室"会长"从房里出来，循哭声望去，说："程海死了。"会长的眼神不像昨天那么不经意。那双深陷在眼窝里的眼睛，被一层什么东西罩着，很厚、很晦暗。

一会儿，一辆手推车被白衣护士推出来。车上盖着一块白布，白布下面躺着一个刚刚失去生命的人。生命都没了，还是"人"吗？可这个人曾呼风唤雨，动一发而牵全局。现在他只是被白布盖着的一堆碳水化合物，很快会化成灰变成土。

手推车经过李子蕾身边时，李子蕾赶紧把眼睛移开，心心早跑到一边去了。

会长说："你看，那蒙着的就是一块白布，和任何病人蒙着的布没区别。其实，就是用金线银线织成的布，也还是一块布。"会长说完，眼神又恢复了漫不经心。手推车进了最西边的电梯，家属的哭声立即被厚厚的电梯门关住了。走廊东边的尽头，几个彪形大汉不见了，走廊里空空的。会长说："那边房间空出来了，你可以去办换房手续了。走一个进一个。"会长一边说，一边慢悠悠地回了病房。

李子蕾和心心也进了病房。都市注射了镇静剂，睡得悄无声息的，脸色很黄。李子蕾趁这个时间去给都市办换房手续。都市多次说他一分钟都不愿再看见那个狗屁会长，搬得越远越好，越快越好。

心心死活不肯和李子蕾一起去了，她怕又碰见什么手推车。可李子蕾走到门口时，心心又跑出来，说："都市那样子好可怕，他是不是快死了？我还是回去吧。"李子蕾让心心等她。心心很不情愿地坐到都市的病床旁边，她根本不敢看都市，只是把脸对着窗外。她也不愿意看窗外的下面，那块草坪上的人都穿着病号服。心心只是看远处的蓝天，盼望李子蕾赶快回来，带她出去。

过了一会儿，都市翻身。心心一惊，回头看到都市，大笑起来："哈哈！你是活的呀？！"一看到心心，都市的脸腾地就红了，想起了那次的草草收场。可心心只是大笑，根本就忘了那事。都市看心心那神态，就更颓丧了。

李子蕾帮都市换了房。手续很简单，交了钱，工作人员给她一个通知单，单子上写着：1201 号，二〇〇七年八月二十五日。也就是说，二〇〇七年八月二十五日，有一个病人离开了，从这天开始，住 1201 号病房的人叫都市。那在下一个什么时间，搬进 1201 病房的会是什么样的人？叫什么？

其实，叫什么都一样，都只是一个符号。

十三

都市在住院五天后准备动手术。手术前的半小时，都市请求李子蕾陪着他。

都市拉着李子蕾的手说："这么多年，好多人都以为你是我的情人，其实，这是我第一次正儿八经地拉你的手。说说，你过得怎么样？"这话说得恳切和蔼，好像不是都市说的。都市好多年不这样说话，只沉浸在自己的世界里。

李子蕾说："我要离婚了。"

都市有些激动地说："你早该离了。他在外面从来就没闲着。"

李子蕾说："我原来看上他的安分。安分的人有了钱，更变本加厉。"

"那他应该给你很多财产呀？"

李子蕾没回答。

"一定比三千万还多吧？"

"如果我要的话，算是吧。"

"那也算值了。"

李子蕾抽回手，望着窗外。

"还打算结婚吗？"都市的眼神也是好久没有的，很依恋，很温情。

李子蕾摇头。

都市说："子蕾，如果早知道这个结局，我当初就不该到南方来，如果我留在大学教书，现在该是大学者了。我就这样死了，那么多深刻的思想就消失了。那些足以影响几代人的思想，尚未人知，就要消失了。"

李子蕾回头看都市。都市说："我会死在手术台上。我要死了。"

李子蕾握住都市冰凉的手，轻轻地说："告诉我，你现在想什么？"

"不甘！"

"还有呢？"

"写作！"

"下了手术台，你就可以安心地写作，然后影响几代人。"

"不会有机会了。"

"你受不了写作的寂寞？"

"连阎王爷都见了，还怕他妈的寂寞！"

几个护士进来，都市紧张地一把拽住李子蕾的衣服，像一个不肯走路的孩子，使劲拽着大人的衣角不放。李子蕾轻声说："没事的，我为你祈祷过，没事的。"

都市的眼泪流出来。

都市被抬上手术车，几个护士推车出门。李子蕾远远地看着。一群白衣护士推着一个生命，走向走廊的最西头。亚热带的阳光射进来，把李子蕾的眼睛刺得很酸。

李子蕾在手术室门外等了四个半小时，直到都市被推出来才离开。李子蕾离开医院后，直接回了家。她真的很累了。人很累的时候，就想回家。

李子蕾进门就躺倒在沙发上。

周京从房间里出来，走到沙发边。李子蕾吃惊地坐起来："你怎么这个时候在家？"

周京说："我天天都在家。我们可以谈谈吗？"

李子蕾坐直身子。周京坐到一边，脸色发青，说："一定要离婚吗？"

李子蕾点头。

"你想过没有，你现在这个年龄，离婚后，你真的就会更好吗？当然，我可以给你很多钱。可是……"

"说不定更好，说不定更惨，谁知道呢？"

"那为什么一定要离？"

"现在我活得不好。"

"有些事，都是逢场作戏，你何必那么在意？"

李子蕾笑笑。

"子蕾，你心里到底想的什么？"

"我什么都没想。"

"什么都没想还离婚吗？你连牢骚都没有一句，就直接说离婚，你还说你什么都没想？"

李子蕾眼睛看着别处说："我只想平平淡淡过日子。"

周京笑着说："学七仙女嫁董永？"

李子蕾也有些想笑，说："连仙女都这样选择，何况我这样一介民女？"

周京大笑，说："民女才不愿意嫁董永呢。好了，好了，别耍小孩脾气了。我看你很累了，去冲个凉，休息一会儿。"

"我已经说过了，我们最好不要弄到法院去。"

"你到底什么意思？"周京火了。

李子蕾不动也不吭声。

"你到底什么意思？你说清楚！"周京的声音更大了。

李子蕾起身走进自己的书房，关上门。

心心是在周京发火的时候进门的。心心站在门边，看到周京对着书房吼："我今天才算见识到你的厉害，你太可怕了！"

心心走进客厅，站在周京身后说："姐夫，你怎么啦？你是说我姐吗？"

周京看到心心，没好气地哼了一声，上了楼。

心心敲开书房的门，站在李子蕾的身后，说："你知道他到底有多少财产吗？"

"我怎么可能知道？"

"那你干嘛那么快提出来呀？你应该等到一切都弄清楚了才提呀。他要是做手脚，你就亏大了。你傻呀，姐。"

李子蕾靠在椅子上默然无语。

心心坐到李子蕾身边的椅子上，说起了都市，笑个不停地说："我刚刚去看都市了，找了一大帮朋友陪着去，医生还不让进，问是看病人呢，还是打老虎。都市麻醉还没醒呢！不然，看我们一大帮人站在病床前，一脸的庄严表情，还不知道怎么想。"

当晚，周京再次要求和李子蕾沟通。

周京说："子蕾，不要离婚。你还有这个家是我的归宿。"

李子蕾说："那我的归宿是什么？这栋大房子？"

"以后，我会尽量多回家，尽量多带你一起出去。"

"演戏么？大家都那么累。"

"你要知道，男人有男人的生活。"

"也包括婚外性生活吗？"

"是，那只是感官刺激。子蕾，夫妻多年，我们是心中的朋友。"

李子蕾低头好久，才问周京，和那么多女人好，到底是什么样的心理。周京说，猎奇，还有征服欲，可是，不管他在外面多放肆，到了夜里十一点，就想家，就迫不及待地回家，一回到家，看见李子蕾，就踏实了。

"在外面那样荒唐，从来就不腻？"李子蕾问。

"经常腻，很空虚，经常觉得女人和女人之间没多大差别，都只是一个女人。可又控制不住自己。那种心瘾，和毒瘾一样，戒不了，折磨人。"

周京说，七仙女喜欢董永是因为董永单纯，董永单纯是因为他没有钱，假如董永有了钱，他就不是董永了，钱真不是好东西！可钱又真他妈的是好东西，有钱人的生活没钱人连想的资格都没有。

周京说，他这么拼命赚钱，赚这么多钱，赚得这么辛苦，总得补偿补偿自己，人生一世，草木一秋，生不带来，死不带去，要那么多钱干嘛？不就是想过得开心么？做他的太太，只要不多想，也会开心。

见李子蕾沉默，周京又说，你到底要什么？真的是男耕女织？我挑水你浇园？那你当初来这里干嘛？你干脆嫁一农民。那些农民工不就这样活吗？他们开心？

李子蕾有些激动，你怎么知道他们不开心？至少，他们的女人不会每天搓洗丈夫衣服上的口红印子，不会闻到丈夫身上每天不同的香水味，不会和丈夫亲热的时候琢磨他此刻想到的是哪个女人，他们的妻子还知道，她的丈夫和她相依为命。你怎么知道他们不开心？

李子蕾还说，周京你真的开心么？心都不见了，还有什么开心？

周京说，那回到居家男人的生活，整天柴米油盐酱醋，就有心了，就开心了？

李子蕾不再说什么。周京原来很习惯李子蕾不说什么，现在李子蕾不说什么，他就发慌，以往，他从没意识李子蕾的无言里蕴藏着如此大的能量。周京说："你想找什么样的男人？"

"没合适的，一个人也可以过的。"

周京一下拉住李子蕾，哽咽道："子蕾，不要离开，接纳我，接纳你的丈夫，包容你的丈夫，包容所有男人都相同的本性。"周京还想说，无论他在外面多么风光，多少女人为他争妍斗奇，他明白得很，假如他哪天没了钱，一切便化为乌有。可是周京哭了，说不下去。

李子蕾也哭了。周京抱她，她不让，说："离婚吧，周京。放我走。我不要你的钱，放我走。"

十四

都市醒的时候已经是第二天的晚上。都市第一眼看见了月光。天哪！我还活着！

都市喃喃地说："活着，是很好的事。"窗外，天很蓝，星星稀落，云很淡，月也很淡。都市又喃喃地说，活着，真好！

医生进来，手中拿着切片报告。都市看着天花板，输液瓶的管子慢慢地滴着液。都市的手抖得厉害。

医生说："早期。保养得好，活三十年没问题。"

三十年？都市先是怔怔地看着医生。随后，大声喊："天哪！三十年！"他一下坐起来，手挥动着，点滴瓶被拉得直晃。

护士赶紧拽住他的手，血从手背的针缝里冒出来，他的手还想挥动："天哪！那时都七老八十了，还怕死么？！"

都市突然又安静下来，说："医生，你不会骗我吧？"

"这是病理报告，你自己看吧。"

都市看完报告就给李子蕾打电话。都市在电话里喘息半天，弄得李子蕾很紧张。都市说，我不会死了。都市的声音发颤，和上次一样，但上次是说，我要死了。

心心抢过李子蕾的电话，听见都市重复着，我不会死了，我不会死了。心心大笑，说，你长生不老啊？留在世上长獠牙？

心心挂了电话，李子蕾说，这么一折腾，都市大概不会再是天上人了吧。心心说，那可没准，都老板可不是凡人，天知道。李子蕾问心心第二天去不去看都市。心心说，我就不去了，都没事了，我去干嘛，我要去了，怕气得他伤口迸裂，他烦我。嘿嘿！

第二天一早，李子蕾去医院看都市，特地买了一束康乃馨。刚刚和死神擦肩而过，都市应该有别样的心情。李子蕾走进病房时，都市半躺半坐在病床上。李子蕾没太注意都市的神情，只是一边道贺，一边把花插进花瓶。都市半天不说话，李子蕾先以为他是在看花，后来才注意到他的神色不对。都市看李子蕾的眼光很怪异。李子蕾疑惑，不知道又发生了什么事。

都市半天才说："这医院应该给我赔偿！"见李子蕾没答话，都市又说："这医院应该赔偿我，明明是早期，他们却判我死刑，他们应该为自己的不负责任付出代价！"

都市的思维和别人永远不在一条线上。心心猜对了。

李子蕾说，诊断病情总有个过程的。

都市的声音提得很高。都市很愤怒，他们的医术不精！他们不精的医术对他造成了巨大的精神伤害和物质损失，误诊致使他错过了参加航空母舰谈判的机会，他的缺席很可能致使这单生意泡汤。这些医生是在看病么，他们是在犯罪！

都市激动得面红耳赤，让人担心他刚缝合的伤口随时会迸裂。

都市说："我怎么能不激动呢？你要知道，那三千万对我意味着什么！说得俗一些，那是救命的稻草。"

李子蕾本想调侃，这稻草还真贵。但李子蕾不敢和都市开玩笑了。

稍微停息了一会儿，都市问："SIMJ公司和你联系过没有？"

李子蕾点头。

都市一下把半个身子抬起来："他们怎么说？"

李子蕾想了想，说："基本上没问题了。等你好一点，可以参与签约。"

"老天！这还差不多，我不和那些狗屁医生计较了！"都市很放松地躺了下去，把一只手枕在脑后，看着天花板，说，"子蕾，我已经把那三千万的支配计划好了。"

"有没有慈善计划呀？"

都市手一挥，那是后一步的事。都市现在最关键的是投资，赚更多的钱，等赚到几十亿，天哪，几十个亿是真正花不完的。到那时，再安安心心做慈善。到那时，他会成立一个慈善基金会，在地球上只要有人烟的地方都建起孤儿院。

李子蕾问他会不会隐姓埋名。

都市不屑地说，干嘛要隐姓埋名？我的孤儿院全部叫都市孤儿院。你以为这是沽名钓誉啊？沽名钓誉有什么不好？把我都市的阳光雨露洒满人间，这有什么错？

都市说这些话的时候，眼睛炯炯发亮。此时，都市已完全走进他的世界。在那个世界，他穿梭于地球的每个角落，巡视着每个角落的都市孤儿院。在孤儿院里，穿着整齐脸色红润的孤儿们仰视着都市，齐声高呼：都市爸爸！都市爸爸！那情形，就像信徒感戴教父，就像臣民跪呼万岁。当然，他在接受膜拜的时候，身边还站着陪着一干人，这些人全是当地的达官贵人。他受之无愧，他是恩赐万物的上帝！

都市此时在床上坐得笔直，瘦骨嶙峋的躯干顶着大大的脑袋。脑袋后部，是长而稀疏的头发，前部，是由苍白转为红润的脸。他的眼睛熠熠生辉。

李子蕾走到窗边，窗外是医院巨大的草坪。南边被栅栏隔开的草坪，好些精神病人在走动。

李子蕾说："我去为你续交钱。"

"哦。"都市应了一声，随意地礼节性地问："我卡里的钱够吗？"

"够了。"李子蕾没回头。

其实，都市的卡里分文全无。市政府办公室的人已经打了电话过来，什么航空母舰？那个什么英文字母的公司只是几个大陆骗子的精密组合，航空母舰只是这个精密组合的精密骗局，都市只是一个不明就里的工具。

投资者现在正在追索付出的一百万定金。都市手术前让李子蕾保管的那十多万早打回去了，李子蕾不仅用自己的钱补齐了二十万，还支付了都市这段时间所有的费用。还有一件事，李子蕾可能永远也不会告诉任何人——今天，她去了一个慈善机构，准备把丈夫同意分给她的财产捐出去。

李子蕾出门的时候，都市的眼睛依然放着光，依然沉浸在那个万人景仰的世界里。

李子蕾关上门，几个病人从她身边走过。李子蕾看着松松垮垮的病号服在那几个病人身上晃着摆着。四周是刺眼的白色。李子蕾疑惑地看着四周的白色。

到处都是病人，或许，她病得最重？！

作者简介：

裴蓓，女，生于江西，现居珠海。作家，编剧，广东省文学院签约作家。出版有长篇小说《南漂》，电影作品《青涩》《天上人》等。曾获第九届广东省鲁迅文学艺术奖、第二届澳门国际电影节最佳编剧奖等。

本文被《小说月报》转载，获第十三届《小说月报》百花奖，后改编为电影《天上人》，并在院线上映。

流失 /童全

多大了？

二十九。

结婚了没有？

结了。

流过产吗？

没有。

头胎？为什么不留着？这孩子发育得挺好。

医生五十多岁，长得慈眉善目，说话也和气，要不是当着很多人的面，她真想扑到医生的怀里痛哭一场。她何尝不想留着孩子，不想让自己的爱情留有完美的结晶。可是环境不允许，她刚结婚一年，连个自己的房子都没有。虽然婆家在北京，但婆婆根本看不上自己，她何苦厚着脸皮讨欢喜。

房子租的，一室一厅，一个月交给房东一千二百块钱。他受了他妈的影响，表面不在乎但内心疼痛，他吵着闹着非要挤到家里去住，说什么吃习惯了妈妈做的菜，说什么媳妇得识大体，婆婆再不好还能活几年？不看别的，为了钱也得讨好婆婆啊。他四肢发达，头脑简单，她宁可每月摔出去一千二百块钱，也不寄人篱下。为了说服他，她果断地负担起了房租，反正她的工资比他要多，他是公务员，又是不起眼的小单位，薪水少得可怜。

从某些方面说，她和他结婚，用朋友 A 的话就是下嫁了。论长相，他配不上她，她一米七，模特似的，人又长得漂亮，走在街上回头率百分之百。

他一米七二，微胖，倒是长了一对大眼睛，忽闪忽闪的，怪好看的。论收入，他也比不上她。她在一家通讯公司做软件，不加奖金稳拿五千，他是公务员，虽然稳定，但也就那点死工资。

你要培养一个男人？得付出多少代价啊？何况他也不是什么绩优股？依我看，不如找一个已培的男人，有房有车的，多好。A这样劝告她，并自作主张地为她推荐了不少男人，什么博士，老板，海归，这些男人条件是比他好，但是年龄也大啊。不是头发少就是身材发福，尤其那个医院的副院长，一米七，九十公斤，脸部就像发面馒头。

她想他的好处，老实，见到人就脸红，不会说客套话；会过日子，一条裤子穿四年，破了仍然不舍得扔；善良，见到讨钱的，总会从口袋里往外掏钱，五块十块的，一点儿也不心疼；专一，她是他第一个女朋友，真假不知道，但她知道，他不会说自己漂亮，也不会给自己送鲜花，约会第一次，碰上大雪，本以为会坐的士，结果人家孩子吭哧吭哧从钱包里掏出一张月票。

在他之前，她交过两个男朋友，都优秀，也有钱，更舍得给她送东西，衣服啦，皮包啊，化妆品啦，但没有一个想谈婚论嫁的。他们不结婚的理由有很多种，最重要的一条是他们还小，还没做好结婚的准备。她觉得他们不可靠，她在二十九岁那年勇敢地跟第二个男朋友说了分手，然后认认真真地想找一个老实的男人结婚。

她认为，男人老实的不多，但是没有钱就必须老实。他是地道的北京孩子，没什么远大的抱负，也不给自己寻找压力。一个单位混着，金饭碗似的。他不去歌厅，不泡酒吧，买衣服去动物园，休闲去踢足球，唯一的不好就是喜欢抽烟喝酒，当然不是天天喝，想起来一回，非得到极致。

恋爱的时候，她故意考验他，要去吃哈根达斯，人家孩子不知道，去了一看价钱慌了神，不过他还是任着她点，自己却以吃不习惯为由省了钱。后来他老实地告诉她，不是不想吃，是他舍不得。

她心里一动。

那一天，他坐在哈根达斯里，给她说了三个小时，这三个小时里，他很认真地解剖自己，他的家庭，工作，收入，还有他的同学朋友，等等。他想让她了解自己，从大到小，包括脚气都给她说了。说完了，他很紧张地坐在那儿，像一个犯了错误的小学生，结结巴巴地说，这就是我的全部情况，你要是愿意我们就谈，不愿意我也不怪你。

她突然背过头去，眼里波涛汹涌。

俩人恋爱后，他把她当成了公主，只要她喜欢的东西，不管多贵他也会买来，只要她看上的衣服，他眼睛眨都不眨买来。害得她连街也不敢和他逛了，就算碰上喜欢的东西也装出不喜欢的样子来。两个人去吃拉面，吃小笼包，去香山，去免费的公园。他还喜欢骑着那辆八十年代的自行车，带着她在北京转悠。说实话，她的前两个男朋友，因为有钱都把她给宠坏了，她喜欢吃西餐，喜欢品牌香水和服装，她坐在那脏乱的快餐厅里，看着他风卷残云般地吃着拉面，她有些不适应，但是她很快乐。

他把她从云顶拉了下来，脚踏实地。

两个人确定关系后，他马上把她带到了家里。他的妈妈是从外地迁来北京的，骨子里特别看不起外地人，自己没文化，非得装知识分子。见到她第一眼，就刨根问底，你爸爸做什么的啊？你妈妈做什么的呀？你们家是农村还是城里的？

她的父亲是司机，在一家小单位开车，妈妈没有固定工作，年轻的时候在商店打扫卫生，现在老了，找活就难了。她还有一个弟弟，公子哥一个，高中没读完就折腾着当老板了，拿着父母的血汗钱东一下西一下，倒过手机、电影票，还开过一个皮包公司，但最终都不了了之的主要原因，是他小财看不上，大财发不了。二十出头，天天做发财梦。

他不在乎她的家庭，他在乎的是她，她这么一朵鲜花儿，骄傲的公主，能看上相貌平平的他，已经是几辈子修来的福气。

司机啊？拉着长腔，我们家可都是知识分子噢！

妈！

你妈妈怎么也没有工作啊？还有一个弟弟？你们家怎么生这么多孩子啊？你爸是农民吧？只有农民才会这样要孩子？

她黑了脸，拎起包冲出门去。他回来给妈妈吵架，你不要老说人家，你自己不也是没工作吗？人家家里再穷，再不好，也是正常人家。

我们家哪点不正常了？

离了三次婚，还算正常？不过他没敢说，支支吾吾地，她不知道我是后爸，她妈妈思想保守，不想给闺女找一个离婚的家庭。

哎哟，这都是什么年代了，离婚有什么大不了的？

他没有吱声，坐在沙发上搓手指。

我根本看不上她，漂亮顶个屁用，家庭这样，工作也不稳定，我看还是趁早散了好。

不可能！

你敢？

他扭过头去，沉闷而坚决。

你不听妈妈的话了？

我是成年人了，我有自己的选择。

自己的选择？出息了你，有了女朋友就不要妈了是不是？早知道这样，我何必折腾来折腾去的？我到现在这一步都是为了谁啊？你有没有良心？妈妈一边抽抽搭搭一边给他做思想工作。她让他找一个北京丫头，家庭相当，条件相当，最好是个医生或者公务员，她经常挂在嘴边的一句话是，长得就算差一些，也是金饭碗不是。现在的大学生多如牛毛，光看学历也不行，得看工作稳定不稳定。

他一听这话就烦，妈，现在这社会，哪有稳定的啊？

没有绝对，但有相对吧。你表姐大学老师，稳定么？隔壁的小华人民医院医生，稳定么？谁能不学习？谁能不看病？所以呢，你找的女朋友一定要有稳定的工作，当然户口也很重要。他不听，她就一哭二闹三上吊，说自己拉扯他是多么多么的不容易。

两个人为了结婚，携手并肩共同迎敌。他的妈妈气得要跳楼，想方设法破坏他们俩的感情，烧香啊，算命啊，给他介绍对象啊。但最后仍然没有阻止住他们结婚。他拎着皮箱，在一个下雨天和她去民政局领了证，然后去小饭店吃了碗热乎乎的拉面。

六月五日，小雨转中雨，她和他成为夫妻。没有鲜花，也没有祝福。

流产的事情，还是她做的主，她根本没征求他的意见，就去了医院，然后给他打电话，你过来吧，我一个小时后做手术。

他说，非得今天做吗？要不等到周六？他正在上班，是舍不得请事假的。她马上生气了，我流产啊，你请一天假会扣多少钱啊？

我是说再等等嘛。

不等了，就今天。她挂了电话，很决绝的样子。

他来了，看着她，你想好了？

不想好怎么办？连个房子也没有！

不是不想要孩子，是这孩子来的不是时候。

几分钟的时间，孩子就没有了。他背着她出来，一边走一边开玩笑，都流掉了为什么还这么沉啊？你该减肥了啊，老公我都背不动了。

她眼泪哗哗的，觉得自己命不好，该要孩子的年龄，却不能要。谁不知道头胎好啊，但是想到孩子出生后的种种麻烦事，她又坦然了，要孩子干嘛，现在优秀的人都不要孩子，自己这一辈子都没过好，哪能再要一个孩子？

流产的事情从整体上来看还是怪她，他还是想要孩子的，就算不要，也得征得他的同意，和他商量一下，可是她呢，不仅不征求他的意见还处处拿这件事吵架。每次提到这儿，他也气不打一处来，谁让你流产的？是我吗？你都不给我商量一声，就去了医院！

不去医院怎么办？让孩子生在出租房里？

那是另外的事情，也不是没有孩子生在出租房里。他抓住她的小辫子，不想放手，你这个人就是这样武断，目中无人，极度自私，光想着自己！我是谁？我是孩子的爸，我有权利决定孩子是不是生下来？你却任着性子不要！你不要就不要怪别人，不要怨天怨地，有意思吗？生孩子和有没有钱有什么关系？

没关系？没钱孩子生下来怎么办？你带还是我带？你一个人的工资能生活吗？养一个孩子是多么的艰难？你以为孩子生下来就像画一样，不吃不喝？

能用多少钱？人家楼下开百货的小刘，两口子还不如我一个人挣得多，人家不是也生了孩子？人家的孩子不缺胳膊不缺腿的，健健康康漂漂亮亮的，见人就笑。

那是什么质量？穿什么，又吃什么？我不允许我的孩子过那样的生活！

那你就挣钱吧，我是没戏了，我这么一个小单位，能发工资就不错了。

你就不能挪一挪？动一动？

都这么大了，上哪儿动啊？大学生一抓一把，你以为自己多了不起啊！

那你就这样混？抽烟喝酒看足球？说过几百次了，抽烟有害健康，不听，天天抽，喝酒也有害健康，也不听，一说你就生气，好像我害你似的。还有足球，适当地看看也就算了，天天看。

你不要得寸进尺啊，他怒了，我抽了多少支烟？就是累了小抽一根，我喝了多少酒？一个男人累了一天小喝两杯不行吗？至于足球，哪一个男人不爱看？你不能连我这点爱好都要剥夺吧？公司还要人性化管理，提倡员工培养爱好呢。我不赌不嫖的，在家抽抽烟喝喝酒看看球不行吗？

球能变成钱吗？能变成学问吗？

又提钱，又是钱，你俗不俗啊？这个家缺吃少喝啊？搞得像个讨饭的似的。我说句不好听的话，你迟早有一天会成为钱的奴隶！

她不会变成钱的奴隶，她是那种小富即安的女人。她对钱的概念就是，自己有个小房子住，馒头米饭的能管饱。假若有个孩子，不管男的女的养到十八岁完事，她不会给孩子留财产，一分也不会。这点她比他想得通，儿女自有儿女福，自己挣来的钱为什么不享受？再说了，要是碰上不争气的孩子，你留一千万家产也没用。

对于赚钱，她从来没有指望他，而是想让他利用业余时间多学点有用的东西。俗话说了，技不压身，多学点东西有什么错？她就讨厌他一回来就坐在电视机边上，像个弱智似的。她多么希望他能坐在电脑前，学点东西，工作用不上，学其他的也行啊，比如会计，比如律师。有一阵子，她想让他学法律都想疯了，学校已经打听好了，学习列表也做好了。只需要他点个头，每天挤出一个小时的时间看书。

他不干，破律师我真看不上，虽然这个行业很神圣，但面对钱的时候，还能神圣吗？

什么职业面对钱神圣？就你们单位的老胡，不是去年被双规了吗？

碰到自己没理的时候，他也会妥协，那也对。但是我看不起律师这个职业，就靠一张嘴，像媒婆一样，给了钱就把丑丫头夸成一朵花似的。

那你看上哪个行业？三百六十行，总有你感兴趣的吧？

他想了想，我想当兵，为国杀敌，扬我国威，痛干小日本！

看你胖成这个样，当兵人家要你吗？有你这样胖的兵吗？杀敌能跑得动吗？

现在还用跑啊？科技这么发达。哼！一发炮弹过去多少个打不死？

A知道她流产的事情了。

本来打死都不会说的她，却在谈话时不经意就漏了出来。

当时，两个人在肯德基喝可乐，A和老公吵了架，找她哭诉。A的老公她见过，模样周正，谈吐文雅，因为大A二十岁，所以处处像护围女一样护她。A和她比起来，简直是灰丫头成了白雪公主，要什么就有什么。但她还不满足，经常和老公打架，当然打架的主要原因是没有孩子，次要的原因是太抠索。

她为了安慰A，举了一大堆有孩子的坏处，并说现在好多人都不要孩子。A不信，眼圈红红地说，你不要编瞎话了，不要孩子的人都是没有孩子，要不也不会这样说。她马上说，不对不对，我不是这样想的，我有了孩子就打了。

A呼的一下子站了起来：你打了胎？

她回过神来，对呀。

什么时候啊？

一年多了。

我怎么不知道？

又不是好事，瞎嚷嚷什么啊？

我是你最好的朋友啊，你给我说的话，我一定不让你打掉孩子。

我不喜欢孩子。

你不喜欢他也不喜欢？

我们俩都不喜欢。

真行，真服了你们俩！

有孩子有什么好呀？要吃要喝的，是个好孩子还好，要是是个坏孩子，怎么办？我同学就是这样，生了一个孩子，二岁不会走路，三岁不会说话，现在都六岁了，还要人喂。大医院都看遍了，也不知道是怎么回事，两口子都愁死了。

那毕竟是个例，事实上，大部分孩子还是挺健康挺漂亮的。

我真的不喜欢。

你是饱汉子不知饿汉子饥，我是多么想要孩子啊。

那就要呗。

说得轻巧，要也得有啊。

你们俩没去医院查查？

查了，没毛病，但就是怀不上。你是怎么怀上的？之前有感觉吗？吃了什么药没有？你给我说说。Ａ苦着脸，我倒不是太想，是他，表面上说无所谓，但他年龄大了，见了别人的孩子喜欢得不得了。说句不好听的话，你们为了不要孩子吵架，我们是为了要孩子吵架。要是没个孩子，我真不敢想我们的婚姻该如何走下去！

你以为孩子能维持婚姻？

事实证明是这样的，有孩子的家庭离婚率要比没孩子的家庭离婚率低。

哪儿来的证明？胡说八道！我见没有孩子的夫妻也过得挺好的。孩子是什么？债啊，又吃又喝还搜刮！

这是自然，轮回的自然规律。我们不能光顾享受，拒绝培养下一代。

那么多人培养了，不差我一个。

你太自私了！

不自私怎么办？我又不像你那样有钱！

Ａ叹息了一下说，其实啊，这不是主要的理由，孩子多少钱都能养活的，有钱就富着养，没钱就穷着养呗。

也许是对的，也许是站着说话不腰疼。要是Ａ过自己的日子，她还会想着要孩子吗？要孩子都是有钱人的事情，公司的老板，在国内生了两个孩子，说一个孩子太孤独，不如要两个，两个也觉得少，又跑到加拿大生了一个，结果生的是闺女，看看两个闺女一个男孩又生怕男孩孤单，反正加拿大也不计划生育，索性又生了一个。每天提到自己的孩子，老板嘴都合不上了。

相对有钱人，没钱人也会生孩子，像生希望一样，这个不行再生一个。她家的表叔，生了两个闺女，拼死拼活地要生第三胎，上次给她打电话，让她在北京帮着找一个活，挣多少都没关系，只要安全地把孩子生下来。她当场拒绝，结果家里都翻了天，觉得她残忍，活活的孩子就这样让你掐死了！

她哭笑不得，道理讲了一大通，没有人听。索性撕破脸，为了生孩子举家借债值得吗？这样的孩子生下来会幸福吗？真是想不通，人家有钱人要孩子是为继承财产，这没钱人要孩子能继承什么？

这几年，行业竞争激烈，公司生产的产品多数销不出去。大部分时间，大家都窝在公司里混日子。公司小，难以招来大神仙，来公司的都是刚混到社会上的小毛孩。他们打打闹闹，无忧无虑，上班时间，聊天的聊天，上网的上网，有时候还背着人偷偷做私活。她看不习惯，但公司的确没什么活，管理上松松垮垮，没有一点儿朝气。

她刚毕业时，是看不上这样的小公司的，但自己没经验，又不愿意降低标准，恰好公司看上了她，薪水比同学多一倍，她毫不犹豫进来了。怀抱着一个想法就是，挣点钱，学点经验，再找一个大的企业。

在这儿，她一待就是三年，懒是一方面，另一方面她还想着在公司发展发展。公司上市的消息早在内部传得沸沸扬扬了，像她这样早来的员工，只要公司一上市，再少也会发笔财。

写了半天报告，糊里糊涂的，感觉驴唇不对马嘴。眼睛又疼得厉害，她站起来，发现外面的雨已经下大了。趁倒水的机会走到实验室，本想给他打个电话，却发现两个同事正趴在实验台前睡大觉。她有些愤怒，但想想自己也不是什么领导就忍下了。公司搞成这样，非得招这么多人。看看前台，花枝招展地站了三个女孩，明显着资源浪费。还有行政部，黑压压的，进进出出的六七个，什么管保险的，管人事的，管材料的，分得特细，好像不要工资一样。

桌上的电话突然响了，他打来的，去办事淋了雨，叽叽歪歪的。她有些烦，一个大男人外面下不下雨不知道吗？包里都放好了伞，为什么不打啊？他声音发抖，我以为时间很短呢，哪知道要这么久的时间啊。说着，他打了一个喷嚏，立马有了鼻音。她让他马上回家，然后泡个热水澡！

下了班，惦着他，她特意打的回去，没想到他还没回家。打手机也不接。她有些急，以为他到那儿去了，打电话给婆婆，人家阴阳怪气地，他还上我这儿来啊？他还认我这个妈吗？

手机有了短信，他来的，我想去吃串，喝点啤酒。

马路边上，有一溜黑不溜丢的小平房，有烤串、百货、水果、蛋糕，以及各种地方小吃。刚结婚的时候，两个人经常去吃成都小吃，她爱吃酸辣粉，他爱吃烤串。后来不再去的原因，是那个地方不卫生，被突查过，也被电视上报道过。她不让他去吃，但他偷着去吃，死皮赖脸的，经常为吃不吃串而争吵。她伤心至极，索性不再管了，爱拉肚子拉肚子，爱得乙肝得乙肝。她这样，他倒长了记性，大半年没提吃串的事情。昨天，她和他路过烤串店，碍于他的面子，她买了十个板筋二十个羊肉串。可能是好久没吃的原因，竟然香得要命。他看她爱吃，借梯上楼教育她，她就允许他一个月吃一次。

结果，刚过了昨天，他又提串了。而且下着雨。她忍着火，给他发短信，改天吧，昨天刚吃了。你要是想喝酒的话，我给你做一道下酒菜，保证辣。

半天，他鼻子囔囔地打电话来，老婆，你做的什么下酒菜啊？

辣炒鸡脖。

噢！

你在哪儿啊？怎么还没到家啊？

马上就到了，最多十五分钟。

挂了电话，她扎上围裙进厨房忙碌。对于做饭，她虽然不是长项，但也不是一点儿本事也没有。做饭嘛，是人的本能，至于做得好不好吃，那另当别论了。她做了辣炒鸡脖、胡萝卜炒鸡丁、清炒土豆丝、西红柿炒茄子。四个菜，缺个汤。她喜欢吃酸辣汤，正准备做，门铃响了。以为是客人，结果是他，淋得像个落汤鸡，抖抖索索地站在门外，声音像小猫一样，又拖长了调：冻死我了！

你怎么淋成这样？

雨大了。

你没坐的士啊？

他一边脱衣服一边说，的士多贵啊，我坐公交车！

你有毛病啊？本来就有些感冒，省什么钱啊，再省也就三十块，能发家吗？

三十块能抽好几天烟，能喝好几天酒呢。

妈的，你就不能说点好的，一提烟酒她就烦。他在客厅里脱了个精光，然后跑到卫生间洗澡，中间忘不了把脑袋伸出来，老婆，有食粮吗？

"食粮"就是酒，他的口头语。

有。

好老婆，谢谢你啊。

洗手间里，他一边洗澡一边大声歌唱。他的嗓子好，小时候还得过歌咏比赛第一名呢。据他说，要不是自己长得胖了一些，说不定就能成为歌星了。

饭菜端上桌，他还没出来。

她有些急，你干嘛呢？饭都凉了。

老婆，我在拉肚肚。

疯了。

在她面前，他就是一个没有长大的男孩。要是有选择，她宁可找一个比自己大十岁的，也不找一个比自己小的。不知道别的男人如何，反正他不成熟。结婚前还看不出来，结婚后就像一个小孩子。

要是我是老板，非得裁人不可！公司没钱，还招这么多人？留着好看吗？

吃饭的时候，她忍不住对他发牢骚。

你管这么多干嘛？真是的，给钱就干活，不给钱就走人。不过你现在最好不要辞职啊，我听说你们公司要上市了。等到一上市，老婆你就发财了。能分多少股？原始股怎么样也得几千股吧？

做你的大头梦吧！你以为我是谁呢？切！

说话温柔点嘛，你看我都生病了，你还这样粗暴。

辣炒鸡脖汤没收好，辣椒也放早了。面对一大盘辣炒鸡脖，他不动筷子，把昨天从婆婆家里打包回来的带鱼从冰箱里拿出来，也不热热就吃。她有些心疼又有些焦急，眼皮不抬地吃着辣炒鸡脖，明明很辣，他却说不辣，明明很好吃，他却说不爱吃。她眼里含着泪花，爱吃不吃，反正我爱吃。

我觉得你的水放多了，应该干炒嘛，把鸡脖煮熟了，放上红辣椒一炒，肯定比现在好吃。要不你把这些汤水去掉，我来给你炒一个看看。她马上把汤倒进米饭里，但他却不动身，仍然啃着带鱼喝酒。

你去不去热热？再加点盐，你口味重。因为他不买账，她觉得自己的努力没有人承认。郁闷地坐在那儿，觉得自己当老婆还真是不称职。

不热了，看着不太想吃。下次别做鸡脖，我不爱吃。

你不爱吃，我爱吃啊？我为什么做了饭求你吃啊！她的眼泪掉下来了。

他马上道歉，我不是那个意思，你别急，我知道你对我好，想让我多吃点，但我觉得太淡了，我口味重你知道的。

那你尝尝汤？

等会吧。

她不再说话，汤很辣，米饭太少，她的额头上已经辣出了汗。他看不过去，把她的碗拿过来，不能吃辣就不要勉强。吃了一口，他称赞：这汤不错啊，真好吃。我加点米饭，多吃点。

就是嘛，味道就在汤里呢。

他就着鸡脖汤吃了二大碗米饭，撑得把喝了一半的啤酒给扔了。

这个星期天，小到中雨。

没起床就听到窗外淅淅沥沥的雨声，他活跃起来，老婆，又下雨了。

好不容易摊上周末，她喜欢睡懒觉。她喜欢窝在他怀里，像只小猫。他搂着她，幸福得像个话痨，老婆，我可喜欢下雨了，多好，下雨天就适合搂着老婆睡觉。我好喜欢老婆噢，有了老婆我哪儿也不想去。

睡了一夜的味道，通过他的嘴巴传递过来。她挣扎着，眼睛根本睁不开，行了行了，睡觉吧！

你怎么这么困啊？

我有事给你说，真的，保证你爱听。

他嘴不老实，手也不老实，她被惹急了，用手掐着他的脖子，你再不睡，我掐死你！

怪不得人家说最毒妇人心啊？他装出不行的样子，窝在枕头上翻白眼球。她刚躺下，他又说，我想给你说件事。

正儿八经的，她一惊，以为是什么重要的事情，原来是别人送给了他两只螃蟹。

什么时候送的？

昨天啊。

你怎么没告诉我？

什么都告诉你啊？

中午煮煮吃，我正好馋了。

不能光我们吃啊，还有我妈呢。

行行，我们不吃了，给你妈送去。

那不行啊，我们为什么不吃啊？这样吧，我们俩吃一只，我妈吃一只。

算了吧，这么点的小螃蟹，不够塞牙的！

什么啊，哪小啊，大河蟹，这个值钱哟。他从被窝里钻出来，穿着小内裤去客厅拿螃蟹给她看。她气得不行，他笑得没心没肺。

一场好梦就这样被他搅和了。在他没推醒她之前，她正和一帮人吃螃蟹。一大盆的螃蟹，很肥，很香，她不停地吃，生怕自己吃少了。

梦看来是真的啊，想到今天要吃螃蟹她有些兴奋。觉也不睡了，搂着他逗他，小朋友你几岁啦？他奶声奶气地回答：十八岁。她刮着他的鼻子，傻孩子，你哪有这么大啊？你二岁。

二岁啊？我记住了！

你想不想吃饭啊，小朋友？

他翻翻白眼，二岁的小朋友不能吃饭，得吃奶。说着，他抓住她，她一边躲一边哈哈大笑。

这样的生活，虽然平淡，但也很幸福。

每天早上，他都是第一个醒来，醒来就要抱着她亲啊啃啊的。害得她有些烦，但又有些期待。两个人把每天早上的被窝三分钟称为巩固感情，要是两个人生分到连抱都不抱的地步，那会多伤心啊。

十一点，他起来给他妈送螃蟹，临出门的时候，他抱住她依依不舍，要不你和我一起去吧？

对于婆婆，她说不上烦，但也说不上喜欢。每次过去，婆婆觉得她抢了她的儿子，当着她面就教育他，说自己为了他付出了多少多少，只怕儿子一成家，就把亲妈忘了。他耳朵根子软，架不住他妈这样叨叨，每次回来都唉声叹气，激动的时候还说出，什么媳妇是衣服，脱掉还有，妈不行，不管是富妈还是穷妈只有一个。

有一次回来，可能是听了婆婆的哭诉，他情绪激烈地要求她，每周必须去看她妈一次，人家的儿媳妇都是这样。她去了之后，并不怎么高兴，她在乎的是儿子，后来，她以别的理由不去看，他也不说什么了。

早上他没吃东西，她有些心疼。叮嘱他早去早回，他答应了，让她搞两样小菜，他今天高兴，有螃蟹嘛，小喝一杯。刚出门，她又想起来，曾经给婆婆购买过一条羊绒围巾，让他带去。他看着围巾，没心没肺地说，你总给我妈买围巾，是不是盼着她上吊用啊。

哎哟，一片好心当了驴肝肺，我都没有围过羊绒围巾，不要算了。她沉下脸来，不过想想也是，给婆婆的几次礼物，好像都在头上转转，不是披肩，就是头花，要不然是帽子、围巾。她和别的女人不一样，你不给她买礼物，她挑，你给她买，她也挑。一个家庭主妇，搞得像个副总统似的。

她躺在床上赖了一会儿，给自己的亲妈打了一个电话。亲妈正在做盐焗鸡，说弟弟想吃。一听这话，她急了，光给他做啊？

亲妈说，也有你的，你不是爱吃盐焗鸡爪嘛，我特地给你做了盐焗鸡爪。

不提盐焗鸡爪不伤心，一提都要哭了。小时候，家里不富裕，亲妈做盐焗鸡时，总是让弟弟吃鸡肉，留下两个瘦瘦的鸡爪子给她。虽然鸡爪子好吃，但理不是那样嘛。以前她让弟弟，因为他小，不懂事，现在弟弟都这么大了，为什么还要偏着他。于是她说，我现在不爱吃盐焗鸡爪了，我爱吃鸡肉。

啊，你不是最爱吃盐焗鸡爪吗？

那是装的，我生怕弟弟吃不够，所以不敢吃鸡。

哎哟，我的傻丫头啊，你怎么不早说啊，可怜我搞了这么多鸡爪子。没事没事，你爸爱吃，我再给你搞两只鸡，给你邮过去。说下地址吧，邮单位还是家里？

亲妈不知道她从婆家搬出来了，所以家里的地址万万不能说的，只好说了单位的。一想到老太太要千里迢迢地给自己邮鸡来，难免觉得有些心疼。老太太过年就六十了吧，老爷子都六十三了，不过看起来老爷子比老太太年轻得多。父母的例子足以证明，女人不经老的，尤其是操心的女人。

她租的房子临街，灰尘多得不行，得天天用布擦。她收拾完家里，又做了两个家常菜，炖了海带汤，上次单位体检，他已经有了脂肪肝，她得控制他的饮食。

一个小时过去了，两个小时也过去了，三个小时也过去了，他仍然没有回来。她开始还想着，可能是娘俩有话说，谁知到了五点仍然没有他的影子。她急了，打电话过去，婆婆不冷不热地说，早回去了。放下东西就走了。你们一个螃蟹，给我送什么啊？自己留着吃呗，还有啊，这围巾是从哪儿买的啊？色彩我不喜欢，太老了，我喜欢艳一些的。

一大把年龄，脸又不白，偏偏喜欢艳的，根本不管好不好看。她气呼呼摔了电话，窝在沙发里胡思乱想，怎么办，他又没带手机，本来走的时候让他带的，他说就一个小时，不用带。结果到了这关键时候，去哪儿找？

她急死了，想过种种不幸。心想下次拼了命也得让他带手机，万一出个什么事，他也好打电话。他没带手机，大海捞针啊。能打的电话全打了，都没有他的消息。婆婆也急了，要是我儿子有个三长两短，我和你没完。谁让你给我送螃蟹的，还送一只？下这么大雨，你让他给我送什么螃蟹？

A开了车，自告奋勇地带着她在大北京转圈，公交车站、海鲜市场、游戏厅、网吧，都找了，没有他。A安慰她说，不会有事的，大白天的，可能是窝在哪个地方玩耍，对了，说不定已经回家呢。两个人又急急开车往家里赶，刚到小区门口，她突然发现，路边的烤串儿店里，他正躲在一堆酒瓶子后面喝酒呢。她进去，他也没看见，一边喝酒一边和老板娘贫呢，你这串儿地道是地道，就是价钱稍微贵了点，你看我老来照顾您生意，怎么着也能算个VIP了吧？你还不给我便宜点，哈哈……

她气炸了，要不是A死命地拉住她，非得扇他两个耳光不可。面对从天而降的她和A，他先是惊讶，后是欣喜，来来，你们陪我吃点串儿？

回到家里，他不高兴了，干嘛啊？兴师动众的？我能上哪儿去？

你下次能不能告诉我一声？

告诉你，你能让我吃串？

那你就玩失踪？

我也没带手机嘛，本来想吃一会儿就回来的，谁知上瘾了。

他在烤串店喝了三瓶，没过瘾，回到家里和她吵了几句，觉得自己受了伤害，非得要喝酒压惊。她生气地说，你想死啊，你喝这么多酒，你要是天天喝，我也不反对，一次一瓶的，你非得一下喝极致了。你这是干什么啊，你明明都有脂肪肝了！

没事，要是我死了，房子都给你，钱也给你。

你老年痴呆了吧？不是痴呆也是发育迟缓，大脑缺氧。

男人哪有不喝酒的！

她盯着他，往死里盯。他不说了，跑到沙发上按电视，天天被你叨叨，我快被你叨叨死了。真的，A，你千万不要这样叨叨你家老公，男人很烦的。

我家老公不喝酒。

把 A 送走了，她想回来好好发作一下，但他已经躺在沙发上睡着了。

要是有后悔药，我早吃了。打着电话，她的眼泪滴滴答答。

男人就这样，成熟得晚，你既然选择了他，就要等他慢慢长大。

桃桃是她的初中同学，长得比她还漂亮，学习也好，她们俩从初中一直结伴到高中，后来桃桃当了兵，做了文艺干事，复员后分到艺术团。桃桃身轻如燕，嗓子又好，在那个小地方也是数一数二的人物。嫁了一个老公，也让很多人眼红，两个人结婚那天，光酒席就摆了一百多桌。

当时，亲妈特别眼红，鼓动她向桃桃学习，亲妈经常说的一句话就是，你看人家啊，人家是什么命啊？论出身和我们差不多，论长相，我看她还不如你呢。

后来，桃桃生了儿子，这孩子长得出奇的漂亮，抱到哪儿都能引来一片赞美声。当时，桃桃还给未婚的她许诺，只要她生个闺女，不管多丑都会娶进门，这叫什么，亲上加亲啊。

不幸的事情是，这孩子在该会说话的时候不会说话，该会走路的时候不会走路。两个人为了孩子，这几年连工作都辞了，上南下北地找医院去看。有的说是孩子发育迟钝，有的说孩子是自闭症，还有的说孩子是天生智障。每次提到孩子，桃桃都忍不住哭。

光孩子还不算，孩子的爷爷，挺好的一个老头儿，摔了一下，就大腿骨折了，去医院看，是骨癌。因为是原位癌，只能把大腿去掉以保证癌不扩散，谁知腿去掉之后才发现根本不是原位癌，老头去了一条腿已经不想活了，要是再去骨盆门都没有。家里为了孩子已经入不敷出，现在又有一个老头，能借的全部借了，本来不想给她开口，但她实在没有办法了。

相比桃桃的不幸，她的这点烦心事又算得了什么呢？

我是最有权力去死的人，命运对我这样，我实在想不通，这是为了什么呢？我的命真的到家了，人家说上帝在关一扇门的时候，会给你留一扇窗。可是我的窗在哪儿？我看不到，呜……

想也没想，她汇给桃桃两万块钱。这两万块钱是她的私房钱。去银行的时候，她忍不住哭了一阵鼻子。账上的五万块钱，一下子空了一块，心疼是心疼，也觉得自己没本事，如果自己有本事，就不会借给她这一点儿，本来想着借三万给她，但想想返还的可能性不大，自己得留个后手。虽然现在她挣钱比他多，但有一部分是贴到了娘家。亲妈没有工作，就靠老爹。还有一个弟弟，那家伙以做生意的名义扔出去了好多钱，不仅响都听不见，还是那个老样子，吹吹牛，遛遛狗，做做发财梦。

他回家的时候，正好看到了她，正站在烈日下吃臭豆腐。这种东西，她以前看都不看的，说是不卫生。今天为什么吃了起来，看到他，她有些不好意思，我突然想吃臭豆腐，还挺香的啊。

当然香啦，我早给你说过。师傅，也给我来几个。两个人坐在那儿吃完了臭豆腐，还觉得不过瘾，又去吃了几十块钱的串儿。坐在串儿店里，他喝了点儿啤酒，她也喝了点儿。不知道为什么，她最近的口味特别重，对于辣的啊，酸的啊，咸的啊，臭的啊，来者不拒。

不知是辣的还是怎么回事，晚上她肚子疼，有点像来月经的样子。他吓坏了，死死地抱着她，老婆，你要是死了，我就不活了，我不能没有你，老婆，没有你我怎么活啊。

怎么活啊，你活得好好的，哼，你们男人，朝三暮四的。

这话可不能说啊，老婆，我对你的好天下人都知道啊。你打听一下，哪一个男人不去喝酒K歌，哪一个男人不去泡妞养二奶，我没有吧？我踏踏实实地跟着老婆过，哪怕你变成黄脸婆，我也会把你当成手心里的宝贝。

他典型的北京男人，嘴贫起来没个完。两个人聊着没有了困意，她就试探他，要是买房子的话，他能拿多少钱？首付够了吧？明天问问我娘。我想多付点儿，昨天A告诉我，她认识一个开发商，可以帮我们打个折。真的啊，那明天就找老娘拿钱，这样的好事还不抓住啊。能打几折啊，九折啊，一百万也能便宜不少呢。哪能买那么大的房子啊，北京的房价这么贵，我不想有太大的压力。两个人商量来商量去，决定先购买一个四十平米的一居。

等到晚几年，再换一个大的。他们想得兴奋，觉都没睡好，两个人请假去看房子，位置可以，虽然偏但属于海淀区，而且又离两个人的单位都不远。无论是公车还是地铁都能到。他看着沙盘，高兴地说，老婆，我们要有自己的房子了。

小户型销得特别快，因为下手晚，已经没有向南的了。其实本来小户型向南的就不多，他在乎，她不在乎，反正住不几年，等到有钱了就把这个房子租出去或者卖出去。两个人高兴极了，分头找人，A 不同意她购买一居的房子，因为没有什么厅，将来有个孩子也不方便。缠磨了好一阵，她才知道，A 说的打折房是二居或者三居的，一居本来就没什么钱，人家当然不打折。回到家里，他苦着脸：妈说朝向不好，朝北，整年看不到阳光。而且还这么贵，一点儿也不合算。

怕儿子说了不管用，婆婆特意跑来，倒也没空手，拎了一个大西瓜过来。大西瓜皮厚，也没熟透，肯定是甩货，讨便宜来的。她切了西瓜，一边啃一边说，北京的房价会降的，再说他还能摊上经济适用房呢。依我看，这个小房子就算了吧，朝北，屁大的地方，不值。

再不值也是自己的房子，妈，我们现在每个月把房租扔给别人，你心里不难受吗？一千二呢，一个月扔给别人一千二！

儿子出来，因为没从她手里讨钱，当然不心疼，听了她的话，又气又急，这么一个小破房子还一千二啊？钱烧的你们啊，谁让你们出来住的？家里又不是没房子，这么多钱扔给别人……没好意思说，潜台词应是：把这些钱给我多好啊。

本来，她对这个房子还在犹豫之中，见婆婆这样反对，索性甩开了和她对着干。她就想要这个房子，她租房子租烦了。这房子搞得再温暖，也是别人的。她给他算账，每个月的房租贴到自己房子上，这房子是自己的，贴给人家，就一分没有。提到钱，他总是比她在乎，他也觉得要购买这个小房子，就算将来不住，也好租。那地方据说是第二个中关村，所有的 IT 行业都在附近。

鸡蛋不能放在一个篮子里，妈，就算投资了。晚几年转出去，就能挣钱。

那要投也得投个好的！

投好的哪有这么多钱啊？要不娘，你支援些？

我没钱，我哪有钱啊！她不是一个月挣五千吗？她没有钱吗？

他为了拿到钱，和婆婆大吵了一架。绝情的话都说了，婆婆大哭，他躺在沙发上也泪光闪烁，妈，你不要再逼我了，她再不好，您再看不上也是我老婆了。人家娶老婆的时候，哪一个没花钱，哪一个没摆酒席？我们连结婚照都没拍，想到这些，我觉得自己对不起她！

婆婆哭得更厉害了，知道对不起媳妇，却不知道老娘的苦心，如果是她希望的儿媳妇，能不操办儿子的婚事？能不给他们折腾房子住？苦了这么多年，为了什么啊？不就是为了把他拉扯大，看他娶媳妇，生儿子嘛。留下来的钱，留下来的一切一切，不就是为了他吗？

在拿钱的时候，婆婆心里痛苦得要命。她不得不承认，儿子已经不是以前的儿子了，儿子有了女人，对她再好，也是一半的好，那一半，他已经留给另一个女人了。

买的是期房，离入住的日子远之又远，每个月的十号就要给银行存上一笔钱。那一笔钱是她和他共同的钱，他交得多些，她交得少些，一是她要付现在的房租，二是她动了小心思，万一婆婆把他的工资全花了呢？

他对房贷的事情，显得特别通情达理，她能在首付上和他半对半，房贷他怎么样也得比她本钱厚一些。所以每个月近三千的月供，他拿了两千，加上每个月的生活费、烟酒费，还要交保险。保险是大头，占了他的工资三分之一，他刚刚四千的薪水，一下子被拆得七零八落的。

她不能指望他了，她要想办法挣钱。

你们公司要上市。

吃着饭，他还没有忘记提醒她。

天天喊着上市，鬼知道何时上市啊？

行啦，老婆，你钱本来就不少啦，别这么拼命地干了。

说得轻巧，我们年轻的时候不挣点钱，将来怎么办？我们老了倒不用管，远着呢，你父母呢？我父母呢？你家里负担可比我大！数一数比我们家多好几个呢？

这是什么话？

还有你妈，更难伺候！

这就是你的不对了，我妈再不好，也是我妈不是，你怎么能老说她不好呢？其实啊，我妈挺关心你的，她上次还问你月经的问题呢。她流产后，月经一直不调，上一次三个月都没来，以为是怀孕了，结果不是，打了黄体酮，来了好多，疼得她死去活来的。

你不要把什么话都给你妈说！她翻了脸。

老婆，他抱着她，好啦好啦，不要生气啦。

总是这样，每次吃饭你都故意气我，你明知道我会生气。呜，她抽抽嗒嗒，迟早有一天呀，我会被你气死的，到时候你再娶个小的，年轻的，漂亮的，讨你妈喜欢的。

不会的，放心吧老婆。他趴在枕头上，逗她，老婆呀，你看我像不像一只熊？熊，就是睡觉的大熊？

她破涕为笑。

老婆，以后就叫我大熊好不好？我是大熊，老婆是小白兔，大熊喜欢小白兔噢。

她肚子疼得厉害，他来了兴致。

她甩开他，你能不能睡觉啊？

他吓唬她，你要是不从，我就找别人去了？我们单位的小女孩真是粉嫩啊，一直想勾引我。

她看了他一眼，是吗？那快点去，马上去！不过最好再搞点钱回来，我的男人不能让别人白睡！

谈钱多俗啊，你情我愿的！他嬉皮笑脸，又把手搭在她的胸前，老婆，我想你。

想个屁啊，不就在你怀里吗？

真的想你呀，有时候我在上班的时候，总是不经意想到老婆，想到我们走过的那些岁月，唉。

她听他说得深情，也动了情。刚搂着他，肚子突然一阵剧痛，她推开他，老公，不好意思，我肚子疼得厉害！

怎么了老婆？是不是来好事了？

没有啊！

该来了吧？

他和她算了算，月经已经过了二天没来。他马上有些害怕，老婆，不是有小熊了吧？

什么小熊？

我是大熊，生下来的当然是小熊啊，我的笨老婆！

她一下子清醒起来。

他摸着她的肚子，要是真有了小熊怎么办啊？可愁死我了！

为什么呀？

我们刚购了房子，钱紧啊！

我不管，我就要这个孩子！见他害怕，她就吓他。

他苦着脸，我的天呀，你怎么这么不小心呀，为什么要小熊啊，我们怎么养他啊！老婆，要不去医院吧？

想到上次，她肚子又疼了一下，不去，为什么让我去医院？想过我的身体没有？哪有两年不到流两次的？你们男人就是自私，一有事就逃避，我告诉你啊，孩子我要定了！

老婆，我们会非常难过的啊，我还没有做好当老爹的准备啊！

哼，上次你不是还怪我没和你商量就流产了吗？

我只是那么一说！你别认真！

我认真，我得为我的孩子负责！发了一阵火，她轻松下来了，看着他痛苦的表情，她的心里有一种说不出的快感。她抱着他，老公啊，我们的孩子这么想来我们家里，就让他来吧，也许是上帝的意思哟。怪不得我这几天都做孩子的梦，一定是一个男孩，一个集于我们俩优点的男孩，到时候，我就可以左拥右抱啦，两个男人宠我呢。

那你带着小熊过吧！我一个月给你二十块钱。他也笑了，一个没有决定的孩子，至于这么争执么。上次她的月经不是拖了三个月嘛。他转过身，扯了一把纸巾，唉，老婆不理，只好自己解决了。

你去不去？你要是不去看我怎么收拾你！都说了好几遍了，不长记性啊！刚进楼梯，就听到的大嗓门，知道的是训狗，不知道的还以为谁在吵架呢。

婆婆穿着大花裙子，挂了一件小吊带背心，正在客厅里和美元生气。美元是一只二岁的小花狗，从自由市场花了二百块买来的，一看就是小土狗，结果她当成宝贝，不仅给美元做衣服，还给美元盖房子，而且房子不止一个，一年四季，没有重样的。一百多平米的家里，到处可见美元的东西，小背心、小裙子、碗、盆，盆还分好几个，有喝汤的，有喝粥的，还有喝水的。在家里待着没事，就天天伺候这美元。那尽心尽力的样儿，让他看着都嫉妒。妈，你小时候可没有这样伺候过我吧？我记得你老吼我！

胡说八道，妈把你当宝贝呢！儿子呀，快过来给美元洗洗澡，长大了，我一个人根本搞不定它。他和婆婆把美元按到水盆里，美元像个孩子一样吱哇乱叫，气得在一边研究股市的老爷子直翻白眼，一只狗，至于么，伺候得再好也不是孩子！说完转向她，推心置腹地说，孩子呀，你要听我的话，趁年轻要一个，你没空带不要紧，有我们呢。我们俩都没事干，尤其她，老爷子指了指婆婆，让她带！要不整天闲得没事干。

婆婆和他带着美元去楼下转圈，在她看来，娘俩可能有什么私事要说，以前都是他自己过来，说什么都不妨事，现在她来了，婆婆表面上高兴心里其实烦躁。在她来的这段时间内，婆婆不是骂美元就是骂老爷子，骂完之后，就叨叨东家的狗西家的猫。她一头钻进厨房里，帮着老爷子打杂。

从某些方面说，老爷子是一位很好的老头儿，养养花，炒炒股，快七十岁的人了，耳不聋眼不花，还能在股市上赚点钱。但婆婆不知足，东挑西捡的，害得老爷子把她当成倾诉对象。她不想听，也不想参与他们之间的事情。但老爷子不管，她不来他就打电话，一打就收不住了。

老爷子一边刮鱼一边给她叨叨婆婆的事情，她呀，就是小姐身子丫鬟命的，要是富也行，生在农村，长在农村，艰苦朴素和她沾不上边。衣服也不洗，饭也不烧，扫地洗袜子都得让我干。我不干行吗？我和她不一样，我这个人眼里见不得活儿，袜子堆了好几天，没看见似的，用过的碗筷堆了一池子，也不管。我怎么办，没好命啊，像我前一个老伴，她在世的时候，我可是甩手掌柜，瓶子倒了都不扶的……

她不好说什么，只能说是老爷子太能干了，又宠着婆婆，所以是婆婆命好。说到这儿，她还开句玩笑，要是他能像您一样，我真是太幸福了。在家里，他也是一个甩手掌柜，甩手就甩手啦，还挑，嫌我做的饭不好吃，真是生气。

这孩子，都是被他妈宠坏了，不过呢，男人像我这样的少，我也是没办法，被逼的，谁爱做饭啊，但我不做没有人做啊。

老爷子这样说，婆婆却是那样说，当然不是当着老爷子的面，而是当着儿子和儿媳，年轻的时候学过京剧，诉起苦来都是有板有眼。我这腰啊，为什么这么疼呢，一是生你落的毛病，条件不好，营养跟不上呀。二是呢，是你伯伯气的，他总是当着别人的面说我这不是那不是，把我贬得很低他就好受。不是我说谎，你们都看见了，也听到了，对不对？老爷子马上冲进来，又胡说八道！你又和孩子们说什么啊？

下楼的时候她蹦出一句，你妈也太不知足了！

他怒了，我妈怎么不知足了？你怎么能这样说我妈呢？伯伯也是，非得跟我妈争，一个男人，让着她不就完了。你以后少掺和我们家的事情！

我怎么掺和了？

伯伯说什么你都别往心里去！听听就是，也别出什么主意！

我出什么主意了？她拉着他，回去，回去当面问问伯伯，他和我说什么了？我给他出什么主意了？

两个人一路纠缠着回了家，刚到家，婆婆的电话就打过来了，可能是吵了架，带着哭腔，儿啊，妈妈想你。他刚要说话，电话被伯伯夺过来了，你妈要和我离婚，你看怎么办？我一个快要入土的老头子，无所谓了。

两个人经常这样，好像表演给他们看似的，稍有不和都得找他们，劝劝这个，又按按那个。谁都不肯认错，也不肯低头，年轻的时候他们还挺亲热的，老了却谁也不让谁。

都看着对方不顺眼，不如离婚算了。

躺在床上，看着他愁眉苦脸的样儿，她又冒出一句话。

离婚？你说什么啊？你怎么能有这样的想法？伯伯到底跟你说了什么？是他说的要离婚吗？他像炸药一样炸了。

伯伯能跟我说什么？看你这德行！不是他们谁都看不上谁吗？那就离婚。不过我提醒你一句，你让你妈知足一些，像她这样的年纪，想再找一个比伯伯好的男人可就难了。

还没说完，他一巴掌甩到她脸上，你没权力管我们家的事情！

妈的，我没权力，她的眼泪一下子掉下来了，是谁哭着喊着让我去？是谁哭着喊着要跟我说的？

　　她和他闹别扭，第一个先知道的肯定是婆婆，婆婆是他的依靠，典型的奶瓶族。这就是生活环境对他造成的影响，三十好几了思维仍然像个孩子。屁大点的小事，都会告诉婆婆，就算他有时候不想说，但婆婆熟知儿子的软肋，一揪就出来。

　　知道是儿子的错，但婆婆心里仍然记恨她。一点小屁事，冷床冷脸的。抓起电话打给亲妈。鉴于亲妈是小地方的家庭妇女，婆婆尽可能把自己搞得像个通情达理的知识分子，我拉扯儿子容易吗？娶个媳妇丑呀俊啊都无所谓，孝不孝顺也无所谓，只要他们俩好。但是你们闺女太过分了，半年不去看我不说，去看一次还让我家老头给我离婚！

　　亲妈放下电话，马上给她打电话，她不接，亲妈一把鼻涕一把泪，对弟弟说，儿啊，你姐出了这样大的事情都不说，她眼里还有没有我这个妈啊？

　　那是心疼你，怕你担心！

　　不能光听那个老狐狸精，她一直看不上你姐。儿啊，你和我一起去北京，看看你姐。要是我家闺女损失一根头发，我就整死那老太太！

　　我姐那么厉害，谁敢欺负她啊？再说去北京多远啊？坐火车还是坐飞机？反正我没钱，我公司都快关门了！

　　亲妈哭得更厉害了，我的女儿呀，你怎么这么傻啊，为什么要嫁那么远，妈想看看都困难。

　　弟弟苦着脸，不耐烦地说，别哭了别哭了，你掏钱，我陪你去北京！

　　亲妈抹掉眼泪，翻钱袋。

　　弟弟来北京的目的和亲妈不一样，他琢磨着怎么样从她身上搞点钱。他的理想很多，损失也很多。自从不上学以来，他尝试了很多种行业，但都失败了。他不承认自己没能力，而是本钱不够，管理没经验。以前走的弯路，现在不会走了，他有信心把自己培养成一个有作为的经理人。弟弟准备倒腾二手电脑，把北京淘汰的电脑运到偏僻一些的小地方，抹抹擦擦就赚钱。他的一个朋友，就是做这个的，一年也能挣几十万呢。

　　以前弟弟觉得亲妈对自己好，现在觉得对自己也就那么回事，相对他，她更在意闺女，闺女的一举一动，都生生地牵着亲妈的心。每次闺女邮来钱，打来电话，亲妈都兴奋得睡不着觉，像个祥林嫂一样，见人就叨叨，我家闺女啊，又邮了一千块钱，这项链，是我闺女给我买的！

她不提儿子，可能因为自己只会向她伸手。

有时候，弟弟自己也会反省，觉得自己走到这一步，亲妈是不是负主要的责任？亲妈对自己太好，要什么给什么，所以就造成了他好吃懒做、好高骛远的性格。弟弟也想挣钱，也想给亲妈很多钱，但是他挣不了钱，每一次生意下来，都是赔。

不会永远穷的，只要抓住机会，我一定会富起来。

妈，我一有钱就给你存上，你愿意买什么就买什么！

姐，我有了钱会给你买一辆宝马，货真价实的宝马！

有一阵子，弟弟经常这样发誓。

对于亲妈和弟弟的到来，她感觉有些突然，以为是弟弟带着亲妈来说情，他曾经为借钱跟她打过电话，她拒绝了。她对弟弟的失望已经不能用语言表达，一个大男人，天天想着发财没错，可是你不能拿着妈的养老钱去赌啊。上次开公司的钱，大多数是亲妈养老的，还借了她一万块钱，说不出一个月就还，现在已经快半年了。她不指望弟弟还，她当初掏这笔钱，就是为了能看到一个成功的弟弟，哪怕是小商小贩，只要他认真做，钱自然会赚的。他总是想得太美好，想一夜暴富，这怎么可能？

他家不是有房子吗？看到她租的房子，弟弟有些同情地看着她，亲妈更是生气，坐在沙发上叨叨，你还把我当亲妈吗？你怎么什么事都瞒着我？我一直以为你和那个老狐狸一起住呢，我一直以为她很喜欢你呢。都闹成这样了，你自己一个人担着？不信别人，不信你亲妈吗？

听说她购买了房子，亲妈和弟弟去看。看了房子，亲妈又淌下泪来，破北京有什么好啊，你非得到这儿来？在我们家，这个价钱都能买一百平米的了。你们现在没有孩子，要是将来有了孩子也没有地方放啊？闺女啊，你过的是什么日子啊？

亲妈来了，他也早早地回来，破天荒地购买了一大包吃的，讨好似的钻到厨房做饭。亲妈本想对他发威，但又不好打笑脸人。只能忍着。他和弟弟见过一次面，平时也不怎么联系，但现在，亲得和哥俩似的。弟弟见他做饭，自告奋勇去帮忙。留下她和亲妈，坐在沙发上不知道干啥。

晚上，他带着弟弟出去逛，临走的时候，表示要去婆婆家住，让她照顾好亲妈。他当着亲妈的面，依依不舍地，老婆，你关好门，把窗户也关好，有事给我打电话。然后转向亲妈，妈，我带着弟弟出去玩，然后睡在我妈家里，你有什么事就给我打电话。

亲妈被他的表现感动，睡觉的时候说，闺女啊，我看他挺好的，和他妈根本不一样。你呀，也省省事，两个人搞好关系是最重要的。你看他和你弟，好得像哥俩，对我也像亲妈，你就别不知足了。

至于你婆婆，你也不用着急，她还能活多久？关系好就去，不好就不去。你不能因为他妈和他离婚吧？亲妈光念着他的好，完全忘了自己来的目的。见亲妈这样，她也把想说的话吞到了肚子里，她想，自己就是缺他的表现啊，要是能像他那样，婆婆也不至于和自己对着干。

亲妈在北京待了一个星期，这一个星期里，他做饭拖地，端茶倒水，还特意请假，跟哥们借了一辆车，带着亲妈和弟弟爬长城，逛故宫，还去全聚德吃了烤鸭。他这样，弟弟也不闲着，不管她如何想，私自和母亲带了礼物去看婆婆，也不知道弟弟出的什么幺蛾子，婆婆美得不行。当着她的面，把弟弟夸成一朵花儿。

临走的时候，弟弟给她算账。

我买了一盒海参，一千八，还是二等品。还有两盒脑白金，花了二百块，请他们去吃韩国烤肉，花了五百。我还送给老太太一条杭州丝巾，老爷子也没闲着，送了一个洗脚盆，带按摩的……

刚一听，和自己没有关系，后来听明白了，敢情这些全讨好了。怪不得婆婆把弟弟夸成一朵花。

她的肺都快气炸了，弟弟做了好人，她跟在后面买单！

一盒海参一千八！她咬着牙，妈都没吃过！

哎呀，还不是为了你好？你和婆婆搞好关系，只有好处！

她快哭了，弟弟，我的事不用你管！

不用我管用谁管啊？姐，说实话，老太太就喜欢有人宠她，你宠宠她，平时给她一点小实惠，她就会喜欢你。你不要总埋怨人家怎么怎么，关键在于你会不会做人。做人这可是大学问，你照着我差远了。

本想不掏钱，但一想到弟弟也没钱，心里又软。不管怎么说，弟弟也是为了自己。她给了弟弟钱，又给他们购了火车票。算算，他们这次来北京，她自己就花了一万多块钱。临走的东西都是婆婆张罗的，大包小包的，光果脯买了一大箱子，她使眼色给弟弟，弟弟却不听，当个宝贝一样。上了车，弟弟给她发短信，我也看不上果脯，但是人家的一片心意。不过你这婆婆太精明！

吃了海参，自然要照顾人家女儿。婆婆特意挑个周日做了酸菜鱼送过来。大周六，刚刚九点，婆婆端着一盆热气腾腾的酸菜鱼咚咚敲门。而房内，他正和她在床上运动，戏刚开始，被搅了！

两个人手忙脚乱地穿衣服，婆婆进来，看着他，实际埋怨她，累死我了，敲了那么久，我一只手端盆，一只手敲！对门的人都出来了！

她钻到洗手间收拾，他接过酸菜鱼，妈，你起这么早干嘛啊？打个电话我过去就行了，你还特意送过来！

还不是为了让你们吃个热乎，她不是喜欢吃吗？可是她总是忙，没空去，想着她吃不上，我心里也难过，所以就送来了。

她在卫生间恨得牙疼，当面一套背后一套，真是让人受不了。酸菜鱼她根本不喜欢吃，以前住在婆婆家里的时候，婆婆明知道她不爱吃酸菜鱼，非得装出她喜欢的样子天天做。一提酸菜鱼，她都想吐。

她不高兴啊？是不是觉得我不该来啊？见她在卫生间迟迟不出来，婆婆也扔下脸子。

哪儿啊，妈，她不舒服！

怎么了？年纪轻轻的，毛病倒挺多！

她出来，他已经把饭桌拉出来了，娘俩正坐在那儿吃呢。一看盆里黄不拉叽的酸菜鱼，她一点胃口也没有。但碍于面子，只好坐下来硬吃。

婆婆没话找话，想想你们的房子，那么小，怎么住啊？像猪窝！

妈，你怎么能说这种话啊？他不高兴了。

你们当初就不该买这么小的！

没钱不是吗？有钱谁不想住大房子？她堵了一句。

也不差这么一点儿。

是不差，要是妈妈你能帮一下，我就不差了。

我哪儿有钱啊！笑着，把酸菜鱼往她碗里夹，多吃多吃一些，鱼是好东西，补脑！

吃了一口，她胃里马上翻江倒海，还没跑到洗手间，就哇哇地吐了起来。

凌晨五点，她突然醒了。

外面黑乎乎的，他正偏着脑袋酣睡。

她捅捅他，我刚才做了一个梦。

他翻了一个身，抱着她，又睡了。

刚才的梦境清晰地浮在眼前，好像是一片瓜地，瓜没有种在地里，反而结在瓜旁边的树上，也不知是什么树，没叶子，却长了很多瓜果，有西瓜、葡萄，还有香蕉。她又累又渴，想去摘个香蕉，却怎么也够不着。正着急，突然看到有一个老奶奶，手里抱着一小桶水，她欣喜地跑过去，一小桶水却没有了，变成了一个男孩。男孩是刚生下来的样子，屁股上全是屎，她恶心极了。

她正想着，突然听到他说，躺下，快躺下！

躺下干什么？

敌人来了，快！

他又在说梦话，他喜欢说梦话，在梦里不是和人家碰杯就是打仗，醒了却什么也不知道。她掐了他一下，我梦到了一个孩子，全是屎！

他哼了一声，没有要醒的意思。

回想一下看过的周公解梦，她突然打了一个激灵，不会是胎梦吧？算算日子，月经已经晚了五天。这些天，倒有来月经的种种迹象，比如爱发脾气、腰疼、腿疼、肚子胀。前天，因为洗了一些厚衣服，腰还像断了一样，一弯就针扎似的疼。刚想到这儿，肚子突然又疼了起来，去洗手间一次，却什么也没有。

她睡不着了。

孩他爹，你醒醒吧，我可能真的有小熊了！

他一下子坐起来，什么？

我好像怀孕了！

他一脸苦相，这可怎么办啊？我们刚交了房款，以后用钱的机会多着呢，装修什么的，唉！对不起啊老婆，我没本事，让你受苦了。

孩他爹，别愁了，我们应该高兴啊！孩子怎么样都能长大的！她故意的，看着他。

胡说，现在养一个孩子得多少钱啊？我一想到有一个孩子，我都害怕，我没准备，要不晚两年要？

你行，我行吗？

见她坚持，他也就妥协。后来一想，她说的也是，孩子怎么样都会长大的，和他差不多的哥们都有自己的孩子，他也想要，但一是因为经济，二是因为家庭，母亲支离破碎的生活导致了他对孩子的恐惧，他不想让自己的孩子承受自己曾有的痛苦。虽然他想着自己的婚姻肯定完美幸福，但是万一呢？母亲一次次的再婚，让他从小都学会了看人脸色，一个明明不喜欢的男人，非得亲亲热热地叫老爸，那种感觉真是太痛苦了。

这都是不好的，要是想想好的呢，看看可爱的小朋友，他也挺想当爹的。想当爹的时候，他就想要这个孩子，不管付出多少代价。其实按照他们的情况是完全可以养孩子的，房子还有半年就交，她不会生在出租屋里。日子慢慢过嘛，房子小点，等到孩子大了，不信他们还买不起大房子。他不让她做饭，怕累着小宝宝，不让她生气，怕对宝宝的发育不好。晚上，他还喜欢把头搁到她的肚子上，给小宝宝说几句话。

这个孩子来得不是时候，她说。

挺好的，挺是时候的。

你也不会带孩子，将来出生了我一个人还不累死？

不会，我会带，我抱过别人的孩子。

见他动了心思，她有些高兴，又有些忧伤。就目前的情况来看，她其实不想要，不，应该是不敢要孩子。房子刚装修，就住进去，对孩子不利，另外，她挺着一个大肚子如何装修，他不是不行，她不放心。另外，她要是生孩子就得牺牲工作，不是一天半天，最起码也得两年吧。想想这些事情，她的头马上大了。不能，不能要孩子，太可怕了！

A请她吃火锅，她不想去，找理由，我好像病了。你自己去吃吧！

怎么病了？那边突然坏笑起来，不会是床上运动过度吧？

去你娘的，发烧，腰疼得像断了一样。

哇，你不是怀上了吧？

不会吧？我用试纸测过了。是一道红的，不是怀孕！

试纸有时候不准。

不可能啊，以前都很准的！

那也得去医院做个 B 超。

过几天，A 又来电话，她告诉她，做了 B 超，没查出来！

A 说，多少天啊？是不是天数少啊？

不会啊，月经超了十天了！

天呀，你不是宫外孕吧？宫外孕就查不出来！

滚，你他娘的不能盼我好点？

刚挂电话，他黑着脸从屋子里出来，你怎么这么八婆？到处说什么啊？

这是我最好的朋友，说说有什么啊？

最好的朋友？最好的朋友这么多，你挨个地说啊？再说说了也没用不是？她们也不是医生！

她红了脸，我也不知道为什么，总想说说。老公，我是不是到了更年期啊，像个八婆一样了。以前我有病，都是自己扛着，怎么一结婚，一碰到你，我就这么软弱了？

唉，女人嘛。都这样。他的胳膊冰冷，她把热热的眉头放上去，有些舒服。他心软了，老婆，你发烧了？

呜。我要死了吧？

你要是死了，我也不活了。

说什么啊？

真的。我从来没有像这样爱你。

啊？你以前不爱我？

要不，再去医院看看？我心里没底！

刚去两天呀，医生都说了，再等等，时间太短也查不出来，浪费时间浪费钱！

她从他怀里挣出来，她决定了，明天再去医院，找一家大点的医院，好好查查，省得她提心吊胆。

第二天，她请了假，瞒着他义无反顾地向医院走去，那种感觉就像赴战场的女英雄。反正已经这样了，爱怎么样怎么样吧。就像得了绝症，再坏也就一个死，让自己勇敢地面对吧。她一边走一边想，医生、化验单、巨额的费用、死神。要是自己真的得了绝症，到时候要不要告诉家人，最亲的人？

如果真的到了这一地步，她决定谁也不告诉，静静地找一个地方，呆着，或者走遍所有没有去过的山山水水。

妇科分诊台和收费处连在一起，旁边散着一些长椅，有男有女。那个长着蝴蝶斑的女护士，毫无顾及地问身边的女孩，哪儿不舒服？结婚了没有？有性生活吗？白带多吗？那个女孩把脸埋在围巾里，用蚊子一样的声音回答。而在她的身边，却有几个挤着要为妻子或者情人交钱的男人。

没想到这么大的医院，竟然保护病人的隐私做得这么差。当然，你来了医院，你就是一个没有隐私的人，你要在一双陌生又冷漠的眼睛下，脱衣服，上台，分开两条腿。医生戴着手套，利落地捅进去，这儿按按，那儿按按，问一些专业又很难以出口的东西。完了，去交费，开药。药房那儿，生意好的不行，从小孩到老太太，排成了好几溜蛇型队伍。手中的人民币，不管新的还是旧的，大把大把的往窗口里扔。二百六，一千一，好像钱已经不是钱了，而是街边甩卖的胡萝卜，想也不想就往家里搬。

相对死亡，治病的过程最可怕，死不死活不活，大把的医药费，各种药物。能报的还好些，像我这样的，吃的全是退休金。每天吃的药都比饭多，这日子过的啊，真是没意思。一个干瘦的老太太，像对她说，又像是自言自语。

她心里一紧，想到自己现在还有医疗保险，日子过得不会这样凄惨，但是以后呢，以后要是自己失业，保险就没有了，那时候自己是不是和这个老太太一样呢？

我在家测过了，是阴性。

在家测过了也得测，得拿证据说话。

一个试纸，一个尿杯，一下子花去了八块钱。她走出来的时候，突然替医院算计起来，大批量的进试纸，想必也就一二块钱，一个尿杯，又能用多少钱呢？护士就这么替她放了一下，就挣了这么多钱。看来还是医院赚钱啊，不管有钱人还是没钱人，都要来医院看病。当然，有钱人选择大医院，没钱人选择小医院或者诊所。

要是当初同意那个院长，他的医院虽然不大。但每天看到这些人哗啦啦地往医院送钱，作为院长夫人的她该是多么高兴啊。一时，她有些后悔起来，又想起院长的种种好处。假若这就是他的医院，假若他在这个时间看到她。唉，都说爱情能当面包，虽然幸福的时候也幸福，但痛苦的时候就不是一般的痛苦了。

想到自己去流产，不是因为钱而选择小医院吗。他光说离家近，其实是心疼钱吧。想到这儿，她的心又疼了一下。

两道红杠，清清楚楚地呈现在眼前，小护士看了一下，恭喜她，她的头轰隆一下，怎么可能啊？前二天还是一杠呢？

可以再去做个 B 超，抽血也行！

她去做了 B 超，躺在床上，她心跳加速，希望有奇迹出现，比如没有怀孕，比如刚才的测纸过期了。再比如是小护士和自己的眼睛都出了毛病。可是这一切只不过是自我安慰的假象而已，有一个声音在她的耳边轰炸：有了！

啊，她紧张地坐起来。医生指给她看，看到了吗？闪的地方。

前几天做过，没做出来！

那是，隔一天都不一样！

不相信似的，她又抽了血，化验单再一次证实了 B 超的结果。拿起电话，她手脚发抖，任凭他在那边急得直叫，她却不说一句话，好半天把电话扣上，眼泪哗哗地淌了下来。

大红的幔布扯开了一出折子戏，你演的不是自己，我却投入情绪，弦索胡琴不能免俗的是死别生离，折子戏不过是全剧的几分之一，通常不会上演开始和结局……我脱下凤冠霞衣，你将油彩擦去，大红的幔布……

她来得不是时候，A 正因为网站的事情发火，估计是一个新来的小编辑，A 鼻子不是鼻子脸不是脸地训了一番，然后让她走人。A 原来和她是同事，同在一个项目里捞食吃。A 离开本行业的原因，据说有两条，一是单位帅哥不多，她费尽心机的装扮，可欣赏的范围太小，二是她不喜欢这个职业，她喜欢天天泡在网上。正好有一家地产网站招人，A 就混了进去，然后从一个小编辑混到高级编辑，再混到编辑部主任。好坏是个领导，训起人来也挺那个的。她把电话扔下，头也不抬地说，你自己玩吧，我赶个稿子。

A 写稿的时候必须有音乐，不然写不出来。她是客人，爱不爱听另说，随便抓了一本书，名字竟然符合她的心情，是写一个未婚女人生孩子的事情。不是国内的作家，是日本作家，据说这本书出来狂销二百万册。二百万册，想想是什么概念啊。她胡乱地翻了几页，竟然睡了过去。做什么梦忘了，反正不是自然醒，是被哭声惊醒的。她睁开眼睛，屋子里没有了A，刚想出去，突然听到A的声音：你太没良心了，你做这些对得起我吗？接着，就抽嗒了几声。再接着，听到抽水马桶的声音。她马上躺下来，装出不知道的样子。

A进来，已是满面春风，真怀疑刚才听的一切是假的！

你呀，醒醒，吃饺子喽！我老公刚才说，花园村那儿有一家海鲜饺子，有一百多种海鲜呢。你不是最爱吃海鲜饺子吗？等会儿我们去吃好不好？

她来找A，本意是想诉苦，或者寻找解决的办法。刚才的发现，让她觉得A过得也不顺心，只是人家不说，把烦事埋在心里。她觉得待着也没意思，人家的家再好，也不如自己的家。她打算早点回去，和他闹闹。谁让他不当回事，每次都说没事，安全期安全期，他算得比自己都准，这下不准了吧？

于是，她说我想回家了，我今天不太舒服！

你总是不太舒服！你脸色好难看啊？你去没去医院？有结果没有？

有了。

什么结果？

就是有了！

啊！A惊讶地叫了一声，马上欢喜起来，好呀，我要当干妈了，这样的好事早该给我说。叫上他，我们一起吃海鲜饺子好不好？

他还不知道呢！

哎呀，更好啦，趁这个机会给他一个惊喜！这样的大喜事得好好吃一顿！叫上我老公，让他请好不好？A忙忙叨叨，又是打电话又是订饭店欢喜不已，好像自己怀了孩子一样。

A，我心里一点儿也不高兴！

别傻了，这是喜事，你也不小了，现在不要以后就晚了。男人五十岁仍然可以要孩子。女人呢？女人一过三十五就不行了，就算生了孩子也不聪明！

我对孩子没兴趣。要那么一个小家伙，要拼了命一辈子去还，想想都害怕！

老了，你想到以后你老了，没孩子会是多么的凄惨！要不是为了防老，我也不想要孩子！但是我妈说了，女人就得要一个孩子，不然不完美！再说一辈一辈的人嘛，人家都是这样过的，我们为什么要另类啊？

A比她想得长远，但想得长远有什么用啊？这世界就是不公平，一个想要却要不到，一个不想要却怀上了。

可能与饭店有关系，他们进去的时候，经理亲自出来迎接，一口一个老板，叫得A的老公脸上很有光彩。当着人家的面，挑这挑那的。进了小包，翻了A一眼，你怎么这么多事啊？都是哥们，不花钱！

不花钱呀，那也得挑挑啊。搜搜，你不花钱的饭店多着呢，为什么非得在这一家吃。A嚷嚷，觉得特了不起。A的老公冲她笑笑，宠出毛病来了，不要钱的还挑三拣四。人家是老板，事多，屁股还没坐热乎，马上被人叫出去了，好像是有人在这儿吃饭，想请去喝一杯。A的老公挥着手，很有领导魅力，你们先点，我喝一杯就回来。

他有些看不上A的老公，对A的热情也不感冒。坐在那儿和服务员贫嘴，你们的菜价格怎么这么贵啊？一盘鸡爪四个，竟然要十五块，太黑心了吧？你把你们老板找来？说道说道。

哎呀，不是你请客！A拿出老板娘的架势，头也不抬地点菜。都是海鲜，一大堆名目。反正不要钱，她就狠着吃。A的老公回来时，大螃蟹已经上桌了。A的老公看到大螃蟹有些意外，你点这东西干嘛？

爱吃啊！A扔过菜单，我都点好了，你看一眼吧！

A的老公扫了一眼菜单，急了，你点这么多吃得了吗？我们才四个人？看这个鲍鱼，根本不好吃，服务员呢，去掉去掉！

我爱吃！A翻了脸。

服务员拿着笔，不知所措！

A的老公说，那去掉一只，我不爱吃，浪费。

她知道鲍鱼的价格，马上说，我们都不喜欢吃，去掉吧。

一个也不能去！A咬着牙！

A的老公摇了一下头，行行，留着吧，你爱吃，平时可没见你爱吃。

他们碰了酒，但A的老公生了气。

回到家里，他揭 A 的底，我去洗手间的时候，明明看到他们在收银台付款来着，肯定是付钱了，要不她老公的脸怎么这么难看！装，我让他们装！哼！

行了行了，吃了人家的就得学会感恩！

这和感恩没关系，有钱人就这样过，死要面子活受罪？信不信，回家他们俩保准打架。要是不信，你现在就可以给 A 拨个电话，肯定打得热火朝天的！也是，不想花钱就别说请客，A 也太虚荣，见了免费的就猛点。我猜啊，可能人家老板一开始准备免费来着，后来一看鲍鱼螃蟹全上了，当然不会免费了。我们进来的时候老板不是说要过来喝两杯吗？后来没来的原因肯定看了菜单，吓坏了！

喝了酒，他的嘴巴就关不住了。从饭店说到家里，然后躺在床上，还停不住。这种人我见多了，以前我们单位有个同事，听说家里特别有钱，但一双筷子都要抠。我们去饭店吃火锅，一双筷子一块钱，我们四个人就四块钱，他不舍得，非得要普通筷子，上了二盘羊肉，就觉得我们饱了，四个大男人，吃二盘羊肉？我就看不起有钱人，妈的，活的猪一样，你看看 A 的老公穿的毛衣，球球多成那样了，还穿。

你能不能闭嘴啊？都说了一晚上了！她很想和他说说孩子的事情，可是眼皮沉重得抬不起来。也没喝酒，就像醉了一样，头漂游在太空里，晕得不行。

我睡不着！他过来抱她，她挣扎，但终于没有挣过他，把头靠在他的胳膊上，她叹了一口气！

老婆，我的媳妇儿，他叫了好几声，我今天白天接到一个莫名其妙的电话，没有人说话，你说怪不怪？我打过去，说是公用电话，说有个女人刚才打电话来着，还哭了。我猜了一天了，郁闷得很。你帮我分析一下，是谁啊？打电话给我，不说话还哭？

她又气又笑，碰到这事就把老婆丢一边去了，可能脑子里想的全是艳遇。她没说话，他捏她的鼻子，你听到没有，你猜会是什么人啊？

是你的情人呗！

胡说！

那能是谁啊？

我想想啊，我自从和你结婚，真的没有女孩子喜欢我了？啊，是不是金喜善啊，可能想我了，又怕我不见她。

他喜欢金喜善，喜欢得不行。每次提到梦中情人，都要把金喜善提溜出来。这点，她可不在乎，因为她也有梦中情人，她超级喜欢古天乐，每次有他的影片或者新闻，她就激动，我家乐乐！

靠，我家乐乐，叫得真亲热！

金喜善？她从鼻子里哼了一声。是啊是啊，金喜善知道你长得帅，所以暗恋你。你快去找她吧，说不定在某个电话亭里哭呢。

在进医院之前，她和他吵了一架，他打了一只碗，她摔了两只茶杯。摔完后，她的气还没消，拿起他没喝完的啤酒，咕咕咚咚一口气喝完。他一边收拾一边道歉，是我不好，我不该惹你生气。老婆，但是我把碗打在地上是无意，你摔茶杯是故意。

我愿意摔！

你摔了还得买啊！

你再说？你要再说一句，我拿酒瓶子摔你脸上！你丫信不信？

啊，他被吓住了，呆在原地。过了半天，才无奈地笑笑，老婆你北京话学得地道啊！

不知是孕期反应，还是别的，她脾气大得要命。平时他喝酒没事，现在一见他拎酒回来，她的气就往上鼓。平时他说的话，做的动作，她觉得没什么，现在不行了，看什么什么不顺眼，听什么什么不顺耳。他有时候也给她顶几句，但见她气生得激烈极端，他就害怕了，他主动退让，主动妥协。他抱着她，好像死生离别似的，老婆，都是我不好，你要是想要孩子就要，不想要我们去找家大医院，老婆，我以后再也不敢了，我对不起你。都是我的错，让你受罪了。

对不起就完啦？你们男人就是光图痛快，一点儿也不为女人着想。两年流两次，真够勤快的！说不定我就会死在这上面了。到时候我死了，你顶多哭几声，然后我骨灰没干你就有了小老婆。她越说越气愤，一想到自己死后的种种事情，竟然哭了起来。他哄她，让她动手打自己的脸，山盟海誓说了很多，比如你要是死后，我肯定也马上跳楼，眼睛都不会眨一下；比如不会死人的，是你多想了，你看过有流产死人的吗？

没有死人的，也会因此落下妇科病，妇科病就会导致这癌那癌的。想到这些，我真是恨你啊。不不，我恨自己，我恨自己怎么这么下贱……

妈的，我以后再碰你不是人！他也急了，有了事情就说事，怎么捞那么多乱七八糟的东西。流产是多大的事啊，被你这么一夸张简直不能活了。他和她怄气，一个哭，一个喝闷酒，后来，她抓起包就要走，不过了，这日子再也不能过下去了！

他马上傻了，她和他吵架，吵得多厉害都没关系，只要她不离开这个家，两个人和好就是时间的问题罢了。但她一离开这个家，事情就往决绝的方向发展。结婚的时候，他不知她有这个毛病，走就让她走了，北京没有一个亲人，她能上哪儿去？结果，她租了房子，安安心心地过起了日子。他费了九牛二虎之力把她劝了回来。她非常认真地说，这是第一次，但绝不会有第二次！我不是那种把离家出走当玩笑说的女人！

他抱住她，老婆，我错了，请你原谅我吧！

放开！

你要走也可以，但临走之前一定要看一件东西好吗？

什么东西？

那你先闭上眼睛！

她不耐烦，少整幺蛾子！

求你了老婆，闭上眼睛，就一下！

她不想闭眼睛，又想看他玩什么花样，就低下头。他从包里拿出酸奶。这是他吃中饭的时候从单位带回来的，知道她喜欢喝酸奶，特意留着。每天到家的第一件事，他就会让她闭上眼睛，像变戏法一样变出酸奶希望给她一个惊喜。现在，她已经习惯了他每天带来的酸奶，要是他回来忘记这个程序，她就会自己去包里翻，老公，酸奶呢？

今天同事请客，没去单位吃！

她马上一脸失落。虽然冰箱里有酸奶，但意义不一样不是。她就像一个馋嘴的孩子，习惯了他带给她的惊喜。这事说给 A 听，A 激动得不行，看来他真是一个好男人，一杯酸奶还留给老婆。我们单位吃饭的时候也有酸奶，但男人们都自己喝了。有的男人不喜欢喝就给自己喜欢的女同事，我桌子上经常堆着好多酸奶！

今天光顾吵架了，忘了这道程序。他拿酸奶是为了拖延时间，并希望她喝了酸奶后转移目标。她抬起头，他老老实实地捧着酸奶，还没忘记插了吸管，老婆，你喝酸奶！

她带着眼泪喝完了酸奶，然后就和他和好了。他为了讨好她，特地下厨做饭。她躺在沙发上，吃一大堆零食。这些零食是他买来的，什么核桃啊，大枣啊，海苔啦。以前她不喜欢吃的，现在突然喜欢上了这些东西。当她拿着核桃往嘴里塞的时候，他爱怜地摸了一下她的脑袋，老婆好不好吃啊？是你想吃还是儿子想吃啊？

儿子想。

多吃，人家说多吃核桃孩子会聪明。

长你那样也聪明不了！

那不会呀，这孩子会继承我们俩的优点。老婆，让我听听，儿子有没有闹啊？他趴在她的肚子上，很认真地听了听，然后笑着说，小坏蛋，他在动呢？老婆，有没有踢你啊？

他像突然长大了一样，想要这个孩子。他一边抚摸她的肚子，一边喃喃自语，我马上要当爸爸了，真好。你说要是孩子长得像我，也不是太难看吧？你想想，两个一模一样的家伙坐在你面前，该是多幸福啊？

一时，她被他描述的场景击中，感觉心里暖暖和和的。她想要这个孩子，困难是暂时的，钱是挣不完的。

两个人欢喜起来，不知是因为肚子里的孩子，还是为各自要扮演的父母角色。他们认认真真地讨论，孩子的名字，以及出生后的事情，比如上学，比如工作，再比如恋爱。当谈到有一天他们都变成老头老太太，身边也许会有一个小孙子的时候。二人都激动不已，他抓住电话，我得给妈打个电话！

先给我妈打！

就是给你妈打嘛！他拨了电话，家里没有人接。她有些奇怪，都十点了，他们能去哪儿啊？再拨，仍然没有人接。她有些担心，给弟弟打手机，弟弟火气冲天地，老爸住院了！关键时候，还是儿子！没有我，老头早去天堂了……

原来，亲爹和亲妈为了增加收入，盘下了一个烟酒商店，平时都是亲妈守着，虽然没挣几个钱但也没出什么事。亲妈趁着吃饭的时间去市场买鸡爪，准备再做一些鸡爪给她邮去。亲爹守店，好半天守来一单生意，结果却守出事来了。那个小青年拿的钱是假币，一百块，薄得不能再薄，一摸就摸出来。亲妈回来心疼得要命，叨叨亲爹，你不能长长眼吗？这个假的和真的能一样吗？我给你说过多少次了？你总是不听，好人多好人多，你现在还觉得好人多吗？这一百块啊，要多少天挣啊！

亲爹被亲妈叨叨得难受，一甩手就出去了，我去找那个小子！

亲妈也没阻拦，觉得亲爹说的是气话，过一会儿消消气就会回来。结果，亲爹没回来，公安局来电话了，亲爹被车撞了，在人民医院抢救呢！

亲爹躺在病床上，胳膊和大腿都吊着绷带。她哭得一把鼻涕一把泪，妈呀，不就是一百块钱吗？至于你这样叨叨吗？你要是不叨叨，他能去喝酒，能出事？

亲妈含着眼花，我也没想到会是这样！

我早说过了，你们不用为钱发愁，为什么要开这个小店呀？别说不赚钱，就是赚钱也不要开了。你们都这么大了，就好好地享福行不行啊？

光说能行啊？还有你弟！

别提他！和他没关系！你们听我的话，什么事也不要干，我养着你们。你们好好的，健健康康的就是对我好了。你想想，你为了挣一点钱，把身体搭上，值不值？

呜呜，这个给假钱的人缺德啊！这个开车的人也缺德啊，他们得断子绝孙，下十八层地狱！你就忍心么？一个老头，你们又骗又撞的？你们心里会安生啊？唉，今年也够倒霉，开店收假币。他啊，不是说你爸，他不长记性啊，假钱收了好几百了，还记不住！你记不住拿验钞机验验啊？

亲爹为自己辩解，我觉得是真的！

现在还是不是真的？你不见棺材不落泪啊！就算是真的，你验一下又怎么啦？

不好意思，人家拿出一百块来，你就拿验钞机？换了你，你会怎么想啊？开店要照顾回头客，要是把回头客得罪了，怎么办啊？亲爹认死理，气得亲妈呼天抢地，以后再也不让你守店了！呜！还有医药费，两千多，谁给报啊！

我给你！她掏出钱包，刷刷地点钱。

我不要！

她把钱塞给亲妈，妈，别埋怨了，爸没事就是大福气。你以后别那么要强，不停地想挣钱。钱是挣不完的，我看商店就别开了。你们俩好好享受生活最重要。

她说得再好，亲妈还是惦记她的商店。商店再不好，也多少能挣些。光要女儿的也不忍心。再说不开商店做什么呢？亲爹不能开车了，她也找不到工作。她心里生气，但也没办法。亲妈就认钱，要是她现在能扔给她十万八万的，想必亲妈就不会这样奔波了！

有钱就是胆啊，不是吗？

她伺候亲爹出院，正想在家休息两天，他来电话了，婆婆脚扭了，希望她早点回去。她有些生气，我爸出事你也不管，你妈扭个脚你就了不得了。我回去干嘛啊？你妈又不喜欢我！

他嘿嘿一笑，其实是我想你了。要是咱爸没事，你就早点回来。

你对我一点儿也不好！

我怎么对你不好啦？

你对我好怎么不要孩子啊？

能要吗？你要是真想要，我们就要！别磨磨叽叽，一会儿让我去医院，一会儿让我去打掉。你以为我愿意打啊？这怀孕期间，我过了多少不正常的生活？你抽烟喝酒不说，我还生了那么多气，流了那么多眼泪。去我妈家，又是发烧又是感冒，吃了好多药。

这样一说，他马上拐过弯来，那算了那算了，别生一个怪孩子出来。像你朋友那个孩子，都多大了还不会说话？要是有这样一个孩子，愁都愁死了。等到我们有能力要孩子的时候，我一定戒烟戒酒，绝对不惹你生气，当公主宠着好不好？

进医院当天，她把所有的事情都安排好了，给单位小头目请假，还得找一个合适的理由：我公公身体不好，要住院，我做儿媳妇的不能不管。就三天，三天行吗？

单位虽然没有什么事情，小头目碰上这事也得拿腔拿调，你公公又不好啦？上次是你爸不好对不对？没打招呼走了一个星期。一个男人，却像女人一样八卦，你都结婚了啊？看不出来啊？我听说好多单位的小青年准备追你呢！

请了三天假，是周五请的，这样可以带着周六周日，上次流产在家躺了一个周。其实没有什么大事，那一个周她还躺在床上用笔记本干私活呢。请了假，从超市购买了一大堆东西，然后让他陪着去了医院。这次选的是大医院，妇幼，就是专给孩子和妇女看病的医院。医院好价钱自然也好，无痛流产两千块，交钱的时候他嘴又犯贱，上次才一千二啊，这儿竟然要两千？太黑了吧？哎哟，我后悔死了，要是我自己小心，这两千块……看到她的脸色，他马上改口，主要是我媳妇儿受苦，都受了两次，唉，我不是人！

很多人侧目，她恨不得捂上他的嘴。进手术室的时候，她竟然有一种绝望。她给A发了一条短信，亲爱的，我的亲人，我要进手术室了，如果我出不来，请你妥善安排我的家人，我的银行账号是452352555，我的密码是909090。A哭笑不得，打电话骂，放心吧，姐姐，你去网上搜搜，没有见过这事会死人的。再说你又是二进宫，没事没事！

挂了电话，A又发来一条短信，姐姐，你还是对我大哥不信任啊，人家碰上这事也得给老公说，你把这么隐私的事给我说，我感动之下还得提醒你，出来别忘了改密码，否则，哼哼！

当然不能信，我死了，他就找别的女人过了。呜呜。

手术进行顺利，刚才还见医生往自己手腕上打针，一转眼已经下床了。有个小护士扶着她，这儿，这儿来。像做梦一样，她看到了那个休息室，那个坐在对面床上大汗淋淋的女孩。床上的被子掀了一半，躺下还有些许温暖，看来上一个刚走不久。

你很疼吗？见她咬着衣服，对面的女孩问她。

嗯。

第一次啊？

不。

是无痛流产？

嗯。

我是普通的，不过他妈的真是太疼了。你看我这汗，你没进来之前，我还哭呢！

她没哼声，为了自己，不差那一千多块钱。女孩打扮得很时尚，抹着蓝色的眼影，染着黄色的头发。动作、语言和白领扯不上，最多也就是一个办公室文员。结果一聊天，女孩竟然是老板，自己在后海开了一个小铺子，专门经营绣品。

那你为什么不用无痛呢？你们做老板的不差这点钱吧？

不是钱的问题，是让自己疼，只有疼了才会长记性。妈的，我都流了三次了。

啊，流了三次。

对，两年时间，竟然做了三次！

女孩无所谓，她的心像被谁揪了一把。没动手术的时候，医生曾经冷冷地问了一句，都做过一次了？你的子宫情况不太好。其他的话，她已经听不见了，因为麻醉药产生了威力，她一下子睡了过去。这一觉睡得很好，没有梦，醒来就已经完事了。

她躺在床上，下身疼得要命。无痛流产是过程不痛，但手术后该疼的还是要疼的。她咬着牙，挺住下身袭来的痛苦。这时，身边的女孩呻吟了几下，然后轻轻地说，大姐，我先走了啊。

女孩推门出去，他拿着一瓶牛奶慌慌张张地进来。老婆，你没事吧？

她没说话，拿起他的手腕就狠狠地咬了一口。

哎哟，疼死了，你想咬死亲老公啊？老婆，别难过了，哎哟，又不是第一次，你哭什么啊？

她用手背抹着眼泪，一把又一把……

作者简介：

童仝，女，作家，编剧。七十年代中生人，迄今已公开发表中短篇小说两百多万字，出版有长篇小说《相亲相爱》《幸福在前方》《危险关系》《别动我的男人》《裸婚以后》等五部，散文小说集《爱情有时徒有虚名》《一个人的生活》《也许爱》等三部；电视剧《抹布女也有春天》《家遇房小》《女人的颜色》等。

满面笑容 / 武歆

一

刘吉宝离开家时，在屋里停留了好长时间，他东瞅西看，琢磨着应该带点东西走，起先他往黑色旅行包里揣了一把菜刀。那把菜刀是他前年在镇上买的，是一块好钢打造的，刀面闪闪发光，能剁铁片，也能剁铁钉，家里一个锈迹斑斑的铁桶，他就是用这把刀左边一下右边一下，两下就给剁烂了卖了废铁，比剁马铃薯还轻松。但是他觉得路上带把削铁如泥的菜刀太扎眼，又给拿了出来。他手拿着菜刀，难舍难弃举棋不定，突然就挥动手臂，朝着屋梁上的一串玉米胡乱地砍去，刀光下玉米棒子满屋四射，他脚踩着一节黄灿灿的棒子，咬着牙齿，咬得咯咯地响，狗日的城里男人哪里能经得住他手里的这把刀呀！

刘吉宝想了一会儿，还是觉得这把菜刀太过锋利了，也太扎眼了，带出去是会出人命的，于是把刀放回到了屋门口一张旧桌子的抽屉里。然后他在屋子里转了一圈，猫下腰，从桌子最下面一个放满杂物的抽屉里，又找出一把螺丝刀来。

螺丝刀有一尺多长，和那把菜刀一样，也是闪闪发亮，但比菜刀小巧得多。这把螺丝刀，是他早年在村里当电工时留下的，其他工具，都不知道放哪里去了，只剩下这最后一把工具了。

他找了块布包裹好，放进了包里。可是放进包后他又犹豫了，在省城干活儿那会儿他就知道，城里的协管对进城的农民总是要多看几眼，骑一辆新车，或是夜晚独自在街上行走，总是要过来多问上几句，查查证件，有时还要看一看兜子里放的是什么东西，要是碰见螺丝刀这样的东西，他们肯定会要多问两句的，譬如会问你是做什么工作的？怎么没有别的工具只有一把螺丝刀呀？怎么晚上出来还带工具呢？要是慌乱说不上来，肯定还会接着问，一句紧似一句，问来问去，就会有一些麻烦出来。

刘吉宝可不想一进城就跟他们打交道。他有点做贼心虚地把螺丝刀拿出来，然后上下左右地看了看，还恶狠狠地做了几个朝前刺杀的动作，最后还是依依不舍地把它放回原处。

他站在屋中间，直着眼睛，还在琢磨着应该带什么复仇的工具进城才好。这件工具必须是既好使，又稳妥，不能还没复仇，却先被关进牢房里，那可是划不来的。

刘吉宝是一个外表看上去很文静的人，不像农民，起码不像在地里干活的农民，当然也不太像城里人。他很像农村里的文化人。譬如村里的会计，或是乡村小学教师，或是早年村里的脱产干部。他挺瘦的，头发不短，有点偏分。但他脸有些黑，这种黑，不是城里人的那种黑，是天长日久在高粱地里晒出来的那种黑，带着黄土的味道。假如夜幕下他走在城市的大街上，基本上没人看出他不是城里人，但要是白天就不行了，他的脸色一下子就显现出农民的特质来。所以他和他老婆秀春在省城那会儿，秀春最不愿意白天跟他一起出去，她害怕城里人看乡下人的那种说不出来的怪异的目光。

刘吉宝嘴角抽起一丝冷笑，忽然有了主意。心想，根本不用带菜刀、螺丝刀那样的东西，他用他的两只手，就足可以对付城里的男人了。

刘吉宝的手又粗又大，手掌上全是硬茧，十个手指就像十根儿铁棍一样，他的手与他的容貌一点都不相称，甚至显得格格不入。他迎着从窗户射进屋里的阳光，慢慢举起左手。

左手的手面上有一个清晰的牙印子，看着那个环形的牙印子，他的心颤抖了一下，说不清是一种什么样的感觉。他紧接着又举起右手，一时间就仿佛看到了这双手正在掐住一个城里男人的脖子，他感觉好像不到一分钟就给掐死了，脚下的玉米棒子就像刚刚躺下的尸体。城里男人，那是男人吗？小细脖子、大肚子，细胳膊细腿，不用说掐他们，就是给他们一拳，也能让他们躺在地上起不来。刘吉宝使劲地攥着拳头，轻蔑地哼了一声，他最后决定，只带这一双手去省城复仇。

但是就在刘吉宝正要跨出大门时，一不小心把门边上的一个葫芦大小的黄色泥罐给碰翻了，罐里的一条虫儿蹦了出来，翠绿色的翅膀支棱着，跳得老高，一下子竟跳到了他的衣襟上。

在刘吉宝的家乡，人们管蟋蟀叫虫儿，全村的田地不产好米好面，却专产上品的蟋蟀，过去一到夏秋季节，全国各地淘虫儿的行家蜂拥到他们村里，高价收购好虫儿。那时候村里家家户户全捕虫儿、养虫儿，赶上好运气，捉到一只上品的虫儿，卖虫儿的钱，就能盖间房。这些年虫儿的买卖虽然冷了些，但村里的人还是有养虫儿的习惯。

刘吉宝家的这条虫儿，是他给儿子小宝养的，只因为那天他和秀春为了是吃馒头还是吃面条这件事争吵起来，他不但吼声如雷，还结婚六年来第一次砸了家里的两个碗。

他用的劲儿太大了，饭碗粉碎，碎片夹带着面条迎着儿子就飞了过去，在儿子的小脸上划出了像蚯蚓大小的一道血口。平日里不声不响的秀春完全变了一个人，竟像条母狼一样凶狠地蹿了上去，狠狠地咬了一下他的手。

她使的力气太大了，竟疼得他蹦了起来，当时手就鲜血淋漓了，随后秀春抱起嚎哭的儿子小宝，哭着跑回了娘家，从那天以后就再也没回来。儿子小宝被秀春扣在了她娘家，她还托人捎过话来，儿子的脸上要是落了疤，刘吉宝这一辈子都别想再见他们娘俩了。

眼下，刘吉宝低着头，看着衣襟上的虫儿，一下子又想到了儿子。他有一星期没见着儿子了，一想到儿子，他上唇的左半边就一抽一抽地抖动，并且隐隐地疼，儿子乐时龇出的小虎牙，儿子叫"爸爸"时脆生生的嫩音，都让他想得心里发慌，当然他更想瞅一眼儿子脸上让碗片划破的地方好了没有，男孩子的脸要是落了疤，就破了相，是要坏了孩子运气的。刘吉宝特别后悔，那天为什么发这么大的脾气？

秀春带着孩子离家后，刘吉宝的娘曾逼着他到丈母娘家去接回秀春和儿子，但秀春她爹连院门都不让他进，秀春爹隔着院墙说，你把俺闺女打跑了，还有脸到俺家门口来要人，你不把俺闺女找回来，你也别想见你儿子。

刘吉宝说秀春是自己跑回娘家的，找我要人做啥？秀春她爹就动了粗口，说刘吉宝你这头倔驴子，你媳妇跑走了这么多天，你也不去找，你还是人吗！刘吉宝说，秀春就在屋里了，你让她出来。秀春的爹说，她没在，她撂下孩子就走了，屋里连她的一根头发丝都没有。

刘吉宝的语气就软了，说那让我看一眼小宝，我就去找秀春。秀春的爹说那不成，先找回我闺女再让你看儿子。刘吉宝说我就隔着门缝看一眼，秀春的爹说那也不成，刘吉宝说那就隔着门缝让小宝喊声爸，秀春的爹还是说不成。

刘吉宝就有了火气，再说话时语气就硬了，他喷着唾沫星子，隔着院墙喊，不让我见小宝，我就不走，啥时看见小宝我啥时走。最后他硬是在门外不声不响地坐了一夜，第二天早上，秀春的爹一开门，把老人吓一跳，最后还是秀春的爹拗不过这个姑爷，让外孙隔着门缝喊了一声"爸"，刘吉宝这才拍拍屁股上的土，掉头离去。

原本秀春跑回娘家，刘吉宝想扛着，看秀春啥时回来，他不信她能在娘家待三天！结婚这么多年来，秀春晚上睡觉可是要抱着他胳膊的，不抱着，她就睡不着。可是一个三天过去了，又一个三天过去了，秀春还是没有回来，刘吉宝有点发慌，但还是硬挺着，他不想在村里落下怕老婆的孬名声，再说，这次吵架不是他的错，他不能向秀春低头。

可是两边的老人不干了，先是老丈人和丈母娘扣着小宝不放人，后来是他娘见不到孙子，不吃也不喝了，躺在床上说，见不着孙子自己要活活地饿死。

刘吉宝是个孝顺的人，见娘真的要绝食，他顶不住了，只好又主动去了老丈人家。他有一种预感，秀春肯定是藏在娘家，在他眼里，秀春是个胆小的女人，她哪敢一个人离开家跑到外地去？

那天，刘吉宝是晚上去的，秀春的娘家不太远，隔着一个村，走上半个多小时就到了。刘吉宝站在大门口，犹豫了一下，这次他没有敲门，而是翻了院墙，他想突然袭击，叫秀春无处可躲也无话可说，他有把握，两个人只要见了面，就什么事都解决了。

但他没想到，刚跳下墙头，就把立在墙边上的铁锹碰倒了，秀春的爹在屋里听见动静，喊了一嗓子"谁"，刘吉宝当然不敢出声，想溜走，但是来不及了，秀春的爹已经出了屋，随手拉开了院里的灯，刘吉宝立刻大白于灯下，秀春的爹愣了一下，随后立刻寻找能抄上手打人的东西。

刘吉宝想干脆一不做二不休，一边说找秀春，一边低头往屋里闯，秀春的爹这时已经找到了一把大扫把，也不说话，铺天盖地的就打过来，大扫把带着呼呼的风声，扫在刘吉宝的脸上生疼生疼的，可他不躲，还是愣往前冲，同时大喊着找秀春。

这时，腿脚不太好的秀春娘颤抖着出来了，一边喊着让老头子别打了，一边哭着求刘吉宝快去找找秀春，她本想上前去拉架，但脚下一趔趄一屁股坐在了门槛儿上，她趁势就坐在门口，双手拍着大腿哭闹起来，说都这么多天了，俺的春儿一点信儿都没有，你是他男人，你就不着急？快去找找吧，我就这一个闺女，要是有个三长两短的，我也不活了！

秀春娘一把鼻涕一把泪，刘吉宝这才相信秀春真是没在娘家，因为秀春娘是个老实的女人，她从来不会作假，于是他一边躲闪着扫把，一边跑到院门处，拉开门闩，跑了出去。他拼命地朝前跑，秀春的爹还在后面大骂着，那骂声在黑夜里传得飞快，仿佛一条狗在追着他。

其实，在秀春离家后不久，刘吉宝就已经面临着压力了，因为村子里有人开始说闲话了，说是秀春在外面早就有了相好的，不回来了。还有的说，秀春在省城里已经找着了工作，一个月挣一千块钱。到后来说得更是耸人听闻，有人往村里打电话讲，说在省城的街道上看见过秀春，身边还有一个白净的城里男人，两人还挽着胳膊，有说有笑的呢。

村里人的风言风语起先刘吉宝并没有往心里去，他知道，村里人对他娶秀春早就嫉妒得牙根发痒，说他是麦麸子老实人却独占了花魁，但是他娘就沉不住气了，他娘向来是个好强的人，容不得别人说他家半个"不"字，于是就在家里闹起了绝食，搞得刘吉宝慌了阵脚。

在秀春刚跑走那几天，他娘的态度很坚决，她叫刘吉宝沉住气，说是打出的媳妇揉出的面，天下哪有男人不打老婆的，一打就往娘家跑，这还了得，要让秀春怎么跑回的娘家，再怎么自己回来。刘吉宝也认为娘说得对，从来没有母鸡跑到公鸡头上撒欢的，男人就是不能向女人服软，况且这次打架是秀春不对，自己没错，所以绝不能低头。

但到了第七天上，他再也扛不住了，想一想，已经七天了，时间不短了，她不会出啥事吧？她该不会真的去了省城……这样一想，他头皮发紧，在那天晚上他被老丈人打跑之后，决定立刻去省城，一是要找回秀春，他要让村里人明白，他刘吉宝有本事打跑老婆，还有本事能让老婆回来，秀春长得再好看，也不会和别人跑了，她对他刘吉宝是一心一意的。其次，他也想弄清楚，秀春是不是真的背着他跑到城里那个男人家作了保姆。他想好了，找到秀春后，就是捆也要给她弄回家，否则在村里他得把脸放到裤裆里走路了。

刘吉宝没心情管那只虫儿，但是那只虫儿却伏在他的衣襟上不跑，就在他身上落着，还抖抖须子，好像在扬头看他，要跟他说什么。这是一只好虫儿，是有名的大青翅子，很少见，叫声好听，尤其是在夜晚里，更是天籁一样的声音。刘吉宝突然决定要把它带走，他把黄色的泥罐拿起来，把青翅子放进去，青翅子特别听话，乖乖地进去，特别配合，刘吉宝把罐子用线绳儿扎好，小心地放进书包里。

跨出屋门时，连刘吉宝都没有想到，原本是要带刀的，现在却带了一只虫儿进城。他想，或许秀春见着这只虫儿，就会想起儿子的，那样他再说几句贴心的私情话，秀春就会断了在省城的念头，跟他回村养鸡。刘吉宝琢磨着，只要夫妻俩齐心协力，再贷点小额款，转年就能办起一个小型养鸡场。

村里特别安静，一条黄狗蹲在路边上，见他过来，扭着脖子一直看着他，目光呆傻游离，仿佛在想着什么心事。不远处还有几只鸡在东啄西瞅，悠闲地找食吃。在村路边上一棵大槐树的荫凉下，几个老太婆正在说话，见到刘吉宝背着旅行包朝村外走，就向他打招呼。

大宝这是去哪呀？

是去省城呀？秀春在城里等你呢？

又找到啥赚钱的活路了？

刘吉宝脸通红，嘴里"嗯啊"着，低头快步走。他知道秀春独自离家出走的事，已经成为村妇们嗑瓜子时的闲言闲语，秀春离村的时间越长，各种各样的议论就越多，所以他必须要把秀春找回来，只有这样才能堵住众人的嘴巴。要知道现在乡村里，男人被女人戴了绿帽子，还是一件天大的污辱，还是一件天要塌下来的事情。

刘吉宝不爱说话，快三十岁的汉子了，一说话还经常脸红。村里的大姑娘小媳妇，他从来不搭讪，遇上了，低头过去，村上的人都说刘吉宝是老封建，老古板。但不爱说话的刘吉宝做起事来，却是认真仔细的，无论什么事，是必须要有一个结果的。

两年前，长相文静、不爱说话的刘吉宝咬牙去了省城，本来是想打工的，当时他有一个目标，挣到两万块钱就回来盖新房子，然后哪也不去了，建个养鸡场，三口人好好过日子。

眼下村上的男人们，除去年老体弱的，有点力气的，几乎都到外地去打工了，已经有人家盖起了新房新院，但他的房子还是旧房，他不想在村人的眼里落一个没本事男人的名声。要知道房子的好坏，至今还是庄户人家最大的脸面。

可是在省城找个活儿太难了，尽管他懂点电工，但在村里还行，到了外边没有人相信他，他又不愿意找在省城打工的村上人帮忙，于是为了先填饱肚子，他就拾起了破烂，没想到这活儿很来钱，一个月下来不但填饱了肚子，还挣了钱。

于是他开始专职收废品，还买了一辆吱吱作响的旧三轮车，他手巧，修理了一下，就骑着三轮车到处走街串巷，可是没有多长时间，就遇到了问题，城里到处都是小区，门口都有保安站岗，就是一些旧楼区，也都装上铁质栏杆围了起来，根本不让收废品的进去。

后来，没有办法，他就在一个小区门口长期设点，守株待兔。由于他穿着干净整齐，在收废品时话也不多，守规矩，不短斤少两，还颇有礼貌，所以小区里的好多居民都把废品卖给他，有的还白送给他，这样他的生意特别好。

后来，小区扫地的外地老汉得病回家后，他被那个小区的物业公司看中，就雇他打扫小区卫生，同时还免费让他住在小区的一个地下室里，这样他除了打扫卫生之外，还兼收废品。他干得兢兢业业，从早上六点一直到天黑，他总是拿着扫把在小区打扫，在他负责的区域，总是干干净净的，所以颇得物业公司的好评，收入也还不错。

再后来他有些忙不过来，因为又要打扫卫生又要收废品，几乎没有停歇的时间，所以半年后，他就把秀春喊了过去，他琢磨着，两个人一起干，这样可以加快赚钱的步伐，争取赚够了钱，早一点回家，他丢不下娘和儿子小宝。

但是，刘吉宝没想到，秀春来了半年就出事了。

秀春来后，他俩就分了工，他在小区打扫卫生，秀春专收废品。秀春没来之前，因为他在小区主要的工作是打扫卫生，平时倒还好，一旦刮风下雨过后，工作量就特别大，忙起来根本就顾不上废品的事了，所以有时卖废品的人就得自己拿着旧报纸和瓶瓶罐罐的下楼找他。秀春来了之后，小区的人卖废品，再也不用下楼了，无论遇上他还是秀春，只要说一声，秀春就会上门服务。

这样半年下来，秀春对小区里的人比他还熟。刚开始刘吉宝挺高兴，后来有一阵儿，他连着好几天都觉得秀春好像有什么心事，拿东忘西的，总是走神儿，他就问秀春是不是有病了不舒服。地下室挺黑的，看不清秀春的脸，于是他又问了一遍，秀春吭吭哧哧着，这才对他说了。

原来小区里有一业主，有意想雇秀春做保姆，管吃管住，每月还给一千元。刘吉宝说，你想去呀？秀春说想去，挣钱多呀！刘吉宝不高兴，说你去了我咋办？

秀春说那家男人讲了，他给你在他的公司找个活，肯定比现在挣得多。

刘吉宝一惊，一把攥住秀春的胳膊，是男人找的你？

秀春吓一跳，说是呀？

刘吉宝紧着问是哪家男人，他咋跟你说这个？是哪家？你咋认识的他？啥时认识的？

刘吉宝不光问得紧，手也越来越用力。

秀春疼得叫了一声，挣脱开，说你使那么大的劲做啥，疼死我了！刘吉宝还是瞪着眼，接着追问是哪家，秀春说你不要瞎想，城里男人不都是坏人。刘吉宝说你快告诉我他是谁，我要见他，看一眼，就知道是好人还是坏人。但是没想到，秀春却是死活不讲。

一连几天，刘吉宝总是问这件事，白天问，晚上问，走着问，坐着问，一刻不停地问，但秀春就是不说，秀春越是不说，刘吉宝的疑心就越大。两个人在这件事上就较上了劲，他决定不能在省城待了，一天都不能再待了，有多少钱也不赚了，他要秀春和他马上回村。

刘吉宝是非常在意老婆秀春的，过去两个人闹别扭，他会好几天睡不着觉，拿什么掉什么，心慌意乱，直到两个人缓和，他才能踏下心来。

在他的心目中，老婆秀春是天下最漂亮的女人。秀春长得白净，眉目清秀，特别受看，而且是越看越好看，虽说生完了孩子，但是一点都没发胖，身段还跟做闺女时一样。尤其是秀春一口整齐的白牙，笑起来的时候，他总会忍不住地看过去。

秀春未出嫁前，是乡里出名的美女，当初她爹不同意女儿嫁给刘吉宝，但秀春却偏要跟刘吉宝好，说刘吉宝讲卫生爱干净，还说刘吉宝稳重，爱看书，还会点电工手艺，虽说现在还是一个种地的农民，但将来肯定会有发展，最重要的是刘吉宝的牙齿也是白白的。

秀春找对象，特别注意男人的牙，对黄牙板子的男人从不正脸看，多有钱都不行，但他们那个地方水质硬含碱量高，村里男人十个有九个都是黄板牙，所以能让秀春看上眼的就只有刘吉宝了。

最后她爹拗不过女儿，只得勉强同意了。刘吉宝娶了秀春，村里的那些没成家的小子们看着眼馋，为了气他，他们找个机会就嬉皮笑脸地和秀春搭讪，虽然秀春对那些人只是笑一笑，从来不搭话，但刘吉宝还是紧张得天天额头冒汗。

秀春想去做保姆，刘吉宝特别紧张，因为他听说过乡下女人在做保姆时被雇主占便宜的事，再加上秀春始终不说是哪家的男人找的她，所以他更加猜测，心想这家人为什么是男人出面，怎么不是女人？难道是一个独身男人？

后来刘吉宝越想越生气，于是咬了死口，坚决不同意，他要带着秀春马上走，省城这个地方，水也软风也软，时间长了，女人的心是会变的。

起先刘吉宝说要回去，但是秀春不同意，她喜欢城里的生活，喜欢城里的洁净，但最后刘吉宝犯了驴脾气，他拿脑袋往墙上撞，撞一下，问一声，回去不？再撞一下，再问一声，直到刘吉宝的额头撞出了血，秀春流着眼泪不得不妥协。

但是回村后，两个人跟过去的关系大不一样了，秀春经常几天不和他说话，只要一说话，两个人就吵，平日温存的秀春不见了，总是冷着脸。

那天刘吉宝要吃大葱蘸酱挟馒头，可秀春却非要吃面条，面条端上桌时，刘吉宝问了一句，咋不是馒头？秀春连头都没抬，说有钱不去挣，还在家里挑吃挑喝。

刘吉宝说你不要话里带刺。秀春说放着钱不去挣，真是窝囊到家的男人！刘吉宝说谁窝囊呀？秀春说就是你呀！

两个人就这样吵了起来，刘吉宝才婚后第一次对秀春动了肝火，摔了碗，但令他没想到是，秀春竟敢离家出走！

秀春平时是个温顺的媳妇，假如她没来过省城，没见过城里的世面，她哪里敢自己做主到城里去干保姆？！

刘吉宝认定，肯定是那个小区的一个男人要打秀春坏主意，蛊惑秀春去他家做保姆的，好借机占秀春的便宜。

刘吉宝后悔死了，当初真不该把秀春叫到城里，城里的男人太可恶了，有那么多花枝招展的女人围着还不够，偏偏要打秀春的主意，秀春是他刘吉宝的老婆，谁敢动秀春，他就和谁拼命！

二

刘吉宝坐了八个小时的长途汽车，傍晚的时候到了他离别了半年的省城。虽说只离开了半年，但他觉得省城变化特别大，最大的感觉就是臃肿和沉重，人更多了，车也更多了，楼房好像也盖得更密了，就连路边的树木也好像胖了不少，不往高处长，只往横处长。看天看地看人，他都感到有一种压抑的感觉。

他先去了他打工的那个小区，物业主任见到他，愣了一下，但很快认出来了，很高兴，说你家的事情都处理完了，好呀，这下就安心在咱幸福花园干吧，不过你走了这么长的时间，人走岗位不能空，你还想干，那得耐心等等，我得给你运作一下。

刘吉宝发现物业主任又胖了不少，不仅脸胖，肚子也比以前大了不少。刘吉宝说，谢谢您了，可我不想干，家里的事情还没处理完呢。主任好像没听明白，怔住了，看着他，一时不知道再说什么。其实物业主任只是端个架子，让刘吉宝知他的情，他本意还是愿意让刘吉宝来的，因为刘吉宝干活不偷懒，总是把他负责的区域打扫得干干净净，没有一张纸片，而且从来没有怨言。但是没想到刘吉宝却是这样说，物业主任一时捉摸不透，所以也就不说话，等刘吉宝再往下说。

刘吉宝犹豫了一下，小声地问他老婆秀春来过没有，物业主任说没来过呀，刘吉宝又问，她真没来过呀？物业主任天天接触人，特别敏感，一下子就明白了，笑起来说，你们俩是不是吵嘴打架了？刘吉宝只好点点头。物业主任认真地说，她没来过。刘吉宝站起来，立刻要走。主任拦住他，问他还想在这里干嘛？刘吉宝说先找到老婆再说，说着就朝外走。物业主任说你往哪里去找呀？你想大海捞针呀！刘吉宝说找不着也得找，捞针也得捞，然后头也不回地出了门。

刘吉宝漫无边际地在省城的街道上走着，走了好远，也不知道到了哪里。天已经黑了，街灯亮了，城市的夜晚变得更加好看起来，但刘吉宝觉得，好像每一盏灯的后面，都有一双狡猾的眼睛在看着他，在嘲弄他，在讥讽他。

刘吉宝蹲在马路边上，茫然地看着车水马龙的街道，他知道秀春就在这座城市里，说不定正和想要雇她做保姆的那个男人在一起。一定是这样的。可是往哪里去找呢？

他突然一拍脑门，秀春能去哪儿？她肯定就在幸福花园小区里，在那个男人家里正幸福着呢，只是那个主任不愿生事，不告诉他罢了。于是他决定回去，躲在小区的外面，他相信只要她在小区里，她就会出来，她不可能不出屋的！

刘吉宝立刻站起来，像当年去捉虫儿时一样，兴奋起来。那时候每到夏季，他都跟上村里的大人们，寻着虫儿的叫声去翻麦秆垛，或是在杂草堆旁不住地跺脚，把虫儿惊出来，然后在手电筒的光照下，一边听声一边捉虫儿。后来长大了，他也带上几个人去捉虫儿，在这方面，他从来没输过任何人。现在他相信，他支起耳朵，睁大眼睛，在小区大门张好网静等着，只要秀春一走出小区，他就能逮到她。

于是刘吉宝掉头又转回了幸福花园小区，半路上他的肚子饿得咕咕叫时，才想起来中午还没吃东西呢，就赶紧在街边上买了两个烧饼、一袋咸菜还有一瓶水，一边走，一边吃起来，没一会儿工夫就吃光了。

再次走到幸福小区大门口时，天已经黑透了，他藏在了小区外面一个不引人注意的地方。这个地方好像就是为他准备的。在两个深绿色的变电箱之间，有一块长条形的不规则的青石，坐在那块青石上，正好能看清小区出口的情况，而小区出口处的保安又绝对看不见他，他当过电工，懂电，只要不下雨，倚靠在变电箱上是不会出事的。

于是，刘吉宝坐了下来，目不转睛地注视着小区的出口。

出口处灯光明亮，让他能看清进出的每一辆车和每一个进出的人，只要秀春出来，哪怕是戴上帽子、蒙上脸，他也能一眼看出来，哪怕就是她的背影在出口处闪了一下，他也能一下子认出来！

屁股坐在了青石上，这时刘吉宝才感到双腿发胀，动一下都酸疼酸疼的。腿疼，心却在恨着，他不恨秀春，而是恨她身后的那个城里男人，正是有那个城里男人的存在，秀春才敢离家出走，才背叛了他，否则她没有这个胆量。他有信心，秀春是一时昏了头，心里迷了方向，只要他们见了面，他对她赔个不是，秀春会立刻扑进他怀里的，她会一边拿小拳头捶他、一边流泪，再然后……刘吉宝的眼神柔和起来。

也不知坐了多久，刘吉宝全身都酸痛起来，眼睛也酸痛酸痛的，大概瞪得太久了，他眨了眨眼，立刻有泪水从眼里溢了出来。

夜已经深了，秀春大概是睡了，想着自己坐在这凉石板上苦等，那男人却和秀春在一个屋子里……刘吉宝气得把一双大拳头攥了又攥，骨节都攥得嘎叭响，他还感到了手背上被秀春咬过的地方，又开始疼起来，他朝身边的变电箱打了一拳，砰地响了一声，特别大，把他自己都吓了一跳。他开始躁动不安起来，几次想站起来冲进小区挨家挨门去找，但又怕被夜巡的保安看见，那就麻烦大了。

就在这时候，身边响起了虫儿的叫声，他四下看了看，这才突然想起是他书包里的大青翅子在叫，刘吉宝立刻又有了精神儿，他把虫罐拿出来，放在手心上，听着大青翅子的叫声，好像就在村里的感觉一样，全身的紧张和躁动不知不觉地消失了，他平静了下来。

说是平静，那也只是一会儿的时间，耳朵听着青翅子，眼睛却还是盯着小区门口的。这时刘吉宝才发现进出的车辆已经没有刚才那会儿多了，借着不太远的路灯的光亮，他看看手表，原来已经是晚上十一点多了。

这时一辆黑色小汽车缓慢地停在了离小区门口有一段距离的路边上，但是离他这边近，他看着小汽车，原本以为车既然停了，就会很快有人下来，但是没有，车门依旧紧闭。大约过了半个多小时，两边的车门才同时开了，先下来一个女人。

刘吉宝心一紧，蹭地站了起来，但很快又坐下了，因为那个女人太像秀春了，身高、体形都像，只是秀春短发，而下车的女人是长发。紧跟着下车的是男人，路灯下，刘吉宝看见那男人头顶上只有稀疏的几根儿头发，像冬天野地里的蒿草，挺着大肚子，穿着短袖衬衣，黑裤子，脚上的黑皮鞋闪闪发光，仿佛两颗黑色的小炮弹。年轻女人像是一只小燕子，从车头那边飞过来，搂住胖男人。刘吉宝低下头，脸上火热，这时罐里的青翅子叫得欢，像是一个起哄的坏小子。

过了一会儿，刘吉宝抬起头，他以为那两个人应该分开了，没想到，还在抱着，女人一口、一口的像是鸡啄米一样亲着胖男人的脸，胖男人也摇头晃脑地亲着女人，两个人动作滑稽，仿佛两个大号的儿童玩具。好半天，一对男女才依依不舍地分开，女人向小区门口走去，胖男人还不断地向女人挥手。

刘吉宝把脖子缩回来，无力地倚靠在变电箱上，刚才眼前的情形，让他的心里又乱七八糟起来，他想那个女人和男人肯定不是两口子，也不会是搞对象的，一定不会是好关系！这样一想，他就又想到了秀春，现在秀春会不会也被一个城里的胖男人抱在怀里呢？

小区门口已经没有人出入了，车辆也没有了，已经是后半夜两点多了，刘吉宝真的感到累了，大青翅子也不叫了，也累了，刘吉宝把虫罐重新放回书包里，他也躺在了青石上。

刘吉宝是被一阵狗叫声吵醒的，他睁开眼，才发现天已经亮了，他翻身坐了起来，揉了揉眼睛，一时糊涂，不知道自己在哪里。不远处的一条长毛犬正在看着他，不时地朝他叫着，他环顾四周，这才明白自己身处何地。他朝狗挥了挥拳头，意思让狗快走，但狗只是后退了一步，并不走，继续朝他叫，叫声不高，好像在跟他说话一样。他瞪起眼，又挥了挥拳头。刘吉宝的手臂还没落下时，一个穿着花色吊带长裙的女人远远地朝这边跑过来，一路尖声叫着，喊着什么，他听不清，大概是喊着狗的名子，让狗快点离开那。狗还是不走，女人跑到近前，看着坐在青石上的刘吉宝，就像见到了一头要吃人吃狗的狼。

你想干什么？我家大宝可是上过户口的！女人的声音又尖又细。

女人一声"大宝"，让刘吉宝一愣。起先他没缓过神儿来，清醒了一下，才明白女人说的"大宝"，是指她的狗。

它有证件呢，尖嗓子的女人拿着一个小本朝刘吉宝晃了晃，还用威胁的语气说，你要是害我家大宝，我就报警！它可是受法律保护的！

刘吉宝觉得女人好像不正常，跟他说的都是些啥呀，乱七八糟的，他想摆手叫女人离开，但他不敢正面对视女人，只是朝女人的方向侧低着头，手想扬起来，但又扬不起来，这时他看见女人的一双脚。女人穿着一双黑色窄细皮条编织的平底凉鞋，没有穿袜子，光着脚，脚又细又白，全是骨头，指甲上涂着黑色的指甲油。女人的脚指头都紧缩在了一起，成了鸡爪状，紧紧地抓着鞋底。看得出女人特别紧张。比她的狗还紧张。

刘吉宝说，我没招它，是它……

这时狗好像松弛下来，尾巴又翘起来，像把扫帚一样，又要慢慢地朝刘吉宝靠近，那女人又紧张起来，大喊着"大宝找妈妈来"，刘吉宝见状，只好把身子背对着狗，面对变电箱，他那姿态，要是再举起双手的话，就像经常在外国电影里看到的被警察喝令的犯罪嫌疑人的样子。大概狗见到刘吉宝不理它，好像也知趣了，扫帚似的尾巴一摇一摇的随主人走了。

刘吉宝转过身来，看着女人和狗的背影，看着看着，就觉得她和它的背影非常熟悉，他忽然想起来，他是认识这女人和狗的。他在这个小区做了一年半的卫生，经常在早上看到这个女人遛狗，这条狗好像跟他还很亲近，他扫地的时候，这条狗总是跑过来瞅他，他偶尔也会朝狗笑一笑，那个女人通常也会随着狗走过来，偶尔也朝他笑一笑，有时还会说一句"辛苦了"，然后把狗叫走。女人涂着黑色指甲油的光脚，曾给他留下过很深的印象。他望着女人和狗的背影，心想没错，就是她和它。所以狗过来朝他叫，显然是还认识他的，是在向他打招呼的，并没有敌意。刘吉宝猜想，一定是这样的。但是那个曾经和蔼的女人已经不认识他了。

街上的汽车和骑自行车的人越来越多了，刘吉宝离开大青石，大白天的坐在那里，就有些招眼了，他站起来，这才感到腿和脚已经麻木了，他一点点地朝前挪了挪，然后在街道边上遛了两圈，这才恍然想起，自己太笨了，这个小区有三个进出口，自己总在一个出口守着，不成了笨傻子了吗？现在哪里还有小学上学时课本上《守株待兔》那样的好事？他朝自己脑袋拍了一巴掌，狠狠地骂了一句，笨驴！

他决定围着小区绕圈，这样碰到秀春的机率就会加大，就像一根电线通过的电流，总不如几根缠绕在一起的电线通过的电流大，道理是一样的。他当过电工，这个道理他是懂的，怎么联系到生活上的事情，他就犯迷糊了呢？

于是，刘吉宝开始围绕着小区转起圈来。当然，他不敢太靠近出口，始终保持着一定的距离。

清晨过去了。上午也过去了。刘吉宝不想吃东西，肚子也似乎感觉不到饿，他就是想喝水，于是跑到马路口的小卖部买了一瓶最便宜的矿泉水，他拧开盖儿，喝了一小口，又盖上了，他不能喝得太快，他可能会在小区那里转上一整天，甚至是好几天呢。

三

刘吉宝真像是一头上了磨的磨驴，什么都看不见了，只能闻到街上飘来的呛鼻的汽油味，他双腿不停地走着，一圈，两圈，三圈……他转着，数着，数到第三十圈时就数乱了，他实在是太累了，头昏眼花，双腿就像两根木棍子，一点知觉都没有，他没有想到自己竟围着小区转了一上午！

当时他也曾想过进到小区里转悠，但马上又给推翻了。一来，小区物业公司的人，有的人认识他；二来，那样太显眼，不但找不到秀春，还有可能找来麻烦。所以他打消了这个念头。他认定只有在暗处，才能把秀春找到，秀春是悄悄来的，当然是要躲着他。所以他也只能悄悄地找。

他走着，实在走不动的时候，他找了一个花园绿地坐了下来。这是一个下沉式的绿地花园，离小区的东门不远，也能看到小区的出口。他昨晚待的那个地方是小区的西门。他决定从现在开始待在东门。他琢磨在这里可能碰到秀春的机会更多，因为不远处有一个菜市场，他想，秀春既然给人家做保姆，那肯定是要经常去菜市场的。刘吉宝拿出刚买的大饼夹鸡蛋，就着矿泉水，大口地吃起来，嘴上嚼着，眼睛却一刻都没敢离开小区的大门。

半年前，刘吉宝在幸福小区做卫生时，这个下沉式花园绿地还只是一片简单的绿地，仅仅半年的工夫，绿地就变复杂了。绿地中间出现了一个圆形的花岗岩的台基，台基四周的地面铺着彩色的鹅卵石，台基上面是一个不锈钢雕塑，近处看不出是什么，站到远一点看，才能看出是一个男人抱着一个女人展翅高飞的造型。他在鼻孔里哼了一声，不屑地朝那个雕塑啐了一口，坐到了远离雕塑的石凳上。在石凳和彩色鹅卵石地面之间，是圆形的灰色的大理石地面，特别平整。石凳后面种着各种树木，把一溜石凳都罩在了阴凉下。

刘吉宝咽下最后一口大饼时打起了噎嗝，大概是吃得太快了，他四下里瞅了瞅，还好四周没有一个人。他拍着胸口站起来，走到石凳对面一排刷着白漆的栏杆前。栏杆下面是一条河，河水一动不动，发黑的水面散发着阵阵的异味。刘吉宝原本胃就不舒服，被臭味一熏，就有了要呕吐的感觉，他赶紧离开，又坐回到石凳上。

刘吉宝现在从心里看不起省城了，这样一条臭河沟子，还费这么大的力气装饰，值得吗？他想起了家乡，想起了从村边上流过的河，那才真叫河，水清草净，一点污染都没有，人们在草缝里石头下总能摸到鱼，尤其是夏天，站在河中央把草帽往河里划一下再拿上来，帽子里准会有条活蹦乱跳的草鱼。可他也明白，正因为没有被污染，所以他们村才是乡里最穷的村，他们乡才是县里最穷的乡。村上人说，啥时咱村的河浑了、臭了，咱们村就脱贫致富了，家里就有钱了。刘吉宝搞不明白二者为什么会有这样的关联，但好像现在都是这样的情况，他不明白，但也没时间去搞明白。

刘吉宝不是因循守旧的人，但他宁愿受穷也不希望河水被污染了，还是守着一条清水河好，清亮亮的河水泛着鱼草的腥味，闻上去，透着生命的气息，心里就有一种莫名其妙的安全感，就会感到特别的踏实。刘吉宝现在也知道了，其实城里人的想法也和他一样，要不为什么现在好多城里人一到假期，就拼命朝乡村跑呢？想到这里，他又气愤了，因为他又想到了秀春，想到了把秀春诱惑到省城来的那个有钱的城里男人。城里男人真是太坏了，他们不仅要吃没有污染的乡村的蔬菜，要吃没有污染的乡村的笨鸡和柴蛋，还要"吃"乡村没有被污染过的女人！

气愤的刘吉宝死死盯着小区的出口，盯得眼睛像是要往外喷血，眼珠子都要射出去一样。他琢磨好了，只要看到秀春，第一步先把她抱住，不让她跑了，然后拽着她去找那个男人，要是碰见他们在一起，那就更好了，他要一步上前，先打那个男人一拳，再踢他一脚，然后再扇几个大耳光，最后再掐他的脖子，绝不松手！就是警察来了也不松手！掐死他！

很快，夜幕又降临了。

下沉式花园里有了许多玩轮滑的男人女人，还有孩子。他们围着那个男女拥抱的雕塑，一边滑，一边做出各种各样好看的动作。石凳上也坐满了看轮滑的人。

一个五六岁，长着小苹果脸蛋、扎着两个朝天辫的小女孩，坐在刘吉宝的身边，她突然扭头问刘吉宝，叔叔，你怎么光看，不去滑呢？刘吉宝愣了一下，想和小女孩儿笑一笑，他特别喜爱这个小女孩，因为他立刻想到了有着同样一张圆脸蛋的儿子，但刘吉宝的脸似乎涂满了浆糊，皮肤绷得紧紧的，怎么也笑不出来，好像不是自己的脸。小女孩又歪着头，问了他。他小声地说，叔叔不会滑。

这时，一个女人走过来，坐在了小女孩的旁边，大概是小女孩的妈妈，见女儿和刘吉宝说话，就朝刘吉宝笑一笑，用手拦住女儿的小肩膀，说，跟叔叔说什么了？随后又抬起头，对刘吉宝说，她从小就特别爱说话。刘吉宝说，是呀。刘吉宝尽量少说话，避免他的外乡口音引起别人注意。

应该说，他在省城待的这一年半，口音还是有了很大变化的，说简短的字，外人还真的听不出来。他用余光观察那女人，发现那女人的脸上并没有异样的神色。刘吉宝心想，上午那牵狗的女人之所以害怕他，就是因为他待在了一个不该待的地方，躲在那样的角落里，就是好人也会被认作坏人的。只要自己光明正大地面对人，不会有人怀疑自己不是好人。他有了一点自信，所以坐得也就特别的安稳。当然，他的眼睛始终没有离开小区的出口。他知道，他来到这里，不是来游玩的，是来找人的，也是来打坏人的。

玩轮滑的人后来就一点点的少了，到了晚上十点多的时候，只剩下两三个大人，小孩子们早回家了。夜幕里他看见离他不远处的地方坐着一个姑娘，那姑娘低着头，好像在不断地擦眼睛，直到玩轮滑的人都走光了，她还坐在那里。刘吉宝的眼力特别好，是他少年时捕虫练出来的。好虫儿的洞穴一般又深又长，用手指是没办法捅进洞口把虫儿赶出来的，要提壶水，往洞里灌，逼着虫儿逃出洞，出了洞的虫儿连跳带跃，捕捉时如果不眼明手快的话，虫儿顷刻便逃之夭夭。

眼下他看出来，那个姑娘是在擦眼泪，他还看出来，她不是省城的人，好像也是外地的，像是一个从农村出来的女孩儿。刘吉宝立刻联想到了秀春。

莫非这姑娘和秀春一样，也是……刘吉宝不由得又多看了几眼。没想到，那姑娘也正在朝他这边看，刘吉宝有点紧张，赶紧看别处。但他用余光好像看见那姑娘还在看他，他站起来，想离开这里，到别处转一转，一会儿再回来，可是没想到，那姑娘也站起来，并且朝他这边走过来，好像还走得很快。

刘吉宝躲不开了，因为那姑娘已经站在了他的面前。这是一个身材高挑的姑娘，穿着浅驼色的连衣裙，留着短发，气质不错。

先生，我想求你帮我一件事？姑娘说。

姑娘这一句话，刘吉宝就认为自己判断完全错误，因为姑娘说一口纯正的普通话，根本不是乡下来省城的打工妹，尽管农村来省城的姑娘，待了几年之后，从外表上和城里姑娘没有多大区别，但她们不能说话，只要一说话，就会露出底牌，因为她们很难把乡音彻底改变，这就像他自己，说一个字、两个字，人家听不出来，只要再多说几个字，乡音的尾巴就露出来了。

我看你在这里坐好长时间了，所以我求你帮帮我。姑娘接着说。

我不是城里人，我是外地人。是乡下人。刘吉宝说。他想，城里的姑娘都挺浪漫的，他不如先把自己的身份亮出来，这样好让她快一点离开，她不会找一个农民来浪漫的。

刘吉宝的判断又错了。

姑娘说，哪的人不重要，你就是月球人、火星人，也没关系，只要你有时间，就行。

刘吉宝红着脸说，我没时间，我现在不是正要走吗？

姑娘不依不饶，你在这里坐了那么长时间，我一来，你怎么就走？再坐一会儿吧。

刘吉宝抬着脚，想走走不成，但是留下又为难，他一时又想不出更好的借口来，急得连脖子都涨红了，幸亏是在晚上，要是在白天的话，他肯定变成了一个红脸的公鸡。

姑娘又说了话，你放心，很容易的，你什么都不用做，就坐在这里，听我说话就行。

现在刘吉宝真的是无话可说了。他警惕地环顾着四周，好像没有什么异常的地方，于是只好坐下来，那姑娘挨着他也坐下来，刘吉宝又朝旁边挪了一下，保持着一定的距离。

姑娘开始讲起来，讲她如何爱一个男人，爱了四年，最初那男人答应跟他老婆离婚，和她结婚，可是四年的时间过去了，他还是没有离，她现在非常痛苦，但是又离不开他，要是一天不闻闻他身上的气味，她就会觉得心神不定，她现在不知道该怎么办，只有这样等下去……姑娘一边说，一边哭起来，白色的手绢已经擦成了一个团，好像都被泪水浸渍得缩小了。

姑娘问刘吉宝，你说，他在想什么呢？这么多年了，我怎么就是琢磨不透他的心思呢？

刘吉宝被姑娘问得张口结舌，一句话也说不出来。

其实刘吉宝并没有专心地听，他一直在紧张地观察四周。他在小区做卫生的那一年多的时间里，听到了许多关于外乡男人在省城被骗的故事，他也从许多小报上看到过这方面的案例，他做好了准备，一旦这时候要是有几个大汉从角落里蹿出来，栽赃他对那姑娘不安好心，勒索他，他就会蹦起来，用一双大手把他们打倒，然后高喊着"警察、警察"，再从这里冲出去。

然而，这一切，都没有发生，只发生了一件他意想不到的事，当黑色旅行包里的青翅子叫起来的时候，姑娘一下子愣了，问他包里带的什么，叫得这样好听，他告诉了她，是青翅子，也就是城里人叫惯的蛐蛐儿。

姑娘站起来，像看外星人一样地盯看着刘吉宝，你这人太有情趣了！你是来省城贩蛐蛐儿的？现在还有人买吗？刘吉宝结结巴巴地说，这是我儿子……不是，不是卖的。

姑娘大笑了起来，你把蛐蛐儿当儿子？你这人可是真好玩呀，接着姑娘高兴地说，我上大学时，做过昆虫标本，蛐蛐儿是秋虫，活不过百日，等你"儿子"百日之后，我能帮你把它做成标本吗？姑娘好像特别高兴，边说边比划着，与刚才痛苦的样子，简直判如两人。

刘吉宝被她搞得完全糊涂了，连忙解释说，它不是我儿子，我有儿子的，它是……

可是那姑娘根本不听他的解释，还是一个劲儿地说青翅子是他儿子，刘吉宝正不知该怎么办，只见那姑娘突然对他说，我现在情绪完全好了，我该走了，谢谢你呀！姑娘说完，朝他笑了笑，然后一扬胳膊，把手里的手绢像扔纸团一样扔了出去，扔完了，她吐出一口大气，好像卸掉了千斤重担，接着扭身就要走，但是刘吉宝却站起来，把她拦住了，说，我想问一问你，你为啥要跟一个不认识的人说这些？

刘吉宝这样问完，把他自己都吓一跳，他不知道自己的胆子这一会儿怎么这样大了，他都不明白自己为什么要这样做。姑娘停住脚步，说，就因为我不认识你，你是外地人，你也不认识我，所以我才跟你说的。姑娘说完，扭身走了，好像再也不愿意在这里多待一分钟了。

刘吉宝听着书包里青翅子的叫声，望着那姑娘的后影，像是在梦里一样，想醒都醒不了啦。

四

又是一个夜晚过去了。

又是一个白天来到了。

刘吉宝始终没有见到秀春的影子，直到天已大亮，又一天来到时，他仰望着天空，这时他才怀疑自己这样在外面傻等，是不是真要变成比守株待兔故事中还要傻的古代农夫了。他想现在好多城里有钱的男人，就像他们不只有一个女人一样，也都不只有一处房子，不只有一辆车。这样一想，刘吉宝明白了，秀春一定是跟那个男人去了别处，小区物业公司的人是认识秀春的，那男人怎么能让秀春还住在这里呢？况且那男人也一定料到了他会找来的，所以秀春一定不在这个小区里！

这样一想，刘吉宝身上一点劲儿都没有了。省城太大了，别说藏一个秀春，就是藏一百个秀春，有一千个、一万个刘吉宝去找，都找不到的，他刘吉宝能到那里去找呢！

面色已经开始发青的刘吉宝漫无边际地在省城的街道上走着，他想回去，但只是这样一闪念，他就又把这念头摁了回去，他不能就这样两手空空地回去，找不到秀春，他一个人回去有什么意思？他没脸见村上人，也没脸见秀春的娘家人，就连儿子，他都没脸见。他要是一个人回去的话，那也就更验证了村上的流言蜚语，也就意味着秀春真的是和城里的男人走了……

来到省城已经三天了，刘吉宝吃不好睡不好，精神又总是高度的紧张，所以他有些恍惚，他总是下意识地认为刚从他身边走过去的男人，就是拐走秀春的那个男人。

刘吉宝就这样在大街上走着，不停地走着，走了一上午，又走了一下午，两条腿已经没有了任何感觉，后来不知道什么时候，天就阴了下来，接着就下起了大雨，雨水好像把他浇得清醒了一些，他这才知道，已经又是夜晚了。刘吉宝没想到自己竟在大街上走了一天，在这一天里，他没有喝一滴水，也没有吃一点东西，竟不感到渴，也没觉得饿。

雨越下越大，而且还刮起了风，风也是越刮越大。雨被风吹起来，就像小刀子一样锋利，刮在脸上，像刀割一样疼，比秀春咬他的手还要疼。

刘吉宝被风吹着，被雨刮着，后来就稀里糊涂地到了一个陌生的地方。他四处看着，原来也是一个小区，只是比他原来做卫生的那个小区更大，更安静，而且都是二层小楼，楼与楼之间距离很远。好多小楼都没有灯光，像是无人居住的样子。小区里特别安静，一排排的松柏在风雨中呜咽着，像是走进了墓地一样。

刘吉宝用手掐了一下自己的手背，知道自己还活着，但由于太用力了，疼得他轻轻地叫了一声，直到这时他才清楚，自己是在一个小楼的门口。他朝前探了几步，扭着身子，抬头看了看楼上，没有灯光，窗门紧闭，里面不像是有人的样子。

雨还在下着，似乎越来越大，就像杂志上文章里形容的那样，叫瓢泼大雨。小区里都是弯曲的小路，路旁有一人多高的路灯，灯光在大雨中飘忽不定，对面几米之内，什么也看不清。刘吉宝现在才觉得饥寒交迫。他出门时只带了二百块钱，他以为到了省城，把秀春接回去就完了，他真的没有想到会如此复杂。一股仇恨的情绪，就像眼前的大雨一样，已经完全包裹住了他的全身，他已经完全湿透了，从身体到精神。

这时，刘吉宝瞬间做出了一个惊人的决定。

刘吉宝把黑色旅行包斜挎在身上，站在雨里打量了一下眼前的这座小楼，在进门处的上方有一个探出的平台，刚才他就是在那平台下面避雨，他伸着脖子，看见平台处有一扇门通向屋里，也就是说，只要上到平台，再把那扇门打开，他就能进到屋里去。而上到那个平台，对于曾在村里当过电工的刘吉宝来说，那根本不成问题，当年他曾爬过十几米高的电线杆子呢。

眼下，他一下就看见了贴墙的排水管。于是刘吉宝运了口气，走到墙脚下，一双大手攀住排水管，"噌噌噌"几下，就上到了平台上。他用手摸了一把脸上的雨水，静了静神，走到那扇门面前，正琢磨着怎么打开，他小心地把手握在了门把上，没想到一拧，门竟自己开了。原来没有上锁！他吓得后退了一步，以为里面有人，赶紧伏下身子，心脏咚咚地跳个不停，他的上牙齿死死地咬住下唇，唯恐一张嘴巴，心脏会从嘴里蹦出来。大约有十几分钟的光景，里面没有一点声响，他朝里面张望着，终于小心地走了进去。

进到屋里的那一刻，他才突然意识到，自己现在已经是一个贼了！

刘吉宝问自己，我怎么成了一个入室的贼?！

一旦在心里认定了自己是贼，连刘吉宝自己都没有想到，他迅速进入到了角色里，他真的像贼一样轻手轻脚地开始推开每一间屋门。楼上一共两间卧室、一个洗澡间，他都进去了，没有发现人。他又下楼，楼下是四间，两间卧室，一个卫生间、一个厨房。也没有人，他在厨房里仔细地看了看，吊嵌在墙壁上的抽油烟机和大理石台面的煤气灶像刚安装上的一样，看不出丝毫使用过的痕迹。看得出主人不经常在家，或是不经常在这里吃饭。

这时候，刘吉宝稍为松弛了下来。他从卫生间随手拿了一条毛巾，毛巾特别好闻，好像刚从蒸锅里里拿出来，既柔软又蓬松，而且还带着香味。他擦干了脸和头发，然后站在客厅中央思索了一番。他想既然进来了，就要带点东西走，带东西走，是贼；不带东西走，也是贼。看得出这是一家非常有钱的人，说不定就是这家的男人把秀春诱惑走的呢！

刘吉宝当然不敢开灯，只能摸着黑在屋里翻。在楼下的两间卧室里，他把柜子打开，里面都是衣服，什么也没有翻到，也没有钱和金银首饰，在他的印象里，钱都藏在柜子里，小时候他半夜起来撒尿，就是看见娘从柜子里拿出一个包，打开了一层又一层，然后他瞅见里面原来是包着钱，娘一张张地仔细数着。所以在他的印象里，钱应该是藏在柜子里的。

于是刘吉宝又上了楼。在楼上两间屋子的衣柜里，他还是没有找到钱，他只是有一个感觉，这家人的衣服太多了，顶到房顶的大柜子里，全是衣服，他把头埋在衣服堆里，同样闻到了像那条毛巾一样的香味，他的两只大手在一片黑暗中，像两条惊慌的狗一样地搜寻着，只要触到是小包形状的东西，他就会立刻打开，但是他非常失望，一分钱都没有。

后来，他找累了，跌坐在了床上，一眼看见了床头边的小柜子，他随手拉开，用手拨了两下，没想到立刻就有了重大的发现，他不但找到了一大沓现金，还有许多卡，他知道那是银行卡，他不要卡，他把花花绿绿的卡放回原处，将钱掖进了他的包里。随后又在一个抽屉里发现了好几条手镯、项链，还有女人的各种饰品。他激动地找到一个花色头巾，把这些值钱的东西包了起来，也放进自己的黑色旅行包里。刘吉宝做这些事时候，心跳得厉害，他努力地让自己平静下来，做好随时离开的准备。

正在这时候，电话铃响起来，紧接着床头边的电话机也亮了，不仅是按键处发亮，整个电话机都在闪着红黄绿蓝的光，像一颗随时要爆炸的炸弹。刘吉宝僵在那里，一动都不敢动。不光是手脚不敢动，就连眼珠儿也不敢动。他从没有见过这样通体透亮的电话机。

就在这时，电话机发出"咔"的一声，电话铃声止住，一个女人非常好听的声音出现：朋友你好，有事请留言。女人的声音不高不低，非常平静，带着磁音。

随后打电话的人说话了，是一个男人的声音。听声音的背景，好像这个男人正在做什么事情，但那种声音是刘吉宝从没有接触过的声音，刘吉宝怎么也猜不出来这个男人正在做什么。

男人的声音好像特别着急，他在电话里说：你到底去哪里了，怎么把手机也关掉了？我知道，假如你见到我，一定还是那句话，你会说，你是去寻找。可我不明白，你到底要去寻找什么？难道现在你不好吗？你说你还要什么？你不是全都有了吗？我现在越来越糊涂了，我真是不知道你在想什么……

男人还絮叨着说了好多话，刘吉宝听得特别糊涂，不明白男人说的是什么，那个男人最后撂了电话，屋里随后又安静下来。刘吉宝站在黑暗里想了想，放下心来，这个女主人不在家，原来是出门了，还是出的远门哩。

刘吉宝望着窗外还在下着的大雨，肚子突然咕咕地叫起来，他临时有了一个大胆的决定，先吃点东西，等雨停了再走。他太饿了。饿得好像有一个人站在对面，扇他的耳光。

刘吉宝下了楼，打开冰箱，里面还真有不少吃的，有面包、香肠，还有许多他叫不出来名字的东西。他抱了一大堆，接着又打开顶柜，看见一排酒，他随手拿了一瓶，他不管那么多了，饿了一天，整个人都要饿散了。他不敢待在一楼，于是又上了二楼，在沙发上坐了下来，把吃的和酒摆在沙发前的桌子上，大口地吃起来，然后又把酒打开，喝了一口，好像不是白酒，也不是啤酒，管他是什么酒呢，反正是酒味，刘吉宝在家里，每天晚上是要喝一盅的，想一想，好几天没喝了，酒虫子勾得他舌头都快流出来了，于是酒瓶子对着嘴直接往嗓子眼里灌下去……

后来刘吉宝不太清楚自己在干什么了，但他在昏昏沉沉中听到了青翅子急促清脆的叫声，那声音就像催眠曲一样，恍惚中，刘吉宝觉得自己正盘腿坐在自家的热炕头上，秀春一只胳膊支在小饭桌上，另一只胳膊高高地抬着，正笑眯眯地往他嘴里夹着花生米，花生米真香，他嚼着，含糊地喊着"春儿"，眼睛便再也睁不开了。

五

刘吉宝没有想到，在这个雨夜里，他在吃喝完了之后，竟睡着了，而且睡得是那样香，连梦都没有做，一觉竟睡到了天亮。

当他醒来的时候，一时不知道自己在哪里，他看了看身下洁白的沙发，还有眼前白色桌子上乱七八糟的吃剩下的东西，还有掉在白色地板上印着外国字的酒瓶子，这才想起来昨晚的情况。

他翻身爬了起来，不敢站到窗前去，远远的，隔着垂地的白色纱帘，看着窗外。窗外是蓝天白云，一派晴朗，他慢慢地回忆着昨晚上的情景……

刘吉宝一时有些不知所措，接下来他不知道该怎么办了，但是有一点他是清醒的，就是现在绝对不能出屋，出去就会被人发现，必须要等到晚上再离开。他又想到那个电话录音，还有那个出门去寻找什么的女主人，刘吉宝的心踏实了下来。

因为昨晚心情慌乱，再加上天黑，刘吉宝并没有看清屋里的情况，现在他好奇地环视着四周，他发现这是一个洁白的世界，全是白的，白得他的眼睛有些迷乱。但有一点红色吸引了他，在沙发旁边的小桌上，立着一个红色的镜框，里面镶着一张彩色照片，是一个留着乌黑长发的年轻女人的头像，女人非常漂亮，尤其是她的眼睛，清澈透明，含情脉脉，背景是蓝色的一望无际的大海。

离开女人的照片，刘吉宝又好奇地搜寻着，他进到一间卧室里，室内被他昨晚折腾得一片狼藉，床上、地上都是衣服，昨晚天黑他没看清楚，现在看清了，原来都是女人的衣服，大衣、皮衣、毛衣……五颜六色的衣服，看得他眼花缭乱。

他退出来，又去了另一间屋，刚一进去，他的脸就像被烧着一样，原来这里散落的都是女人的内衣，是他从没有见到过的样式，都是稀奇古怪的。

他嗅一下鼻子，那些衣服上好像还弥漫着那种好闻的香味，再一回头，看见墙上挂着一幅半人高的画像，他赶紧低下头，心里像有一只野兔子在奔跑，跑得他心慌意乱，脸似乎也正被火炉蒸烤，热得他竟流下了汗，他不敢看那幅画，但余光还是禁不住往画面上扫去。

墙上挂着一幅女人的全身裸体画像，画得特别逼真，连皮肤上细小的汗毛眼都清清楚楚，就像把真人复印出来的一样。曾经爱看书的刘吉宝知道，这叫油画。

这是刘吉宝平生以来看到的第二个女人的裸体，第一个当然是他的老婆秀春。但就是秀春，也从没有让他看得这样仔细，秀春的身子，都是在夜晚不开灯的情况下见到的，他曾想在阳光下或是灯光下，看一看秀春的身子，但秀春不同意，说光天化日的在男人面前露身子的，那是小婊子。

想到秀春，刘吉宝放开了目光去看那幅油画，这是城里女人的裸体，他要看个饱看个够！他认为，他的秀春被城里男人霸占了，他也要占有一个城里的女人，这样才算是扯平。

但到底他还是没能肆无忌惮地去看，因为那女人的容貌比他们村里的那条河还清纯，他看她的时候，似乎她也在看他，她没有羞涩，一点也不淫荡，特别真实，好像还有一种说不出来的亲近，似乎对他这个不速之客的到来，她没有一点惊慌和厌恶，相反倒有几分欢迎的心情。

一瞬间，他好像在哪儿见过这个女人，想了想，就是刚才在沙发旁的小桌上看到的那张照片上的女人。他跑回客厅重新看了照片，又跑回来对照，没错，应该是同一个人。

刘吉宝对自己的眼力是很自信的，照片和油画上的女人就是同一个人。

于是刘吉宝离开油画像，又兴奋地跑回到客厅沙发旁红色的镜框前，像是在玩"找不同"的游戏，他用心地盯着照片的每一个细节，看到最后他甚至于都能数出女人的眉毛有多少根，直看得镜框里的女人好像都有点不高兴了，也不笑了，嗔怒地问他看够了没有！女人仿佛在说，哪有一个大男人这样不错眼睛地盯着一个女人看的！

刘吉宝看着镜框里的照片，看着看着，就有一股热气从脚趾一直头顶，他的脸腾地一下通红通红的，比鸡冠花还红。

一抹阳光穿过纱帘，像舞台上的追光灯一样，正打在女人的脸部，女人的目光特别柔和，是平视的，是安静的，是认真的，他试探着伸手摸了女人的脸，女人似乎并不反感，他又摸了女人柔润小巧的唇，细长挺拔的脖颈，还有长发，他的手指在平滑的玻璃镜框上像鱼一样游走着，渐渐地感觉到了女人的温热，还有身体的平滑。

大概是玻璃吸收了阳光，使镜框产生了温热，但刘吉宝不这样想，他认定那就是女人身体的温热，那温热熏醉了他，使他完全丧失了判断力。

他觉得这个女人是喜欢他的，与他是平等的关系，不像那个虚伪的牵狗的女人，也不像那个向他倾诉苦闷的飘浮不定的姑娘，而眼前照片上的这个女人，非常真实，在迷惘中，刘吉宝觉得他上辈子甚至于上上辈子就认识她。

后来，被幸福包裹住的刘吉宝迈着坚定的步子又走回女人的卧室，他面对着油画，竟和那上面的女人说起话来。

我知道你爱干净呢，你这屋里白花花的，你是容不得一点脏的。

女人好像在说，是呀。

你不要不高兴，我知道我把你屋子弄乱了，我……我马上给你收拾好。

女人好像在说好吧，那你就收拾吧。

刘吉宝像是宣誓一样，认真地举着他的一双大手说，我知道你的心思，等你回来时，我保证你这屋子除了阳光的味道，任何杂味都没有，你知道，我也是个爱整洁喜欢干净的人呢。

他忽然低头看了一下自己，发现白衬衣上都是黑泥，深蓝色的裤子上也都是黑泥点子，而且裤腿处还豁开了一个大口子，他想起来这个大口子大概是昨晚翻越小区护栏时给划破的。于是他跑到洗澡间，在镜子前一照，发现自己像一个叫花子一样，于是他决定先洗个澡，换一下衣服，自己收拾利落了再收拾房间。

楼上没有男人的衣服，他又下到楼下，在楼下的一间屋子里，发现了昨晚被他捣弄乱了的衣服，现在一看，全是男人的衣服，而且四季齐全，他挑了一件立领的白衬衣，刘吉宝从小就喜欢白色，他还选了一条酱色的西式长裤，他穿上试了试，衬衣和裤子都特别合适，好像就是他的衣服，他高兴地拿着衣服上了楼。刘吉宝总觉得在楼下不安全，在楼上才踏实，因为在楼上他能看得更远一点。

洗澡间很大，迎面的墙上是一通面的大镜子，旁边还有一个乳白色的浴盆，洁白无瑕，刘吉宝本来是想在浴盆里洗的，但犹豫了一下，没有站在里面。

刘吉宝还找着了刮胡刀，认真地刮净了胡子。他开始洗澡，温暖的热水撒到皮肤上，特别舒服，几天来的奔波、紧张，现在都松弛了下来，好像正在一点点地被冲刷掉，他不由得"啊"了一声，闭上眼，任水从头到脚地流下来，那一会儿，他什么都忘记了。

过了一会，他发现脚下的水流得慢了，很快就漫过了脚面，于是他拿毛巾擦干脸，蹲下身看了看，原来是下水口堵了，他赶紧把水龙头关好，把盖在下水口上面的盖儿拿起来，他用手往里掏，没想到掏出了一绺绺的头发，是女人的长头发，在那里面泡久了，却依旧闪亮。

刘吉宝看了看，心想这屋里的男人也够懒的，竟不知道收拾一下。他把头发放进了旁边的黑色垃圾袋里，随后他站起来，又打开水龙头，这一次水流得特别欢快了，像是许多闪亮的小虫子争先恐后地往下水道里挤。

干干净净的刘吉宝穿好衣服，在镜子前照了照，看上去简直是判若两人，过去村里人都说他长得端正，以前他也是这样认为的，不过现在他更加有自信了。他认为自己真的不像一个农村人。

从洗澡间出来，刘吉宝又到了女人的油画像前。已经从里到外都干净了的刘吉宝再看女人的画像，好像也踏实了下来，油画真是画得仔细，他看得也仔细，他把丰满的女人的全身上下又都看了一遍，就连胸口处有一个黑点，他也认真地看了一下，甚至在心里想，这是不小心把油彩滴上去的，还是这个女人身上真的有一个黑痣？

刘吉宝站了一会儿，朝她笑了笑，这才去了客厅。

刘吉宝没有感到寂寞，因为一下午的时间，他都在忙碌着。

他先是把地擦干净了，昨晚上他像一个泥人一样进了屋，把屋里的地板搞得乱七八糟。擦干了地板，洗净了手，又把弄乱了的女人的衣服收拾好，重新放到柜子里，起初他以为很快就会收拾好的，但没想到，竟用了一下午的时间。刚开始他在整理衣服时，粗大的手上都是小刺儿，就像手上涂了浆糊，手总是和衣服沾在一起，他害怕把女人这么好看的衣服都搞坏了，于是只用双手的拇指和食指，捏着衣服的领子整理。其实刘吉宝是一个特别细致的人，做过电工的人，都是细致的，与电打交道，粗心大意那是要死人的。

把女人的衣服都整理完了，他才发现已经是傍晚了，他又饿了。于是下楼来，他想吃点东西，到了楼下才想起来，楼下还有男人的衣服没有整理，他犹豫了一下，还是决定先吃点东西。

一个冰箱，一个冰柜，里面的东西满满的，他不想吃那些标有外国字的东西，他只吃面包和香肠，带外国字的酒他也不想喝了，他知道那是洋酒，劲儿大，他找到了啤酒，尽管平时在家他不喝啤酒，但是偶尔喝两罐，也还可以。

刘吉宝一边吃，一边喝，一边想这个小楼里的人。他总有一种预感，尽管这里有男人的衣服，但平时是没有男人住在这里的，起码有好长时间没有男人在这里住了。有男人住的房间，和只有一个女人住的房间是不一样的。他能感觉得到。

因为刘吉宝是一个细致的人，他平时是看一些杂志的，从那上面读了许多城里人不如意的婚姻故事，那些故事写得特别细，特别有指导意义。在当初他做卫生的那个小区，平时公司里的桌子上就有一些被人翻烂了的杂志，在他休息的时候，他总要看一看的，当时物业公司里的人就说他，大宝爱学习呀。他就憨厚地笑着说，看书长知识呀，现在想来，那时没有白看呀。

很快天又黑了下来。

大青翅子又叫上了。它就是喜欢在两种情况下叫，一是在和同类撕咬时，当它得胜了，它要叫，而且叫起来没完；二是在晚上叫，周围越是没有声音，越是安静，它越叫，越是要显示它的存在。

只要一听到大青翅子叫，刘吉宝的心里就特别安静，就好像在自己的家里一样。刘吉宝真是庆幸出来把它带来了，就像是带来了一个伙伴。

六

刘吉宝竟又住了一个晚上！

这一晚，他没有睡在床上，也没有睡在沙发上，他怕弄脏了那白色的床单和白色的沙发罩，他是睡在地上的。其实地上也比他家的床软，因为在卧室的地上是铺着羊毛地毯的，羊毛长长的，地毯厚厚的，还带着甜甜的羔羊的奶膻。他耳边听着青翅子的叫声，一会儿就睡着了。

睡到半夜时，他醒了，是电话铃把他叫起来的，还是一个男人的电话，好像还是昨晚上的那个男人。背景的声音，依然是刘吉宝猜不出来的声音。但这次男人的声音带着焦灼，刘吉宝似乎能看到那个男人一边在说话，一边在不安地踱步。

男人留言说：你为什么不告诉我一声，也没有打电话给我？你要是能告诉我一声，我，我……这几天我还是一直在想，你到底要寻找什么，是不是我还有什么地方没有满足你。我想了，我都做到了，没有什么了！我真想现在就飞过去看你。当然，你也知道，我抽不开身，假如能离开的话，我是一定要去找你的，握着你的手，问你到底还要什么……你现在哪里？你找到你要找的东西了吗？……

那天夜里，刘吉宝听完那个男人的留言后，好半天没有睡着。本来他想半夜离开的，但他最终还是没有走。他也不明白自己为什么不想走。要是女人这时突然推门进来怎么办呢，还有那个要"飞过来"的男人？

刘吉宝心里不舒服，他在想那个男人和这房屋的女人是什么关系？这个女人又是做什么的？他总是在想这些问题，想得特别混乱，就是身边青翅子的叫声，都没有让他睡着。

又是一个白天来到了。

刘吉宝知道，只要到了白天，他就要待在屋里，他是走不了的，只能再等到黑夜的来临。连他自己都不明白他为什么要这样做，难道是在和那个来电话的男人较劲吗，还是故意在气那个男人？其实晚上电话把他吵醒后，他要是走的话，还是有时间的，可是，他就是那样让时间像一只蜗牛一样，慢慢地在他身边走掉了。

这一个白天，刘吉宝又是非常忙碌的一天，他楼上楼下的四处转悠着，发现这里有许多问题要解决，而且都是刻不容缓的问题。比如那个通向阳台的门，也就是他进到屋里来的那个门，不用多检查，只是凑到近前一看，就会立刻发现原来是门鼻坏了，有一个小螺丝掉了，看上去是插着门销，其实一推，门就开，形同虚设。还有洗澡间放浴巾的架子，向下奋拉下来，原来是有两个螺丝活动了。还有一个皮转椅的靠背，有些倾斜，他检查了一下，原来也是有一个螺丝松了。刘吉宝发现一个问题，修理一个问题，他发现这屋里没有大问题，都是小问题，都是螺丝没有拧紧或是掉了的问题，他一边在心里骂那个夜晚打来电话的男人，一边四处寻找问题解决。

要解决的问题，实在是太多了，往往刚坐下来休息，随手一摸，就会发现问题。比如他坐在卧室的地上，一回头，发现床头灯的灯罩歪了，他给扶正了，就在扶正的时候，他发现灯口已经裂了，而且裂了许多块，马上就要碎掉，曾经当过电工的刘吉宝是看不惯在电的方面出现一丝一毫的问题。于是他对着墙上女人的油画像下意识地说：这多危险呀，这样会电……刘吉宝刚要说"死"，又马上咽了回去。他从地上站起来，四处去找灯口，但是怎么也找不到，于是他就把台灯卸下来，把碎裂的灯口摆放在桌子上，他还一笔一划地写了一张字条，注明灯口该要换新的了，千万要换，不可大意。

后来，刘吉宝累得躺在了松软的地毯上。他发现做这些事情，一点也不比在大街上寻找更轻松。

天一黑，刘吉宝就开始坐立不安，连着两个晚上的男人的电话，竟似乎让他有了期盼，当然他不是想听那个男人的声音，而是为了想听女人的声音，因为只有电话打来，女人简短的留言才能出现。听着女人的声音，看着墙上女人的画像，刘吉宝似乎觉得女人就在这间屋子里走动，就好像和他生活在一起一样。他也的确变得文明了许多，比如他一直没有光膀子，一直穿着衬衣，也没有穿短裤在屋里走动，始终穿着长裤。

但是天一黑，刘吉宝就开始变得矛盾起来，一来他就要听到女人的声音，但又是他该走的时候了。而每到夜晚大青翅子的叫声，又都让他忘了"走"的想法，那时他的双脚仿佛飞走了，不在他的身上了。

刘吉宝站在白纱帘的后面，看着小区里弯曲的小路。没有人，一个人都看不到，只有远处偶尔开进来或是开出去一辆小汽车，像水里的大鱼一样无声地行走着。

刘吉宝睡不着，他在等着那个男人的电话，在等着女人好听的带着磁性的声音响起来。

屋里静静的，一点声音都没有，这时他才觉得一直没有听到青翅子的叫声，他从地上爬起来，把放在脑袋边上的虫儿罐打开，借着窗外微弱的亮光，他发现青翅子一动不动地趴在虫儿罐里，他动一动虫儿罐，但是青翅子并没有像过去那样机警地抖动长须，做出要蹦出来的姿态。刘吉宝无力地放下罐子，他知道青翅子死了。青翅子是死在干燥上。在家里时，他把它放在门边上，一来有风吹，二来在地上接地气，有地下的潮湿气味包围着它。而这几天，他一直把它放在书包里，随着他一起在烈日下游走，而这几天又是在楼上，缺乏湿气，它不死才怪呢！

刘吉宝望着标本一样的青翅子，竟一下子流出了眼泪，而且越流越多，他用手左一下右一下的擦着，可泪水还是控制不住地往下流。他是一个很少哭的人，不明白自己这一会儿为什么哭起来没完没了，他站起来，把虫罐的盖子盖好，小心地放进书包里。

没有了青翅子的叫声，没有了男人的来电，刘吉宝开始变得烦躁不安。他不停地在屋里走动着，像一个困兽一样。

在天快亮了的时候，男人的电话终于来了。刘吉宝兴奋地坐了起来。

电话那端的男人似乎非常疲惫，他声音很低地说：今天我一夜没睡，一直在想你。我还是一直想不出来，你要去寻找什么，你想要什么。我知道你心里有事，可你不告诉我。在我们相识的这几年里，你似乎总是心事重重，你在我面前从来就没有笑过，没有大笑过，就连浅浅的笑，你都没有过，我现在已经心灰意冷，已经不抱什么希望了，但你需要什么，我还会满足你的，一定的。你想要什么，我都会给你！只是我永远有一个谜，你寻找到了你想要的了吗？是不是当你找到你想要的东西时，你才会开怀大笑呢？那又会是什么东西呢？

刘吉宝几乎一夜没睡，这会儿听完男人的留言，他感到身上一点力气都没有，后来他就决定要离开这里，他觉得在这里待着，有好多说不清楚的东西在包裹着他，男人每天打来的电话，让他越发地不安起来，他要走，要带着女人的画像一起离开。他也不明白自己为什么要这样做，只是不这样做，心里就不安宁。

他小心翼翼地站在凳子上，取下油画，然后放在地上，他又跑下楼，抱上来几件男人的衣服，然后找到剪子，把那男人的衣服剪成了整齐的长条形状，最后细心地包裹好油画。他包裹得特别严实，包了两层，又拿绳子捆得结结实实。

刘吉宝什么都没带，最先放在书包里的女人的手饰和现金，他又都放回了原处。他只是双手抱着这幅油画，离开了。

七

刘吉宝没有选择在晚上离开，也没有按他来时的路线回去，而是选择了走大门。晨曦像女孩子的手一样，柔和的抚遍小楼的每一个角落，他斜背着他的黑色旅行包，用双手紧紧地抱着被包裹得严严实实的画像，昂着头，大踏步地走出了小楼，远远地望去，刘吉宝是由脑袋、包裹的油画和双腿三部分组成，仿佛卡通人一样。他走得特别坦然，走得特别轻松，走得一丝不苟，光明正大。

但在大门口却被两个保安远远地拦住了。两个保安穿着像警察一样的制服，戴着大盖帽，威风凛凛，势不可挡。

刘吉宝走到他们跟前，望着他们伸出的胳膊，不解地问道，为啥挡我路？

刘吉宝还是保持着以往的习惯，那就是说话时，尽量少用字，越少越好，这样他的口音就不好让人分辩。

高个保安上下看着他，问道，请问您是在这里住吗？

刘吉宝听出来，尽管高个保安努力地说着城里话，但还是露出他的家乡话，是和刘吉宝一样的家乡话，他还听出来，高个保安的家，好像离他家不远，因为他们说话的尾音都是往上扬，于是刘吉宝心里充满了轻蔑，他吊儿郎当，答非所问地说，回家呀。

矮个保安走上前，推了一下帽沿，插上一句，您住在哪号楼？您是谁？

刘吉宝心里更乐了，这个矮子和那高个子是一个口音，心想这俩人说不定就是一个村上的，于是更加放松，他四处看着，好像刚醒来一样，斜着眼睛，问两个保安，我是谁呀？你们俩能告诉我吗？

两个保安后退了半步，但马上又上前了一步，一左一右站到刘吉宝的两边，更加严肃地一同喝道，问你呀？快说！你来这里干什么？

刘吉宝面对着两个保安的越来越严肃的脸，忽然就笑了起来，这是他来到省城几天来，第一次面对不相识的人如此对他郑重其事——尽管这两个人不是城里人，还是他的同乡，尽管这种郑重其事，是带有一种敌视，一种威吓，但就是这样，也足以让他感到非常有意思了。但两个保安的喝问，也的确提醒了他。是呀，我来城里干什么来了？刘吉宝在心里问着自己，一时间还真想不出来他来城里的目的，他只知道是来找东西的，但至于找什么，他脑子糊涂了，什么都想不起来了。

刘吉宝眨了眨眼睛，看着挡住他去路的两个保安，又有些愤怒起来，他在心里想，我要是带那把菜刀出来就好了，这时我抽出菜刀，举在他们面前，他们两个人会是什么反应呢？是跑呢还是跟我夺刀？他们两个人会是什么样子呢？就是带那把螺丝刀来也行，他们俩恐怕也不敢拦我了，一定会撒丫子就跑！可是眼下都没有带来，于是他就想到了自己的那双大手，他想把双手挥起来，不用双手掐一个，就是一手掐一个，他也能把这两个同他操着同样口音的小子掐死，可是现在他的双手抱着"她"，他要是双手去掐保安，那"她"肯定会摔坏了。

刘吉宝终于没有腾出双手，他的双手就那样严肃地牢牢地抱着"她"，但他开始感到自己笑起来，轻松地笑着，他能感到自己笑得是那样好看，他甚至感到自己的眼睛都笑没了，就连眉毛也都给笑跑了，嘴也张开了，张得老大，白牙也完全露出来了，连嗓子眼都能看见，后来他就觉得把自己都笑得快要飞起来了……紧接着，他又突然听到了青翅子的叫声，就在他的身边叫，叫得特别响亮。显然两个保安也听见了，看着他，一脸的迷惑，随后上上下下地看着他，好像在看清叫声从他的身上哪里传来。

刘吉宝特别得意，他听出来了，那就是青翅子在叫，他动了一下身子，好像要让青翅子叫得更欢一些。当然，他在心里也还不断地问自己，它不是死了吗？死了怎么还能叫出声来呢？

刘吉宝觉得自己在随着青翅子的叫声在飞……后来，他又觉得那个飞起来的人，不是他，好像是另一个人……

再后来，有许多保安都朝这边跑过来……

过去好长时间了，发生在省城里最高档小区之一的这起盗窃案件，还有许多人在议论，就连小区保安们也在私下里议论这件事情。

两个抓住入室偷盗贼刘吉宝的保安，更是在私下里说起来没完。两个人在没有旁人的情况下，是用家乡话聊天的。高个保安说，俺一眼就看出他不是这里的人，这里的人都是开汽车出入的，哪有走路的？矮个保安说，俺一看他的那双手，就知道他是乡下来的。高个保安又说，俺就不明白，他为啥不拿那些值钱的东西，咋就拿走那一幅画呢？矮个保安说，脑子有毛病吧，傻子！高个保安继续疑问，你说他一个人咋能待在屋里好几天，在做啥呢？矮个保安说，听说他……他还和俺们是同乡呢，真是给俺们丢尽人了，一个大男人，咋能做这事呢？

后来还听说，物业公司的总经理带着大大小小的十几个管理人员，向突然出现的女业主表示道歉，表示要有所赔偿，同时满脸委屈地解释，说那天是十几年以来不曾有过的一场大雨，小区闭路监控系统在大雨中出了故障，而窃贼正是趁着暴雨从护栏翻越进来的，所以他们没有发现。他们不服气地说，要是不出故障，别说爬进来一个人，就是溜进来一条狗，飞进来一只鸟儿，也会被警惕的保安人员发现的。

起先，漂亮的女业主一句话都不说，她端坐在洁白的沙发上，侧脸眺望着远方，目光仿佛在寻找着什么。过了好半天，当她听说窃贼什么都没拿，只拿走了一幅油画时，她才低下头，似乎在思索着什么，忽然就笑起来，众人这才发现，原来笑起来的女人更加好看，更加迷人。她笑着，笑得特别的开心，特别的舒畅，而且还笑出了声，后来她笑得竟有两行泪从她眼睛里流出来，就那样流着，流得满脸都是，她也不擦。

周围的人愣了，特别奇怪，互相看着，然后一起盯向女人，他们不明白这个漂亮的女人到底笑什么。当然更不明白，这个女失主怎么和那个男窃贼一样，在面对众人问询的时候，竟莫名其妙地笑起来没完，为什么要笑呢？而且笑得还是那样无拘无束？

作者简介：

武歆，男，一九六二年生人，中国作家协会会员，天津作协文学院干部。自一九八〇年开始文学创作，主要以小说创作为主，另有散文、随笔、杂文及纪实文学，共计发表近三百万字。主要作品有长篇小说《树雨》《习惯尘嚣》《黄昏碎影》《天堂弥撒》，中篇小说《天津少爷》《悬挂锁头的门》《天津寻父》等。

红妆 /舟卉

一

卢文涛来砚池镇那天，下着倾盆大雨。易春莲去码头接他。船误点了，一直等到下午三点才到。

连日暴雨使金竹河猛涨，湍急的河水从上游冲下来，汹涌澎湃。船是逆水而行，从石岗码头发过来。靠岸的时候，船工的脸色很难看，他白了一眼船上的乘客，冲易春莲直抱怨："真的是不要命了！"

易春莲脸上堆着笑，连忙给船工赔不是。她把伞递给客人，把客人从踏板上接了下来。

易春莲回来的时候，我正趴在二楼栏杆上，百无聊赖地逗着笼子里的小白鼠玩。我看见一红一黑两把伞，由远及近，在雨中漂移，向客栈方向过来。两把伞，像两朵潮湿的蘑菇。易春莲的裙子经不住来回几趟跑，已经被打湿了。本来挺宽松的，雨水润湿后，那暗绿色的纱料就紧贴了身子，屁股又肥又隆重地凸出来。我不知道这雨水惹出的强烈视觉效果，对那位新来的客人有多大杀伤力。但那船工经老板娘几句安慰，脸色是马上乌云转晴了。

小白鼠有些跑累了，趴在笼子里，懒洋洋地打着哈欠。"喂，你看，有人来了！"我故作声势地嚷起来。可小家伙只翻了翻眼皮，都懒得转个头，又闭上了眼睛。我寂寞地看着那两把伞，飘进了春莲客栈。

这是夏天里最后一个客人。汛期来了，人们在几天前都撤走了。每年的七八月金竹河都会泛滥，水路切断了，砚池镇就成了孤岛。很少会有人在这个时候再进来。

我把笼子放回了房间，在抽屉里找了根皮筋，把头发扎起来。桌上还有袋没磕完的瓜子，我抓了把走出来，一边磕着，一边靠到栏杆上，"噗咄噗咄"地朝楼下吐着壳。连瓜子也潮了，磕到牙缝里软蔫蔫的，没一点香气，只剩着咸味。这鬼天气让什么都潮了。

这些年客人来得多了，什么样的人都有，我也算开了眼界，不再稀奇。无非就是租我家房子的一些城里人，像船工戏谑的，都是"吃饱了撑的"，大老远跑来，看几天风景，眼睛饱了，玩好了，就回去了，钻到山里来不过是新鲜一阵。

我肆无忌惮地朝楼下吐着瓜子壳。一到夏天，日子就很没劲了。待会儿易春莲又要上来骂了，就让她骂吧，拌几句嘴总比死气沉沉的无聊强。雨不停地下，哪儿都去不了，空气泡胀了，潮搭搭的，捏一把就能捏出水来。尤其到下午，一觉醒来头昏脑胀的。

楼梯"噔噔噔"有了响动。我迅速转过头去。易春莲的大嗓门从楼梯那传过来："住这儿呀，包准你满意！房间很干净的。你住的这一间，阳台上就能看到瀑布。去年有个剧组来镇上拍戏，导演就专门选了这间。"二楼一共有四个房间，走廊尽头延伸出去是一个平台。我住在紧靠楼梯的这一间，其余都做了客房。

易春莲的声音，听上去像根麻花扭起来了，明显发嗲。我一听，心里就有点数了，客人是什么样子的。年龄应该在三十五岁以上、五十岁以下，估计长得还不赖。易春莲对这个年龄之外的男人都不感兴趣，她说话的嗓音必定是干巴巴的，有时嗓门一大，简直就像拿着硬片儿刮人的耳膜。

我看到一个陌生的脑袋探了出来。他背着一只硕大的登山包，右肩挎着一只相机包。背弯着，脖子缩着，他站在光线幽暗的楼梯口，活像一只负重的鸵鸟。

易春莲走过来了。我赶紧把手里的瓜子攥紧，并把粘在嘴唇上的最后一片瓜子壳用力吐掉。我使劲抿了抿嘴。我可不想她在外人面前骂我，那太丢面子了。

易春莲狠狠地瞪了我一眼。我太熟悉这样的目光了。

学校放假了，我每天下午都会有一段发呆的时间，这也正好能让易春莲找到茬来数落我。她总是能揪着各种各样鸡毛蒜皮的小事，喋喋不休，那意思是要逼着我从家里滚蛋，滚得越远越好。可我也实在不争气，没滚，一直就赖在她的眼皮底下。我没地方可去。客栈矗在镇子的最东头，孤零零的，离镇中心有点远，我打小就没什么玩伴。我嫌镇上那帮小孩幼稚，也不屑跑到那里和他们混在一起。所以一到夏天，除了逗小白鼠，我每天的乐趣，也就剩下和易春莲作对了。

我冷笑了一下，挑衅似的把视线移到了旁边那个人脸上。客人也正有些好奇地看着我。我毫不示弱，故意盯着他，盯给易春莲看。

我已经十三岁了。我不允许易春莲动不动就把矛头指向我，动不动就开口骂我。对付她歇斯底里的办法，就是满不在乎，最不济就是要比她更歇斯底里。我小脸绯红，头发乱蓬蓬的，站在易春莲的面前。我的个子从去年就开始拔节了，可身体和五官还没有完全长开，在她眼里我还是个孩子，可她有时对我的做法完全不是对孩子的那一套。我故意懒洋洋地倚在竹栏杆上，挡住了易春莲的去路。

她显然觉察到了我的挑衅。她有些生气，几乎要上来揪我。但她不可能在这个时候失态。她总是能及时意识到自己的身份，保持一点可笑的风度，只能强忍着。

易春莲拿我没辙。我有些得意。一得意，我就不想玩这个游戏了。我嘴角一挑，轻蔑地一笑，转过头去，谁都不想搭理了。我顾自"咯咯咯"地笑起来。我伸出手去，在栏杆外头肆意挥舞着，任雨水"啪啪啪"打在胳膊上，溅了满头满脸。被击碎的雨水，也溅到了旁边两个人身上。

"还不去做作业！"易春莲忍无可忍，板起脸，压低声音训了一句。我转过头，一耸肩，嘲弄地说："今天的，做完了。"

易春莲眼皮下的肉抽了一下，但没发作。我继续把胳膊伸到雨中，还故意把一条腿翘了起来。这样他们从走廊上经过的时候，得小心点了。易春莲今天保持了非常好的风度，这是有点出乎我意料的。看来她心情还不错。她没和我计较下去，一场"恶斗"就这样避免了。她侧着身，从我身边走过去了。

那个男人，也小心翼翼地从我和墙壁的空隙间过去。

我赢了。我得意地笑起来，收回了胳膊，放下腿。我穿着一件白色吊带背心，下面一条牛仔短裤，赤着脚，胳膊和腿都已经湿掉了，沾着一颗颗细细的水珠，像镀了一层光亮的膜。我弯下腰去抹腿上的雨珠，发现腿上的皮肤似乎格外白净。这是一个奇异的发现。

我的身体，在过去一年中发生了不可思议的变化，已经摆脱了儿童期的麻杆状态。所谓的青春期，在我小学的最后时光里终于悄无声息地到来。我觉得，发育的感觉美妙极了。胳膊纤长了，腿部也拉长，我能感觉到纤柔的脂肪、肌肉、纤维在我骨骼周围缠绕、盘踞、生长。那是一种悄悄的富有弹性的生长，细腻、柔润而不膨胀，只有六七分的充盈。皮肤也白了很多，不再瘦巴巴地贴在骨头上，渐渐润泽起来。而最明显的变化，出现在我的胸部。它们吸收了营养，像小馒头一样偷偷发酵，从最初两个小小的硬块逐渐转化成柔软的附着物，越来越软，越来越娇嫩，它们在我背心底下害羞而又坚韧地生长。

这一天，对我而言，还是个特殊的日子。因为，中午，就在易春莲去码头接卢文涛的时候，我发现我的底裤红了。

我一点也不紧张，镇静得出奇。我知道这是女人必经的阶段，就像乳房会发育、胳膊会伸长一样，没什么可耻的，恰恰相反，红的到来，是每个女孩子该庆幸的，是她生命中一个重大的节日，意味着脱去稚嫩，向成熟蜕变。

二年级的时候，班上就有女生来红了，属于发育特早的那种——大概父母把她喂养得太好了，有点营养过度。当时她其实挺可怜的，上着课裤子就红了。她惊慌失措地站起来，板凳上非常恐怖的一片红。那些没心没肺的同学嘲笑她。老师根本制止不住。等到下课，后面就有一大帮好奇的恶作剧的男生跟着她，一直跟到厕所门口。那几天她一直耷拉着头，脸红得跟那条板凳差不多，上厕所也偷偷摸摸，一直要等上课的铃快响了，才跑进去。但有意思的是，她身体虽然早熟，可脑袋瓜的发育远远没跟上，仍幼稚得一塌糊涂，等周期一过，她又混进那帮小女孩的队伍，没事一样，蹦蹦跳跳地唱着"兰花儿"跳橡皮筋了。

在红真正来临之前，我对它有过期盼。我对自己的身体也有过想象。我一直猜着，红的到来究竟会是什么样。肚子会不会疼，血会不会流得厉害，心态上会不会有什么变化？可事实上，一切都很平淡。我像看着老朋友一样，看着红淌过了我的底裤。

那一阵红，像艳丽的花开。花瓣舒展，染过层叠的曲线……肚子并不疼，只是腹部有一点点酸沉。我去易春莲的房间，拿了一包卫生巾。我又打来一盆热水，绞好毛巾，把底下擦干净。

在易春莲回客栈之前，我已经利索地解决了所有的问题。弄脏的底裤已被洗净，就晾在我房间的衣架上。

所以，这一天，当易春莲欣喜地迎来夏天的最后一位客人时，她尚不知道，她的女儿已经迎来了她生命中某个最为重要的日子。

我转过头去，看到易春莲已经把客人带进了房间。我想象着她脸上堆着笑，像一个热带花圃那样浓烈。

二

我和易春莲的关系一直不好。

这当然是她的问题。她对我，好像从来没有耐心，总是一副不耐烦的样子，稍不顺心就发火。发火的时候，简直像个泼妇。一个三十多岁的健康女人，旺盛的精力无处可使，于是被她拆开来，一部分用来操持客栈，一部分就用来对付她的"魔鬼"女儿。她在气急败坏的时候喜欢用"小魔鬼"这个恶劣的词来指骂我，而我，则在心里用"老巫婆"狠狠地回敬她。

有时，我会顶嘴，把她气得龇牙咧嘴、脸都变形。但有时她一唠叨，我就赌气不吭声，"噔噔噔"跑上楼去，"嘭"的把到房门踢上。我习惯把自己扔到床上，用被子死死地压住头，什么也不听。她爱火火去，爱骂骂去。我可受不了她那刮着耳膜的嗓门，总有一天，我会滚蛋的，会滚得远远的！

不过，有时我也会偶尔同情她一下——她所有的牢骚、叫嚣，不过是一个寡妇乖戾脆弱的脾气。她控制不住自己。她可能本也不想这样，只是这么多年来，没有人撑她一把，有些情绪堆在心里，慢慢地就变成这样了。其实闹一闹也情有可原，发泄一下，这样似乎有益于健康，总比憋在心里好。我在家里的角色，更像她的一只情绪垃圾桶。而她，也似乎从中找到一点生机和乐趣。所谓的相依为命——我和她的这种充满火药味的状态，也应该算是一种相依为命。有时哪怕我很恼火，但一想到死去的爸爸，我便原谅了她。

爸爸是被金竹河吞走的。那年下暴雨，河水太凶，爸爸的船在水上翻了，眨眼连人带船就不见影了。家里雇了人去捞，可什么也没有捞到。一个多月后水才退，易春莲不甘心，又一个人去找。她沿着河，啼血杜鹃般，一路哭一路喊，找出了一百多里路，才找回父亲一件被水沤烂的外套。易春莲在蒋家坟地里立了个空冢，埋着那件找回来的破烂衣裳。

爸爸已经死了七个年头，易春莲一直没有再嫁。所以，我也一直没当"拖油瓶"。我挺佩服她的勇气，她是我孤独而坚强的妈妈。但有时，我也会觉得她矫情。在别人面前提起死去的男人时，她总是悲从中来，泣不成声，眼泪在那张大圆脸上抹开，以证明她有多么清白、多么坚贞、多么不易，大有一副要后人给她立贞节牌坊的架势。可其实连我也明白，她这些年来坚持守寡，不是不想嫁，而是实在找不到合适的男人嫁。

砚池镇总共只有四五百人，人口稀拉，适龄的男人一个不剩，要结婚的都结了，要当爹的都当了。年纪小的不合适，愣头青不会娶个寡妇；而那些上了年纪的鳏夫或光棍，易春莲又绝对看不上眼。想当年，我爸爸也算是砚池镇上的一个人物，英俊帅气是不用说了，又十分能干，何况他那么早过世，留在易春莲记忆中的形象，很容易就升格成不朽。她虽然不那么年轻了，也算不上太漂亮，但风姿还是有的。圆脸盘，大杏眼，头发烫着波浪，腰板丰润，关键是还有一个圆鼓鼓野蛮的大屁股，要说女人味，镇上还真没有哪个同年龄段的女人比得过她。

砚池镇虽偏僻，在金竹河水域的深处，周围都是山，但近几年搞旅游开发，倒也热闹起来。镇上有很多人家都把房子改成了客栈，赚城里人的钱。易春莲也不例外，翻修了房子，把我家改成了春莲客栈。一年中有五个月属旅游旺季，光客房收入就能基本维持开销。

其实我们家本来也不穷，祖上几代男人都在山外做生意，攒下来不少钱，据说我爷爷那会儿家里还存着好几封金条。爸爸是独苗，结婚的时候，爷爷出手阔绰，一口气买了两幢楼，只是另一幢后来没人住又卖掉了。

爸爸死后，我们家的财产都到了易春莲手上。这是镇上人都知道的。也可能因为这个原因，易春莲铁了心要守在砚池镇。其实爸爸死后头两年，山外有不少媒婆来过，但她都没动心。她也清楚，自个儿若嫁走了，财产就要被瓜分甚至被侵吞，叔公一家一直觊觎着她的财产。叔公是爷爷同父异母的弟弟，是曾爷爷的小妾生的。叔公一直对当年曾爷爷把整个家交给爷爷忿忿不平。那是祖上的纠纷，但跟现在仍然有着牵连。也幸亏是易春莲的泼辣，挡住了那些远房亲戚的觊觎。

易春莲不走。她偏偏要独自养我。我是她手里最有力的一块挡箭牌。

爷爷奶奶在我出生前就去世了。在我整个成长过程中，一直缺乏长辈的关爱。即便爸爸，也只模糊出现在我六岁之前的记忆中。若没有那张结婚照，我根本记不得他长什么模样。爸爸一直在水上跑运输，回砚池镇的时间不多。我唯一的印象是有一年夏天，我半夜拉肚子，差点脱水，爸爸背着我，一路摸黑跑着穿过竹林和溪沟，把我送到卫生所。挂点滴的时候，他一直把我抱在怀里，拿着一张纸板轻轻扇着，替我驱赶蚊子。那天我挂了三瓶盐水。等天亮了，我的意识才清醒些，我尴尬地得知，那天夜里，我稀里哗啦把父亲的胳膊和衣服全泻脏了。

因为那次意外，后来我在爸爸面前便显得有些忐忑。我想他等下一次回家时和他亲昵一些，就像其他的孩子跟他们的爸爸一样，扑进他怀里，撒撒娇。可没等到那一天，爸爸就出事了。

易春莲沿着金竹河去找她的男人了。家里没有大人，我遭到了那些无知的同龄孩子的包围和嘲笑。我无助地望着那一张张邪恶的脸。我蹲下去，抓了一块石头，紧紧地攥在手里。一场大病加上营养不良，我瘦得跟芦柴棒似的。那群小撒旦用竹枝挑起了鸡粪，朝我弹过来。有一块鸡粪弹到了我脸上，又很恶心地落在我的衣服上。屈辱和愤怒包围了我，眼泪一下子充盈了眼眶，我红着眼睛，朝其中一个男孩扔出石头。那帮小孩见势不妙，一哄而散。石头砸在了那个邪恶男孩的腿上。他"嗷嗷"的杀猪一样地叫了起来。他不跑了，转过身来，扑向我。

等易春莲拣了我爸爸的破衣服回来，我已经和镇上的孩子恶斗过好几回。吃亏的总是我，我被他们撤在地上，被逼着啃泥巴。他们轮流骑到我身上，抓泥土灌进我的脖子，撒到我头发上。每骑一下，他们就狠狠地颠一下屁股，要把我的腰椎坐断。他们嘲笑我被爹娘抛弃，是个野孩子。我无力而屈辱地趴在地上，邋邋遢遢，满身泥土，眼睛红肿，被一群孩子围攻。易春莲就是在那个时候出现的。她充当了我的保护神的角色。她从悲伤中挣扎出来，挺身而出。在那段时间，悲伤让她一下苍老了许多，头发蓬乱，皮肤皲裂，像个四五十岁的村妇，她拎起其中两个欺负我的孩子，一手一个抢了出去。她把我拉起来，一只手叉在腰间，一只手食指戳着，用河东狮吼般的愤怒，边戳边骂，发作起来。那些欺负我的小孩，和他们的祖上十八代，都被她骂了个狗血淋头。

易春莲把沉痼的悲伤，转化成了这种歇斯底里的谩骂。通过谩骂，她宣泄了郁积的情绪，找到了重新振作起来的力量。也就是从那时起，她的脾气变得暴躁了。镇上的人有点怕她，不敢招惹她。而那些大人也都在暗地里告诫他们的孩子，不要去跟镇东头的蒋蒙蒙玩。

这些年易春莲不是没有喜欢过的男人。可那些男人都如天上的云彩，突然飘来，又突然飘走。我悄悄数过，从春莲客栈开业以来，易春莲已经和三个男人有过暧昧关系。

第一个男人，是一位攀岩家。大概四年前，他顺着金竹河来到砚池镇，住进了春莲客栈。攀岩究竟是他的职业还是业余爱好，我不得而知。我想，易春莲大概也没搞清楚过。她的脆弱和多情，通常就表现在这方面——稀里糊涂地付出感情，却不去探究对方的底细。

金竹河从原始茂密的仓吉峰发源，无数沟涧、瀑布、溪流和汩汩而出的泉眼，汇成了川流不息的河流。它曲曲折折绕过很多峡谷，盘过很多山脉，到达砚池镇时，已经是浩浩荡荡的规模。除了汛期，河水一直是清澈幽绿的，映着两边的山峰和峭壁，深不见底。若乘了竹排在水上漂流，犹如置身翠绿的画卷中。金竹河水域除了景色迷人之外，吸引人的还有它多变的地貌。在砚池镇往东两公里处，就是著名的双壶岩。那里地势险峻，裸露的山岩突兀耸立于金竹河边，山岩呈褚红色，除了一两棵从岩缝里斜冒出的松树外，寸草不生。对攀岩爱好者来说，这是极佳的攀登目标，充满挑战性。

在第一个男人到来之前，已经有攀登者摔死在双壶岩了。可前车之鉴并没有挡住那些雄心勃勃的后来者。两周后，这个男人就来到了砚池镇。他没有直奔双壶岩而去，而是在镇上玩了两天，请当地人做向导，把附近的地势，包括险峰和崖面，都探了遍。他的目标，是要徒手攀完砚池镇附近的所有险峰。

攀岩正式开始后的第三天，这个目空一切的男人就被人抬回了春莲客栈。他攀上了双壶岩。但在攀另一处更险的崖面时摔了下来。幸好只是断了一条腿。易春莲请镇上的郎中来给他上药上夹板。郎中的伤药很有名，据说伤筋断骨一个月就能治好。

攀岩家是独自来砚池镇的，所以受伤后没法出山去。他把治愈的希望寄托在春莲客栈老板娘的身上。一个外表强悍者突然呈现出脆弱的孩子气，这种意外的转变，让老板娘心动不已。于是，她每天都一大早起来，蹲在屋后空地上给房客熬中药。烟气袅绕，草药的苦香味在客栈的每个角落飘荡。

男人在客栈住了两个月——这也是迄今为止住的时间最长的一位客人。

易春莲总是等药晾凉了，才小心翼翼端进房间去。在她的悉心照料下，攀岩家一个月后就能下地行走了。但他没有马上离去，而是继续留在客栈——和老板娘调情，偶尔出门，乘竹排游山玩水，过了一段世外桃源般的生活。

易春莲没有掩饰对这位攀岩家的好感。她的目光，投向他时总是柔情氤氲的，服服帖帖的。也许他强健的肌体、露骨的男人气质，轻而易举就征服了这个常年寡居的女人。我不知道他们之间有没有发生过什么特别的故事。那时我还小，对亚当夏娃的隐秘还不知情，但我能感觉出，他们的关系不同寻常。

男人走那天，我去上学了，没能看到离别的场景。只是等放学回来，我看见易春莲独自坐在椅子上发呆，眼睛红红的。

攀岩家一去不返。后来的几个男人，也都如出一辙。

第二个男人是位诗人，来自比北回归线还北的城市。他搭飞机，坐汽车，走水路，千里迢迢来到砚池镇。他是来参加一个诗会的。虎头蛇尾的诗会很快就结束了，但他没走。

对这个远道而来的诗人，易春莲起初没什么念头。她还沉浸在对那位攀岩家的怀念之中。对如此文绉绉的男人，尤其是戴了一副墨水瓶底一样厚眼镜的，她不感兴趣。那副眼镜，都能把鼻子压垮。

但易春莲的忽略，并没有影响诗人对她的热爱。在诗人眼里，春莲客栈的老板娘，这位丰姿绰约的年轻寡妇，她的迷人之处，就跟金竹河的风光一样，野汁野味，有着原生态的甘甜滋味。

易春莲被这个彬彬有礼的男人吓着了，他那发自肺腑的、饱蘸深情的溢美诗辞，整天轰炸着她。这些诗辞，若从别人的口里出来，譬如镇上的那些男人们，易春莲肯定是早起了一身鸡皮疙瘩，然后当面笑破肚皮的。但奇怪的是，大概潜移默化的作用，几天后，当诗人面露腼腆之色拿了另一首含情脉脉的诗篇来献给她时，易春莲站在阳台上，竟如情窦初开的小姑娘一般安静，望着远方，脸羞红了，眼神也跟楼外的烟雨一样湿蒙蒙。

多情而离谱的诗人住了一个月。他一直在寻找灵感。天蒙蒙亮，他就起来，去客栈后头的山里散步，用他的话说，灵感就在缀着露珠的草尖上，就在不知名鸟儿婉转的啼鸣上，就在雄鸡扑腾起来的彩色的翅膀上，甚至就在松针上，就在一块岩石脚下绿茸茸的苔藓上。灵感可以是具体的动植物，也可以是虚无缥缈的烟雾或者干脆就是空气。每当他找到灵感的时候，他那双不知道是双眼皮还是单眼皮的眼睛，就在墨水瓶底后面闪闪地发光。

易春莲于是也只好早起。她总是烧好了早饭，熄了炊烟，备好了碗筷，然后倚在后门口等他。有一天上午，诗人没按往常的时间回来。易春莲踮着脚尖朝后山望，没看到他的人影。于是，她就担心了，心急火燎从灶间操了一把劈柴刀出去，直接上山去找人。

她担心山里的野兽攻击了诗人，也担心丛间的毒蛇咬到了诗人。春暮夏初，丛林里的毒蛇也开始像幽灵一样神出鬼没。

诗人在离开的时候，给易春莲写下了一首完整的长诗。她像藏宝贝一样，小心翼翼地把它折好，装在一个信封里，然后再把信封锁进抽屉。诗中写了什么，我不知道，但从易春莲当时的反应看，该是写得无比动情的。她在读诗的时候，感动得鼻子都一抽一抽的。可惜有一年发大水，抽屉淹了，那几张写着长诗的信纸，被找出来时，已经泡得稀巴烂。

第三个男人就是柯俊平，电影导演。易春莲在向卢文涛推荐房间的时候提到过他。柯俊平带了一个几十人的剧组来砚池镇，拍一部布景繁复、玄之又玄的古装武侠片。

易春莲对导演的感情，只能算是可怜巴巴的暗恋。常年被各种美色包围的柯俊平，对春莲客栈的老板娘丝毫没有兴趣。易春莲以为她在砚池镇上的所向披靡会一直持续，可惜在导演挑剔的眼里，她只是个热情过头、对姿色有点盲目自信的女人。但老板娘包着整个剧组的伙食，而他自己吃住都在客栈，柯俊平不好意思把愠色堆在脸上。相反，他还时常说些感激的话。这些话就更让易春莲陷入了错觉。

我相信，导演和她没有任何关系。即便镇上流言四起，鸡蛋里头真挑出骨头来，我也敢力挺她的清白。

和那些难守寂寞、放浪形骸的寡妇相比，易春莲其实是难得的纯情。她有时会搔首弄姿，但她的作态也就点到为此。在卢文涛之前，在漫长的七年守寡岁月里，她也只弄出过这么点情感涟漪。流言撞过来，看着像真的，最后一拐弯也撞不上她，即便镇上最厉害的长舌妇，也找不到她勾搭男人的确凿把柄。

她能很好地管住自己的身体和寂寞，敷衍无数个清冷的夜。

作为一个女人，易春莲是有自尊的。虽然有时她在情感方面表现得过于幼稚，但也皆是发自内心的。她和那些纯粹的村妇不一样，也怪不得那位呆相的诗人会在她身上发现灵感，捧出那些炙烧得厉害的诗句。

三

夏天是个催情的季节，空气湿热，雨连绵不断，人体的荷尔蒙分泌加快，情色因子在温暾暾的空气中膨胀，如孢子一样分裂繁殖着。其实，这些年来，易春莲潜意识里也一直盼着能从来客中找到一个合适的结婚对象。镇上的男人，她是无望了；但毕竟还年轻，她不可能真的一辈子当寡妇。她分明像一只眼睛发亮的母狼，看到了合适的猎物，非要把猎物给叼住不可，而且一旦叼住了，肯定是死死不放。

易春莲特地到集市抓了一只鹅回来，晚上烧了拿手的五香鹅块。她给客人夹菜，叫他不要见生，在春莲客栈就当是在自己家里好了。她脸上的笑，像一阵浓过一阵的花海。

我冷眼看着她的热情，顾自拨着碗里的饭。下午，易春莲就已经把客人的一些外围信息盘查清楚了，大致如下：卢文涛，男，41岁，W市人，职业模糊，未婚。但未婚不一定意味着单身。这一点易春莲似乎格外关心。"怎么一个人来，女朋友呢？"易春莲问。

"没女朋友。"客人笑了一下。

"不会吧，这么风度翩翩的一个人，怎么会没女朋友？大概是多了，不知道带哪个好吧？"易春莲一双杏眼瞄着他，半开玩笑地说。

客人只是笑了一下，垂下头，没再做声。

这不是一个多话的男人，经常沉默。他有一双凹陷的眼睛。看人时嘴角略上扬，带着笑意，只是抬头时额上显出两道皱纹，显得沧桑些。他鼻梁直挺，下巴干净，应该是一个好脾气的男人。

卢文涛这么害羞，是我没有料到的。我顿时来了兴趣，趴过去凑近他耳朵，调皮地说："让我妈给你介绍个？"

他"扑哧"笑了，眼神奇怪地看着我。易春莲大概有点不好意思了，从对面举起筷子朝我敲过来："小孩子乱插什么嘴！"

我冲她吐了一下舌头，迅速回到自己的座位上。

"别介意啊，这丫头就喜欢开玩笑！"易春莲笑着，讨好地说。

"哪会。"客人冲我一笑。

"这孩子啊从小没爹，我一个人拉扯大不容易！平时少了管教，脾气有些任性，她要是惹你烦了，你千万别往心里去。"

"我看她还挺乖巧的！"

"乖巧个屁！一天到晚调皮，哪天不给我惹事就太平了。"易春莲在对面白我一眼。

我没吭声，站起来，伸出胳膊去夹一块鹅肉。"你看看你，头发都落进菜里了！吃饭前就不会扎一下啊？说过多少次了，就是一只耳朵进一只耳朵出！"易春莲皱起眉，又开始数落我。

"我刚洗过头，还没干呢。"我不满地嘟哝。头发确实浸到菜汁里去了。黏糊糊的植物油和酱油的某种混合物，顺着头发滴落下来。我站起来，想去擦，头发却不小心甩在了客人的胳膊上，他正拿了抹布给我递过来。这下糟糕，他的衬衫袖子立马花了，暗褐色的一片油渍渗开来。我手忙脚乱接过抹布给他擦，结果越擦越大。头发一不小心又甩到我自己的吊带背心上了。

"你怎么搞的？那么大个人了，一点都不灵光的！"易春莲赶紧站起来，找来块毛巾，走到桌子的这边。她一把撩开了我。

她弯下腰，亲自去给客人擦袖子。"不好意思啊，小鬼不懂事！待会换下来，我帮你洗一下吧。"易春莲忙不迭地赔不是。

我就烦她这副嘴脸。"我又不是故意的！"我把抹布往桌上一掷，推开椅子，转身走了。

易春莲抬起头，追了一句："你给我耍什么脾气啊！"

"你看看，养了这么个丫头，一点都不省心！嘴巴不知道有多厉害，现在都说她不来了。一说就顶，顶得能把人气死！"易春莲抱怨开了。

外面已经不下雨了，雾气弥漫，远的地方根本看不清。我趴在栏杆上。雾气包围了我。天暗下来，透过竹林，远处镇子上零星地亮起一些朦胧的灯光。

我感觉腹部有些滞胀，酸痛，像有什么东西拼命在扯。我用手掌压住小腹，稍微好受些。

我心里生起了一点委屈，想想今天什么日子，还不让人吃一顿太平饭！本来这么要紧的事，要告诉易春莲一声的，她应该知道。可现在，我根本不想跟她说什么了。

"怎么了，你不舒服？"卢文涛上楼来。

"没啥，肚子疼。"我轻描淡写地说。

"拉肚子了？是不是吃坏了什么东西？"他关切地问。

"不是！"我白了他一眼，没好气地说，"例假！女孩子的事。"

真是多管闲事！我心情很不爽，今天要不是他来，易春莲会那样吗？前世没见过男人似的，一副谄媚相，她训我，不过就是想讨好他罢了。

"要不要让你妈去找一下药？"他还问。

"你烦不烦啊？干你什么事啊？要你多管闲事！"我撇过头，气咻咻地嚷着，"这是我的事，干嘛要让她知道！"

他一愣，紧接着笑起来，两只手举起，做投降状。"好好。"

"有什么好笑的？"我没好气地说，"是不是觉得我可怜啊？管小孩子那么多屁事！"

"好好，不笑了。"他突然温和地说，"那……要不要我帮你倒杯热水来？"

"不要！"我一口拒绝了。

"你饭也不吃，水也不喝，这样不好的。"他劝道。

我反驳道："不好就不好！反正她会高兴的。就是我死了，她也不见得会难过！"

"哪有你这样的小孩子？这么犟。"

"没见过吧？我就这样！"我鼻子出了一下气，调转头不理他了。

天色黑下来了，镇子的灯火比刚才亮了些，像一片朦胧的星星阵在雾海里浮动。我趴着，肚子还是疼。但我忍住了，抽回手，搁在栏杆上，嘴巴一下一下咬着指甲。我看着夜色弥漫，一时格外静默。卢文涛也没回房间，就站在边上，出神地望着远处。

天以最快的速度拉下黑幕。春莲客栈门口的两盏灯笼突然亮了。在潮湿的黑暗中，灯笼发出幽暗朦胧的红光。我突然感到了一种莫名的孤独和惶恐。

易春莲在楼下叫他了，一声唤着一声，有些发嗲，又有些发腻。"你下来喝杯茶吧，我刚泡好了这儿最好的碧螺春……"

四

雨一直下着，没有停歇的意思。

金竹河水挟裹着泥石、树木朝下游汹涌卷去。砚池镇在高处，不会受太大影响。镇上人已习以为常，只要镇子背面的后山不崩塌，再大的水来也不要紧的。

那天夜里，卢文涛给我端来了一杯红糖水，又塞给我两块压缩饼干。他说包里没别的吃的了。我把红糖水喝下，肚子果然好受了一些。窗子外面，漆黑如墨。我突然有点感动于这位陌生客人的好心，心里生起一丝暖意。

而易春莲直到三天后才知道我来红的事情。那天她打开房间的抽屉，发现少了一包卫生巾。

她全力以赴地在忽略我。自从卢文涛住进客栈以后，易春莲就跟中了蛊似的，晕晕乎乎起来。她的目光变得缠绵了，语气柔和了，腰肢也出人意料地盈动了，她努力地想扮出一副十八岁姑娘的姿韵来。她的目光，随着他在整幢楼里游移。她把全部心思都放在了这个陌生男人身上，像一只发情期的母鹿，温暖而饱满，她丰饶的身体洋溢着春光的气息，雌性激素在整个客栈里泛滥。

卢文涛一下楼，易春莲就上去把房间整理好，把他换下的衣服浸到脸盆里洗掉。因为下雨，衣服晾不干，她就用吹风机吹，用熨斗熨平，叠好后再送上去。客人有点不习惯，便不敢天天换衣服了，一换下就赶紧自己洗掉。

有天下午，卢文涛正在后院水龙头下搓衣服。易春莲出来，看到了，她倚着门框上幽幽地问："你是不是嫌我洗得不干净啊？"

卢文涛有些尴尬，忙说："不是不是。习惯了，都是自己洗的。"

"看来你是一个人过的时间太长了。"易春莲说。

"嗯。"卢文涛低下头，没再吱声。

我当时恰好从外面回来，撞到了这酸溜溜的一幕。我觉得有点好笑，便跑过去，狠狠地拍了一下客人的后背："你干嘛那么辛苦，让我妈洗不就得了？"

他被吓了一跳，扭过头来看我。一双手从脸盆里抬起来，全是泡沫。脸上也溅了一些肥皂泡泡。

没等他反应过来，我就凑到他耳边说："反正我妈愿意的。"我一脸坏笑。

"谁叫你那么多废话！赶紧给我上楼去！"易春莲脸上有些挂不住了，过来撵我。

我又故意推了他一下："听到没，以后衣服会有人给你洗的！"我扮了个鬼脸，跑掉了。

卢文涛是搞摄影的，因为汛期到来，便没什么风光可拍，他索性拍起了洪水。每次他出去，易春莲都自告奋勇地跟着，说是给他带路。易春莲帮他撑伞，又不时提醒他不要到危险的地方去。卢文涛全盘接受她的安全警告，只把三角脚支在洪水吞不过来的岸边或坡地上。

他不是那种为艺术时刻准备献身的人，易春莲以为的拼命三郎型的摄影家并没有出现，她心里反生出了些遗憾——后来所有的男人，都不复当年那位攀岩家的英勇。但遗憾也只是一小串泡沫，很快就在她澎湃的情感浪潮中无影无踪了。她以为陪摄影家出来，一边河水汹涌，大雨滂沱，一边山石嶙峋，两岸飞禽鸟兽全无，除了参天古树，山上谷间就剩他们俩，人气是稀薄的，意境是悲壮的，孤男寡女在野外，总容易出点意外，总能惹出点节外生枝的插曲来。但让她失望的是，天空光下雨，不下雹子和意外。

野外没戏，只好在屋里头下功夫。易春莲的招法是从厨房开始的，她变着花样翻新菜谱，不厌其烦，一日三餐顿顿不同，乌骨鸡炖小蘑菇，鲫鱼炖百合，鳝丝炒山药，冬瓜熬排骨……有句话说征服男人必先通过胃，想必易春莲是熟谙的。她的厨功甚是了得，换了一般贪嘴的男人，怕是老早扛不住。

易春莲提前洗过澡了，吃晚饭的时候，她的头发半湿地搭在肩头，穿一件低胸的淡紫色纱裙，两只饱满的乳房在薄纱下若隐若现地晃荡。裙子是收腰设计，她腰上的肉显然是过多了，就被勒得很紧，横向地突出来两块赘肉。那多余的几绺脂肪和她肥胖的臀部几乎连在一起，组合成奇特的景观。

用眼睛一描，肉感得叫人抓狂。她的手指甲精心涂过蔻丹——很难想象，这双手晚饭前还在砧板上按着血淋淋的黄鳝，利索地抽筋剥皮呢。

我偷偷觑着卢文涛。一个春心荡漾的女人，在他眼前摆开了风情万种的阵势，虽然有点做作，看上去还有点屁股大智商欠发达的嫌疑，但毕竟充满了肉欲的诱惑。她身材虽不标致，可丰满圆润，皮肤散发着浴室里蒸腾的热气，微微红着，还有着热度，卷曲的头发湿漉漉的，透出洗发水紫罗兰的馨香。作为一个男人，至少目前还看不出他雄性气质方面有什么残障，面对这样一个粗俗而明艳的尤物，会有什么反应？

出人意料的是，卢文涛的定力极好。易春莲白皙丰满的胳膊在他眼前不经意地扫过，差点贴着他的脸，他只是及时地侧了一下头。易春莲去拿抹布的时候，丰肥得像是要从薄纱里挤胀出来的臀部不小心擦着了他的胳膊，他也只是朝前拉了一下椅子，给她让路。易春莲走过来擦桌上泼出的汤汁，一俯身，那对压抑很久的乳房就像快乐的逃犯一样在她低胸的领子下活跃跳动，被一片淡紫色衬托着，呼之欲出。全都在他的眼皮底下。可他却视而不见，伸出手去夹菜，侧身，逃出了她咄咄逼人的包围圈。

这个晚上，因为易春莲的妖娆动人，从厨房到餐厅，屋子里的空气无端地膨胀起来，充满了暧昧的情色意味。虽然我居心叵测，观察着这场心照不宣的游戏，但此时也不好意思跳出来。说话也不好，沉默也不好，反正都挺做作，我干脆把那一块粉色的排骨啃得津津有味。

卢文涛竭力夸着这排骨汤炖得好。他从来没有这么认真地表现过对某一样菜肴的喜好。似乎一个晚上他的注意力就在这骨头上，而错过了好戏，没留意到女主人活色生香的挑逗与暗示。

这顿饭有点折腾，但再怎么折腾，表面上也是不动声色的。每个人都很入戏。卢文涛在一番毫不吝啬的夸奖之后，第一个放下碗筷，离开了桌子。易春莲的妖娆和殷勤，至少在这一回合中没取得任何实质性的效果。男人走后，易春莲像泄了气的皮球，一屁股坐在椅子上，神情有些沮丧。

我端着碗，不怀好意地从碗背后打量她。她拿起筷子，瞪了我一眼，没好气地说："赶紧吃饭！"

我扒完碗里的饭，上楼去了。餐厅就剩她一个人，埋在电灯泡发出的一团黄光里。

五

卢文涛的房间在阳台那一端，每次上楼，他都要经过我的窗口。有一天下午，他敲我窗上的玻璃。我刚睡醒，头很胀，慵懒地趴在桌子上，逗弄小白鼠。小白鼠这两天也无精打采的，神情蔫蔫，递给它食物也没什么兴趣。

我抬起头。卢文涛的脸淹没在外面一片蒙蒙的雨光中，从屋里望出去，显得有点阴晦。玻璃上有水气，我伸出手去擦，那张脸就被水纹弄模糊了。

他的额头抵在玻璃上，眼睛一眨不眨盯着我。眼神迷离，眼眉间竟有些忧郁。我伸出拳头，隔着玻璃，用力打了一下。玻璃发出"砰"的一声，有点震颤。"喂，发什么呆呢？"我大声叫道。他回过神，冲我笑了笑。

我把窗打开。"你的小白鼠好像睡觉了。"他说。

"嗯。"我点点头。

"你过来，给你看一样东西。"他在外头说。我直接从椅子上蹦下来，连拖鞋也不穿，光着脚跑出去了。

卢文涛打开他的笔记本电脑，给我看里面的很多照片。大海、浪涛、长城、雪山，不知名的村庄、瀑布、火车、廊桥、西藏的喇嘛庙、冬天的雪、沙漠里的胡杨……还有新娘子红彤彤的脸，戏台上的女旦，油彩的脸谱，挂在墙上薄纱的戏服。照片都漂亮极了，有一些镜头广阔且具震撼力。

"都是你自己拍的？"我趴在桌子上，眨巴着眼睛问他。

"嗯。"

"你去过很多地方？"

他点头，把手放到了我的背上。

"你是个摄影家？"

他摇摇头，却神秘地笑。

"大学老师？"

他继续摇头，仍然笑。

"记者？"

还是摇头。

他往旁边挪了挪，椅子腾出点空来。我一屁股坐下去，太窄了，就使劲把他往那边挤，差点要把他挤下椅子。他脾气很好地往边上移了移。

他在鼠标上点了几下，屏幕上不断变换着窗口。后来我看到了一组有点发黄的照片，好像是很久以前拍的，再翻拍成数码的。那是一个男孩站在舞台上唱戏，涂了油彩，很浓的那种，油彩都遮住了眉眼。舞台背景有些晦暗，一束光从斜上方打过来，小男孩独自站在台上。他手里拿着一杆长矛，穿着插满羽翎的戏装，瞪大着眼睛，直视着前方，嘴巴张开着，好像正在唱某一句词。有一点点英武气，但浑身脱不了稚气，年纪大概比我还要小。

另一张照片，是这个男孩和一个小姑娘在后台化妆间的合影。背景很杂乱，从化妆镜里反射出来的光非常刺眼，以至于照片的一角是一片曝光的白。男孩脱了戏装，穿着白色汗衫和练功裤，裹腿，一双皂靴。脸上仍然是刚才的油彩，眼睛睁得老大，盯着镜头。他旁边的小姑娘，比他要矮半个头，化了妆，穿着旦角的戏服，头上戴花钿和凤钗，脖子上一条珍珠的项链，显然珍珠是老气了，在她稚嫩的脖子上显得老气横秋。小姑娘有些含羞，又有些紧张，她半低着头，略略抬着下巴，一双秀气的大眼睛，腼腆地看着镜头。她的胳膊夹紧着，垂在身前，两个食指紧紧扣在一起，露出羞怯的神情。

还有几张是舞台的剧照，一大堆人在台上，布景比较杂乱，好像是场武戏，举着矛和剑，镜头很远，所以根本看不清上面人的脸。

"你是唱戏的？"我转过头问。

"很久以前是。"他说。

"那个是你？"我指着那个小男孩说。

"像吗？"他反问我。

"好像有点。"我天真地问，"她是谁呀？"

"小帘子。"他说。

我扭过头看着他，调皮地说："你好像跟她很好啊，是青梅竹马吗？"

"你也知道青梅竹马？"他笑着问。

"你不要老是小看我行吗？"

他乐不可支，光是笑。但突然，他的笑并不那么明朗，在一瞬间，我又在他脸上看到了一丝忧郁。

"你和她很像。"他突然轻声说，声音柔软。他把手掌按在我手上，挪动着，教我点击鼠标。那张照片就放大了一点。

"是吗？"我故意问。其实我也发现，照片中的小姑娘确实和我有一点像。但只是一点点。我从椅子上下来，靠在桌边，打量屋子。屋子里很干净，一件白衬衫挂在衣架上，可能还湿着，等着晾干。电视柜上有一盘水果。我走过去，随手拿了一只苹果就啃起来。

"你要不要？"我举起另一个苹果，向他示意。他摇摇头。

我一屁股坐到了桌子上，两只脚在空气中晃荡。"甜不甜？"他靠到椅背上，手背到脑后，含笑，有些奇怪地看着我。

"还可以，我妈买给你的，怎么会不甜？"

"待会把那几个也拿去。"他露出笑。

"别告诉她，不然她非揪死我。"我咬了一口苹果，响亮地咀嚼着。

"好，我和你的秘密。"他伸出手指来，和我勾勾。

有一只蚊子叮在了我的大脚趾上。我感到很痒。"天哪，这个吸血鬼！"我叫起来，弯腰去打。

"别动，我来！"他说着，两掌一合，在我脚背上拍了个响亮的巴掌。手摊开来，那蚊子已经被拍扁了，黑色的尸体粘着一摊血，死状难看。

"快擦一下。"我跳下桌子，从电视柜上抽了一张纸巾递给他。

"你老是赤着脚，会着凉的。"他跟上来。

"呵呵，没事。"我不屑地说。

"我帮你涂点药水，就不痒了。"他站起来，去包里掏出一瓶易喷爽。"坐好了。"他托起我的脚后跟，拧开盖子，摇了摇，把药水喷在我的脚趾上。雾气变成了液滴，有点薄荷凉。我的脚本能地缩了一下，他拽住了。他用食指肚小心翼翼地来回抹着，把药水抹匀了。"你脚上咬了不少疙瘩。"他一个一个地点着。

"这儿蚊子多啊。"我嘟哝着说。

他又在我脚背和脚脖子上喷了一下，用手抹开来。他的手掌温暖而有力度。

"呵呵，你像我爸爸。"我盯着他的头皮，笑起来，突然蹦出一句。

他抬起头，愣了一下："是吗？"

"嗯。"我点点头，有点脸红了。我没有再说话。实际上我对爸爸的记忆已经模糊了，但又是那么清晰，那种温暖的感觉好像随时都会回来。那天晚上，爸爸背着我穿过竹林，奔向卫生所。我在他的背上颠簸，透过他被汗水浸湿的衣服，我能感觉到父亲身体的温热。那是一种奇异的感觉，他的肩背宽博而有力度，我趴在上面，柔软的，感觉就像趴在一个温热的磁场中。那是父亲的温热，是属于男人的气息。我对爸爸最直接的记忆，就是那个宽厚的肩背。他载着我在夜色中奔跑。

卢文涛也给我这种柔软的感觉。尽管，他不是我的爸爸。

六

雨歇了半天。卢文涛要出去拍照片，我想跟着去。可易春莲不同意，说我会惹事的。"不要紧的，让她去吧。"卢文涛说，"正好给你们拍几张照。"易春莲便不再说什么。

我拽着卢文涛的胳膊，兴冲冲地拖着他往外走。易春莲把客栈的大门锁上，紧跟着出来。在路上，碰到三个去山上砍毛竹的人。路窄，人多，狭路相逢。"春莲，你得看着点，大水还在发呢！别像上次那样，客人从山崖上掉下来，害得你天天熬药啊！"走远了，竹匠还回过头来喊，喊完了三个人顾自哈哈大笑。

竹匠的话一语双关。我偷笑起来。易春莲脸上一阵红，回头骂句："死竹匠！"她走过来，揪了我一把："有什么好笑的！"

"怎么了？"卢文涛问。他不知道攀岩家的故事，自然也不会晓得话中的奥妙。那位攀岩家消失之后，带给易春莲的，不仅是怀念，还有镇上人的取笑。易春莲竹篮子打水一场空，也总结出了一条经验，山外的男人，待他再好，也还是要撅起屁股走人的。

金竹河的水没有退下一点。看整片天，也没有彻底晴的意思，依然灰蒙蒙的，阴云涌在天边。洪水依旧汹涌，从上游冲下来。我是见惯了大水的，年年见，年年泛滥年年退，但真的靠近了，还是有点心惊的。

在山腰一块突起的大岩石上，卢文涛支起三脚架，开始选拍摄角度。易春莲叫我避开一点，不要挡了他的镜头。她一直是有点嫌我碍眼的。我就像个不合时宜的"第三者"，插在了他们暧昧的空气中。她一会儿让我站到边上，一会儿让我后退，一会儿又用胳膊把我挡开，声音里有着那么点厌烦。我赌气，索性走开，一屁股坐在了岩石上。滔滔的江水就在我的脚下翻滚。

"你小心！"卢文涛叫道。

"放心，我命大，不会掉下去的！"我板着脸嚷道。

"掉下去就完蛋了！好好地家里不待，跟出来干什么？"易春莲又开始气急败坏了。

"看风景啊。"我顶她。

"还是起来吧，危险。"卢文涛过来拉我。

我甩开了他的手："别管我，你们拍你们的。我就喜欢坐在这里。"

"你这样，我会很担心的。"他的一双手从我腋下抄起，架住了我的肩膀，"起来吧，别任性了好不好？"

我回头，冲他狡黠地笑了一下。"可以，但是……有一个条件。"

"你说吧，什么条件？"

"教我拍照。"我脱口而出。

"够了，蒙蒙！"易春莲在后面忍无可忍地叫道。

卢文涛把我架起来，笑着说："好！答应你。"

我小小的伎俩竟然得逞了。我一阵得意。这大概是易春莲怎么也没有料到的。她生怕我弄坏了相机，赶紧跟过来，贴在我身边，像个阴险的克格勃一样，密切监视着我的一举一动。

卢文涛倒是很放心，站在后面，鼓励着我："没关系，尽管拍，不好的照片都可以删掉的。"

他教我对焦，调焦距，选择曝光速度。我"嚓嚓嚓"谨慎而又兴奋地按了一通。

"我给你们俩照张相吧，"我突然心血来潮，冲他们嚷道，"靠近一点！"

易春莲愣了一下，看了一眼卢文涛，似乎在征询他的意见。"快点嘛，我给你们俩照张相！"我没等卢文涛反应，就挥着手，让他靠过去。

他倒是配合的，把相机包放到地上，就往镜头中央走了。易春莲也过来。

"你们再靠近一点。"我两只手对面挥着。

"咔嚓"，快门按下了。对岸的山峦做了背景，山上有点缥缈的雾气，一男一女在镜头前面，挨得很近，两张脸上都有笑意。

易春莲过来，查看照片的效果。"这丫头拍得还不错。"她表扬道。就因为这张照片，她对我的态度陡然来了一百八十度转变。

"我也给你们照几张。"卢文涛说。

那天，我第一次进入了卢文涛的镜头。我被锁定在他的视线里。我做出各种各样诡异的表情和姿势。他一会儿笑着，一会儿摆着手，"嚓嚓嚓"按着快门。易春莲也在旁边笑起来："这丫头！"

我们快活的笑声，弥漫在汹涌翻滚的金竹河上空。此情此景，俨然一家三口外出采风，其乐融融。我心里暗自想，如果卢文涛能留下来，成为我的继父，倒也是不错的。

下山的时候，我走在后面，看着卢文涛厚实的背影，突然很想他背我回家。就是那一念的冲动。我想起了父亲背着我狂奔的那个夜晚。情景已经模糊了，可那种温暖和依靠的感觉却突然复苏，像疯长的藤蔓在我心里迅速蔓延攀爬。它骚扰着我，蛊惑着我，诱哄着我。我感到心口发热，情绪突然不安起来。就在我犹豫不决的时候，脚踩了个空，整个人失重，还没等我意识到怎么回事，就已经顺着坡度摔下去了。我尖利地叫起来。

卢文涛回头，吓了一跳，赶紧扔掉相机包跑上来。

"摔疼了没？摔哪了？"他抬起我的头，急切地问。

我的脚踝热麻麻的，越来越烫。上面已经蹭破了皮，青紫一片。我突然有些后怕，眼泪都滚出来了。

我为一念之差所付出的代价，是在床上躺了半个多月。易春莲去镇上请郎中了。就在她朝镇上跑去的时候，我靠在卢文涛的怀里，紧紧地抓着他的胳膊。我感觉左脚断了，以后肯定要成跛子了。成了跛子，别人都要取笑我了，以后也没有男人会看上我了。就像镇上的那个李瘸子，一拐一拐从桥上走过的时候，那些小孩子就跟在后面，一串，学他走路的滑稽样子，有的还朝他扔小石子。李瘸子一辈子都没娶上媳妇。我也有可能要成为砚池镇上唯一的女瘸子了。我觉得那是很可怕的凄惨结局。我还想到，等洪水过去后，卢文涛就要走了，又只剩下易春莲和我两个人了。一幢空空的大房子，来来往往的陌生男女。易春莲又要拿她的空虚来折磨我了。他又会成一个幻影，他的气息很快又会被新的房客所驱赶。无休无止。那些新来的房客不会喜欢我，他们会和易春莲抱同样的观点，和镇上所有的人结成同盟，认为我不是个讨人喜欢的女孩子，他们会厌恶我。我没有爸爸，可即便爸爸在，也许，他也不会喜欢我……

没有人关心我。一想到这，我的眼泪就掉下来了。卢文涛帮我擦掉眼泪，轻轻地安慰我："别怕，蒙蒙，没事的！不会有事的。"

这个和我没有血缘关系的男人，慈祥极了，温暖极了，亲切极了。我不想让他走，真的不想让他走。我抬起头，睁着一双泪水迷离的眼睛，突然跟他说："我，我是故意摔下去的。"

他惊愕地看着我。

"我想让你背背我，我想……我不想让你走。你留下来吧，我没有爸爸，我想让你做我爸爸。你做我爸爸吧！"我有些语无伦次，我埋进他的肩窝，委屈地呜呜哭起来。

他大概怎么也没有料到的。他显然很感动，紧紧地抱着我，脸抵在我头皮上，呢喃着："蒙蒙，蒙蒙，蒙蒙……"他的拥抱简直让我感到窒息。那是一种强大的男性的温暖，我听到了他胸腔里"咚咚咚"心脏有力的搏动。很多年了，没有人这样抱过我，没有人这样亲近过我。我唯一的记忆是我的爸爸。可爸爸随洪水而去了，留给我的只是个虚幻的剪影，一种稀薄而美丽的幻觉。而这个男人是真实的。他从天外而来，他是老天弥补给我的，像亲人，像朋友，像爸爸。我陷在他的怀里，被他温暖地包围着。我感到了一种熟悉的、却从来没有过的安全和亲切。

他撩起我那被泪水浸湿的头发，别到耳后去。他的手暖暖地贴在我的脸上。"蒙蒙，我答应你，我不走，我不走了……"

七

金竹河水继续泛滥。

但这一天，砚池镇上举行了一场史无前例的婚礼。新娘是易春莲。新郎是她英俊含羞的房客。这个当初背着黑色登山包在大雨滂沱中出现的男人，如同应了谶言一般，终于被她俘获，带了使命将结束她漫长的寡妇生涯。我拄着拐杖，脚肿得老高，作为伴娘，出现在乱糟糟的过度兴奋的婚宴上。

摆了十张桌子。易春莲把能请的人都请来了。砚池镇已经好久没有这样热闹过。这是她扬眉吐气的一个日子，她不会轻易放过。她的笑容夸张而有气势，那脸上的肌肉差点因为笑过敏而抽筋。婚礼宛如秀场，而她最擅长的就是作秀，她绝不会错过这样一个难得的机会，向人们展示她来之不易的幸福。

鞭炮"噼里啪啦"炸响着。鞭炮的碎屑崩溅开去，在潮湿的泥地上散了一地。炮仗炸到天上，"砰—叭！"震得后山都摇撼了。一群小孩子在春莲客栈门口，奔来跑去，抢着拣糖吃。我看见胖胖的李妈，她是专门给镇上的红白喜事帮佣的，端着一个果盘，像喂小鸡一样在大门外朝半空撒着糖果。她手一撒，那帮小孩就屁颠颠地涌到糖果散落的方向，挤着，攘着，抢成一团。

易春莲穿着一条大红的绸裙，头上扎了一朵耀眼的假花。因为客栈里摆不下十桌，有一半酒席设在露天里。下过雨，泥是湿的，新娘穿着高跟鞋。鞋跟很尖，走一步就陷在泥地里了。淤泥糊了脚面。她费劲地拔出来，结果泥浆又溅到了脚脖子和裙摆上，显得狼狈不堪。

新娘的脸已经喝得红彤彤，像一张红纸胡乱洇湿了那样。可能连她自己都没有想到，幸福会来得如此突然和迅疾。新郎不作声，腼腆地跟在她身旁，一桌一桌敬过去。他显然不胜酒力。有人倒满杯子强迫他喝，新娘就挺身而出，一把抓过酒杯，代自己的男人喝下去。新郎的脸色并不好看，那点笑是讪讪的。

他不想办酒席。他不想把事情搞得张扬。他同意留下，在他看来已经是一个巨大的妥协。可她非要张扬，非要让砚池镇上的人见识一番，她易春莲嫁人了！而且是找了一个多么好的老公，一位城里来的绅士。让那些流言和不怀好意的取笑都见鬼去吧。她大肆摆酒席，就是一种宣言，一种姿态，甚至还略带了一点点挑衅意味。当然，她也的确很高兴。她终于把她漂亮的猎物狠狠叼在口中了。她要了一点点手腕，但并不高明，其实她也没有料到，卢文涛会那么容易就答应下来。

新娘和新郎没有领结婚证。领证得开证明，麻烦，她怕他出了山就像煮熟的鸭子再飞走，从此不回来了。对她而言，一个婚礼也足够了，按照传统的风俗来办。一对男女确定夫妻关系，砚池镇上更看中的是宴席本身。

婚礼是在中午举行的。晚上，继续有一帮人在春莲客栈吃饭。易春莲依然忙不迭地敬酒。她脚步踉跄，白天积淀下的酒精已经在她身体里肆意发酵。卢文涛没有去敬酒，也没有参与到外面杯盏狼藉和觥筹交错中去，他独自坐在客厅的沙发上，窝在那，眼神迷离，发呆。我拄着拐杖过去，坐到了他的身边。沙发很软，陷下去了。他看了我一眼，斜过身来，伸出一只胳膊，把我搂住了。我闻到一股薄薄的酒气。他敞开的衬衫领子口露出一片微红的皮肤，酒气就是从那散出来的，皮肤温热，有点粗糙。他整个人在微微发抖。

我顺势仰躺到他的怀里，伸上手去，摸了一下他发烫的脸。他今天没有刮胡子，下颚处有些粗糙，有一点点扎手。他眼睛略微发红，神情冷峻。他捉住了我的手。我调皮地一笑，想把手抽下来，但他不放。他眉头舒展了一些，嘴角松动，朝两边斜拉上去，露出了一丝惨惨的笑。他温柔地看着我。

"爸爸。"我仰着头，轻轻地叫他。

这是我和他之间的秘密。我知道他并不爱易春莲——屋外那个肥胖的、被红绸子裹成一团的女人——或者不那么爱。他只是愿意做我的爸爸，所以他才留下来了。我觉得是我赢了，而不是那个在室外脚步踉跄把泥浆捣得满身都是的女人。所以，我可以狡黠地笑。我拥有了一个爸爸，而给易春莲找到一个老公，不过是我这件事成功之余的某个附加效果，是我送给她的一份奢侈礼物。

那天晚上，易春莲拽着新郎的胳膊进了洞房。她简直就像一个巫山老妖，施了魔法才把那充满绅士风度的新郎给拖进去的。但也许，说不定她真的有魔法。

热闹散尽。灯熄了。我搬了一把椅子坐到阳台上。胳膊趴在栏杆上，失神地看着远方。山看不见。天空湿蒙蒙的，一团漆黑。我感觉四周的空气都在凝聚小水滴，空气变得黏稠了，小水滴密密麻麻地在黑暗中坠落。远处的镇子也熄灯了。黑夜，无边无际，我的视线根本穿透不了。客栈门口的那盏灯笼，孤零零地亮着，照出一团昏红的光。那团光，在潮湿的黑色中悬浮。

竹林子也异常的肃静。今夜有雾，无风。

我一动不动地趴在那，突然觉得冷。冷像蛇一样浮上来，缠绕着我的身体，一丝一丝，一缕一缕，密密麻麻。我手脚冰凉，被雾气浸裹，浑身湿漉漉的。整幢房子安静极了。没有一点响动。那对醉醺醺的新人大概也睡着了。

第二天醒来，我发现自己躺在床上，盖着一条毯子，蚊帐也放下了。我探出头，凉鞋也整齐地码在床下。这事肯定不是易春莲干的，即便她好心把我抱回屋子，也不会把鞋子放得那么整齐。她还沉浸在新娘子的微醺状态中，不会那么快就顾及我。

吃早饭的时候，卢文涛把一个荷包蛋夹给我。他笑了一下。脸剃干净了。心照不宣似的，他没有提我在阳台上睡着的事情。让易春莲知道了，肯定免不了又是一顿数落。

新娘子的脸色，比昨天健康多了，微微透出红润。两只眼睛墨黑，因为含情而闪闪发亮。嘴角也不再耷拉，嘴唇红红的，像涂了层釉，竟有些诱人。她把一个咸蛋黄挑出来，拨到新郎倌的粥里，转过头去，笑盈盈地看着他——她可爱的迷人的新婚丈夫。

我带了半片馒头回楼上。但让我惊讶的是，小白鼠死了。

小白鼠缩在笼子中央，脑袋耷拉着，眼睛紧闭，一只爪子伸出来。爪子本来是半透明的，现在已经变成了灰白色。我突然想起来，昨天整整一天，我忘了喂它食物。可以前也有忘记喂的时候。也有可能它不是饿死的，而是被吓死的。昨天的鞭炮和炮仗震天响，连房子都震晃了，小白鼠胆子本来就很小，受不了惊的，稍微有点响动就在笼子里惊慌乱窜，炮仗的分贝，足以把它可怜的小心脏震裂成两半。

我伸进手指去摸它。它一动不动，身体已经僵硬，毛皮也失去了光泽。它真的死了，死在一场惊心动魄的婚礼中。

我趴在桌子上，呆呆地望着它的尸体。我突然有些绝望，不由恨起昨天的那场婚礼。那该死的鞭炮，那该死的热闹。它们是罪魁祸首。

我关在屋子里，中午都没下去吃饭。易春莲在楼下叫我，我也没搭理。她叫了几声，声音逐渐尖利起来。这几天来她一直伪装得很好，脾气收敛了许多，说话也轻声细气的，可现在老脸又露出来了。我把窗关紧，任她在楼下叫着。

屋子里很潮闷，光线也不好。外面的天灰蒙蒙的，里面就是个小阴天。我把头埋在胳膊里，伤心郁闷成一团。小白鼠出事的时候，肯定是希望我在它身边的，可我当时在哪里呢？其实，它只有我一个朋友，它没有父母，没有同类，形单影只，孤零零地一直关在笼子里。它很孤独。我也很孤独。

有一只手轻轻搭在了我的肩上。他肯定看到发生了什么事，他什么也没说，就在我身边站着。我突然抬起头，转过脖子，像只小兽一样扑过去，张嘴就咬住了他的手臂。我狠狠地咬下去，咬得自己牙齿都发疼了。我觉得自己笨拙的牙齿嵌进了这个人的皮肉。他的手臂痉挛了一下，然后竭力地平静，任我歇斯底里地咬着。他一动不动，另一手温柔地放在我头上。

我牙齿酸了，没劲了，我松开他的手臂。两排紫青的齿痕赫然出现在他手臂上，有些狰狞。皮肤被我咬破了，血渗出来。

下午，他帮我在后院的一棵榆树下，用铁锹掘了一个洞。我把小白鼠埋在那里。在喧嚣非凡的一个婚礼之后，紧接着是一个简单的葬礼。我挖了一棵野生鸢尾花，种在小白鼠的墓地上。

八

葬礼是一个结束，也是一个开始。在失去了唯一的朋友之后，我发现自己越来越依赖卢文涛了。我也发现自己越来越渴望他的拥抱，渴望和他亲近。

我贪恋于陷在他的怀里，被他宽厚温柔的手掌轻轻地拍着。我喜欢坐在他的大腿上，攀着他的脖子，缠着他给我讲山外面的故事。我迷恋于他的故事，也迷恋于他陷入回忆时那副认真怅惘的表情。

我不轻易叫他"爸爸"。在易春莲面前，我从来没有这样叫过他。只有单独和他在一起，我才会附在他耳边，轻轻地叫一声"爸爸"。我觉得这是我和他之间的秘密，和易春莲没有关系。我不想和她一起分享。

这天夜里，我悄悄潜进了平台边上的那个房间。在成为我继父之前，卢文涛就住在这里，长达一个多月。钥匙挂在门上，我一拧，门便开了。里面的摆设没动过，因为天阴，床单还没有换洗，他写过字的一些纸团扔在写字台下的纸篓里。衣架上还挂着他的一件白衬衣，可能是忘了收走。屋子里、空气中，飘荡的、碰撞的，全是他留下的气息粒子。

那天，在我脚摔伤之前———一个细雨缠绵的下午，易春莲去镇上办事了，好像是去参加一个客栈安全经营方面的培训班。砚池镇虽然偏僻，但镇上对旅游开发这一块的重视还是煞有介事的，趁淡季的时候，向居民们宣传用电安全以及景观灯的装置、集资修桥等事宜。我午睡醒来，头晕脑胀的，就到他的房间里来。他在电脑上写什么东西，见我进去，连忙把页面关了。我很无聊地坐在椅子上，翻他带来的一本摄影杂志。椅子旁边，靠墙放着他那只硕大无比的登山包。我俯下身去，在里面翻找有没有什么好玩的东西。

我掏出了一个京剧的脸谱来。那是一张女旦的脸。很眼熟，我记起应该在他的照片里见过。我把脸谱举到自己的面前，对他说："看我！"他当时正在电脑上忙什么。他转过头来，表情惊愕地看着我。那惊愕，就像一个小孩子闯进侏罗纪公园，在模拟的远古场景中却真的见到了活着的恐龙。

他眼睛一眨也不眨，就那么看着我，失了神一样。"好看吗？"我问他。"好看。"他说。他像一具激动的木偶一样，坐在那里。我从脸谱的眼洞里望出去，看到他的眼圈竟然有些红了。他突然扑过来，蹲在我的面前，两只手扶住我的膝盖，仰着头，兴奋地说："你戴着它！你戴着它！"

我戴着脸谱，躺在他睡过的床上。我把灯拉灭了。我透过脸谱的眼洞，望着黑乎乎的屋子。有点凉，我把毯子摊开，裹在自己的身上。从毯子里，我嗅到了从他毛孔里渗出来的气息。温暖的，又让我觉得安心的。我不会做噩梦了。我像一个狡黠的小偷一样，躺在这张诱人的床上，裹着一个男人浑厚的气息入眠。

有一天，我做了一个梦。梦见他和我玩了一个迷人的游戏。我拿了那个脸谱去找他，脸谱上有一块被我不小心蹭上了圆珠笔油渍，我要他帮我补一下色。他从那只黑色的登山包里找出一盒化妆用的油彩，坐在靠窗的椅子上，低下头小心翼翼地涂起来。他凝神静气的样子，让我感动。我看见他灵巧的手指在脸谱上轻轻移动。我走过去，蹲到他面前，抬起头跟他说："你帮我化妆吧，画得和上面的一样！"我指了指那个脸谱。他温和地看着我，笑了一下，然后，点点头。他出去端了一盆温水进来，脸盆里有一条毛巾。他把毛巾绞干，给我擦脸。毛巾的热气扑到我脸上，很舒服。他让我闭上眼睛。闭上。眼皮不要跳。嘴合上。不要笑。安静。放松。不要紧张啊。我感觉到软软的笔尖触到了我的皮肤，轻柔地抚过，凉凉的细腻的感觉。我闻到了油彩芳香的气味。我的鼻翼轻轻翕动，眼睑微微抖着，嘴角也有细微的颤动。他的手指在我额上轻轻拍着。他的脸靠得我好近。他的呼吸喷到我脸上，温热的，潮湿的，颤抖的。我浑身有一点点酥痒，这种酥痒从我的耳根和脖子处悄悄传染开来。我的心因为紧张而"咚咚"跳着。

美丽的油彩在我柔嫩的皮肤上轻轻划过。一道柔和的红，又一道娇艳的红。那细腻的明亮的油彩，和我的皮肤胶着在一起，它们像凤凰的翅膀一样在我的脸上舞动。我睁开眼睛，看到了镜子里一张娇美精致的脸庞。红妆，旦角中最美丽的色彩和表情，不那么艳丽，不那么浓郁，却那么明亮、柔和。眼圈上画了长长的轮廓线，一直拖到眼眶外面，外眼角略向上挑，有点妩媚的感觉。眉毛如柳叶，两道美丽的弧线。眼窝处是迷人的杜鹃红，渐渐晕染开，越来越淡，到了脸颊部位是粉嫩的藕红。嘴上勾了明显的唇线，嘴唇红润娇嫩。镜子里的脸，要比手上的那张脸谱美丽一百倍。

他蹲在我的面前，捧着我的脸，出神地看着。他的眼睛里是那种闪亮的光芒。甚至因为激动，他的眼圈红了，眼泪"叭叭"掉下来。他抱住我，神情有些痴迷，喃喃地叫着我的名字："蒙蒙，蒙蒙，蒙蒙……"我感觉他要把我揉碎了，要揉进他的心窝里去。他俯下身来吻我，他干燥火热的嘴唇贴在我柔嫩的唇上，摩挲着。我害怕了，我浑身颤抖。我心里有一团灼热的空气膨胀。我心慌慌的。我感觉要融化在他的怀里……后来，他说要给我留一张影。他站起来去拿相机了。"咔嚓"一声，我在一片耀眼的闪光灯中突然惊醒。

黑暗中，我紧紧地攥着毯子一角，手心里全是汗。

这个梦，让我有一点点惶恐，并生起一些羞耻感和罪孽感。就像当初，七年前的那个夜晚，我把爸爸的衣服拉脏了，我感到尴尬、害羞和不知所措。第二天早上，我甚至不敢看爸爸的眼睛。我知道我的梦和我开了玩笑，可这玩笑真的有点过分了。我无法原谅自己。我隐隐担心，担心他会窥破我的梦和秘密。

吃早饭的时候，他和我打招呼，我没有吭声。他过来伸手搂我的肩膀，我像只受惊的小兔子，竟条件反射般地逃开了。如果他知道我做了这样一个梦，他会怎么看我？也许从这个夜晚开始，我意识到我不再是个纯洁的小女孩了。我背负了一种隐秘的羞耻感。我为我这个带了一点点诱惑和欲望的梦境感到羞惭。但愿他不知道。但愿他永远也不知道！

我像中了一个不可解开的魔咒一样，一边诅咒着自己，一边却禁不住那强烈而迷人的诱惑，只要天一黑，就像梦游一般摸到那个房间去。躺下，裹在他盖过的毯子里头，裹在他越来越飘忽的气息当中。我的身体像羽毛一样浮起来。毯子是我漂浮的翅膀，我在黑暗中开始了芳香四溢的浪漫游荡。我中了蛊毒，我一边想自拔，苛责，自我惩罚，一边却沉溺、混沌，头昏脑胀。

那天晚上，我依然来到那个神秘的房间。我摸到线绳，拉亮了灯。让我吓一跳的是，有个人躺在那张床上。他头朝外，眼睛睁着。他僵直的身体有些萧条和孤独。他的眼红着。神情憔悴，充满了忧伤。嘴唇发白，失却了血色，焦灼的，起了层皮。我站在明亮的灯光中，像被什么东西击中。

他惊愕地看着我。那眼神是直直的，是失神的。他没有起来，依然那么躺着。我看到他闭了一下眼睛，一滴泪水从眼角掉下来。他怎么了？他为什么会在这里？怎么没在楼下的房间里？和易春莲闹别扭了吗？还是，已经发现了我的秘密……我脑子可怕地变成一片空白。我没有逃跑。我像一个梦游者来到这里，被施了巫术，我定在原地。那滴泪水滑落后，我鬼使神差的，一步一步朝床边走过去。我觉得脚不是长在我身体上的，不是我在支配它们，而是它们自己走过去的。

我立在床头。我像看一个陌生人那样看着他。外面是寂静的浓稠的黑夜。潮湿的雾气在山间弥漫。只有这一间屋子的光亮，划破了重重叠叠的山里的黑暗。我分不清自己是站在梦里还是梦外。我的心"咚咚"跳着。我感到惶恐，感到害怕，感到不知所措。我的脸灼热。我只穿了一条薄薄的睡裙，头发蓬乱，两眼浮肿。那仿纱料子像一只半透明的口袋，把我孱弱的身体套在了里面。害羞，窘迫，我动不了，两条胳膊拘谨地垂在身前，食指紧紧扣在一起。他的呼吸喷到了我的脸上。他支起身，他身体的热量已经传过来，他整个人就像一个温热的磁场。我一动不动。忘记了逃跑，忘记了思考。像一个俘虏那样。他伸出手，把我轻轻地搂住了。他的手搂在我的腰上。我踉跄地朝前撞了一步，脸差点贴到他的额头。我紧张得头皮上的每个毛孔都打开了。我毫不怀疑自己跌入了梦境。

我直直地看着他。他的眼睛就在我的眼皮底下。那样近，那样没有距离。他的眼睛里竟是那种孩子般天真的哀求。我掉进了他的眼神里，就像掉进了一个深不可测的旋涡，我失去了重心，在旋涡里翻转漂浮。他把嘴唇凑上来了，他干裂的嘴唇像火一样地灼烧着我。我的唇角轻轻地抽搐了一下，然后感觉自己像梦里一样在融化……

他伸出手，把床头的灯绳拉了。就在黑暗铺天盖地浮起的那一刻，外面突然传来了响动。门还开着，声音很清晰，是脚步声，从楼梯那儿上来的。易春莲的嘀咕声。我心里一惊，顿时从梦里跌落，清醒过来了，赶紧挣开他的手，转身跑出去。我踮着脚尖，像猫一样逃回了自己的房间。

我的心"怦怦"的跳，缩在门背后没敢动。幸亏，闪进房间的时候，易春莲的脑袋还没有从楼梯口露出来。

这座宅子，浮在山里氤氲的雾气之中，被黑暗所吞没，半夜三更出现了灵异现象，所有睡着的和没睡的人都开始梦游，像蛇一样阴险，又像猫一样的狡猾和敏锐。

九

那天夜里，我又来红了。醒过来，感觉屁股底下黏糊糊湿搭搭的。小腹一阵紧，酸涩。我拉亮灯，看到竹席上血红地漫了一片。大腿和屁股上全是血，狼狈不堪。我赶紧起来，下楼去找卫生巾。

我迷迷瞪瞪地下楼去，连廊灯都没开。我为自己留在床上的一摊经血感到惶惑。待会怎么把它弄干净？我头重脚轻，意识恍惚，睡意还没有完全驱走。我在黑暗里辨不清方位，然后就犯下了一个不可饶恕的错误。在随后的日子里，我甚至痛恨并无法原谅自己的眼睛。我没有完全清醒，我只记得卫生巾在下面房间的抽屉里。我忽略了很多东西，我甚至忘了有一个婚礼刚刚在前不久举行。就在我拉亮灯的一刹那，撒旦闯进了我的眼睛。

灯亮的瞬间，他们兴奋的表情就凝固在那，一上一下两个脑袋几乎同时转过来，一刹那，场面变得无比恐怖恶心。两具汗津津的交缠着的肉体。像施了魔法，所有的龌龊、猥亵、无耻全成了丑陋的鬼魅，在那里群魔乱舞。

女人发出了一声刺耳的惊叫。她顺手操起床头柜上的一只杯子，朝我砸过来："死出去！"

我愣在那里，觉得魂魄出了壳。我神经质地又揿了一下墙上的开关。灯灭了，再次跌回到黑暗中。那两具白色的刺眼的肉体，迅速暗了下去，但那个轮廓还在黑色幕布前牢牢定格。我吓坏了。我转身就跑。我听到自己凌乱的脚步声，一只酒瓶被我踢倒，砸在了左脚背上，一阵剧痛。玻璃溅开，我一脚迈过去，锋利的玻璃就嵌进了脚底。我"嘭"的把门关上，然后滚到床上，缩在墙边，浑身剧烈地颤抖。

我像婚礼之夜的小白鼠所经历的，惊恐，战栗，几近崩溃。我头大了。我感到一阵恶心，胃里直泛上来。我想吐。可吐不出来，堵在心头，堵在胸口。我抓着毯子，不要命地兜头兜脑裹住自己。我想把自己隐藏起来。我想让自己消失。

脚下的血在汩汩冒出。席子上已经黏稠稠一片。我感觉不到疼。

电灯突然亮了。我隔着毯子看到外面一片红彤彤模糊的光亮。我把头埋到了膝盖下。卢文涛走到床前，来揭我的毯子。我牢牢地把毯子掳实攥紧，浑身挣扎着，不让他得逞。他终究把毯子掀掉了，有些恶狠狠的。他的脸铁青。他站在我面前，穿了衬衫和长裤，衣冠楚楚。如此整齐的穿戴，以至于在这个时候突然显得有些滑稽。我白了他一眼，不耐烦地嚷道："出去！"

"你受伤了，你知不知道？"他也吼了一句，"楼上楼下到处是血！你让我看看！"他有些焦急，俯身来拉我的脚。"出去，你给我出去！我不要你管！"我蹬了一下右脚，把他的手踢开了，厌恶地叫道。

"蒙蒙，别这样好不好？让我看看你的脚。你看，地上床上全是血！你脚上扎了玻璃。"他语气缓和下来，坐到床沿上，伸手来拉我。我一把推开了他，哭喊着："不要碰我！我恨你！"

"蒙蒙，听话！让我看看你的脚。"他继续来抓我的脚。我用力蹬他，把他的手踢开了。又一脚，蹬到他的腰上。他的衬衫立马染成了血红一片。他慌了，赶紧把我两条腿都按住。我用手拼命砸他的背，我昂起头，在他手臂上狠狠地咬了一口。我歇斯底里的，牙齿都嵌到肉里头去了。

"蒙蒙，我求求你了，别闹了！快坐好。"他忍着痛，转过身，抽出胳膊，一下把我搂在了怀里。我看到他的白衬衣上有了两排血牙印。他把我抱起来，到墙边的绳上扯下毛巾，紧紧地裹住我的脚。但血很快就把毛巾渗透了。他把毛巾松开，才敢看了一眼我的脚底。大概血肉模糊有些恐怖，他的脸抽搐了一下。他心疼而又紧张地叫起来："你怎么那么不小心！"声音都有些变了。

我这才发现，血流得有点恐怖了。一串血脚印从屋外一直踩进来，到床上，半条毯子都浸红了。

"我们赶紧去医院！"他用毯子把我的脚裹紧，抱着我赶紧下楼去。

易春莲穿了一条肥大的睡裙，在楼梯旁扫着碎玻璃，嘴上骂骂咧咧的。她显然没有注意到脚下的血迹，或者注意到了也没有引起足够的重视。卢文涛"噔噔噔"跑下来时，易春莲还不耐烦地骂了一句："你抱这个小祸祟下来做什么？"

"蒙蒙受伤了！"卢文涛急急地说。

"活该！都是这个小祸祟，存心捉弄我们！不能见着别人一点点好，深更半夜的来捣什么鬼！就晓得闯祸，就晓得添乱，都那么大个人了，没一点长进的！"易春莲就差戳着鼻子骂我了。

"够了！"卢文涛喝道，打断了她，"你快去拿电筒来！她的脚不行了，流了很多血，得赶紧送到医院去！"

女人这才慌里慌张地去找电筒了。

卢文涛用一只手把门栓卸下，也没等易春莲，抱着我就跑出客栈去了。天下着雨。雨不是很大，像断线的细珠子，漫无边际地垂在天幕中。客栈门口两盏灯笼亮着，能隐约照出一段路来。易春莲在后面跌跌撞撞地跟上来。我听到了一颗心脏在他胸膛里"怦怦"地乱跳。我也听到了他喘着粗气的声音。

七年前，爸爸背着我，一路奔跑，摸黑穿过了竹林和溪沟，把我送到卫生所。也是在这样的雨夜。七年后，一个从山外来的男人，我的继父，把我抱在怀里，也深一脚浅一脚狂奔穿过竹林和溪沟，把我送到由卫生所改成的镇医院。两个男人的焦急和心疼都是一样的。我六岁，我十三岁，我在这两个年龄之间跳跃，雨水打湿了我的脸，我混淆了自己的年龄和记忆。我突然觉得过去的这几年来，其实就是在这一段从家到医院的黑漆漆的路上徘徊，游荡，一直没有从雨夜里走出来。

易春莲大概跑累了，在后面嘶声力竭地喊着："慢点！小心点！等等我！"

十

雨季还没有结束。我心里已经很厌烦，这无休无止的从天幕扯开了口子倾泻下来的雨水。

我变得沉默了。看到易春莲肥胖的身子，我本能地感到一阵恶心。我和她之间的冷战，从我转身跑开的那一瞬间就开始了。我恨她。她也同样恨我。我亲耳听到她跟卢文涛说，想再生一个孩子，好彻底甩了我这几年带给她的阴影。但她这个天真的想法，把我的继父给吓着了。他很怪异地笑了一下，就转身上楼去了。

在我不能下地的那些天，饭都是我继父送上来的。他去镇上给我买了好些书，镇上的那家书店除了唐诗宋词就是作文书，我都不感兴趣。我看也不看，就把那些书扔在了桌上。我要玩他的电脑。他把笔记本捧到我的床头，可打了两天系统自带的小游戏以后，我又厌倦了。

易春莲后来知道那天晚上我并不是故意去找茬的，心里也生起了些歉意。她开始来讨好我。但我没有原谅她。我不原谅，不是因为她骂了我，这六七年来，她一直在骂我，我也每天和她的骂声与牢骚作战，而且在这种作战中获得了乐趣和成长的力量。我所无法原谅的是，那天在明黄的电灯泡下所看到的龌龊一幕。她那副淫荡的表情，像扎了根一样，在我脑子里长成一棵狰狞的树，折磨着我的自尊和神经。

也许，这次我真的恨她了。

我开始明目张胆地和她作对。我故意蓬着头发不梳。我故意在白色的T恤衫上沾满酱油渍。我故意把碗打碎。我故意把番茄汁滴到沙发上。我故意任浴室里的水龙头哗啦哗啦流着。我故意把晾衣服的竹架子绊倒在地上。我故意不写作业。我故意赤着脚到外头趟水，任伤口发炎。

那天，我把摆在客栈门厅处的那只古董青瓷麒麟兽从案几上撞下来了。这下，易春莲彻底火了。她揪着我的头发，用一把鸡毛掸子抽我。她抽得越厉害，我心里越痛快。我就是想看到她气急败坏的样子，我就是不想让她安生，我就是拼着劲要和她作对。雨季结束了，我就滚蛋了，到时想折磨她也没机会了。在淋漓尽致的疼痛里，我看到了自己扭曲的表情。在她的斥责中我越来越怪诞和放纵，甚至正如她诅咒的一样，我成了一个令人发指的小妖精。这些年她也就想着她的男人，根本没怎么疼过我。原本我和她是一对一牵制着的，现在多了一个卢文涛，过去那种可怜的平衡就被打破了。我在自己的邪恶中迅速地成长。

易春莲狠狠地抽我。她不要命地抽我。她真的是咬着牙根要把我送到我爸爸那里去了。

我开始是忍着，受着，一副倔强的样子。我盯着她，眼里不服输，还很有底气，我任她打。我知道，等她气过了，手没劲了，就会自动停下来。不管怎么样，我毕竟是她的女儿，是她一把屎一把尿养大的，她不可能真的把我打死了或打残了。所以，我向来不讨饶，也向来不哭叫。因为我知道她的底线，而她的底线恰恰是我所能承受的。她打我，是因为她生气。我挨了打，但我让她生气，其实也达到了我的目的。所以每一次打骂，我们都是双赢的，也是都输掉的。骂过了，打过了，气消了，不用等天黑，还是那一对坐在同张桌子上吃饭的母女。我也曾当着她的面说过，如果没有我的调皮任性，她的日子可能要更单调和空虚。这种争吵作对，不过是我们寂寞生活的涟漪。但这次，我渐渐受不了了。她压根不想和我妥协。她真生气了，气得都有些失去理智。

我知道这只青瓷麒麟兽是祖上传下来的，其实，在我不小心碰倒以后——这次真的是不小心，我就后怕了。它值很多钱。自春莲客栈开业以来，它一直是被当作镇宅之宝摆在门厅的一张黄梨木案几上。我把春莲客栈的镇宅之宝给打碎了。易春莲出于心疼，出于愤恨，出于对我前阵子放纵行为的看不惯，终于决定好好修理我，要把我往死里打了。

我想到了逃跑。可已经晚了，我逃不掉了。她抓着我的头发，我根本挣不脱。真的和她作对，我肯定不是她的对手，肯定占不了上风。她肥硕的身躯有足够压倒性的优势，一使劲就能把我抡出去。是我一直以来忽略了她的愤怒和力量，是我一直以来高估了自己的狡黠和能耐。我像只惊惶的小鹿被她拽在手里。她往我的脸上、头上、肩膀上狠命地抽着。以前，她即便要打，也是找我身上皮实的地方打，譬如屁股、大腿或者背部。这次，她是有心要破我相了，是真狠心了，专挑我脆弱的部位下手。我抱着头。我的脸已经被抽得火辣辣，手背上都是一条条血红的痕。

"看你叫不叫？看你哭不哭？你还挺！我今天非打死你不可！"她歇斯底里地骂道。

我觉得我这样挺下去没用。我觉得我必须得讨饶了。易春莲以前从来没有这样打过我。我不能真的被她打死。

"不要打了！我以后再也不敢了，再也不那样了！妈，不要打了！不要打了！"我讨饶了，尖利地叫着。我被椅子绊倒，摔在了地上。我本能地缩成了一团。但急风暴雨似的毒打并没有因为我的讨饶而停止。她继续狠狠地抽我。这个女人疯了！我突然想到。

我不顾一切地挣扎起来，冲上去，拦腰抱住了她。"妈，你不要打了！我以后听你话了就是了！你不要打了！你会把我打死的！"我大声哭叫着。

"你这个少管教的胚子！你这个小魔鬼！小妖精！你为什么要一直和我作对！我今天就是要把你打死！"她的整张脸因为愤怒都扭曲变形了。她突然扔掉鸡毛掸子，揪住我的头，一个巴掌甩过来。接着，"啪！"又是一个巴掌。

卢文涛出去了吗？怎么偏偏在这个时候出去？家里怎么没人了？这儿离镇上远，如果她今天真要把我打死了，也不会有人看到的，怎么办？我真恐慌起来了，开始大声求救。

"够了！"就在这个时候，有人吼了一句。他冲上来拦腰抱住她，掰开她的手，终于把我从毒打中解救了出来。

我哭着，头也不回地跑掉了。我朝镇子那边跑去。我很害怕，我怕易春莲会追上来继续打我。只有往镇子上跑，在人多的地方，她才不敢打我了——以前有几次打得厉害，我也是这么逃跑的。

我听到那个疯女人，还在客栈里歇斯底里地叫嚣。

十一

天黑了。

我在镇上游荡了六七个小时。我从南门桥上走到小学，又从小学走到南门桥上，然后去农贸市场，在一条小巷子里待了一会，又回到小学。我在操场的主席台上晃荡着脚坐着，直到屁股都坐麻了。我不想去找同学。也不想去他们家里。这种挨打的事情被他们知道了，正好成为他们嘲笑的材料。我不想让他们得意。

卢文涛跑到学校来找我。他已经在镇上找了很久。他知道我不会去同学家里的。他也知道我不会被任何人收留。他最后想到我应该在学校里。虽然我对母校没什么感情，但它是我落难时候唯一的去处。我记得我曾经跟他半开玩笑提过。

他把我从主席台上抱下来，什么话也没说，牵着我的手就往回走。

我没有看到易春莲。她不在客厅里，也不在厨房里。她可能已经回房间睡了。她生了那么大气，肯定不愿意看见我了。桌上有两个菜，还冒着热气，卢文涛帮我盛好饭。"快吃吧。"他一脸疲倦地说。他脸色很不好。

我胡乱地扒了几口，扔下饭碗就上楼了。

我躺在床上，流了很多眼泪。很久以来，我都没有这样哭过。身上腿上胳膊上已经被抽得一条一条，青紫的，暗红的，浑身都火辣辣的，疼。我的颧骨和眼眶上，也都有乌青了。脸都肿了。我哭着哭着，迷迷糊糊地就睡过去了。

卢文涛上来过一次，帮我放下蚊帐，盖好了毯子，然后又悄悄地下去了。

第二天一早，我被楼下的喧闹声给吵醒了。我揉着滚肿的眼睛，走下楼去。站在楼梯上，我发觉屋里的气氛不对劲。有人在哭，有人在喊，一大堆人簇围在一起。然后，客厅里所有的人都朝我转过身来，面孔呆滞地看着我。哭声停止了。他们让开，让我走过去。客堂的最里边，是那张猩红色的沙发。沙发上靠着易春莲。她的头耷拉地垂向一边，眼睛闭着，整张脸都发紫了。我脑海里突然掠过了小白鼠死时的样子。一阵剧烈的恐怖吞噬了我。我屏住气，一步一步朝她走过去。"妈——"我惊恐地叫起来。

我扑到了她身上。没人应我。易春莲的身体已经冰凉。她浑身湿漉漉的，头发脖子衣服上都沾着草屑和湿泥。她身上有股泥土和青草的腥味。我拼命地摇她，可她没有丝毫反应。

"妈！妈！不要啊！妈——"我拼命叫起来，绝望，恐惧至极。我神经错乱了，我疯子一样地叫嚣着，我试图用这种疯狂去阻止我成为孤儿的事实。

我眼前一黑，瘫了下去。恍惚中我看到很多人向我扑过来，叫着，嚷着，乱成一团。可我没有任何力气回答他们了。一片漆黑后，我甚至看到了我爸爸站在金竹河边上，远远地向我招手。

十二

易春莲那天晚上根本就不在家。

当我冲出客栈向镇上跑去的时候，不久，她也甩了门出去。我被卢文涛找回来了。但她没有。卢文涛那天上楼来看过我后，又拿着手电筒下去找她了。我叔公家的几个亲戚也闻讯赶来，连夜帮着寻找。有的人都去金竹河边捞了。

后半夜下起雨来，他们的喊声淹没在滂沱大雨中，竟然没有穿越我的梦境，把我吵醒。天亮时，有人在后山的山腰上发现了易春莲。她倒在一块岩石旁的草丛中。脚脖子上有三个牙痕。金环蛇或者比它更毒的一种蛇，在那天晚上攻击了她。

妈妈的尸骨还摊在家里，新的争吵和阴谋就开始了。蒋家亲戚盘问卢文涛，易春莲怎么会突然跑到山上去的。卢文涛的意志也接近于崩溃，他陷在沙发上一声不吭。他说他们吵架了。但他们都不信。他们绝对有理由怀疑卢文涛早有预谋要谋财害命。他一个城里人干嘛跑到这深山僻壤来？他之所以跟易春莲结婚，就是冲着她的财产来的！卢文涛脸色死灰，直直地看着地面，不再做任何解释。

我知道叔公一家对我家财产觊觎已久。所以，易春莲活着的时候，我家几乎跟他们没什么往来。就连易春莲再婚时，他们也没说什么祝福的话，一家人霸占着一张桌子，脸色冷冷地看着新郎和新娘。他们这样逼卢文涛没有用。我拨开那群人，走过去，挡在卢文涛的跟前，脸色冷峻地说是我那天把青瓷麒麟兽打碎了，惹我妈生气了，她打我，她后来跑到山上去了。这些年来她有个习惯，气不过了就会去山上。她脾气躁，会砸家里的东西或者狠命打我来出气，但她又舍不得，所以到后山上去，那里有一块岩石，她会拿尖利的石头在岩石上划，每划一下，她就会出一点气。

没有人相信我的解释。

易春莲的蹊跷死亡，让这个被汛期围困的镇子再度兴奋起来。镇上的派出所也出动了警力，但在破案方面一无所获。易春莲的确是被蛇咬死的。被蛇咬死，在砚池镇不是什么稀罕事，金竹河流域山高水深，雨量充沛，丛林茂盛，毒蛇和野猪在这一带经常出没，尤其是没路的地方。经常有人被蛇咬了或者被野猪攻击，有伤也有死的。小学门口开小店的陈妈，他男人就是大前年上山砍柴时被一条竹叶青咬死的。

人们觉得蹊跷，是因为易春莲刚刚结婚，就死于非命了。

其实我跟叔公一家说的话，是假的。易春莲生气了，自然会拿我出气。跑到山上去并拿石头划岩石的，是我自己。有时我心里赌气，就会跑到那块大岩石上，然后划啊划，直到把心里的闷气都发泄出来。我知道，易春莲不会因为那只被我打碎的麒麟兽而莫名其妙跑到山上去的。她那样狠狠地打我了，针对我的气，应该已经消得差不多。那我跑开了之后，究竟发生了什么事？

我想起来了，那天卢文涛把她拉开后，她是突然眼泪横飞，歇斯底里地扑过去跟他撕扯起来的。"你总算下来了？你总算心疼了？我就是要打她，我就是要叫你心疼！我就是打给你看的！你这个骗子，你这个魔鬼！你……你给我滚！我再也不想看到你了！"在我跑出客栈的时候，她是这么骂的。

我突然意识到，那天她发火，不光是我撞倒了麒麟兽那么简单。以她一贯的脾气，为了一只古董，她不至于把我往死里打。那东西值钱，可再值钱也不过是个物，碎了就碎了。我之前的赌气和捣蛋，也不至于让她一下子像火山喷发那样暴烈。显然，她爆发的背后有比那只麒麟兽更恶劣的原因，刺激了她压迫了她。

我开始怀疑卢文涛。我也只能怀疑他。这些年来易春莲只有一次真的神经病似的跑到那块岩石上去，那是那个攀登家离开砚池镇以后。她那时候真的难过。傍晚，她坐到那块岩石上——因为那里没人——伤心地哭了。我上去找她，她迅速把眼泪擦干了。这个女人虽然凶悍，但是心地并不复杂，只有伤心到底了，她才会做出一些莫名其妙的事情来。

我之所以在叔公一家面前替卢文涛开脱，是因为我知道，无论什么原因，也无论发生什么事，我现在必须和他站在一起，共同抵抗那些亲戚的欺负。如果被叔公一家吞了财产，我的处境只会比现在更惨。

十三

我把春莲客栈的大门关上了。

我妈妈易春莲就躺在客厅的一张门板上。天黑了，家里只有我和卢文涛两个人。

妈妈出事后，卢文涛整个人有点崩溃了。他坐在客厅的沙发上，脸色死灰。我走过去，蹲在他面前，说："你告诉我，到底发生了什么事？我知道她是不会因为我而跑到山上去的。"

他没有做声。过了很久，他才把我扶起来。"蒙蒙，你不会离开我的，是不是？无论发生什么事，你都不会离开我的是不是？"他眼神茫然，那样渴求地看着我，都不像一个成年男人。我心里生起了一丝怜悯，点点头。

他把我领到房间。他打开那台笔记本电脑。我发现，笔记本的边角磕碎了，像是被砸到地上过。可能，在易春莲打我之前或我离开之后，他们曾发生过激烈的争吵。

他给我看了他的日记。

7月6日，大雨，星期三。今天花五个小时，乘船赶到了传说中的砚池镇。汛期，大水汹涌。船工态度不好，一直抱怨。是有点不要命了，好几次船差点卷进旋涡去。当时想，卷进去也就卷进去了，一了百了。本来就是一次冲动的、心血来潮的疯狂之旅。老板娘在码头上等着。很热情。上了岸，失望。泥泞。常见的镇子。虽然偏僻，但还是人气太旺。如果有更深山老林的地方，会更愿意去。但还是要感谢船工，把我送来。我抬头看见小帘子站在那里！那不是小帘子，我明白。

这么多年来，我一直对自己的命运持有深深的恐惧。我肯定自己有问题，但我不知道问题的症结在哪里。我曾被一个金光闪闪的小仙女撞过腰，至今难忘，促使我做出了一系列荒唐甚至可怕的事情。可小帘子早就不在人世，我看到的，是另一个小姑娘。

她趴在阳台上，如此的柔美，不羁，慵懒。那柔嫩的皮肤，在雨光中湿漉漉地闪光。她划破了我的记忆，从我那该死的少年中乘着时光之船而来，和我相会在这个大雨天里，整整三十年了。我的生命之光在变成死灰之后，重新被点燃了。蒙蒙。我要留下来。一定要留下来！

7月7日，雨，星期四。我不知道面前的蒙蒙，会不会成为我余生的另一个梦。她有着美丽的身体，精灵的脾气，像一簇火焰般跳跃着。早上，老板娘让她从楼下端早餐给我，结果，忿忿不平的她竟偷偷端到平台上享用掉了。她说她的早餐是油条泡饭，而我的是豆浆、鸡蛋、香菇肉丝面，不公平。她坐在那把湿漉漉的藤椅上，狠狠地把它们吃掉了。她端着空盘子进来，一进来就认错了，说要不把压缩饼干拿来，她还剩着一块。狡黠的样子，让我如此心动。

7月8日，大雨，星期五。上午溜到我房间来，要我教她打字。她穿了一条碎花的短裙子，漂亮极了。她的手指那么纤细，柔嫩，像水萝卜削出来的。那指甲也一颗一颗，粉红的。我教她点鼠标，我便趁机轻轻按住了她柔嫩的小手，我不敢用力，生怕用力了会让她起疑心。这个小精灵，显然没有太大的耐心，按着鼠标，胡乱地在桌面上划圈圈，也没注意到我的阴谋。

直到现在，我还记得鼻尖嗅着她头皮的感觉，那点微微的温热，一点点洗发水的清香，和她小姑娘诱人的体香渗透在一起，几乎让我陶醉。那一刻，我感到了窒息。我的胳膊碰着了她，她光滑的皮肤划过了我粗糙的皮肤。她专心致志地盯着屏幕。我教她用拼音输入法。她几乎就坐在我的怀里了，只要一伸手，我就能把她揽进心窝……

7月9日，阴转小雨，星期六。今天难得不下雨。出去拍了些照片。蒙蒙好像有点闷闷不乐，一上午都关在自己的屋子里。早上和她妈妈吵了一架，大概还在赌气。没什么风景。胡乱地拍了一些照片。老板娘喋喋不休地跟我抱怨蒙蒙的调皮，和她各种各样的恶作剧。这个可怜的寡妇总是有太多东西要抱怨。

7月10日，小雨，星期日。昨天梦到小帘子了。自从来到砚池镇以后，我都很少想到小帘子了。我的注意力被另一个小仙女占去了。蒙蒙也很天真，但她的天真里有一点点邪恶，是那种古灵精怪的，能把人看穿的。可她能把远道而来的我看穿吗？

小帘子是在二十八年前那场车祸中死去的。半夜里。我已经离开那个剧团。可小帘子还在那。我学了六年的戏，小帘子比我小一岁，我们同一年进的京剧团。那年秋天，柿子快红的时候，师傅牵了一个小姑娘进来。她个子那么小，只有一双眼睛那么大，乌黑的。她有个好听的名字，叫苏玉帘，像戏里那些大家闺秀的名字，小帘子是按团里规矩给她起的小名。十岁那年，我们排了一出戏《霸王别姬》，我演霸王，她演虞姬——所以有一年我看陈凯歌导演的那部电影会哭得稀里哗啦，我想起了我的小帘子，无比地想她。如果没有那次车祸，我接下去的命运会怎样？肯定不是这样子的。她几乎把我的魂给带走了。她是个孤儿。她是我的妹妹，我的小仙女。我这二十八年里无法忘记的灵魂。我生命真的是在那一年拦腰折断了。那个该死的司机，送剧团去一个镇上演出，明明晚上要赶路的，还要喝酒。我的小帘子就这样没了。那个凶手司机，却还多活了二十八年。我去了另外一座城市，我上了大学，去了美国，可我还是被我的小帘子给折磨着，所以我又回来了。我的天啊，那些年我过着什么样罪恶而孤独的日子啊！

我的小帘子，以后我要渐渐忘记你了。也许，有一天我真的会把你忘了。要原谅我。因为蒙蒙，我死掉的心又活了过来。对我这样行尸走肉的人而言，不能不说是个奇迹啊。

7月11日，阴，星期一。蒙蒙今天搞了个恶作剧。老板娘的殷勤让我受不了，她显然把我盯上了。我必须得斩断她得寸进尺的念头。她步步紧逼，问我的喜好，打探我的过去，对我的隐私表示出极大的兴趣。我怎么能让她打探到一些蛛丝马迹呢？关于我那复杂而凌乱甚至有些可怕的过去……

7月28日，雨，星期四。我对蒙蒙的思念与日俱增。尽管她就住在我的隔壁。隔了两个房间。可她离我还是那样的遥远。她以一副无辜天真的面孔闯进我的生活，搅得我呼吸急促、胸口发闷。我感到无助，我只有远远地张着欲望的眼睛，却不敢去折，哪怕碰一下，都似乎会被给刺着。她像蝴蝶一样飞进来，又像蜜蜂一样狡黠地飞走了。只留了可怜的我在椅子上凭记忆怀念着她芬芳的气息。我从古墓的沉睡中醒过来了，我被诱惑了。一颗心就那么膨胀着。她的气息，她娇小的身影，萦绕在她刚才待过的这个房间里。我就得靠这一点留下她芬芳的空气来洗滤灼烧的肺了，就得靠着这一点空气来贪婪地呼吸了。蒙蒙啊，你让我的幻想和我的身体同步受到最严厉的煎熬。

不可思议。蒙蒙竟然找到了那个面具。她戴上了它。她不是小帘子。她是比小帘子美上一百倍、迷人一百倍的小仙女。可怜的我已经完全被你牵着鼻子走了。这一张脸谱是你的。从我制作它那天开始，就是为你而作的，就是为了献给你的。

8月7日，阴，星期日。今天是个快乐而悲伤的日子。蒙蒙竟然从山上摔下来了。她摔下的那一刻，我的心简直要从喉咙里蹦出来！我粗心的蒙蒙，不要命的蒙蒙。我背着她，像背起我自己的生命一样。她贴在我的背上，一双小手搂着我的脖子。她乖巧的脑袋趴在我肩上。她柔嫩的脸蛋摩挲着我的脖子。那真是一种痛苦而美妙的感觉。我多么希望下山的路更长一点，好让她更久地趴在我肩上。可是，我又是如此的担心，担心着她脚受伤了。那原本纤细的脚踝都肿成一团了。

这是我难以置信的一天。也是漫长的痛苦煎熬之后，最幸福的一天。幸福的光芒终于照到了我。她竟然跟我说，她是故意摔下去的。她泪光闪烁的眼睛在哀求我，在渴望我做出承诺。蒙蒙啊，我怎么舍得离开你！只要你高兴，只要你乐意，无论什么要求，无论你说什么，我都无条件接受……

易春莲一定是看到了他的日记。她被愤怒和妒忌的熊熊烈焰所吞噬，所以她揪住了我，要把我往死里打。在她歇斯底里爆发的时候，显然已经做出了某种决定。只是没想到，命运的阴险化成了一条毒蛇来得更早一步。我的妈妈就这样可怜而无辜地断送了性命。

卢文涛跪在了我面前，泪流满面。他说他要带我走。"蒙蒙，我不会伤害你的。如果你不愿意，我不会碰你一根手指头的。我知道我很卑鄙，很拙劣，可我不能没有你。我本来就没想还能活下来，这多出来的生命其实全都是你给的。"他哭着求着，抱住浑身僵硬的我。

我十三岁。我没有搞清楚，我到底恋着父亲一样的他，还是因为出于妒忌，和母亲展开一场争夺战，要一步步把这外来的男人夺走。显然，在这场战役中，我们三个人各怀鬼胎，各自藏着不为人知的秘密。那天，当易春莲奔向镇上为我去请郎中的时候，所有的祸根，就已经在那个充满了阴谋和躁动的午后埋下了。只是我浑然不知。我紧紧地躲在卢文涛的怀里，直到易春莲带郎中进了门，我还以一种受伤和委屈的姿势趴在他的胸前。隔着他的衬衫，我感觉到一种久违的温暖。这温暖是父亲似的，但也是雄性的，宽阔的，又是充满诱惑的。我的脚在烧着，我的头也在潮湿的空气中烧着。

如果要找凶手。我也是参与谋害易春莲的凶手之一。

现在，一败涂地了。我只知道，我不想成为孤儿，不想流离失所，不想被贪婪的叔公一家逐出家门。我需要保护，我不要孤独。

十四

我的爸爸并不是被七年前的一个浪头扑倒或被旋涡吞走而死的。

我的心里一直藏着一个巨大的秘密。那是我在六岁时，妈妈沿着金竹河去找爸爸的时候，一个欺负我的小孩骂我时透露的信息。那个孩子跟我一般大，是我叔公的孙子。他盛气凌人地冲我嚷嚷："我爷爷说了，你爸爸死了，你们的房子就要归我们了！"我不服气地说："你怎么知道我爸爸死了？我妈妈会把我爸爸找回来的！不许你说我爸爸死了，我爸爸还活着！"

那个孩子扑上来，把我打倒在地，在其他几个小屁孩的协助下，他轻松地骑到了我的背上。他抓着我的头发，把我往泥地上摁。"你还不服气！我告诉你，我爸爸亲眼看到你爸爸淹到河里死的！"

我想掀翻他，倔强地嚷道："我爸爸没死，你爸爸才死了呢！"

"我告诉你吧，你再不信也没用。我爸爸偷偷把你爸爸船上的螺旋桨拧松了。没有了螺旋桨，那船还怎么开啊？还不被旋涡卷走了！"小男孩得意扬扬地朝我炫耀。

"我才不信呢！"我激将道，"你胡诌的！"

"告诉你吧，我才没胡诌呢！是我爸爸从船上回来跟我爷爷讲的！不信，你可以去问我的爸爸和爷爷！"那个小屁孩大声说着。

两年后，叔公的小孙子莫名其妙地死于一场脑膜炎。就因为他的死，才让他的话，在我童年混沌的记忆中变得如此的警醒。易春莲曾经怀疑过我爸爸的死因。但我知道，光凭她一个人的力量斗不过那贪婪的一家人。他们敢向我爸爸下毒手，也就敢向我妈妈伸手。我不能鼓动她的冲动。不然，正好中了他们的阴谋。我宁可让那个秘密烂在心里，也不能再失去妈妈。

可我终究失去了妈妈。她是被一条毒蛇给咬死的。

我号啕大哭。虽然这些年来，我一直和她作对，可这样做是为了在她心里占一个位置，为了引起她对我的重视，为了让她在乎我的感受。我渴望爱，我无比渴望着亲人的爱。可我得不到。所以，我才变得越来越恣睢和古怪。

我想把妈妈葬在爸爸的空冢旁边。就在妈妈下葬的那一天，叔公带着他的儿子来我家翻旧账了。那个满脸皱纹的老不死，越来越像个干瘪的千年树妖。他说我爷爷当年独吞了家产，有一部分得还给他们。他们气势汹汹，一群人堵在春莲客栈门口，叫嚣着卢文涛害死了我妈妈，要把他扭送去派出所。

我没有理他们。我把大门"砰"的关上。然后我打电话报警。

更蹊跷的事情发生了。那天傍晚，叔公和他的儿子去山上察看那块岩石，信誓旦旦地说要找出卢文涛谋害我妈妈的证据。结果，快下山的时候，叔公那正值壮年的儿子被一条金环蛇给咬了。几分钟的工夫，那黑色的毒汁就随着汹涌的动脉淌遍了他全身，侵蚀了他每一个重要的器官。

我那可恶而又可爱的后山啊。

那天晚上，我坐在阳台上，趴着栏杆，眺望湿蒙蒙的远山。雨已经歇了。汛期即将过去。我知道，金竹河水很快就会恢复平静，水质又会清起来，然后四面八方来的游客又会涌到这个镇子上。砚池镇将恢复往日的熙攘，又一个旅游旺季即将到来。

卢文涛已经从派出所出来了。他瘦了一圈。他走到我的旁边。我一言不发。过了一会儿，我把头靠了过去。他肋骨下面的肚皮，温热，平坦，充满了弹性。他把手放在我的背上。"带我走吧。"我喃喃地说。无论他把我带到哪，我都愿意了，我不想再留在这个镇子上。噩梦从我的童年就开始，如果不离开，还将一直继续下去。我太孤独了，我需要有人爱我。无论这个人是以父亲的方式爱我，还是以另一种方式爱我。我对爱的强烈而原始的渴望，超过了所有冠冕堂皇的一切，负疚、亏欠、惶恐、不安、忏悔，所有这些，在我自私而封闭的心里，都不敌孤独来得可怕。

十五

汛期过去了。水路将要恢复了。

石岗码头开来的第一班船，在上午九点准时到达。和山外的第一拨游客一起到来的，是五名穿制服的警察。他们在镇上转了一圈之后，悄悄地扑向了镇子东头的春莲客栈。

我和继父正在收拾行李，准备搭乘下午的班船去石岗码头。

警察推开春莲客栈的大门，一片耀眼的阳光紧跟着灌进了客堂。四角落里，汛期滋生的那股潮霉的味道，在阳光下如青烟一样地蒸腾。卢文涛眯着眼睛，从猩红色的沙发上站起来，脚边上，是他那只硕大的黑色登山包。

警察亮出证件，并晃了一下手铐。他们说 A 县京剧团里的一名退休司机，在两个月前因一起追尾事故丧命，肇事司机逃走了，有确凿的证据，证明卢文涛就是那个肇事司机。我刚好提了书包从楼梯上下来。

要不是这洪水，早在两个月前就逮走了。一个警察说道。

警察把卢文涛带走了，我惊惶失措地追上去。码头上，已经围满了人。两名警察停下来，挡住了我的去路。我往旁边的人群中钻去。警察没有来追我。我拼命挤开了人群，赶到岸边。那两名警察跳上船了，船工正在把踏板撤去。

"卢——文——涛！你这个混蛋！"我冲着船歇斯底里地哭喊起来。

船抖了一下。然后，我看到卢文涛挣脱警察，从船舱里跑了出来。他站到甲板上，憔悴的脸上突然放出了光芒，他冲着我喊道："蒙蒙，等我回来！我会来接你的！"

泪眼蒙眬中，我看到，他手臂上被我咬下的那排牙痕，在经久未见的阳光下闪闪发亮。

码头上的人们朝我围过来，指指点点着。有看热闹的，有惊愕的，有好奇的，也有兴奋的。我已经听不到人们在说什么。我目送着那班船在金竹河上渐渐远去。螺旋桨搅起一串串水花，水花扑腾开去，在河面上漾起了一圈又一圈波纹。

我抬起胳膊，狠狠擦了一把眼泪，转身，决定回家。我用力推开了挡在我前面的两个人。那两个人没提防，朝前一趔趄，差点摔倒。没等他们反应过来，我就挥舞着胳膊，气咻咻地嚷道："看什么看啊！没见过爹死娘光啊！"

我的气急败坏，突然有了一点易春莲当年的风采。

作者简介：

舟卉，本名周美丽，一九八〇年生于浙江上虞，中国作协会员。迄今已在国内各文学刊物上发表小说八十多万字，作品多次被转载。出版有中篇小说集《好好活着》。曾荣获第二届"青年文学新人奖"。

母子平安 /周海亮

一

正吃着饭，叶芳突然说："我怀孕了。"林涛一怔，筷子差点掉到地上。叶芳说："是感觉。"林涛挤出笑，说："吃饭吧。"心慌得很。

这几年，这样的话，叶芳说过多次。每次都是她的感觉，每次都不过是她的感觉。她把感觉说出来，让林涛陪她一起期待，然而每一次，感觉终成错觉。有时叶芳会躲进洗手间里哭泣，为她姗姗来迟的例假，或为试纸上总是不肯出现的色带。林涛害怕那样的时刻。那时刻让他无奈、无助、崩溃、绝望，心脏上插一把刀，翻来覆去地搅。

饭吃到一半，叶芳去洗手间。林涛没问她去干什么，他希望她仅仅是去洗洗手，或者照照镜子。林涛点一根烟，慌乱地抽了两口，洗手间里突然传来哭声。是与往常完全不同的哭声——往常的哭声伤心并且压抑，这一次，哭声高亢尖锐，无所顾忌。

试纸终现让叶芳朝思暮想的色带。那色带让她扬眉吐气。

下午，一切变得确凿无疑。走出医院，叶芳笑个不停，林涛却抹出眼泪。晚上叶芳打出至少一百个电话，林涛喝光家里所有的酒。待第二天，林涛将小潘带回了家。

小潘是林涛请来的保姆。

本来没打算这么早就请保姆。叶芳说刚刚怀孕，没必要如此夸张。林涛说只是去看看，留下职介所的电话，让他们慢慢找。"选个好保姆不容易。"林涛说，"说不定等选好了，你的肚子就大了。"

林涛对职介所经理提出他的要求：勤快、干净、老实，烧一手好菜，必须要有照顾孕妇的经验。旁边的小潘就站起来，说："我可以试试。"那时小潘刚进屋坐下，她甚至没来得及与经理打招呼。经理就不高兴了，说："得先登记交费才能谈业务，这道理不懂？"

小潘告诉林涛，她老家在四川乡下，这几年一直在城里给孕妇做产前保姆，曾照顾过三个孕妇，会烧鲁菜、川菜和客家菜，家务做得也很麻利……最关键的是，她会弹钢琴。"音乐对胎儿很重要。"说着，小潘打开手机，给林涛看一段自拍。视频里的小潘坐在钢琴前，将一段曲子演绎得行云流水。林涛的心，就动了。

"哪学的钢琴？"

"大学。"

"你读过大学？"

"读到大二，退学了。"小潘说，"现在做产前保姆的大学生挺多……"

"工资不会太高……"

"你看着给。"

林涛给叶芳打电话，说先试用小潘两个月，不行再换。叶芳说还是算了。"孙姐和王姐那么有钱，都没请产前保姆。"她说，"你没事多陪陪我就行。"本来林涛还有些犹豫，听叶芳这么一说，反而下了决心。凭什么孙姐和王姐不请保姆他们就不能请？再说请保姆是为了照顾叶芳，不是比阔。

与小潘又聊了几句，看过身份证，补上登记费，交了中介费，事情就算定下来。回去的路上，林涛又有些后悔了：不是后悔请保姆，而是后悔请小潘，不管怎么说，小潘的年纪都有些小——年轻的女孩总让人不放心。

见到叶芳，没聊几句，小潘就要弹钢琴给她听。钢琴是几年前在叶芳的要求下买来的，叶芳对它的兴趣却只维持了三个月。三个月以后，钢琴就被一块红布盖住，再也没有掀开。

小潘弹了一曲《致爱丽丝》，林涛大加赞赏，说跟郎朗绝对有得一拼。小潘笑，说她只是会弹而已，水平还很业余。林涛对叶芳说正好你可以跟她学学琴，将来好教咱俩的孩子。又说："咱家简直是请了一位钢琴家。"叶芳拉他到一边，说："咱家需要的不是钢琴家，而是保姆。"林涛说："一会儿去买菜，就知她到底是不是保姆了。"

在小潘的建议下，他们去超市买了些鱼、胡萝卜、汤骨、小米、苹果、橙子……小潘说现在胎儿很小，用不着刻意补充营养，平时爱吃什么还吃什么就是，只是别去碰那些腊肉腌鱼什么的。"不过水果可以多吃一点。"小潘说，"对胎儿好。"

"这没问题。"叶芳说，"我喜欢吃水果。"

"我也喜欢。"小潘说，"以后与姐争水果吃，姐可别嫌我。"

回去，小潘扎进厨房，摆开架势，油盐酱醋，煎炒烹炸。叶芳要帮忙，林涛急忙说："你去沙发上歇着吧，煤气对胎儿不好。"小潘说："煤气不但对胎儿不好，对女人也不好。"她夸张地从行李包里取出口罩戴上，只露两只眼睛。林涛就笑了。他认为小潘挺开朗，挺幽默。

一桌菜很快出来，色香味俱全。吃饭时，小潘对叶芳说："哪个菜不合口，姐说声就行。"叶芳说："都挺好。就是没有辣椒，吃起来不痛快。"小潘说："辛辣的东西以后得少碰。对了，饭后别忘了吃叶酸，大夫应该给你开过了。"林涛说："看看，小潘多专业。"

午饭后三个人围着茶几聊天。林涛嗑着瓜子，小潘和叶芳各啃了一个苹果。小潘说："姐再来一个？"叶芳说："吃不下了。"又说："你喜欢吃就吃，不用管我。"小潘不客气，抓一个苹果，打去皮，"喀嚓喀嚓"地啃。然后他们又闲聊了一会儿，看似漫无目的，实则是林涛和叶芳想更多了解一下小潘。林涛给了小潘七千块钱，说："四千是预付你的工资，三千用来买菜。买菜的钱花差不多了，就跟你姐说。"

叶芳要给小潘收拾屋子，小潘忙站起来，边啃苹果边说她才是保姆。她像风车一样拖地铺床，又从行李包里掏出一张照片摆上床头柜。照片上的小女孩两三岁模样，长得跟小潘很像。

"我女儿。"她扭头，冲林涛笑笑，"过来人啦。"

卧室里的叶芳正用手机上网。屏幕上躺着一个蜷缩的胎儿，叶芳表情陶醉。

林涛将一只手轻轻搭上叶芳的肩膀。

"你太相信她了吧？"叶芳扭过头，说。

"身份证都看过了，还有什么问题？"

"总觉得一个保姆会弹琴，有点怪……"

"保姆就该不识字？就该说谁也听不懂的方言？让大学生给咱俩当保姆，人家屈尊了。"林涛说，"何况她有怀孕和生育的经验，照顾两个你都没有问题。"

叶芳笑笑，抓了林涛的手，轻搭上她的肚子。

"感觉到了吗？"

"什么？"

"宝宝。"

"只是胎芽……"

"感觉到没有？"

"没有。"

"用心感觉。"

"好像感觉到了。"

"涛子我好开心。"

"我也是。"

"给宝宝取个名字吧！"

"早着呢。男孩女孩都不知道。"

"男孩女孩各取一个……"

叶芳拥着林涛，她有一种从未有过的放松、疲惫甚至安然。她很感激林涛——林涛请来小潘，证明他在乎自己。尽管叶芳也知道，林涛在乎的，其实更多是她肚子里的孩子。可是这有区别吗？现在，假如把林涛和肚子里的孩子排序，排在第一位的，无疑是孩子。

与林涛一样，她相信小潘是个好保姆。不一样的是，打动林涛的是小潘的钢琴曲，打动叶芳的却是小潘放在床头柜上的女儿的照片。突然之间，叶芳对所有做了母亲的女人，都充满信任。

小潘绝不会有什么问题。这样想着，叶芳打起了放肆的鼾。

她和林涛都没有料到，小潘的问题会来得如此之快。

二

最初的二十多天，叶芳与小潘相处得非常融洽。叶芳甚至翻出几件衣服送给小潘，那些衣服有的她只穿过一水，有的根本没有穿过。小潘穿上叶芳的衣服，陪叶芳散步，教叶芳弹钢琴，陪叶芳聊天，两个人亲密得就像姐妹。

有了小潘的悉心照料，林涛放心地去了一趟贵州并谈成一笔生意。他在夜里八点钟回到家，小潘已经睡下。林涛去厨房煮面，叶芳跟进来，说："把小潘喊起来吧。"

林涛说："让她休息吧，我自己来。"

"哪有八点就休息的保姆？"叶芳冷下脸，"煮碗面能耽误多长时间？"

林涛发现似乎有些不对劲。

果然，叶芳告诉林涛，前几天小潘买了一个痰盂，放在她的房间。叶芳跟她说，痰盂多脏啊！有痰去洗手间，几步的事情。小潘说，多年的习惯了，他们祖祖辈辈都这样。"想到家里有个脏兮兮的痰盂我就恶心。"说着叶芳又恶心起来，跑进洗手间，"哇呜哇呜"地干呕。一会儿出来，说："明知我妊娠反应强烈。"

"小题大做了吧？"林涛说，"多年的习惯不好改，你理解一下。就像你，从乡下来城里这么多年，还不是喜欢光着身子睡觉？"

叶芳白林涛一眼。林涛凑近她，讨好地说："宝宝这几天长大了吧？"

"还有，我发现小潘偷嘴。"叶芳说。

"偷嘴？"

"大前天的晚饭，她烧了六个油焖大虾，我俩每人吃两个，还剩两个。半夜醒来我有点饿，去冰箱找，大虾早没影了。早晨我问她，你把剩下的大虾吃了？她说，夜里肚子饿，没多想。又说，如果知道我要吃，打死也会给我留着。涛子你说，她又不是孕妇，吃点什么不能对付一下？明知大虾是给我买的……"

"你没这么小气吧？"林涛说，"为点剩菜生气，不值当。"

"那就说点值当的给你听。"叶芳说，"昨天我们去超市买了些小鲍鱼，回来塞进冰箱。傍晚我独自出去散步，回来时，见小潘恰好从冰箱里往外拿鲍鱼，说要给我做葱油鲍鱼。可是我总是觉得鲍鱼的量不太对，偷偷去垃圾筒里翻，你猜怎么着？我翻出三个鲍鱼壳！"

"她趁你不在家的时候，偷吃了三个鲍鱼？"

"这就过分了，是不是？先偷做三个自己吃了，见我回来，马上装成从冰箱里往外拿的样子。大虾是剩菜，鲍鱼呢？这跟偷有什么区别？"

"你跟她说了？"

"没有。不过我挺生气。"

小潘的做法的确有些过分。叶芳有孕在身，林涛不希望她生气。

林涛安慰叶芳几句，说她也许错怪了小潘。比如小潘只是试试鲍鱼的做法，比如她只是吃了三个不太新鲜的。就算没有错怪她，这也不是什么大不了的错误，他明天找个机会跟小潘说说就是。

第二天中午，林涛去小潘的房间里坐了一会儿。他们先是聊起小潘的女儿，小潘说女儿在老家，母亲帮着照顾。又聊起小潘的丈夫，小潘说丈夫也在缨城，给一个建筑队开塔吊。不过现在天气冷了，建筑队停工，他只能帮他们看工地，管一日三餐，每天五十块钱。林涛觉得五十块钱太少，小潘笑笑说："要是回老家，一分钱也没有。"问小潘当初退学是不是因为家境困难，小潘说："说来话长，以后再说吧。"又说她知道叶姐不喜欢痰盂，只是她习惯难改。再给她半个月时间，她肯定会扔掉痰盂。

"痰盂不是问题。"林涛搓搓手，"以后，你想吃什么，跟我和你姐说就是了。"

小潘有点发懵。

林涛说："比如买菜，可以适当多买一点。你姐心眼小，买少了，担心不够吃……多花点钱不怕，比如鲍鱼什么的……"

小潘的表情，变得极不自然。

林涛没有紧追不舍。又与小潘聊了些别的，林涛借口有些困，回到卧室。

"我心眼小？"见林涛进来，叶芳放下手机。手机屏幕上，一个蜷缩的可爱胎儿。

"你偷听了？"林涛笑笑说，"提醒一下就行，小潘不是不懂事理的人。"

叶芳没有再计较。她说她得睡一会儿，她和宝宝都困了。"下午王姐约我去逛街。"她说，"你说我是不是该顺便买几套孕妇服？"

林涛去客厅喝水，听见小潘在房间里打电话；又似乎传来抽泣声。他开始不忍，认为刚才也许有点过分。想进去看看，门口站了一会儿，终是算了。

下午王姐临时有事情，叶芳没有出门。她先跟小潘学了一会儿钢琴，又和她挤在沙发上看电视剧，看到煽情处，两个女人一起抹泪。后来小潘接了个电话，说她老公傍晚时会过来看她，顺便给她捎点东西。黄昏时小潘正剁排骨，手机又响起来。小潘对叶芳说她得下楼一趟，叶芳说你让他进屋坐啊，顺便在这里吃晚饭。小潘在围裙上擦擦手，说："他脸皮薄，见不得生人。我们只说几句话，很快。"

小潘和她男人站在一棵芙蓉树下说话。两个人的距离越来越近，到最后，她男人干脆上前，亲昵地拉了拉小潘的手，又在她的腰间摸了一下。小潘一惊，跳开很远，似乎摸她的不是她男人，而是一个流氓。小潘抬头往窗口看，林涛和叶芳鼓起了掌。

林涛和叶芳都注意到，小潘的丈夫走起路来，一瘸一拐。

小潘抱两个纸箱上楼，脸蛋红扑扑的，不知是累的还是羞的。林涛问她提了什么，小潘说："牛奶。"林涛愣了愣："家里不是有牛奶吗？"小潘笑笑说："哪能光喝姐的？"林涛看看叶芳，叶芳的脸比小潘的还红。

随后那段时间，小潘成为世界上最优秀的保姆。家被她收拾得一尘不染，叶芳被她养得又白又胖。最让林涛开心的是，小潘常常上网查找孕妇注意事项，然后不厌其烦地讲给叶芳听。林涛与叶芳商量了一下，决定从第三个月起，给小潘涨一千块钱的工资。

叶芳去做"唐氏筛查"那天，正赶上林涛要见一个重要客户。小潘主动请缨陪叶芳去医院，又安慰她说这跟走过场差不多。"做不做都行，做了无非图个安心。"她的表情和语气，轻描淡写。结果需要在十五个工作日以后才能出来，医生留下叶芳的电话，说到时会电话告知。接下来就是等待，那段时间，虽谈不上度日如年，但叶芳每天都惴惴不安。

"唐氏筛查"是筛查愚型儿的第一步，叶芳没法不担心。

天气越来越热，小潘却还穿着薄毛衣。不仅在外边穿，在家里也穿，甚至夜里去趟洗手间，也把自己包得像一只粽子。林涛说："没事陪你姐去买两件孕妇装吧，顺便给你也买件单衣。"小潘说："我不是舍不得钱，是从小就怕冷。"林涛给她递个眼色，小潘心领神会，说："不过姐倒是需要孕妇装了。"整整一天，小潘陪叶芳去各个孕妇装专卖店，一口气买下五套孕妇装。回到家，叶芳一套一套穿给林涛看，问他漂不漂亮。林涛说："漂亮得离谱。"夜里小潘把所有的孕妇装塞进洗衣机，洗干净，烘干，叠好，忙到很晚。林涛让她明天再弄，她说："明天姐要穿呢。"她拿起一件比划着，问林涛："漂亮吗？"林涛说："漂亮得要死。"小潘就笑起来，跑到镜子前，扭来扭去地照。

半个月过去，医院没有打电话过来，叶芳和林涛悬着的一颗心终于放下。这时他们想应该去乡下看看林涛的父母，问小潘要不要一起去，小潘说："我帮你们看家吧。"叶芳说："要是夜里害怕，可以把你爱人叫过来。"小潘说："叫他干什么？"叶芳说："做个伴嘛！别折腾出太大动静就行。"小潘说："去你的！"叶芳就笑起来。

那些天，叶芳的腹部已经微微隆起。她心情很好。

除了过年，叶芳和林涛很少去乡下。林涛的母亲身体很差，一年里有半年抱病在床，父亲除了照顾她，基本做不成别的事情。当得知叶芳怀孕，母亲高兴了好一阵子，不仅病好了大半，还计划与父亲来缨城看她。岂料出发前夕她突患重感冒，待感冒好了一半，老毛病又一起杀将回来。电话倒是隔三岔五地打，让林涛多照顾叶芳，让叶芳多休息，让他们别舍不得花钱，又说想叶芳了，白天想，梦里也想。这次终见到叶芳，她的病又一次好了大半。她让老伴杀掉三只刚刚长出鸡冠的小公鸡，炖一只，另两只让林涛带回去。她说剩下的小公鸡她要养到过年，那时孩子刚出生，叶芳更需要营养。

回来时，林涛扛着两个很大的编织袋。编织袋里装满蔬菜、干果和米面，叶芳说这些东西能吃到孩子读小学。火车上叶芳想给小潘打个电话，林涛说这么晚别打扰她了。"我回家给你烧菜，三菜一汤，保证不马虎。"林涛招来一辆出租车，说。

从后备箱往外搬东西的时候，林涛抬头看一眼窗口，见小潘竟还没睡。似乎她正在做什么操，又是晃肩膀又是摆胯，动作舒展，节奏感很强。

突然林涛感觉小潘与叶芳挺像。到底哪里像，又说不准。

见林涛和叶芳回来，小潘戴上口罩，撸起袖子，扎进厨房，炒勺舞成风车。吃饭时林涛问她："刚才在做减肥操？"小潘说："这几天又胖了呢。"叶芳笑着说："我看你不像在做减肥操，倒像孕妇操。"小潘吐吐舌头："姐你看我现在多胖。"

不过几天不见，小潘胖了不少。收拾碗筷时，林涛盯着小潘的腰，觉得那腰比叶芳的还粗。躺在床上，翻着书，却集中不了精神。他突然觉得小潘有些蹊跷。去书房打开窗户，抽掉两根烟，回忆小潘近来种种，他对自己的判断，深信不疑了。

他差点把鼾声滚滚的叶芳推醒。

第二天林涛早早起床，他静静地坐在沙发上，看小潘在厨房里忙碌：煎蛋饼、榨果汁、做豆浆、切凉菜……然后，待小潘去街口奶吧买鲜奶回来，林涛在甬道上截住她。

"你怀孕了。"林涛对小潘说，"来我家之前，你就怀孕了。"

小潘看看林涛，低下眼，不说话。

林涛耐心地等她解释。

"别告诉姐。"许久后，小潘抬起头，说，"让我再多干几天……"

"怎么回事？"

小潘张张嘴，却没有说话。这时叶芳已经起床，正站在阳台上浇花。"你俩在谈恋爱吗？"她凑近窗口，喊，"还不回来吃饭？我可饿坏了。"

吃饭。林涛低着头，胸口像憋了一团火。他能猜到小潘有苦衷，但他不喜欢受人欺骗。他需要的是一个无微不至的保姆，而不是一个化装成保姆的孕妇。哪怕这个孕妇再可怜。

吃完饭，小潘往厨房里收拾碗筷，叶芳半躺在沙发上看早间新闻。电视里出现一头露着白肚皮的母猪，叶芳快乐地笑了起来。这时电话响起，叶芳漫不经心地去接，刚说两句，就猛地坐起，再说两句，又猛地站起。她的表情慢慢变得惊悚，身体一点点僵硬。

"怎么了？"林涛一下子想起"唐氏筛查"。

"高危！"叶芳丢掉手机，泪如雨下，"高危！"

三

十五个工作日，其实是三个星期。之前叶芳和林涛之所以认为是半个月，不是他们缺乏常识，而是他们盲目乐观。

叶芳的"唐氏筛查"，检查结果高危。

千真万确。

叶芳彻底乱了方寸。

所谓"唐氏筛查"，是指通过化验血液来判断孕妇是否患有"唐氏症"。说白了，假如"唐氏筛查"是高危，孩子就极有可能是"唐氏儿"。"唐氏儿"或呆傻，或畸形，生活不能自理，患有各种先天性疾病，多不能活到成年。

叶芳的"高危"有多高？正常值应该低于1/270，叶芳的是1/52。什么意思？大约的意思是，像叶芳这样的孕妇中，每52个人，就有一个会怀上唐氏儿。

叶芳呆呆地坐在医院走廊的长椅上，一手紧攥成拳，一手紧攥林涛。此时距他们离开诊室，已过去至少半个小时。

"医生不是说了吗？'唐氏高危'并不代表怀上的就是'唐氏儿'。"林涛安慰她说，"1/52不过是风险评估，不是最终诊断。风险评估你懂不懂？股市和楼市都有风险评估，但仍然会有人赚钱……世上任何事都有风险，有风险就会有风险评估。抽血也有风险，是不是？可能传染艾滋、乙肝，甚至败血症，可是你听说过因为献血染上这些病的吗？所以不用怕……"

不说这些还好，说了，刚刚止住抽泣的叶芳再一次流下眼泪。

"你在自己吓唬自己。"小潘塞给叶芳一瓶水，说，"高危并不可怕。我婶当初就是高危，并且是1/6。1/6！接近100%了是不是？当时她吓傻了，连堕胎的念头都有。可是到最后，仍然生下一个健康的宝宝。孩子现在六岁了，身体很棒，力气大得很，从不感冒。一会儿回去，我给我婶打个电话，让她跟你说……"

这些话让叶芳突然变得好受一些。她想听到类似的话。她渴望这些有惊无险的经历。

"姐这样的年龄做'唐筛'，肯定高危。很简单的道理，'唐筛'是用你血液里的一些指标，配合孕期，再乘以你的年龄，得出的一个数据。打个比方，假如前面的数字是1，你的年龄是20，1乘以20，结果就是20；假如你的年龄是30，1乘以30，就等于30；你的年龄是40呢？当然这个公式不像我说的这么简单，却是这个道理。况且医院还有可能弄错，比如'假阳性'，这并非没有可能。"小潘说，"就算咱们忽略掉年龄的因素，就算你真是那1/52，又能怎么样呢？一副扑克牌，去掉大小王，正好52张。现在我们假设红桃A就是'唐氏症'，我把它插进去，洗牌，姐你能不能把红桃A准确地抽出来？能不能？不能，就不要害怕。"

叶芳不能。但不能不等于她不害怕。她几乎吓瘫。

回到家，林涛陪叶芳休息一会儿，起来时，小潘已经做好了午饭。饭菜依然丰盛可口，只是叶芳基本没怎么吃。小潘说："姐还在担心？我现在就给我婶打个电话。"林涛忙说算了算了，说现在的问题不是盯着那1/52不放，而是接下来该怎么办。

接下来该怎么办？医生的建议是直接做"羊水穿刺"。这是国际上的惯常做法，准确率可达100%。但是"羊水穿刺"有风险，恰好前些日子林涛和叶芳刚从电视上看到一则新闻，说台湾一个孕妇因做"羊水穿刺"感染身亡，叶芳更害怕了。她说不敢想像一个大针头扎进子宫是什么感觉。"就算我不怕，宝宝也会受到惊吓。"叶芳说，"他还那么小，凭什么让他受这样的苦？"说着话，再一次抹起眼泪。

他们还有另外一种选择——无创DNA。"无创"与"唐筛"相似，抽点孕妇的血化验出各项指标，通过这些指标得出一个数值，然后根据这个数值进行判断。这办法虽然简单，可是准确率只是99%。医生告诉林涛，之所以不敢说是100%，是因为此项技术还没有应用到临床。"其实无限接近100%了，"医生说，"反正之前做过的从未出错。"然后他告诉林涛，因"无创DNA"尚未应用到临床，所以他们医院并没有资格来做，要做的话，只能将血液样本快递到上海的一个研究机构，那边再将结果快递回来。"上海那边会将最终结果提前短信告知，你们在收到短信一个星期以后，可以来我们院方取快递回来的报告单。"医生说，"说白了我们院方只为孕妇提供做'无创'的机会，相当于一个中介机构。那个报告单也只是个参考……所有未应用到临床的检测都只能作为参考，哪怕它已经达到100%。"

林涛、叶芳和小潘权衡良久，终决定选择做"无创"。做"无创"之前，林涛特意找到他的朋友——已经退休的市立医院妇产科宋主任。宋主任问先前怎么不联系他，林涛说："以为是例行检查，谁想到这么吓人？"他将要做"无创"的打算跟宋主任说了，宋主任说："也行。"又说叶芳最初就该选择"无创"或者"羊穿"，而不是"唐筛"。"高龄产妇的'唐筛'结果肯定高危。"宋主任看着叶芳，说，"这是由计算公式决定的。"

上午小潘也这样说。这样的话，假如医生说在前，小潘说在后，效果就很一般；假如小潘说在前，医生说在后，效果就很好。特别是这个医生是林涛的朋友。恐惧面前，朋友总是令人信任，哪怕他说了错话或者谎话。

最终结果仍需等待十五个工作日。林涛和叶芳，还需要二十多天的煎熬。

饭后小潘打开电视，调到电视剧频道，喊叶芳一起看。叶芳过来，看了一会儿电视，吃了半个苹果，情绪慢慢变得稳定。这时林涛的母亲打电话过来，问她这几天怎么样，她说："挺好的。能吃能睡。"母亲说她昨晚做了一个梦，梦见叶芳生下一对龙凤胎，喜煞人呢！说完自己笑起来。母亲笑个不停，叶芳不好挂断电话，只好跟着笑了几声。虽然笑声是挤出来的，可是她毕竟笑了。她笑了，林涛稍感欣慰。

林涛很感激小潘。这件事情上，小潘表现得远比他镇定从容。当然小潘只是保姆，他才是叶芳的丈夫，小潘对叶芳和她肚子里的孩子的感情永远不能与他相提并论。但是他相信，假如小潘摊上这样的事情，无论小潘变成叶芳还是变成他，都会比他和叶芳镇定坚强得多。

翌日上午，林涛给王姐打了个电话，说他上午想和小潘去水产市场给叶芳买几条淡水鱼，让王姐过来陪叶芳喝茶。王姐提一兜水果过来，屁股尚未坐热，林涛就拉小潘往外走。"上午的鱼新鲜。"林涛对王姐说，"你中午就别回了，留这里吃鱼。"

林涛开着车，小潘正襟危坐，一言不发。

"真有个'唐氏高危'的婶？"林涛突然问她。

"我编的。"小潘看着窗外。

"万一你姐真让你打电话怎么办？"

"那就打。"小潘说，"让我老乡装一下就行，在医院里我就安排好了……我去了趟洗手间……"

"打算怎么办？"

小潘从窗外收回目光。

"你怀孕的事。"林涛说，"假如我和你姐细心，早该发现了。你认为你能瞒很久？"

小潘搓搓手："对不起。"

"这份工作对你很重要？"

"很重要。"小潘沉吟片刻，"从我怀孕那天起，我就想把自己当成孕妇看。"

"如果你真把自己当孕妇看，就不该做保姆。"

"做保姆没什么不好。"小潘说，"这之前我在渔具厂做面漆工。面漆你知道吗？就是给鱼竿涂上一层漂亮的油漆。油漆是有毒的，杀白血球。我有宝宝了，我不想再做那样的工作……"

"你可以回老家……"

"可是我需要钱。"小潘盯着林涛，"我有一个女儿，我即将生下我的第二个孩子。当这个孩子生下，我至少有两年无法工作。我需要钱……"

"可是你为什么一定要做孕期保姆？"

"这会让我更像个孕妇。"小潘低下头，又抬起头，"我可以吃给姐买的水果，吃给姐买的海鲜，吃与姐一模一样的饭菜……我还可以每天给我的宝宝弹钢琴，偷穿给姐买的孕妇服，与姐一起谈怀孕的感觉……这会让我更像个孕妇……"

所有的一切似乎都有了解释——小潘在得知自己怀孕以后，先辞去渔具厂的工作，然后来到职业介绍所。她希望能在这里找到一份孕期保姆的工作，她如愿以偿地遇到了林涛。为了掩饰妊娠反应，她在房间里放一个痰盂；为了掩饰日渐隆起的腹部，她总是穿着毛衣；为了补充维生素和蛋白质，她不停地吃水果，偷吃冰箱里的大虾和刚从超市买回来的鲍鱼。为了她肚子里的孩子，她失去尊严。她知道她会暴露。她知道这一天会来得很快。她根本就没想瞒多久。多瞒一天就能多拿一天的工资，多吃一天免费的水果和海鲜，对她和她肚子里的孩子来说，这非常重要。

一个孕妇照顾另一个孕妇。一个不满30岁的孕妇照顾一个年近40岁的孕妇。一个读过大学的孕妇照顾一个只读到高中的孕妇。贫穷首先让人变疯，然后做出疯狂甚至愚蠢的事情，直至尊严全无或者酿成大祸。林涛有些心痛。

"可是你……从没有做过孕检？"林涛突然想到一个很重要的问题。

"刚怀孕时做过。"小潘说，"不过没做'唐筛'。"

"为什么不做？"

"做了又能怎么样呢？医生都说了，不如直接做'羊穿'。'唐筛'不准，你和姐真的不用担心。"小潘笑笑说，"再说，就算我想做，医院也不给做。没有准生证……"

"没有准生证？"林涛愣怔，"二胎不是放开了吗？"

"可是我没有这个权利。"小潘抬起头，看着林涛，"我就是二胎。当初我妈为了生我，连房子都卖了。"

"不管如何，我不能继续留你了。"林涛说，"这简直是胡闹。你有孕在身，还要照顾你姐，万一出点事怎么办？我和你姐能担当得起？"

"出不了事。"小潘说，"除了我，我家祖祖辈辈就没人做过孕检，也没人去医院生过孩子，可是我家祖祖辈辈都没有出现任何问题。我不会有问题，姐也不会有问题……"

林涛买了一条鲤鱼和一条花鲢。小贩听说林涛买鱼是为了孕妇，就建议他把鱼带回家再杀，这样能最大限度地保证鱼的新鲜。林涛说还是你帮我杀了吧。小贩说杀鱼并不难。林涛说再容易我也不杀。"我爱人怀孕了，我不想杀生。"他看着小贩说。

鱼被打净鳞，掏空内脏，变小也变瘪了很多。两条鱼让林涛想起生产后的女人，他突生深深的恐惧。小潘想帮他提着鱼，吓得他大叫一声："别！"提着鱼往回走，说："鱼还没有死彻底……以后你和你姐都不要杀生。"

刚上了车，王姐就打来电话。以为是催他们回去吃饭，却听到王姐发出杀猪般的哭声。

"出血啦！"王姐的声音里充满令人惊悚的血腥，"我看是流产啦！"

林涛的眼前，漆黑一片。两条鱼恰在这时活过来，它们同时跃出塑料袋，苍白并且干瘪的身体将车子碰撞出沉闷可怕的声响。

车子里血腥弥漫。

<h1 style="text-align:center">四</h1>

林涛与叶芳曾经打掉一个孩子。

那时他们还没有结婚。叶芳突然怀上孩子，远比婚后怀不上孩子让他们恐惧。根本不用商量，打掉孩子只是两个人瞬间的决定，就像从脸上挤掉一个粉刺那样直接。当晚他们甚至吃掉一只烤鸭，喝掉一瓶红酒，心情很是愉悦。后来两个人无数次为他们的行为自责和忏悔——那么无辜的小生命，凭什么被他们结束呢？只因为他来得不是时候？他们是自私的邪恶的掌控一切的万恶不赦的刽子手。

那时候，甚至以后很长一段时间，林涛和叶芳都没有料到，他们的第二个孩子，会来得如此艰难。

婚后头几年，叶芳总是病病歪歪，林涛的事业刚刚起步，他们根本没打算要孩子。几年后林涛的事业渐入佳境，他们不但买下两辆车子，还在海边买下一套一百八十多平的房子。搬进新居那天夜里，两个人坐在沙发上看电视，突然停电了。停电了，电视没了声音，冰箱没了声音，空调没了声音，屋子里突然变得异常安静异常空旷。那是一种让人不安甚至恐惧的静，空旷甚至挤压。后来他们点上蜡烛，烛光摇曳中，叶芳将一只手轻轻搭上林涛的手背。

从那天起，他们不再采取任何避孕措施。那年叶芳29周岁，林涛32周岁。本以为叶芳很快就会怀孕，想不到两年过去，叶芳没有任何变化。因有了之前那次堕胎，两个人都没有感觉问题有多严重，况且在他们的交际圈子里，这个年龄没有孩子的夫妇司空见惯。又一年过去，叶芳仍然没有怀孕，他们就有些急了。去医院做检查，医生告诉他们，都没事。虽然医生的话给了他们许些宽慰，但如此又拖过一年，叶芳终忍不住了。她开始怀疑检查结果，怀疑医生的诊断，甚至开始怀疑多年以前的那次堕胎是不是只是她和林涛的一个共同的无比真实的梦。再去医院做检查，却不乐观了，说叶芳的卵子不够成熟。叶芳将先前的诊断结果拿给医生看，问她为什么去年没有任何问题今年却有了问题，医生强调说不同的时期会有不同的身体状况，这很正常。她给叶芳开了些药，说："这不是什么大事。先服几副中药，再看看。"尽管医生一再强调先前他们的检查结果绝不会有错，但叶芳和林涛都确信是他们先前搞错了。因为搞错了，才让他们又白白等了一年多。

半年以后两个人去了另一家医院，检查结果是一切正常。这次他们吸取了上次的教训，再换一家医院检查，结果仍然一切正常——不仅叶芳正常，林涛也正常。既然正常，就没有什么可担心的了。可是不担心不等于不期望、不焦灼，从那时起林涛开始失眠，并且越来越严重。失眠时他会假装睡着，强忍不动，这时他便常常听到叶芳的叹息。他不知道此时叶芳是如他一样清醒还是已在梦中，他从来不敢去问也不忍去问。直到有一天深夜，身边的叶芳突然哭起来，越哭越伤心，越哭声音越大。林涛打开灯，问叶芳怎么了，叶芳说她刚才梦见自己被医生和护士强行架进手术室。"我怀孕三个月了，可是医生强迫我堕胎。"叶芳边哭边说，"涛子，你说咱俩是不是造了什么孽？"

林涛也想过这个问题，每天都想。林涛本来没有信仰，可是这几年，他几乎什么信仰都去信。他承认几年前他与叶芳打掉一个孩子是错误的，应该受到惩罚并且付出代价，可是他认为这惩罚和代价实在太过残酷。他的朋友里面，很多人堕过胎：有些是在婚前，有些是在婚后，有些是在婚内，有些是在婚外，有些是在第一个孩子出生以前，有些是在第一个孩子出生以后……可是现在，他们都有一个或者两个可爱并且淘气的宝宝。他们是否也曾忏悔过？他们的代价在哪里？每想到这些林涛就认为信仰其实没什么用。没什么用，仍然要信仰，等待、期盼、恐惧或者灾难面前，绝没有纯粹的唯物主义者。

又一年过去，叶芳仍然不见动静，两个人不得不再一次去了医院。这次的检查结果令他们几乎疯掉：叶芳没有问题，林涛却有了问题。"精子成活率太低，导致受孕机会变小。"医生这样对林涛说。林涛说可是之前的几次检查我都没有任何问题，医生说之前没有问题并不代表现在没有问题，当然现在有问题也不能代表以后有问题。"不同的时期会有不同的身体状况，这很正常。"最后，医生重复了前几位医生的话。

回去以后，林涛戒掉烟酒，按时吃药。半年后再去检查，再一次变成了两个人都没有问题。不但没有问题，很多检查结果甚至超出常人。这结果虽然让两个人再一次欣慰，但是等待更加残酷。有时林涛和叶芳怀疑他们不同于普通的人类——连医院里的仪器都会在他们身上犯错误。

很长一段时间，与叶芳做爱时，林涛都会想到"怀孕"这件事情。有了这样的想法，做爱就多了目的，少了情趣，甚至成为负担。在叶芳排卵的那几天里，很多时候，纵是林涛不想，也会打起精神，硬撑着做下去；而在叶芳排卵的前几天，纵是林涛很想，也会硬憋着，留待"前五后四"。他知道不仅他这样，叶芳也是这样。他还知道这终将会影响到他们的感情，他深信不疑。

如此又过了一年，一切依旧。一年里林涛又买了一套房子和一间门面房，他对叶芳说仅凭这些就足够他们养老了。听到这样的话，叶芳很久没有出声。夜里，她突然说："怎么会这样呢？"林涛说："也不是什么大不了的事。既然咱俩都没有毛病，就再等两年看看。两年后要是还这样，可以考虑一下试管婴儿。再说了，就算做个'丁克'有什么大不了呢？"林涛说得有道理，做个"丁克"真的没什么大不了，但他们仍不甘心。几天后他们再一次去医院，结果仍然是：没有问题。那天林涛终于火了。"没有问题那我们到底有什么问题？"他冲医生大声吼叫，并一脚踹掉了医生手里的电话。

那个医生就是宋主任。那次他对林涛的印象极深。因了印象极深，他们成了朋友。

那时距他们想要一个孩子已经过去了六年半，距他们结婚已经过去了十年半，距他们打掉第一个孩子已经过去了十二年半。那时叶芳35周岁，林涛 38 周岁。生命里最年轻的时光就这样过去了，六年多时间里，几乎每一天，林涛和叶芳都在饱受煎熬。饱受煎熬的不仅有他们，还有他们的父母。

婚后前几年，当他们去看望林涛的父母或者叶芳的母亲，当谈到孩子，林涛和叶芳会说暂时还不想要。每这时老人就劝他们说，早养儿早享福。最初他们听了，还觉得这样的说法挺可笑，可是几年过去，当他们打算要一个孩子，当老人们再一次问及此事，两个人或不吱声，或者用别的话搪塞过去，老人们就开始怀疑了。每次见面都要谈这些，林涛和叶芳烦不胜烦。见他们烦，老人们便伤心，便不敢再问，甚至不敢在他们面前说起任何有关"怀孕"的话题。老人们伤心，林涛和叶芳更伤心，觉得他们对不起老人：普通人最为平常的天伦之乐都不能让他们得到满足，还算什么儿女呢？

虽然"丁克"家庭越来越多，但针对林涛和叶芳的风言风语更多。说什么的都有，说什么难听的都有，林涛和叶芳从不去解释。解释什么呢？大家知道的事实是：婚后这么多年，叶芳一直未有身孕；林涛和叶芳知道的事实是：他们都很健康，没有任何问题。两个事实都是事实，然而两个事实摆到一起，就似乎矛盾，就容易遭人误解，猜测，甚至成为一些人取笑的话柄。"这没什么。"有时叶芳会没头没脑地冒出一句，"流言总会止于真相。"

但真相迟迟不来，流言便接近真相或者干脆成为真相。又一年过去，叶芳和林涛决定不能再拖。做出如此决定不为回击流言，只为生活少些小概率的煎熬，多些普通人的快乐。那天林涛与退休后的宋主任谈了半宿，咬咬牙接受了他的建议：试管婴儿。不过试管婴儿不能说做就做，他们仍然需要等待一个合适的时间。然而叶芳和林涛都没有料到，正是这段时间里，叶芳竟然怀孕了！在经历了这么多年痛苦等待之后，在叶芳无数次错误的感觉之后，在他们即将打算放弃的时候，在他们马上就要去做试管婴儿的最后一刻，叶芳竟然真他妈的怀孕了！

叶芳怀孕了，漆黑的世界，霎时变得明亮。

从确知叶芳怀孕那天起，林涛凡事小心翼翼。叶芳已近中年，说中年得子并不为过，林涛生怕出什么问题。可是问题接二连三，林涛焦头烂额，心力交瘁。整整三天，他的睡眠加起来不足三个小时。

林涛开着车，闯过一个红灯，拐进一条小巷。电话再一次响起来，林涛心跳加速，不敢去接。小潘替他接起，五秒钟后，便笑了。她对林涛说："你开慢点。姐没事，只是伤了腿。"

叶芳只是伤了腿，与王姐出去散步，下楼梯时只顾低头看手机，脚下一软，就摔倒了。她滑下至少五六阶楼梯，她一边惊惧地尖叫，一边用双手护住肚子，如此怪异的姿势让她的两腿毫无保护，于是，一条腿被楼梯的欧式扶手划开一条又深又长的口子。伤口紧靠大腿内侧，待她从地上半爬起来，已经血流不止。王姐抖着声音问她："伤到哪了？"叶芳抖着声音说："不知道……"她真的不知道，看到血，她的身体瞬间失去知觉……

林涛赶回去的时候，叶芳正坐在沙发上，惊魂未定。看到林涛她就哭了，几天来所有的委屈和惊吓瞬间变成歇斯底里的号啕。林涛为她的伤口做了简单处理，然后让小潘和王姐扶她下楼。"咱们得去医院看看，"林涛说。

"芳只是划伤了腿。"王姐说。

"可是她怀孕了！"林涛冲王姐大声吼叫，"你怎么让她摔成这样？"

王姐撇撇嘴，低了眼，不敢再说话。其实叶芳摔倒与她没有半点关系，她只是叶芳的朋友，不是她的保姆；叶芳只是孕妇，不是一碰即碎的高脚玻璃杯。

一阵慌乱之后，医生告诉叶芳，孩子安然无恙。叶芳转身，刚松一口气，心里又是一紧。"您再帮忙看一下，"她转过身，对做B超的医生说，"前几天'唐筛'结果出来，是高危。我听别人说从B超照片上就能看出个大概。"医生就又接过B超照看了看，说："没发现问题，很正常。不过这只是我个人的经验和判断，真正的'唐氏儿'仅凭B超看不准。"说完又觉得似乎把话说重了，忙补充道："'唐筛'多不准。你身体这么好，应该会生下一个健康的宝宝。"

回去的车上，王姐、叶芳和林涛都没有说话。快到家的时候，小潘突然说："如果上午我守着姐，肯定不会出这样的事情。"林涛看看她，示意她别再说下去。他知道小潘心里在想干什么。

傍晚趁林涛在厨房里切鱼片，小潘悄悄对他说："我想陪着姐，直到她的'无创'结果出来。"

林涛叹一口气。

小潘说："我不放心姐……"

林涛说:"好吧。"

小潘说:"你暂时,也别告诉姐。"

林涛说:"她现在这种状态,就算你让我跟她说,我也不敢。不过如果她看出来,我就只好……"

小潘说:"嗯嗯嗯。"

林涛突然有一种想哭的感觉。他认为小潘很可怜。他认为小潘不应该这样可怜。

几天以后,林涛去呼和浩特出了一趟差。本来他想留在家里陪着叶芳,但小潘认为他应该出去。"你得让你的生活跟往常完全一样。"小潘说,"该干什么就干什么,姐才没有心理压力。"林涛想了想,也对,再算算"无创DNA"的结果出来还得好几天,就去了。人虽在外地,心里却时时牵挂叶芳,每天给她打两个电话,东拉西扯,就是不敢扯上"无创"。给叶芳打完电话,又给小潘打,并且一定要小潘找个叶芳听不见的地方与他说话。有关叶芳的信息多是他从小潘嘴里问出来的,林涛认为他越来越离不开小潘了。

想小潘也有孕在身,想小潘每天都要在叶芳面前极其艰难地掩饰,林涛就替她难过。同是孕妇,叶芳衣来伸手饭来张口,小潘还得洗衣做饭,照顾叶芳;同是孕妇,这么多人关心叶芳,谁来关心小潘呢?那天林涛决定,等"无创"结果下来,他就带小潘去医院里查一查。虽然小潘年轻,虽然小潘的祖祖辈辈都没有做过孕检,但既然小潘住进他家,他就得为小潘负责。起码在小潘离开以前,他得为她负责。

从呼和浩特回来,"无创"的结果就该下来了。因结果会提前短信告知,那几天,林涛的神经几乎崩断。虽然当叶芳的手机来了短信,林涛该干什么还干什么——看电视继续看电视,吃饭继续吃饭,谈笑风生继续谈笑风生,但他的注意力早集中到叶芳那里。有一次正削着苹果,叶芳的一个短信,让他的手指多出一道血口。

那几天,林涛真真切切地体会到什么叫做"心惊肉跳"。

黄昏,小潘在厨房里唱歌,林涛在书房里看书,叶芳在阳台上浇花,突然间,叶芳的手机来了短信。叶芳返回客厅,抓起茶几上的手机,小潘停止唱歌,林涛抬起头。叶芳看一眼短信,表情就僵了。再看一眼,脸色就白了。手机从手里滑落,叶芳两腿一软,瘫倒在沙发上。

什么都不必问了。林涛只想从窗口跳出去。

五

一副扑克牌，去掉大小王，还剩52张。我们找出红桃A，假设它就是"唐氏症"，然后把它重新插进去，洗牌，洗匀，叶芳竟然准确地将它抽出。

检验结果：明显异常。叶芳缩进沙发，不停地抖。之前她虽恐慌，毕竟还有期待。她甚至想好当得知肚子里的宝宝安然无恙时如何庆祝，可是现在，对未来，她已不敢去想。

不敢去想，就是恐惧到极致，绝望到极致。

叶芳面临三种选择：一是引产，用药物和冰冷的金属器械结束这个已经会动的宝宝的生命；二是分娩之前不再去医院，也不再做任何检查，一切听天由命；三是继续做"羊水穿刺"——如果孩子健健康康，她愿意付出一切代价；如果孩子真是"唐宝宝"，则只能回到第一种选择。每次跟叶芳说到这些，林涛的心都碎了。

叶芳不敢做出任何选择。每一种选择都痛彻骨髓，每一种选择后面又跟随着无数种选择。林涛见叶芳一夜之间憔悴很多又老去很多，心痛不已，就劝她如果实在拿不定主意，可以给她妈妈打个电话。说到妈妈，叶芳又抹起眼泪。瞒来瞒去，终还是不能瞒过她。

叶芳的妈妈孙兰性情古怪，说话刻薄，凡事有自己的主见。当初林涛与叶芳热恋，她就强烈反对。她反对的理由很简单：林涛长得瘦小，做事没魄力，关键是没钱。叶芳说可是我们有爱情。孙兰说我和你爸当时也有爱情。说白了，她不相信爱情，或者不相信林涛对叶芳的爱情。母亲替女儿着想，怕女儿嫁错人，林涛可以理解，他不能理解的是：凭什么她认为他对叶芳没有爱情？就因为她被前夫抛弃过？这显然狗屁不通。林涛相信当两个人不能继续生活，永远没有一个人的错。错误是双方的，只是表现出来的形式不同罢了。

为了拆散叶芳和林涛，孙兰曾经鼓励叶芳打掉他们的孩子。虽然孩子最终被打掉，但为这件事，林涛永远不能够原谅她。那时他和叶芳都还年轻，不经事，不懂事，孙兰呢？为了达到她的目的，不惜牺牲一条无辜的小生命，林涛认为她做得不但过分，简直有些禽兽不如了。

结了婚，叶芳告诉孙兰，这几年他们不想要孩子。孙兰说，好啊！你们都还小。叶芳说，林涛想创业，需要钱。孙兰说，好啊！创业是正经事。就是不提钱的事情。林涛知道她有闲钱，也知道她完全可以帮他们一把，但她始终没有借给他们一分钱。假如说婚前为了女儿的幸福，她应该提防林涛，婚后为了女儿的幸福，她就应该帮助林涛。总之她做的事情总是让林涛看不懂，想不通，有一段时间，林涛甚至怀疑叶芳是否是孙兰的亲生女儿。

　　最让林涛气愤的是，最近几年，当他们迟迟没有孩子，孙兰就有些急了。她问叶芳为什么总怀不上，叶芳要么答非所问，要么避重就轻。终有一次，电话里，她质问叶芳："到底是你的毛病还是林涛的毛病？"叶芳说："不是跟你说了吗？谁都没有毛病。"孙兰说："没有毛病怎么怀不上？如果是林涛的毛病并且是无法医治的毛病，我想你应该考虑一下了。"叶芳一时没反应过来，问她应该考虑什么了，她说："离婚啊！没有孩子，老了怎么办？"这句话恰好被旁边的林涛听得清清楚楚真真切切。待叶芳挂断电话，林涛说："你妈到底还有没有人类的感情？"叶芳说："她是说着玩的。"林涛说："有当妈的这样说着玩的吗？这叫人话？"因为理亏，叶芳没敢再吱声。之后一连好几天，两个人总是别别扭扭，疙疙瘩瘩。后来林涛想他们这是在干什么呢？又不是叶芳有错，错在她妈。让他们来为她妈的错误埋单，这是他妈的在干什么呢？

　　因有了这些过节，除了过年，林涛很少去看她。只是有时候，当叶芳和她通电话，林涛会礼貌性地接过电话问候一声，声音冷得就像手机里的自动语音。孙兰也知趣，既然林涛不喜欢她，她也不与林涛多聊；既然林涛不去看她，她也不过来看林涛。总之关系就这么僵着，不闹，也不和。

　　确知怀孕那天，叶芳给孙兰打了个电话。孙兰听了非常高兴，又对叶芳千嘱咐万叮咛，让她从此什么也不要插手，所有活都交给林涛去干。末了，又说，她年龄大了，就不去看他们了。如果他们能抽出时间，就回来看看她。

　　虽有芥蒂，但林涛还不至于小气到故意躲着她。从那天起，他和叶芳就开始计划抽时间去她那里一趟。后来林涛要出差，后来叶芳要做"唐筛"，再后来林涛又要出差，再后来他们去看望林涛的父母，再后来，叶芳就被测出了"高危"。如此一来，回去的打算，只能一拖再拖。其实林涛也曾建议他们回去住一晚上，第二天就回来，却遭到叶芳的强烈反对。"我妈眼睛很毒，"叶芳说，"什么都瞒不过她。"林涛说："瞒不过就告诉她，正好让她帮忙拿个主意。"叶芳说："还是算了，省得让她跟着担心。等'无创'结果出来，知道什么事都没有，再回去。"现在"无创"结果出来，却残酷得让叶芳想要死去，她更没办法回去了。

中午时候叶芳接到孙兰的电话。孙兰只问一句："你还好吧？"叶芳就泣不成声。叶芳边哭边说："我好像过不去这道坎儿。"孙兰说："不慌，不怕，我去看你。"放下电话她就订机票，订好票她就直奔机场，待她风尘仆仆地出现在叶芳面前，天还没有黑。

夜里孙兰将事情的来龙去脉仔细地理顺一遍，然后跑到书房的电脑前查阅资料，直到凌晨。小潘过来给她送牛奶，她看一眼小潘，喝一口奶，问："几个月了？"小潘吓了一跳："什么几个月了？"她说："你怀孕几个月了？"小潘还没想到该如何回答，她就冲小潘摆摆手，说："几个月都不要紧，健康就行。"然后她关掉电脑，闭着眼睛想了一会儿，说："我决定了。"

她决定了。似乎这只是她一个人的事情。

第二天早晨，吃饭时候，孙兰突然说："打掉吧！"

叶芳、林涛和小潘一起抬头看她。

"只好打掉了。"她说，"生下'唐氏儿'，你们这一生再不会有幸福。精神压力，经济压力……"

叶芳吓得说不出话来。

"我查过了，几乎所有的'无创'异常，都会生下唐氏儿……"

"为什么不再做'羊穿'试试？"小潘打断她，"医生都说了，'无创'的准确率是99%……"

"没有应用到临床，当然不能说100%。"孙兰说，"你认为99%和100%有区别吗？"

"当然有区别！"小潘喊起来，"谁敢确定姐怀的一定是唐氏儿？"

"总之'羊穿'风险太大，我不同意。台湾都死人了，你们不知道？"孙兰说，"打掉这个孩子以后，马上做'试管婴儿'。你们年龄都大了，拖不起……"

"我不同意！"小潘说，"万一姐怀的是健康的宝宝呢？就这么把他杀了？"

"这不是杀！"孙兰冲小潘吼起来，"这么做是为了他们的幸福！'无创'

的结果都出来了，还有什么可坚持的？生下一个'唐氏儿'怎么办？养都养不活！"

"咱们总还有希望！"

"你听不懂我的话吗？我决定了！"

"去你的决定！"小潘猛地站起来，摔掉一只碗，逼近孙兰，"又不是你生孩子，你没有权力决定！"

孙兰被小潘吓傻了。她张了张嘴，咬了咬牙，却没有说出一个字。然后她拍下筷子，独自进了卧室，一会儿又出来，重新坐下，重新拾起筷子。"不管如何，你得听你妈我的。"她转向叶芳，说，"你的命是你自己的，既不是我的，也不是林涛和这个小潘的。这个孩子掉了，还可以做'试管'，做'试管'生出来的孩子，也能健健康康；但假如你做'羊穿'，万一出什么事情，一切都完了……"

"我要做'羊穿'。"叶芳看着孙兰，说。

孙兰愣一会儿，再一次丢下筷子，走进卧室。一会儿她再一次走出来，问叶芳："真决定了？"

叶芳不说话。

"你也同意？"孙兰看看林涛。

林涛点点头。

孙兰看看小潘。"你满意了？"

小潘收起摔成两半的碗，不理她。

"既然你们决定了，就听你们的。不过假如'羊穿'还有问题，你们必须放弃这个孩子！"说着，孙兰再看看小潘，说，"假如芳子出了什么问题，我先扒了你的皮！"

然后，她转过头，对叶芳说："小潘怀孕了，你知道吗？"

六

是小潘先做的"羊穿"。林涛、叶芳和孙兰候在外面，小潘独自做完，坐在椅子上休息片刻，喝两口水，并不走。她说她还想陪叶芳做。医生说："刚才不是说过了吗？做'羊穿'时，外人得避开。"小潘说："我是她妹妹。"医生说："你是她妈也不行。"小潘咧咧嘴，冲叶芳笑笑，抱她一下："不用怕，跟打针差不多。"又说，"我一直睁着眼，看那个大针管子抽出羊水，还怪好玩。"

叶芳可没感觉到好玩。她闭眼，咬牙，缩肩，握拳，吓个半死。做完"羊穿"，林涛不放心，又跑去一趟门诊，喋喋不休地向医生问个没完。最后连医生都烦了，她说假如你爱人出什么事，我立马上吊给你看。林涛仍不放心，蹲在门口给宋主任打了个电话，宋主任说假如叶芳出什么问题，我立马从缨城最高的楼上跳下来。怕林涛误会，忙解释道："我指的是叶芳没事，不是孩子没事。"怕林涛担心，又解释道："你们也不用害怕，'无创'只是参考。肯定有'无创'异常的孕妇生出健康的孩子。"林涛说可是上次你跟我说你们医院从没有出过错。宋主任说："可是我退休了啊！我退休这么长时间，谁知道这段时间他们有没有出过错？"林涛还想再说，宋主任已无心恋战。"等结果吧！"他说，"你再担心害怕，再问这问那，也得等结果。'羊穿'的结果是100%，绝对错不了。"

结果仍需等待15个工作日——叶芳与林涛的生活节奏，硬生生被一个个"15个工作日"切割得凌乱不堪、胆裂魂飞。

从医院出来，林涛顺便去附近超市花三百块钱买了一个野生鲜海参。海参是为叶芳买的，林涛总觉得做一次"羊穿"跟动一次手术差不多。回到车子上，看到小潘，他才意识到小潘也刚刚做完"羊穿"，忙说这个海参挺大，叶芳和小潘先吃着，等明天他再过来买。小潘说："我身体好，不用补。再说'羊穿'也不算什么手术。"孙兰说就是就是。"还是年龄小好啊，做个'羊穿'跟打针似的。"她瞅着小潘，说。

她的话让林涛非常不舒服。昨天还担心做"羊穿"九死一生，今天就"做个'羊穿'跟打针似的"？就算小潘只是个保姆，也毕竟是个与叶芳一样的孕妇，与孙兰一样的女人。为了区区三百块钱，就拿说出去的话当放出去的屁？天底下怎么会有这样自私的女人？

昨晚叶芳并未表现得太过吃惊。她只是盯住小潘看了看，说："怪不得。"孙兰："怪不得什么？"叶芳说："怪不得我也曾经怀疑小潘怀孕了。"孙兰问："怀疑怎么不问？"叶芳说："觉得不可能。觉得绝不会有这样的事情。"

叶芳并不傻，她真的怀疑过小潘是否怀孕，不过她很快就被自己说服。这怎么可能呢？一个女人怀孕了，不把自己当女皇一样供着，反而去服侍另一个孕妇，这怎么可能呢？因为不可能，因此小潘所有的怪异举动，全都变得合情合理。也曾动了问问小潘的心思，刚想问，就"高危"了，就没了心思；再想问，又"明显异常"了，又没了心思。现在她不必问了，小潘招得彻底。

小潘说她只想活得像个孕妇——吃孕妇该吃的饭菜和水果，睡一张松软并且干燥的床，让肚子里的宝宝每天都能听到妈妈弹钢琴。更重要的是，她可以远离油漆之毒，生活在空气清新的海边。说这些时，小潘坐在叶芳面前，低着头。她们的脚同泡在一个橡木泡脚盆里，水温被小潘调到恰好。

叶芳说："我没生你气，我只是担心你。"

小潘笑笑。"我没事。"她去洗手间取了毛巾，回来，捧起叶芳的两脚，搭上她的腿，"你也会没事的。"她将叶芳的脚擦干净，端起木盆。旁边的林涛忙从小潘手里抢过木盆，说："我来我来。小潘你以后也得注意了。四个多月了吧？我看你的腿有点肿。"

孙兰洗好水果，紧挨着叶芳坐下。"按理不该管你们的事情，"她看看叶芳，再看看小潘，"可是小潘你真不能再做了。我们都希望你别出事，可是这种事，谁都不好说……"

林涛从洗手间出来，轻咳一声。

"我说错了？"孙兰盯着林涛，"防患于未然，不好？"

随后几天，孙兰开始拒绝小潘。其实说她在赶小潘走似乎更恰当一些。起初她用了类似"万一出事了"这样令人胆战心惊的话，后来她便付诸了行动。她抢着买菜、拖地板、抹桌子、浇花、洗菜、洗水果、做饭、洗衣服……她让小潘无所事事。小潘无所事事，便显得多余。一个拿着工资却不干活的保姆，便没有了存在的价值。

林涛为小潘买来海参，小潘却没有动。她说她的体质不适合吃海参，还是留给姐吃吧。她的话让林涛酸了鼻子，险些流下眼泪。孙兰说吃吧吃吧，反正海参也不是太贵。她的话让林涛有些摸不清头脑，想她怎么突然间变大方了？想不到孙兰又说："再说小潘你的工资也不低，吃得起。"气得林涛真想把一壶开水从她的头顶浇下去。让一个拼命攒钱的保姆吃三百块钱一个的海参，孙兰这是拿大棍把小潘往外轰啊！

小潘的确在拼命攒钱。自她来到这里，林涛和叶芳就没见她买过任何东西。她说孩子生下来，需要很多钱。并且，万一被别人知道了，她不知她和丈夫还能不能交上那笔罚款。

"生孩子这么大的事，怎么能瞒得过？"林涛说。

"瞒一天是一天。"

"打算怎么办？"

"回老家生。"

"回四川？"

"四川。"

小潘告诉林涛，她的老家非常偏僻，即使去最近的镇医院，也得走上半天。"不过老家有接生婆，交给她，比交给医院还安全……"

"你什么意思？"林涛心里一惊，"你不打算去医院？"

"不去。"小潘说，"我是二胎，我不想让太多人知道。"

"这真的没什么，"林涛说，"现在不是以前，没人敢动你和你的孩子……"

"可是会有罚款。"小潘说，"生下孩子，住一段时间，或许再回来……我和我老公商量好了，如果钱凑够，就开个小吃店……先瞒段时间，日子说不定就好了。"

"我不同意。万一出事怎么办？"林涛坚持着。

"不会出事的。"小潘笑笑说，"二胎会容易得很……再说那个接生婆接生了一千多个孩子，从没有出过事……"

"你看咱们是不是可以这样……"林涛搓搓手，说，"以后每个月给你两千块钱工资，你在这里住着，陪着你姐。你姐需要人陪……"

"阿姨陪着姐就行，"小潘看看孙兰，说，"等'羊穿'的结果下来，我给姐庆祝一下，就走……"

"庆祝？"孙兰看过来。

"姐人这么好，肯定会没事的。"小潘说，"我让自己享受了四个月的孕妇待遇，我已经很知足了。"

不管林涛怎么留她，小潘坚持要离开。她说现在孙兰完全可以照顾叶芳，她就不给他们再添麻烦了。最后林涛只好另想办法，说他有朋友开了个茶馆，茶馆里有一架闲置的钢琴，如果小潘愿意，他可以问问那里是否需要人弹琴。小潘有点动心，说她弹的不好，人家不会要。林涛说，现在去茶馆喝茶的，谁还在真正欣赏一首曲子？能整出点动静就行。"不过是附庸风雅的事情。"他说。

第二天孙兰陪叶芳去一个海岛散心。孙兰本不想让小潘一起去，架不住叶芳的坚持，只好带上她。林涛睡到很晚才起床，去朋友的茶馆把想法说了，朋友有些为难，说茶馆生意不好做，不想再多增加开支。林涛说她弹得不错。朋友说弹得再好也比不上音乐家，开茶馆到现在，他一直在放录音，没有任何顾客提出不满。"要不这样吧？"万般无奈之下，林涛只好说，"你每个月发她一千块钱，我再出一千，你别告诉她就行。"朋友说："我搭上钢琴还得给她钱？不干。"林涛说："那你只给她找个住的地方，这行吧？"朋友说："租个房子少说也得一千块。不干。"林涛说："难道就白干你才能接受？"朋友说："白干我也得考虑考虑。这么小的茶馆，还要弄个人在这里弹琴，吵得慌。"林涛说："嫌吵你弄架破钢琴摆这里干什么？"朋友说："我要是在这里摆把剑，还得请个武师过来不成？"

最后，朋友总算勉强接受了小潘。条件是小潘可以在这里弹琴，别的事他一概不管，包括工资、住处和一日三餐。工资和住处林涛可以偷偷帮她解决，一日三餐比较难办。就算林涛每个月偷偷给小潘两千块钱，那点钱也不能让小潘过得"像一个真正的孕妇"。

心里越来越烦躁，大街上胡乱逛了一会儿，林涛给阿霞打了个电话。曾经很长一段时间，阿霞给了林涛偷偷摸摸和战战兢兢的快乐。

所以很多时，他感觉他愧对叶芳。所以很多时，当面对尖酸刻薄的孙兰，他只能容忍。他有内疚感和犯罪感。他犯了很多男人犯过的错误，只是他已经回归。他的回归既不是因为叶芳的怀孕，也不是因为他幡然醒悟，而是因为离异的阿霞重新有了婚姻。谁都没有主动提出要结束他们的关系，关系是自然而结束的——先是少了见面，然后少了电话，终于没有了联系。

林涛坐在阿霞面前，给阿霞讲他近来的事情。他一杯接一杯地喝酒，他为总是灌不醉自己而烦躁不安。阿霞不会劝人，"叶芳她肯定没事"七个字重复了不止三十遍，"涛子你别再喝了"七个字重复了不止五十遍，见林涛还在喝，便陪他一起喝。后来林涛终于喝多了，他躲进洗手间里呕吐，竟伏在马桶上睡过去。

阿霞推醒他。"涛子你别再喝了。"她说,"叶芳她肯定没事。"

林涛站起来,摇摇晃晃往外走。

"如果我能让你快乐些,咱俩找个地方休息一下。"阿霞扶着林涛,小声说,"涛子你怎么弄我都行。"

林涛愣住了,看她。

"以前,当你烦……"

"现在,不可以。"林涛打着酒嗝,"我知道你对我好,可是我真的不能。叶芳怀孕了,我的宝宝生死未卜,我怎么能做这样的事呢?"

迷迷糊糊回家,迷迷糊糊睡去,醒来已是午夜。孙兰和小潘早已休息,叶芳躺在他的身边,安安静静。林涛去洗手间洗了把脸,回来,见叶芳睁着眼,静静地看着天花板。林涛说:"睡不着?"叶芳说:"距结果出来,还得十几天吧?"林涛说:"最多十五天。"叶芳说:"这些天我多吃点好的,没事多出去转转,让肚子里的宝宝也享受一下。如果他真是个'唐宝宝',在被打掉之前,也不枉来世上一遭。"林涛怔愣良久,轻搂了叶芳的肩。"自己想通了?"他问。

"小潘说的。"叶芳说,"我觉得她说得对。"

七

十五天时间,说慢无限慢,说快无限快。那段时间,叶芳能吃能睡,似乎真的想开了。她想开了,林涛却想不开了:假如孩子真的是"唐氏儿",难道就只剩下打掉这一种选择了吗?"唐氏儿"就必须失去活着的资格?谁这样规定的?

没人这样规定。宋主任也说过,假如是"唐氏儿",那么,生下来还是打掉,由林涛和叶芳来选择。

问题是,他和叶芳,当然还有孙兰,都选择了打掉。几天来,无论林涛在做什么,都想着即将到来的结果,都感觉心在淌血,只要结果出来,非大喜,则大悲。之前无论"唐筛"还是"无创",他们都还有希望,都还能心存侥幸,都还可以继续等待,但当准确率为100%的"羊穿"结果出来,他们只能剩下接受。被动的再无任何办法地接受。哪怕结果再残酷。

林涛思前虑后,终将这件事情告诉了父母。他说他本想瞒着他们,但假如最终的结果不好，孩子被打掉，他们应该知情。父亲说，你们做主吧。林涛说你把电话给妈。母亲沉默一会儿，说，你们决定好了。林涛说无论我们怎样做，你都不会怨我们吗？母亲说，不怨，只要你们认为你们的决定是对的。挂断电话以前，她说她打算这几天去看看他们，陪陪叶芳。林涛赶紧说："芳子有她妈陪着，情绪还好。你身体不好，就不要来了。"然后林涛躲进书房，闷头抽掉半包香烟。小潘过来送牛奶，腾云驾雾，几乎是摸到他的。见小潘进来，林涛急忙打开窗子，让小潘快点出去。"我抽烟呢。"他说，"对孩子不好。"

小潘说："对大人也不好。"

林涛掐灭烟蒂。

小潘说："我是指你。"

林涛挤出笑。

"小戴一会儿就来。"小潘说，"他坐一会儿就走。"

小戴是小潘的丈夫。工地早已开工，小戴每天需要工作十几个小时。尽管如此，他还是抽空用工地上的废铜丝给叶芳和小潘编了两辆自行车。自行车很小，可以托在掌心，每个零件却都是活的，可以拆下来。小戴说这不是送给叶芳和小潘的，是送给两个孩子的。待两个孩子生出来，一天天长大，到了闲不住的年龄，肯定会喜欢。林涛摆弄着两辆小自行车，既震惊又喜欢，说想不到他还有这手艺。"刚学的。"小戴憨笑着，说，"等以后编得更好些，说不定会开个网店。"

坐了一会儿，小戴要出去抽烟。林涛说你去书房抽就行。小戴搓搓手，说："家里两个孕妇呢。"抽完烟，回去坐了一会儿，再搓搓手，说："小潘瞒了你们那么长时间，真的对不起。"林涛问他和小潘打算怎么办，他说："小潘回老家，我继续干活。等时间差不多了，就回去陪她。"林涛说："要不听小潘的吧。她想去我朋友的茶馆弹钢琴。"小戴习惯性地摸出烟，又塞回去，说："也行。"林涛留他吃饭，他推辞着，说工地还等着他呢，边说边往脚上套胶鞋。小潘送他下楼，林涛见两个人推推搡搡，待小潘回来，问他们刚才在干什么，小潘说他偏要塞给她三百块钱，让她给自己和叶芳买点东西。

饭后小潘本想刷刷盘子，却被孙兰赶出厨房。小潘去小区的凉亭透透空气，却在那里见到林涛。见她过来，林涛掐灭烟，说："茶馆挺好的……"

"我会经常来看姐，给她弹琴。"小潘说。

"真不打算去医院生孩子？"林涛问她。

"知道我为什么没读完大学吗？"小潘反问他。

林涛摇摇头。

小潘坐下来，沉默。

"因为我怀孕了。"小潘突然说，"那时候好怕，就想把孩子打下来。不敢吃药，不敢去医院，就爬上桌子往下跳。听老家人说，这样可以让孩子流产。我一连跳了十几次……"

那年小潘才23岁。23岁的小潘从桌子上往下跳了十几次，崴了脚，便不再跳。她在脚踝上敷了冰袋，昏昏沉沉地睡过去。她做了很多梦，梦里无一例外有一个哭泣的血淋淋的婴儿。半夜小潘醒来，一个人跑到街上，吃光一只烤鸭。第二天她叫来她的男朋友，说，她想把孩子生下来。男朋友以为她疯了，苦口婆心劝她一天，终于再次把小潘说服，并把她带进医院。她和男朋友坐在走廊的长椅上等待叫号，一个个孕妇或骄傲或忐忑地从她面前走过，小潘看着她们，突然认为母亲与刽子手不过一念之差。身边坐着一个怀孕四个多月的女人，女人的嘴唇和身体一直在抖，一直在抖，越来越快，越来越快。小潘听到牙齿相碰的"得得"声，却不知是女人的，还是她自己。

终轮到女人了，她站起来，迈开脚步，却是朝着相反的方向。她的男人拦住他，沉下表情，说："咱俩不是说好了吗？"女人盯住男人的脸，说："刚刚宝宝动了。他第一次动……"男人说："咱俩不能留下他。"女人说："可是宝宝动了。"男人的表情瞬间变得可怜，说："咱俩还有选择吗？"女人说："留下他就是选择。"男人说："可是留下他，咱俩什么都没有了。"女人说："如果你一定要杀了他，你先杀了我。"女人走向走廊的拐角，一抹雪亮的阳光将她的背影镀上一圈金黄色的轮廓，小潘从她的头顶看到迷幻的菩萨般的光环。

小潘去一趟洗手间，十分钟以后出来，再一次改变决定。她说："我想留下这个孩子。"男朋友吓坏了，说："咱俩不是说好了吗？"小潘盯住男朋友的脸，说："他早晚会动的。"男朋友说："他会毁了你和我。"小潘说："他只是个胎儿，婴儿，他什么也做不了。"男朋友说："无论如何你得听我的。"小潘站起来，说："我这就退学。"男朋友拦住她，表情卑微并且可怜，几乎给她跪下。没有用，小潘走出医院，义无反顾。她被白亮的阳光刺得打了好几个喷嚏，她流出眼泪。

男朋友又劝他几次，最后用上恐吓，小潘却只有一句话："宝宝是无辜的。"男朋友在两个月以后突然失踪，小潘在男朋友失踪的第二天离开学校。小潘回到老家，所有人都劝她打掉这个孩子，包括她的母亲。母亲苦口相劝，一口好牙硬生生被说掉半嘴，小潘死心塌地，不为所动。母亲的劝说几乎延续到小潘生下孩子的前一天，可是她终未说服或者吓退小潘。小潘的理由仍然只有一个：无辜的孩子绝不应该承担成年人所犯下的错误。六个多月以后小潘生下她的女儿，取名"重重"。"现在想来，这肯定是我一生中最正确的选择。"小潘对林涛说，"你见过我女儿的照片，她很可爱，很听话，很漂亮。"

"你男朋友呢？"林涛问她。

"他回来了。在孩子生下的前几天。"小潘说，"我们匆匆补办了婚礼……"

林涛看着她，等她说下去。

"你猜对了。"小潘笑着说，"是小戴。我从没有怪过他……"

"这一次呢？"

"这一次是小戴的主意。从我得知怀孕那天起，他就决定不管如何，哪怕倾家荡产，也要把孩子生下来。"小潘说，"其实就算他反对也没有用，我肯定会把孩子生下来……再说他怎么会反对呢？从他回来那天我就知道，从此以后，他绝不会离开我，也绝不会离开他的孩子，包括我肚子里的孩子……"

小潘告诉林涛，当初她生女儿就没有去医院。"你永远不会知道我老家的接生婆有多厉害。"小潘说，"接生一个孩子就像从地里拔出一根萝卜。"

但林涛知道，从体内取出一个婴儿，绝非像从地里拔出一根萝卜那样简单。不管小潘如何轻描淡写，他仍为小潘担心。

夜里林涛躺在床上，身边的叶芳突然没头没脑地冒出一句："真打掉？"

林涛吓了一跳。

"如果我想留下他……我是说，不管什么结果，都留下他，你支持吗？"

"睡觉吧。"

"反对吗？"

"很晚了。"林涛翻一个身，轻轻拥住叶芳，"明天再说。"

"这几天我一直在想，咱俩凭什么给宝宝做主？"月色下，叶芳抹抹眼睛，"就因为他会给咱俩带来负担？就因为他会成为咱俩的累赘？就算他有先天性疾病并且活不到成年，就应该提前死去？这是他的错吗？这些跟咱俩要结束他的生命有关吗？也许正因为这些，咱俩才应该留下他——既然他有了生命，就该来世上一遭，看看这个世界，听听妈妈的声音，骑骑爸爸的脖子，喝口奶，吃个冰淇淋，晒晒太阳，淋淋雨，感觉一下风，看狗在身边走过去，看蝴蝶从头顶飞过去，尿床，撒娇，吐奶，感冒，屁股乌青，夜里扯开嗓子哭……"

林涛爬起来，去书房抽烟。隐约间他听到卧室里传来压抑的哭泣，林涛心如刀绞。再抽一根烟，回到卧室，林涛盯着叶芳，认真地说："无论你做何选择，我都支持你。"

叶芳愣了半天。枕头蒙住了脸。

她下不了决心。无论是结束这条生命的决心，还是生下这条生命的决心。她想，就算给她100年时间，她也下不了决心。

可是那天夜里，林涛有一种极其悲凉和悲壮的感觉。他几乎可以断定孩子必是"唐氏儿"，也几乎可以断定他和叶芳必会选择留下他、生下他，断定孙兰必会大吵大闹，断定她的父母必会因此更加苍老，断定他和叶芳必将被朋友们所怜悯，断定他们的故事必将成为邻居们茶余饭后的谈资……断定他和叶芳的一生，必会从此苦难相随。后来握紧拳，直将指甲扎进掌心。他豁出去了！他豁出去了，他把叶芳也豁出去了，他把他和叶芳的后半生都豁出去了！天上只下一滴雨，雨珠正好砸中他的额头，他怕，他骂，他倒霉，却必须接受，承受。这样想着，身体开始发抖，忽冷忽热，冷得像冰，烫得像炭。

现在只剩下期待奇迹。现在的奇迹不再是从52张扑克牌中准确地抽出红桃A，而是从100张牌中准确地抽出那张A。

这样的奇迹，近乎于零。

可是奇迹真的发生了。

八

100张牌，洗匀洗乱，摊到桌子上，叶芳竟然准确地抽到她想要的那张。

是红桃A。这次代表的却不是"唐宝"，而是健康的宝宝。

取结果以前，林涛曾想，假如奇迹发生，他必将欣喜若狂。他会趴在地板上，像马那样撒欢儿，像驴那样打滚儿，像狗那样吐舌头，像狼那样发出几声长嚎。可是当结果真的下来，他竟半天没有动。那一刻他的脑子很胀，胀到即将炸开；又很空，空得能装下整个世界。后来他真的想躺到地板上打几个滚儿，叶芳却突然哭起来。叶芳是在足足怔了三十秒以后哭起来的。她的哭没有前奏，本来挺安静，骤然"哇"的一声，石破天惊。林涛上前拥住她，说："都过去了。"

叶芳仍然哭，越哭越有节奏，越哭声音越大，直到打起哭嗝。打起哭嗝，哭得更欢，林涛认为她的每一个哭嗝都是一次幸福的反刍。她从诊室哭到走廊，从走廊哭到楼梯，从楼梯哭到门口。林涛说："快别哭了。"叶芳仍然哭。林涛说："你也不问问小潘怎么样了？"叶芳的哭声就戛然而止。孙兰跟过来，说："都没事啦。"说完跑到一边抹眼泪，鼻涕扯成蛛网。这时他们才想起竟集体忽略了小潘。回头找，见小潘轻抚着肚子，站在阳光里，冲他们笑。小潘不显肚子，可是那时候，她比世界上的任何孕妇都像孕妇。

晚上林涛带叶芳、小潘、王姐和孙兰去"湘王府"吃四川菜，又打电话喊来宋主任。他敬宋主任一杯酒，说谢谢他的帮助，将酒一饮而尽，才想起宋主任其实并没帮什么忙。宋主任也笑，说既然林涛乐晕了头，就该站到大街上分钱。过往行人，每人十块。林涛说本来是有这个打算，不过现在有些舍不得了。

那天林涛的确乐晕了头，敬完宋主任，又敬小潘，说近来多亏了她，否则的话，他和叶芳真不知该怎么熬得过来。小潘以水代酒，逢敬必干，竟也喝得醉意浓，小脸红。待吃喝得差不多了，小潘站起来敬大家，说她明天就走，对林涛和叶芳这么多天对她的体谅和理解表示感谢。叶芳有些不舍她，说："不再多陪我几天？"小潘说："阿姨会照顾好你的。"孙兰说："就是就是。小潘你也该好好休息了。马上就五个月了吧？"小潘说："预产期和姐差不了几天。"林涛说："如果你一定要走，明天我就带你去茶馆。你先熟悉一下环境……"小潘笑笑说："就能干两个月，好像不值当。"林涛说："我都跟朋友说好了，就两个月，两个月以后你就该回四川。小潘你也别太把这事当工作，坐在那里，随便整出点动静，当散心，当休息，或者当胎教，都行……"

回到家，小潘默默地收拾东西，叶芳坐在沙发上静静地看她。后来叶芳给小潘倒了一杯水，又拉了她的手，说："谢谢你陪我。我知道，假如不是为了陪我等，你或许不会做'羊穿'……"

小潘说："做了我也安心。"

叶芳再一次湿了眼。她端来泡脚盆，将水温调到正好，放到小潘面前。"记得常回来弹琴给我听。"

小潘为叶芳弹了一曲《致爱丽丝》。这是小潘弹得最好的一次——仿佛在飘着薄荷气味的水边，安静地坐着一个男人、一个女人、一个孩子和一条狗。男人看着水面，偶尔扭头看看女人，看看孩子，看看狗……林中鸟鸣婉转，香气氤氲，月亮升起来了，柔软的粉红色气雾贴着水面缓缓流淌……

夜里，这雾气一直在叶芳的梦里的萦绕。

几年来，她从没有睡得这样踏实。

她是被林涛的开门声扰醒的。半个小时以前，林涛刚刚将小潘送到茶馆。"小潘会很喜欢那里。你没事的时候，也可以去坐坐。"林涛对叶芳说，"不过下午还得去做超声波检查，中午你得好好休息。医生说，做超声波最好赶在这几天。咱俩已经有点耽误了……"

孩子不是"唐氏儿"，不等于从此万事大吉。宋主任告诉林涛，"唐筛"不过是第二次孕检，近来他们所做的"无创"和"羊穿"不过是"唐筛"的延伸形式，接下来，他们还需要做至少七次检查。"糖尿病筛检、乙肝筛检、水肿检查，再做一遍超声波检查，就该到第36周了，"宋主任说，"这以后，还得每周做一次检查，直到第39周，孩子生下来……"林涛皱眉咧嘴："怎么这么麻烦？"宋主任说："叶芳赶上了好时候呗！我妈生我那会儿，哪还去过医院？哪还做过检查？去地里干活，憋不住了，'啪嗒'一声，宋二蛋子降临人间。"林涛想起小潘，问宋主任："你说孕妇在家生孩子，有多危险？"宋主任说："要说没危险，一点危险也没有——以前不都是吗？要说有危险，等于一只脚踏进了棺材——现在全世界除了一些封闭地区，谁还在家里生孩子？"林涛说："一起吃饭的那个小潘，就不打算去医院。她说老家有世界上最好的接生婆。"宋主任说："瞎胡闹。"林涛说："她说她是二胎，不想被罚款。"宋主任说："管他娘的！罚款是以后的事情，先去医院把孩子生下来再说！"林涛说："总之她不想去，怎么劝都没有用。她太相信那个接生婆了。"

与宋主任说这些时，是夜里。那天下午小潘来过一趟，情绪很好。她与叶芳一起挤坐在沙发上，热烈地交流着胎动、嗜睡、水肿和发胖。她们聊了两个多小时，然后小潘起身，为叶芳弹了一曲《月光奏鸣曲》。也许是这首曲子有些难度，也许是小潘对这首曲子太过生疏，总之叶芳和林涛都感觉不如那首《致爱丽丝》流畅动听。小潘是在黄昏时离开的，她说这时候茶馆应该忙起来了，得赶回去。林涛要去送她，她不肯，说她想坐坐公交汽车。叶芳说孕妇最好别坐公交汽车，太挤。小潘就笑了。"一点都不挤。"她边笑边说，"我喜欢车上的人都给我让座。我迷恋那种感觉。"

叶芳也迷恋那种感觉，给老人和孩子让座，是对传统的尊重；给残疾人让座，是对弱者的尊重；给孕妇让座，则是对孕育的尊重。叶芳喜欢那一刻的心安理得与扬眉吐气。

宋主任走了以后，林涛在沙发缝里发现一个信封，里面装了两千块钱和一张婴儿的卡通明信片。林涛怀疑是小潘留下来的，不过他还是先打了宋主任的电话。宋主任当然不会干这种事情，林涛突然有一种小潘已经离开缨城的预感。

此时小潘恰好打电话过来，说她已经上了火车。她说去茶馆的第一天她就感觉不对劲，她感谢林涛的好意，但那两千块钱她绝不能拿。林涛说你走也得跟我说一声，茶馆不行可以再换个地方。小潘说还是算了，不过两三个月时间，一晃就过去了。"先回家看看，再去县城看能不能找份临时的工作。"小潘说，"我想我妈了，更想我女儿。"

林涛找朋友撒气，怨他不拦住小潘，朋友说小潘上火车以前根本就没跟他打招呼。"你也别再掺和这些事了。"朋友语重心长，"小潘有她家人照顾，你瞎操什么心？天底下的穷孕妇多了，你都能照顾得过来？你把叶芳照顾好就行了"。又说："当初把小潘请进家门是你和叶芳，现在把小潘赶出家门的也是你和叶芳，翻手云覆手雨的，你们是皇帝老子还是王母娘娘？要说这件事有错，也是你们的错，与别人没有半点关系。"

朋友的确没有错。小潘也没有错。错在他和叶芳。细想，小潘的确是被他和叶芳赶走的。假如他坚持，也许小潘真会留下。能出什么事呢？小潘已怀孕五个月，胎儿早已扎下了根，能出什么事呢？小潘"羊穿"一切正常，"羊穿"的准确率为100%，能出什么事呢？小潘那么年轻健康，这个年纪的女人生孩子就像拔萝卜一样简单省事。到底能出什么事呢？

几天后与叶芳聊天，说到小潘，叶芳也有些后悔。她说应该强留小潘再住两个月，待她怀胎七八个月以后，是去是留，再听她的。然这已经不再可能。晚上林涛给小潘打过电话，小潘说她现在暂住老家，几天以后就去县城。老家朋友在县城开了间"两元店"，有个店员请了两个月的假，她正好顶上那个空缺。

平心而论，除了不会弹钢琴，孙兰绝对是一个合格的产前保姆。毕竟是叶芳的母亲，很多时，很多事，她比小潘更了解叶芳。叶芳衣来伸手饭来张口，越来越白越来越胖，越来越像一个女性的弥勒。有时林涛跟她开玩笑，说她的后背能当成切菜的案板，孙兰便主动邀功，说还不是因为她照顾得好？又说外人再体贴周到，毕竟不如家里人。就像那个小潘，买菜太节俭，呆了那么长时间，也不知叶芳的胃口到底有多大。她的话让林涛很是反感，节俭些不好吗？叶芳别吃得太饱不好吗？那段时间叶芳晚上睡觉时，经常觉得胸口憋闷，林涛认为这肯定跟她晚饭吃得太多有关。

洗衣做饭的间隙里，孙兰从网上下载了一些胎教音乐，家里于是总飘着让林涛昏昏欲睡的曲子。林涛让孙兰找些经典钢琴曲，孙兰说："你认为肚子里的孩子能听得懂《致爱丽丝》还是能听得懂《英雄交响曲》？"仍然放那些让人懒洋洋的音乐。林涛开始想念小潘，他认为假如胎儿真能够听见音乐听懂音乐，孙兰那些所谓的胎教音乐只会让孩子变得越来越蠢。

一段时间以后，叶芳去医院做了糖尿病检查，一切顺利。接下来的乙肝筛查尚需数日，叶芳的身边又有无微不至的孙兰，林涛决定去四川出一趟差。

本计划在成都呆一个星期，想不到事情办得很顺利，四天后林涛便无所事事。想把机票改签，去街上随便转了转，突然就想到小潘。给叶芳打了个电话，说他有三天时间，想去看看小潘，叶芳说："好啊。我也挺惦记她。"林涛买了张硬座火车票，用了半天时间，赶到小潘所在的那个小县城。火车上他给小潘打电话，说要去看她，小潘有些吃惊："怎么不先跟我说一声？"林涛说："你离开缨城不是也没跟我说一声吗？"那边的小潘就笑得跟一串花铃铛似的。听得出来，她心情很好。

县城非常小，只有一条商业街还算繁华。小潘所说的"两元店"在街尾，店面很小，商品杂乱。一个劣质的小喇叭不厌其烦地播放着一个毫无生机的女声，那声音在全国任何城市都可以听到：本商店商品一律两元。两元一件、件件两元，要啥啥便宜，买啥啥实惠……

小潘坐在靠近门口的位置，负责点货收钱。她身着孕妇装，脸上多了几点斑，腹部明显凸起。她的工作不累，却不得闲，这让她几乎没有与林涛说话的时间。林涛说我先随便转转，等你下班，我请你吃饭。小潘说："我看行！"竟是标准的缨城口音。这时她收到一张老版两块钱，林涛见她用报纸小心翼翼地将钱包起，放到一边。"等宝宝出生，当礼物送给它。"小潘笑着说，"说不定将来升值，能换到一套房子。"

　　小潘下班已是夜里九点。林涛问她是否每天都这么晚下班，小潘说今天因为他来，老板还让她提前半小时下班呢。"两元店利润很薄，靠走量。"小潘说，"每天我下了班，老板一个人还得再熬两个小时。"林涛说："你身体扛得住？"小潘说："你看我不是红光满面？"的确是这样，小潘不但气色很好，并且很快乐。

　　她告诉林涛，是小戴送她回来的。她说不必花那份路费钱，可是小戴不肯，说火车上人多，怕小潘出什么事情。林涛问："小戴呢？"小潘说："他在老家住了两天，又回缨城了。不过前两天打电话回来，说他被公司派到了内蒙古……公司在那边有工程，需要他过去。"林涛问："那他什么时候再回来？"小潘说："预产期前几天吧。我觉得提前十天半个月的就行。多赚点钱，我和宝宝用得着。"

　　吃完饭，小潘死活不让林涛埋单，说他是客人，哪有让客人埋单的道理。两个人争执半天，林涛终让她得逞。两个人沿城中的一条小河散步，小潘说她不再打算用缨城那个电话号码了。林涛没反应过来，小潘解释说："就是说你以后再打我的电话，可能就打不通了。"林涛说："那我和你姐想你了怎么办？"小潘说："等我买了新卡，就发短信告诉你们。"

　　林涛在第二天早晨离开县城。离开以前他再去"两元店"看小潘，见小潘依然很忙。趁小潘稍有空闲，他给叶芳拨了个电话，让她们聊聊天。他见小潘一个劲地点头："知道啦。知道啦。好的。好的。"问她们聊些什么，小潘说："孕妇那些事。姐不放心我呢。"

　　不仅叶芳，林涛也不放心她。他总觉得一个怀胎七月的孕妇还要拼死拼活地上班然后躲到乡下把自己和孩子的生命交给一个接生婆这样的事情要多随意有多随意，要多危险有多危险——生孩子这种事，不出事什么都好，一旦出事，绝没有任何补救的机会。她不想让小潘冒这个险。

回去的列车上，林涛突然想，假如他和叶芳真想为小潘做点什么，那么，就算拿刀子逼，也得把小潘逼进医院。

他突然有了一个想法。他心跳不已。

九

林涛将想法跟叶芳说了，叶芳问："能行吗？万一出事怎么办？"林涛说："不会出事吧。宋主任虽然退休，一身"武艺"还在，如果连这点事都做不好，岂不是白混了一辈子主任？"叶芳说："可我还是担心会出事。万一出事，咱俩不就成杀人犯了？"

那天叶芳刚刚做完乙肝筛查。如她所愿，一切正常。两天前她给小潘打电话，小潘的电话已经停机。等她好几天，小潘却并未遵诺发来短信。联系不上她，叶芳有些担心，问林涛怎么办，林涛说我联系一下小戴。他去了小戴的公司，颇费一番周折才问到小戴的电话，打过去，小戴说小潘一切都好。又说用不了几天，小潘就要回乡下老家，等着分娩。林涛问："这么早？"小戴说："快七个月了，不早啦！"林涛吓了一跳，掐指算算，距叶芳和小潘的预产期果真还剩下不足三个月。想到女人生孩子，林涛就紧张，就恐惧，总觉得不管过去还是现在，不管科技如何进步医学如何发达，只要女人到了那一天，都是豁出了自己的半条性命。

夜里林涛找来宋主任，跟他说了自己的想法。宋主任听罢，脑袋摇得差点从肩膀上滚下来。"不行不行！"他说，"乱弹琴！"林涛说："这是为小潘和孩子的安全考虑。"宋主任说："那你有没有为你、叶芳和我的安全考虑？万一出点什么事我怎么办？你们是组织者，我是行凶者……"林涛说："如果你连这点事都做不好……"宋主任说："你说什么都没有用。我绝不会冒这个险。"林涛说："你不冒小险，小潘就得冒大险。"宋主任说："别站在道德的制高点上跟我说话。我只是个休退的医生。"

宋主任的意思是：假如小潘去医院，他会尽其所能帮她。但是，假如真像林涛计划的那样，把家当成产房，他绝不配合。这事用不着商量。

林涛想把家当成产房：小卧是待产房，客厅是分娩室，主卧是隔离分娩房。既然小潘不想或者不敢去医院，那么，她可以在林涛家里分娩。宋主任有着多年的产房经验，他爱人马虹是产科退休的护士，马虹认识所有的产科护士，完全可以临时抓来一个休假的护士帮忙，这想法虽然疯狂，林涛却认为完全可以实施，最关键的是，他相信小潘肯定配合。

但宋主任不配合。他对林涛说你知道产房有多复杂吗？"待产房、分娩室、隔离分娩房……胎儿监护仪、婴儿急救车、暖灯、育婴箱……你是不是以为产房里只有两张床？"林涛说："这些东西，比如产床和一些简单设备，能省就省，能代替的就代替，实在不能省也不能代替的，便宜的就买来，买不来的你给想想办法。"宋主任说："想办法？把医院的产房安四个轱辘推到你家？"林涛说："假如没有医院的产房，就算你和嫂子都在，也没有办法让一个产妇顺利安全地分娩？"宋主任说："你的激将法不好使。"林涛说："假如我想让叶芳在家里生，只让你帮忙布置一间产房，你做不了？"宋主任说："这件事不必再说。我和马虹绝不冒这个险。"说完匆匆告别。林涛再打电话过去，他连接都不肯接了。

临睡前，叶芳问林涛："刚才你说让我在家里生？"林涛说："吓唬老宋的话。"叶芳说："知道你是吓唬他，可是听了这句话，我还是很怕。"林涛说："你听这句话都怕，让你去小潘的乡下老家生，还不把你吓死？"叶芳："越来越觉得小潘够勇敢了。"林涛说："勇敢都是逼出来的。假如还有别的办法，谁他妈愿意勇敢？"叶芳不说话了，过了一会儿，突然拉过林涛的手，说："你摸摸，宝宝开始踢我了。"

叶芳行动不便，林涛时有应酬，孙兰忙得就像闲不下来的驴子。应该做的事情她去做，不应该做的事情她也去做，加上吃了些不敢让叶芳吃又舍不得扔的变质的东西，驴子便病倒了，不但一连两天上吐下泻，还伴着低烧，需要半夜起床吃片退烧药才能扛到天亮。中午林涛在外面吃饭，叶芳想下厨，孙兰挣扎着起来，绝不让她沾手。她把叶芳轰出厨房，说怕把病传染给叶芳。叶芳说你是肠胃不好，怎么会传染呢？孙兰说谁知道是不是肠胃感冒？孙兰给叶芳煲了汤，炒了菜，炖了排骨，焖了米饭，丝毫不敢马虎。她烧菜的时候，叶芳坐在沙发上静静地看她。别看孙兰平时喜欢戴眼镜穿套装，完全一副知识分子模样，可是当她病倒，当她穿着皱巴巴的睡衣坚持站在灶前洗菜切菜烧菜，怎么看都是一位标准的老人。叶芳有些心痛，去浴室取了毛巾给她擦脸，却被她再一次赶出厨房。

下午叶芳陪孙兰坐了一会儿，母女间的距离足以开过去一辆火车。她们说到叶芳的生父，说到林涛的事业，说到孙兰退休、母女不和、叶芳怀孕、小潘离开……说到动情处，孙兰抽抽鼻子，竟有些要哭的模样。正当叶芳打算结束她们的谈话，孙兰突然说："前些天我让你们打掉孩子，你们不会生我的气吧？"

叶芳看着她。

"或许是我做得不对，但是我真的吓坏了。"孙兰说，"我一个朋友，女儿是'唐氏儿'，快十年了……你永远不会知道她受了多少苦，流了多少眼泪……前些天刚和她老公离婚，她老公实在受不了了……当初也是信誓旦旦，说无论如何也不会离开她，不会离开孩子……叶芳，孩子可以再怀上，真养个'唐宝宝'，你们的一生就毁了……"

"都过去了。"叶芳说，"别再说了。"

"我打算把房产和那点存款全都留给你和林涛。"顿了顿，孙兰突然说。

叶芳愣住了。

"我想去乡下弄个平房，再弄块地，没事种种菜，养养鸡鸭，安享晚年，挺好。"孙兰说，"等你生下孩子，如果你和林涛愿意，可以把孩子放到我那里，你们忙事业，我替你们照顾。我自己种的蔬菜，养的鸡鸭，青山绿水的，空气清新，对孩子也有好处……"

"可是以前……"

"以前我不放心林涛。"孙兰说，"总觉得婚姻至少需要十年才能稳定下来，或者说十年也不够吧？我和你爸就不止十年，最终还不是分了？我不放心林涛，最初因为我不喜欢他，我总是怀疑他跟一个叫阿霞的女人有来往。后来因为你们迟迟没有孩子，没有孩子，婚姻就稳定不了……别跟我说谁和谁没有孩子过得也挺好，你们只见到了锅盖，没有见到锅底。那锅底必定是黑的，刷都刷不干净……芳子你从小就没有主见，遇事喜欢听别人的，喜欢迁就忍让，我怕你受骗，怕你受欺负……比如万一你们离婚……"

叶芳起身给孙兰倒了杯水，说："妈你休息一会儿。我也困了。"匆匆逃回卧室。她怕再多待一秒钟，就会流下眼泪。

那天中午叶芳费了很大的劲儿才睡着。迷迷糊糊中，她听到厨房里似乎有什么动静，待醒来，去厨房看，见灶上煲着砂锅，砂锅里挤满萝卜、鸭肉和宽粉条。孙兰正往洗衣机里塞着衣服，大汗淋漓。

晚上林涛给宋主任打电话，宋主任虽接了，却仍然拒绝。林涛说："你的房子是不是要装修了？"宋主任问："什么意思？"林涛说："我有朋友开了个家具店，家具都很便宜。"宋主任说："林涛你是不是疯了？强攻不成改智取？别说你送我一套家具，就算你送我一套房子，我也不会帮你。"电话就挂断了。林涛盯着电话，摸摸脑袋，哭笑不得："我什么时候说过要送你家具？"

林涛没给宋主任送家具，却给他送去一兜水果、两盒洋参含片和一袋鲍鱼干。宋主任见他提着东西，忙用了防守的架势，前腿弓后腿蹬，拼命顶住门。林涛说："老宋你什么意思？上门提点东西不行？"宋主任说："你的屁股往哪里撅，我就知道你想屙什么屎。"林涛说："我保证不谈小潘的事情了吧？"宋主任说："那行。"把林涛放进来，让马虹给他倒杯热茶，说："如果你谈到小潘，我马上把你轰出去。"马虹问："什么小潘？"林涛说："老宋见死不救的小潘。"宋主任立即从林涛手里抢过茶杯，站起来，开门，伸手一指："滚！"

林涛当然不会滚。他简明扼要地将小潘的事情告诉了马虹，又说想不到宋主任这样不近人情，见死不救。马虹问宋主任："这件事你怎么没跟我说？"宋主任说："不用商量的事情，告诉你干什么？"马虹说："老宋你从医一辈子，这点医德也没有？"宋主任说："正因为有医德，我才不能做这种事。什么叫医德？就是在正确的场合，尽心尽力做正确的事情。我在医院行医，医坏了病人，这没事；我在外面行医，医坏了病人，就得负全责。这道理马虹你不懂还是林涛你不懂？还是那句话：只要把小潘弄到医院，我豁出命也帮她。"马虹说："要真能把她弄进医院，还用得着求你？哪个医生不能帮她？"她让林涛给她几天时间，说她会给他一个答复。有了这句承诺，林涛提了那些礼物就走，宋主任却断喝一声："放下！"林涛就笑了。敢收礼，至少说明宋主任打算听马虹的。

马虹做事雷厉风行。家里家外，宋主任什么事情都得依着她。林涛的心里燃起希望。

谁料一个月过去，马虹仍然没有主动联系林涛。这期间叶芳去医院做了水肿检查，结果顺利倒是顺利，身子却胖得不成样子。医生说再不注意的话，怕是得做好剖腹产的打算了。这番话又让林涛紧张了好一阵子，傍晚去超市买菜，看看肉看看豆腐看看青菜，怎么也拿不定主意。

马虹不联系他，他就联系马虹。夜里他带了一兜水果、两盒蜂王浆和一套纯棉太极服去找马虹，马虹倒也坦诚，说她越是往细里想往深里想，越是拿不定主意。林涛说："那叶芳真不去医院了！就在家里生！看你们帮不帮忙？"宋主任说："你总说这样的话有意思吗？"林涛说："以为我开玩笑？不相信你这就打电话给她。"宋主任看看马虹，马虹看看林涛，三个人都不再吱声。后来林涛讨好地把太极服拿出来让马虹试，马虹却夸张地躲开很远。"千万别搞这些。"她做出往外推的姿势，"你就饶了我和老宋吧。"

喝着茶，马虹接到一个电话，表情越来越沉重。放下电话，她长叹一声，久久不语。宋主任问她怎么了，她说："费丽丽死了。"

费丽丽是马虹同事的孩子，去年结婚，婚后就怀上了孩子。她和家人什么都准备好了什么都安排好了，却在送往医院的途中死去。下着雨，路边深深的积水让汽车抛锚，家人扶她坐在路边，拼命招手拦车，却没有一辆车子为他们停下。待救护人员赶到，她早已没了气息。她是在丈夫和婆婆的身边死去的，死时，她紧攥着丈夫的手，一遍遍念着她尚未出世的宝宝的名字。

她保住了她的宝宝，却没能保住自己。

假如那时她的身边有一个医生，她生存的希望就可以大一些。这是很多人的假设，也是林涛的假设。

"我心情不好，你先回去吧。"马虹对林涛说，"明天我肯定给你答复。"

然而林涛还没有走到家，马虹就追来电话。"我和老宋豁出去了。"她说，"不管出现什么后果，我们都会让小潘安全顺利地分娩。"

十

接下来那段时间，林涛陪叶芳做了超声波检查，马虹陪宋主任到处采购产房需要的设备——他们真的将客厅改成了简单的产室。虽简单，却不简陋，马虹说这个产室不仅设备齐全，还具备医院所普遍缺乏的人性化和亲切感，这无疑会让产妇的分娩过程变得更加轻松，甚至充满愉悦。这是林涛第一次听到分娩还能"愉悦"的说法，心情轻松了很多。

夜里他与叶芳开起玩笑，说到时候一定不能让宋主任沾手，小潘与宋主任认识，以后见面多不好意思。叶芳问："有什么不好意思？"林涛说："马虹说产妇会有愉悦感。"叶芳仍不解："愉悦感有什么不好？"林涛扎进被窝，

"哧哧"地笑。叶芳明白过来，使劲掐林涛一下，说："你先跟小潘商量好再说！哪有你这样的，还不知道人家同不同意，就自作主张地布置起产房？"

对这件事，林涛充满自信。与小潘吃饭那天，他曾开玩笑说假如把医院的产房搬到他家，小潘会不会去。小潘说："当然去啊！"不过那时林涛还并没有把医院的产房真"搬"到他家的打算，这句话说完就完。但林涛相信小潘不会拒绝。不去医院，没外人知道，小潘还有什么可拒绝的？再说小潘绝不会对他费心费力费钱却只为她所布置的产房无动于衷。

小潘电话停机，林涛只好联系小戴，可是小戴的电话总是无法接通。去他的公司问，一个工友说他肯定换了内蒙古那边的号码。问号码，工友说没人知道。"这有什么好奇怪的？"见林涛表现得很惊讶，工友说，"他又不是领导，记他的电话干什么？"

叶芳有些担心，说会不会将产房布置好了，却仍然联系不上小潘。林涛说怎么会呢？他不仅知道县城那个"两元店"，还知道小潘的老家地址。说着话林涛翻出小潘的身份证复印件，说："看看，有备无患。"叶芳说："你留复印件是不信任她吧？"林涛说："当初，的确是。"

客厅满满当当，几乎没有插脚的地方，担心叶芳夜里去洗手间碰到哪里，孙兰总是开着客厅里的灯。与以前凡事多持反对意见不同，这次叶芳表示赞同。唯一让她不放心的就是请宋主任和马虹过来用不用花钱，当得到宋主任完全免费帮忙的答复以后，又问："你能不能把买来的这些设备给找地方报销？"当得到宋主任肯定不能报销的答复以后，又问："那等用完以后，你能不能帮忙找地方卖掉？"害得宋主任哭笑不得。实在没有办法，她又将希望寄托到小潘身上，让林涛事先跟小潘商量好，说既然是为她花的钱，她怎么也得意思意思，买下其中几件。"你到底打算什么时间去找小潘？"孙兰有些急了，"预产期快到了都。"

林涛仔细算过，小潘与叶芳的预产期前后差不过一两天。他之所以一直在等，是因为近来正好要去成都出一趟差，办完事找到小潘，与她一起回来，住上几天，日子正好。孙兰有些不放心，问："万一早产呢？"林涛胸有成竹："我把早产的时间也算上去了。"

林涛去四川那天，距小潘和叶芳的预产期只剩半个月。林涛用两天时间办完事，然后坐火车去县城，再转公共汽车去镇子，最后打一辆农用三轮去了小潘的村子。村子散落山腰，荒凉偏僻，破败不堪。天慢慢暗下来，冷风起，老鸦归巢。树顶上巨大的鸟巢模糊不清，远处传来狗吠，山野萧瑟。

在村头，林涛问一个牵牛的男孩："知道潘小芳的家吗？"男孩说："那就是。"土坯房竟近在咫尺，林涛看到斑驳的木门和褪成白色的春联。

门虚掩着，林涛推门进去，就见到小潘的女儿。她与照片极像，与小潘更像。小女孩蹲在院子里，拿蜡笔在地上画出一个女人形状。见林涛进来，仰起小脸看他。

她的脸蛋冻得通红。

"你妈妈是潘小芳吧？"林涛蹲下来。

小女孩不说话，继续打量林涛。林涛想摸摸她的小脑袋，她却歪头闪开，转身跑回屋子。林涛想跟进去，电话突然疯了似地叫起来。掏出电话，见是家里的号码，林涛突然有一种不好的预感。

虽然电话信号很弱，林涛还是听到孙兰惊惶失措地喊着："流血啦！芳流血啦！"那不是人类所能发出的声音。林涛的脑袋"嗡"地一声，刚想说话，电话就没有了信号。

林涛疾步走出院子。门前是一条土石路，两边挤满歪歪扭扭的灌木和荆棘。林涛边走边盯紧电话，待有了信号，拨回去，却占线。还拨，还占线。再拨，终于通了。未及张嘴，他再一次听到孙兰的声音："芳子要生啦！流血……"

"快送医院，喊楼上老高……"

"下大雪啦！两天啦！路都被封啦！出不去进不来！喊谁都没有用！喊了急救车，半路上走不动啦！芳子坚持不住啦！嗷！"电话里传来孙兰声嘶力竭的嚎哭和叶芳痛苦无力的呻吟，林涛的内脏如同着了火，身体却变得冰冷。

电话再一次没有了信号，林涛在小路上狂奔起来。他需要找到一处更开阔的地方。信号断断续续，家里的消息断断续续。每一个消息都万般可怕，让林涛的内脏愈来愈烫，身体愈来愈冷。林涛得到的最后一条消息是：叶芳晕了过去。然后，手机彻底没有了信号。

林涛也几乎要晕过去。

接下来那段时间，林涛仿佛熬过了几个世纪。他不停地奔跑，不停地拨打电话，当手机电池开始告急，他无助到绝望。他想起叶芳的"唐筛"异常，想起叶芳的"无创"异常，想起叶芳的"羊穿"脱险……他想叶芳一次次有难，一次次脱险，可是这一次，他认为她熬不过去了。她熬不过去，他也熬不过去，他们的一切都完了。他的世界将在今夜被撕开一条口子，在他的后半生，每一天血流不止。

再一次拨通电话已是四十分钟以后。当电话拨通，林涛只听到四个字："母子平安。"话是宋主任说的，语气平淡，口齿清晰，似乎真的刚从地里拔出一根萝卜。林涛霎时瘫软在地，这才发现，他的羊毛衫已经湿透。

当叶芳第一次感觉不对，便给林涛打了电话，那时林涛乘坐的公共汽车正在隧道中穿行，手机没有信号；当叶芳第二次感觉不对，又给林涛打了电话，那时林涛乘坐的农用三轮车正在山路上颠簸，手机没有信号；当叶芳第三次给林涛打电话，孙兰当机立断，先拨打了120，然后直接将电话打给宋主任。此时宋主任和马虹正好在附近的药品超市买纱布，那地方距离林涛家非常近。两个人连滚带爬，摔了无数跤，终见到刚刚晕倒的叶芳。

宋主任只观察两秒钟，便把叶芳抱上前几天刚刚摆好的产床。他吩咐孙兰去烧热水然后站在旁边待命，又吩咐马虹换好衣服做他的助手。接下来的事情，应该非常简单——早产这样的事情，宋主任熟悉得不能再熟悉，宋主任、马虹、孙兰、老高，一个医生加上三个护士，对付一个产妇应该绰绰有余，可是那天，他们谁都不轻松。虽然四十分钟很短，虽然叶芳的生产非常顺利，但那时，每一秒钟对他们来说，都是煎熬。当一个男孩终于呱呱落地，四个人都将虚脱，几近崩溃。假如宝宝晚出生几分钟，他们不知是否还能够坚持下去。

宋主任与林涛说话时的确语气平淡，节奏缓慢，口齿清晰，不过那更多是职业习惯。当看着紧攥拳头大咧嘴巴，紧闭双眼"哇哇"大哭的，湿淋淋的血淋淋的如同一只半透明的耗子般的小小婴儿，在马虹的臂弯里挣扎，从医这么多年的宋主任，第一次有了想哭的冲动。

谁都没想到，这个为小潘忙了两个多月的产房，竟然救下叶芳。

林涛在山腰间坐了一会儿，渐感冰冷彻骨。往回走，才发现刚才居然跑出去那么远。回到村子，天已很晚，院子里空无一人。林涛冲屋里喊："小潘！"片刻后，小戴出现在他面前。

小戴更瘦了。他小心翼翼地抱着一个蓝色碎花被筒，就像抱着一个一动就响的炸弹。他的脖子上挂着奶瓶，被筒一角露出一点浅褐色的小脑门，林涛愣住了。

"男孩女孩?"

"男孩。"

"早产?"

小戴点点头。

"叶芳也早产了。"林涛咧开嘴笑,"也是男孩……"这时他突然发现不对劲:小戴面容憔悴,表情僵硬,胳膊上竟缠着黑纱……

"小潘呢?"林涛的声音在抖。

"走了。"

"怎么会……"林涛晃了晃,扶住墙。

"难产。前天走的。"小戴开始哽咽,"都怪我……她应该去医院的……可是她说这种事几率很小……想不到她真的抽到了红桃 A……"

"不是有接生婆吗?"似乎整堵墙都在晃,"那个接生婆很熟练……"

"她很熟练,可是她太老了……"小戴抹一把眼泪。

怀里的婴儿开始哭泣,小潘低下头,一边轻轻拍打,一边走回屋子。林涛听他边走边说:"别哭,妈妈在……"

林涛静静地坐在小戴面前,不喝水,也不说话。后来他想应该把叶芳的消息告知他的朋友们,他写好短信,通讯录里一个人一个人地勾选。这时他看到小潘的名字,他愣了愣,想了想,咬牙在小潘的名字前面打一个对勾,然后,发送。

只有四个字:母子平安。

扭头看向窗外,很少飘雪的南方,竟下起雪。雪花飘飘洒洒,小院肃静安祥,与世无争。林涛终于忍不住,一滴泪滚出眼窝。眼泪砸中"安"字,将字放大,让字扭曲。

作者简介:

周海亮,男,山东威海人。迄今已发表小说作品三百余万字。在国内多家报刊开有个人专栏,出版有小说集《天上人间》《帘卷西风》《刀马旦》《太阳裙》等二十余部。